Kurz vor der Hochzeit platzt die Bombe. Alexandra wird von ihrem Ehemann in spe sitzengelassen. Tom seilt sich ins Ausland ab; sie kann sehen, wo sie bleibt und wie sie die Sache ihrer Mutter beibiegt.
Tagelang heult sich Alex den Frust bei ihrer Freundin Mascha von der Seele. Dann hecken die Mädels einen famosen Plan aus. Sie wollen einen Ratgeber für Frauen schreiben: *Mann verstehn im Handumdrehn.* Ausgerechnet Alex, die von Männern die Schnauze gestrichen voll hat, wird dazu auserkoren, sich zwecks Recherche undercover – nämlich als Mann! – in eine Männer-WG zu mogeln.
Doch je länger sie dort wohnt, desto weniger versteht sie die Männer. Denn Männer sind 'ne andere Sorte Menschen.
Schon bald hat Alex das Macho-Gewäsch satt – aber aufgeben gilt nicht! Mit Argusaugen beobachtet sie ihre Jungs: Martin, den Arzt mit einer Leidenschaft für Blondinen mit Maxibusen und Minihirn, Hannes, den selbsternannten Chef de cuisine, und Heribert, den Hypochonder mit einer Schwäche für Angorawäsche. Nach und nach kommt Alex den Männern und ihren Geheimnissen auf die Schliche. Da aber auch die Jungs nicht mit Blindheit geschlagen sind, droht ihre Tarnung irgendwann aufzufliegen …
In gewohnt flotter Schreibe zeichnet die Autorin ein mit liebevoll ausgedachten Gemeinheiten und prallen Pointen gespicktes Porträt der Männerwelt. Was Frauen schon immer über Männer wissen wollten, aber nie zu fragen wagten – in diesem ebenso komischen wie spannenden Roman erfahren sie die Wahrheit über das starke Geschlecht.

Jil Karoly, geboren 1958, studierte Literatur- und Medienwissenschaften. Sie arbeitet als freie Autorin. Im Fischer Taschenbuch Verlag erschienen ihre Romane ›Ein Mann für eine Nacht‹ (Bd. 13276) und ›Mein wundervoller Wonderbra‹ (Bd. 13619).

Jil Karoly

Mannomann

Roman

Fischer
Taschenbuch
Verlag

Die Frau in der Gesellschaft
Herausgegeben von Ingeborg Mues

Originalausgabe
Veröffentlicht im Fischer Taschenbuch Verlag GmbH,
Frankfurt am Main, Dezember 1998

Gesamtherstellung: Clausen & Bosse, Leck
Printed in Germany
ISBN 3-596-14350-0

Für Ingeborg Mues, eine wundervolle Lektorin und großartige Frau – Hut ab!
Für das Tier in meinem Mann.
Für (in alphabetischer Reihenfolge) Christine, Claudia, Conny, Dodo, Elke, Iris, Marie, Renate, Susanne – die zwar die Männer nicht verstehen, aber mich.
Für meine hartnäckigen Fans, die Kränzchenfrauen meiner Schwiegermutter.
Für den Kogge-Geologen-Stammtisch.
Für Gerdi und Schorsch, echte Kumpels in guten und in schlechten Zeiten.
Für Rainer, den das jetzt eiskalt erwischt – dessen Reaktion aber vorhersehbar ist:
Och nee!

Inhalt

Ganz in Weiß

Komisch. Heiraten hab ich mir immer anders vorgestellt. Ganz anders. Romantischer irgendwie, mit Schubidu und Trallala und Shalala-I-love-you und Geigenschluchzen im Hintergrund.

Doch weit gefehlt. Heiraten ist eine zähe Angelegenheit.

Neben mir sitzt Tom, zupft an seiner wildgemusterten Seidenkrawatte und macht ein Gesicht wie drei Tage Regenwetter – nee, viel schlimmer: ein Gesicht, als läge sein Schwanz auf dem Schafott. Krampfhaft versuche ich, das Jucken in meiner Nase zu ignorieren. Wenn ich es recht bedenke, juckt's mich eigentlich überall. Und wie! Als hätte eine Meute Moskitos an mir ihren Blutdurst gestillt! Außerdem muß ich dringend aufs Klo, weil meine Gedärme rumoren und mein Schließmuskel zu versagen droht. Ich schlucke. Mein Mund ist saharatrocken, dafür sind meine Achselhöhlen so naß wie der Amazonas bei Hochwasser.

Aber ich rühre mich nicht vom Fleck.

Pseudoandächtig starre ich auf das geschmacklose Monstergebinde aus blaßrosa Rosen und Schleierkraut, das Tom mir wortlos überreicht hat und das ich in meinen eiskalten Händen halte.

Hey – Moment mal!

Blaßrosa?

Heißt es nicht immer: Rot ist die Liebe?

Egal. Dankbar sollte ich sein. Dankbar, daß Tom an meinen Brautstrauß gedacht hat. Denn mit Blumen hat er normalerweise nichts am Hut.

Hinter mir hüstelt Mascha, die weltbeste Freundin – bewaffnet mit einer Flasche Schampus, allzeit bereit, mir moralischen Beistand zu leisten.

Und endlich, endlich kommt der Standesbeamte zu Potte. Salbungsvoll ergeht er sich über Sinn und Zweck der Institution Ehe. Ständig fährt er sich mit der Hand durchs volle graue Haar. Der Mann ist Mitte Fünfzig und dürfte in seiner Standesbeamtenkarriere schon Tausende von Paaren in den Hafen der Ehe gelotst haben. Wie ein Fels in der Brandung thront er hinterm Schreibtisch. Vor ihm liegt das Familienstammbuch, das er uns nach der Zeremonie überreichen wird. Vor ihm liegt auch die Samtschatulle mit den Goldringen, die Tom und ich neulich ausgesucht haben.

Na ja. Eher ich, um ehrlich zu sein.

Tom findet Eheringe ziemlich überflüssig. Wahrscheinlich wird sein Ring ein trostloses Dasein in der Nachttischschublade fristen, wohingegen meiner – gespickt mit einem gigantischen Brilli, logisch! – im Lauf der Jahre durch die Einwirkung aggressiver und hochgiftiger Haushaltschemikalien seinen Glanz einbüßen wird. Und zack – ab ist der Lack! Wenn das mal bloß mit unserer in wenigen Minuten zu schließenden Ehe nicht so geht!

Der Standesbeamte – o Gott, ich hab seinen Namen total vergessen und überhaupt halte ich das Jucken nicht mehr aus und niesen muß ich auch und meine Füße sind eingeschlafen! – stellt die folgenschwerste Frage, die mir je gestellt worden ist.

»Frau Alexandra Arnold, wollen Sie den hier anwesenden Thomas Konrad Leopold Maximilian Nikolaus Jansen zum Ehemann nehmen?«

Eine Schrecksekunde lang verschlägt's mir glatt die Sprache.

Dann brülle ich ein dreifach donnerndes »NEIN!«, das von den kahlen Wänden der Amtsstube widerhallt wie ein Echo in den Alpen.

NEIN – NEIN – NEIN!

Meine Suppe eß ich nicht! Auch wenn ich sie mir eingebrockt hab. Schluß mit lustig. Welche Frau, die noch alle Tassen im Schrank hat, will schon einen Mann mit einem solchen Rattenschwanz von antiquierten Vornamen heiraten?

Hinter mir lacht sich Mascha halbtot und läßt den Champagnerkorken knallen ...

Ich wurde wach, weil Thomas Konrad Leopold Maximilian Nikolaus mich unsanft in die Rippen knuffte. Erleichtert stellte ich fest, daß wir nicht auf harten Standesamtstühlen saßen, sondern auf unserem Alcantara-Sofa vor der Glotze. Mein Lebensgefährte trug keinen funkelnagelneuen Anzug, sondern die gewohnte dunkelblaue Joggingkluft.

»Mensch, Alex!« sagte er im Tonfall eines Diktators. »Halt dich gefälligst da raus! Ihr Weiber habt doch von Fußball null Ahnung. Und wenn du zehnmal NEIN! rufst: Klar war das ein Abseits!«

Selbstzufrieden trank er einen Schluck Bier aus der Flasche, rülpste vernehmlich und legte die Beine auf den Couchtisch neben die Dose mit gesalzenen Erdnüssen.

Fußball? Abseits? Blinzelnd guckte ich auf den Bildschirm, wo Typen in dreckverschmierten Trikots den heftig gestikulierenden Schiedsrichter umringten, in weitem Bogen auf den Rasen spuckten – der aussah, als wäre kürzlich eine Herde Dinosaurier drüber getrampelt –, sich in Schlammpfützen suhlten oder sich ohne falsche Scham am Sack kratzten. Fehlte bloß noch, daß einer von ihnen gegen den Torpfosten pinkelte! Das Publikum johlte und schwenkte schwarzrotgoldene Fahnen. Der Kommentator lobte den Schiedsrichter für seine weise Entscheidung. Das Spiel ging weiter.

In Toms Händen ruhte die Fernbedienung. Ich stand auf und tat, was jede normale Frau in meiner Situation getan hätte: Ich schnappte mir das Telefon, verkrümelte mich in die Küche und wählte die Nummer meiner Busenfreundin, um mich auszukotzen.

»Tja!« sagte Mascha lakonisch, nachdem ich ihr meinen Alptraum geschildert hatte.

»Tja was?« fragte ich.

»Blas die Sache ab.«

Die Sache, wie Mascha sich so lapidar auszudrücken beliebte, war meine Hochzeit. Seit gestern standen die Termine fest. In knapp drei Monaten – am siebten Juli – sollte die standesamtliche Trauung stattfinden, die kirchliche dann am ersten Samstag im September.

»Bist du von allen guten Geistern verlassen?« rief ich entrüstet. »Ein Rückzieher ist nicht drin!«
»Wieso nicht?« fragte Mascha herzlos. »Kostet dich doch nix.«
»Wie steh ich denn da? Meine Mutter wird Amok laufen. Und Tom ...« Der Satz blieb mir im Halse stecken.
Seit sieben Jahren waren Tom und ich ein Paar. Vor zwei Jahren war ich zu ihm in die große Eigentumswohnung gezogen, die ihm seine betuchten Eltern zur Promotion geschenkt hatten. Seither lebten wir in dem Zustand, den meine Mutter in völliger Verkennung der Tatsachen *wilde Ehe* nannte.
Wild! Daß ich nicht lache!
Wild waren bloß Toms Krawattenmuster. Und seine Männerphantasien! Phantasien von einem Leben als echter Kerl. Phantasien von Jobs als Goldsucher in Alaska oder Diamantensucher in Namibia oder Ölsucher in Saudiarabien oder Vulkanologe auf Hawaii. Tom war nämlich Geologe und der geborene Globetrotter. Seinen Neigungen konnte er jedoch nur bedingt nachkommen, denn er arbeitete als Wissenschaftler und Dozent an der Uni. Sein Aktionsradius beschränkte sich daher auf Labors und Hörsäle, nur gelegentlich führte ihn eine Exkursion mit Studenten in so unexotische Gefilde wie die Eifel oder den Westerwald.
Sache abblasen! Pah!
Ausgerechnet jetzt, wo ich mich kurz vorm Tor befand!
Wenn wir nicht bald Butter bei die Fische taten – wann dann?
Ich war das, was Mutti ein *spätes Mädchen* nannte. Und in diesem Punkt hatte sie leider recht. Ich war fünfunddreißig, und es sah verdammt danach aus, als würde ich nicht jünger. Tom war zwar schon vierzig, aber bei Männern spielt das bekanntlich keine Rolle. Keine Menschenseele käme auf den Gedanken, ihn deshalb als *späten Jungen* zu bezeichnen. In unserem Bekanntenkreis waren alle verheiratet, alle außer Mascha. Mascha war glücklich geschieden, frei wie ein Vogel. Und sie fühlte sich pudelwohl dabei, wie sie nicht müde wurde, mir glaubhaft zu versichern.
Genüßlich vollendete sie meinen Satz. »Tom ist der typische

Junggeselle. Wenn du ihm nicht die Pistole auf die Brust gesetzt hättest – der wäre nie auf die Schnapsidee gekommen, freiwillig um deine Hand anzuhalten. Dem geht's doch lange gut. Warum willst du auch unbedingt heiraten? Die Ehe ist sowieso out.«
Schrill drang das Trillern der Schiedsrichterpfeife an mein Ohr. Abpfiff. Das Spiel war aus.
»Bist du noch dran?« fragte Mascha.
»Jaja«, sagte ich. »Laß uns morgen weiterreden.«
»Okay. Verschieben wir's auf morgen. Bis dann. Schlaf gut!«
Sanft legte sie auf.
Sie würde jetzt die Lichter in ihrer schnuckeligen Zweizimmerwohnung löschen und kurz nach Felicitas, ihrer elfjährigen Tochter, schauen. Dann würde sie sich in ihr Himmelbett kuscheln, ein paar Seiten in *Vom Winde verweht* lesen – ihrem Lieblingsbuch –, es nach ein paar Minuten zuklappen und auf der Stelle einschlafen. Sie schlief immer auf der Stelle ein, während ich mich meist stundenlang schlaflos im Bett hin- und herwälzte.
Ich warf einen Blick ins Wohnzimmer. Gebannt verfolgte Tom die sich stets an ein Länderspiel anschließende Talk-Runde, in der die selbsternannten Fußballgötter selbiges bis zum Abwinken durchkauen. Auch Franz Beckenbauer war zu Gast und mahlte mit den Kiefern.
»Schaun mer mal«, sagte er wie üblich.
Tom sagte gar nichts, als ich ihm den obligatorischen Gutenachtkuß gab. Geistesabwesend starrte er auf den Bildschirm.

In meinem längsgestreiften Lieblingspyjama trottete ich ins Bad. Halbherzig putzte ich mir die Zähne, wusch mich und klatschte mir die Probe der unerschwinglichen, mit Stutenmilch und fötalen Kälberzellen angereicherten Nachtcreme, die ich einer Drogistin abgeschwatzt hatte, ins Gesicht. Dann unterzog ich mein Antlitz im unbestechlichen grellen Licht der Neonröhre einer eingehenden Inspektion.
Das Geld für den letzten Friseurbesuch hätte ich auch zum Fenster rausschmeißen können. Schlapp wie zu Matsch gekochte

Spaghetti fielen meine fahlblonden Haare auf die Schultern. Meine Nase war einen Touch zu markant. Meine Ohren standen ab wie die von Spock aus *Raumschiff Enterprise*. Masochistisch, wie ich veranlagt bin, betrachtete ich mich zudem im Vergrößerungsspiegel.

Der Anblick ließ meinen Frustrationspegel auf Maximum steigen.

Ich sah aus wie Frankensteins Braut.

Die Stirnfalten, die ich hatte, glichen Gebirgsschluchten, die Grießkörner Vulkanen, und die Poren neben der Nase hatten eine fatale Ähnlichkeit mit Kratern.

Spieglein, Spieglein an der Wand, Ihr seid nicht grad die Schönste im Land, Jungfer Alexandra!

Das einzige, was momentan auf meiner optischen Habenseite zu verbuchen war, waren meine Augen. Granitgrau hatte Tom ihre Farbe genannt bei unserem ersten Date am siebten Juli vor sieben Jahren. Vergleiche mit Gesteinen waren in seiner Branche naheliegend. Seufzend knipste ich das Neonlicht aus und setzte mich aufs Klo, um eine Runde zu flennen.

Ich Aschenputtel!

Ich konnte mich glücklich schätzen, einen Märchenprinzen wie Tom abgekriegt zu haben. Einen Märchenprinzen mit Topfigur und Dreitagebart und Bambi-Augen und pechschwarzen Haaren mit designergrauen Schläfen.

Stopp! Halt, halt!

Als ich Tom kennenlernte, war ich alles andere als ein Aschenputtel gewesen.

Eine aktive und attraktive Single-Frau war ich gewesen, eine stolze, starke Tigerin im Großstadtdschungel, die geschmeidig durch die Szenekneipen streifte und sich jeden Tag aufs neue erfolgreich dem Kampf ums Überleben stellte. Kurz vorm Examen hatte ich mein Studium geschmissen – Deutsch und Biologie fürs Lehramt – und mich beim kleinen, aber feinen NaturPur-Verlag als Lektoratsassistentin verdingt, wo ich so bahnbrechende Werke wie *Mit dem Hund auf du* und *Keine Rose ohne Dornen* und *Wenn der Berg brüllt* betreute und mich mit den Autoren herumschlug, die allesamt aussahen wie Luis

Trenker und Konsorten. Eines schönen Tages war Tom dort aufgekreuzt, Doktor rer. nat. Thomas Jansen, der einen Wanderführer mit dem Titel *Geotours – Erlebnisgeologie* geschrieben hatte.

Und KLACK!

Nicht nur die Geologie war ein Erlebnis, sondern auch der Geologe.

Gleich einer Naturgewalt – lawinenartig, steinschlagmäßig – kam die große Liebe über mich. Mein Herz bebte wie die Erde, mein Blut brodelte wie Lava. In Null Komma nix erlag ich Toms eruptivem Charme. Einen Vulkan kann man nicht verkorken ...

Marmor, Stein und Eisen bricht, aber unsere Liebe nicht! hatte Tom gesungen.

Albern lächelnd tastete ich nach der Klopapierrolle. Vergebens. Mistkerl! Immer blieb alles an mir hängen! Kein Wunder, daß ich Falten hatte!

Bis vor zwei Jahren war »Falten« ein Fremdwort für mich gewesen. Bis der NaturPur-Verlag pleite und ich urplötzlich arbeitslos war. Bis ich zu Tom gezogen war. Damit nahm das Elend seinen Lauf.

Jede Junggesellenbude ist eine nach Männerschweiß stinkende Oase der Unordnung, ein idealer Nährboden für Schimmel, Pilze und Bakterien.

Jede Junggesellenbude ist die reinste Falle für Frauen mit gewissen Ambitionen und einem Hang zum Perfektionismus.

Und ich dumme Nuß tappte nichtsahnend rein.

Als hätte ich jahrelang meine wahre Berufung geleugnet, legte ich die täuschend echte Imitation eines Superweibes hin. Tagsüber reagierte ich meine überschüssige Energie im Haushalt ab, nachts saß ich am Computer und tippte Toms Veröffentlichungen, Vorlesungsmanuskripte und Gutachten. Ich mutierte zur Putze und Köchin und Tippse in Personalunion. Auch Tom schien jahrelang seine wahre Berufung geleugnet zu haben, denn fortan legte er das Gebaren eines Kolonialherren an den Tag. Wenn er abends heimkam, erwartete er, daß ich ihm untertänigst Luft zufächelte und Drinks servierte und ihn *Massa* oder

Sahib oder *Bwana* nannte. Er machte keinen Finger mehr krumm.
Aus der Tigerin wurde eine degenerierte Hauskatze, die ihre Streifzüge auf ein eng begrenztes Revier beschränkte. Die schmackhafte Mäuse für ihren Herrn fing und sie ihm in mundgerechte Happen zerlegte. Die kam, wenn er rief. Die ihm um die Beine strich, wenn er grollte. Die für ein paar Streicheleinheiten von ihm durch brennende Reifen gesprungen wäre.
Aus der aktiven und attraktiven Single-Frau wurde eine frustrierte, früh vergreiste grüne Witwe, deren Al-dente-Body allmählich den Weg allen Fleisches ging, wohingegen der Lebensgefährte unter der guten Pflege prächtig gedieh, die steile Karriereleiter erklomm und allein mit seinen Kumpanen auf die Rolle ging, wann immer er wollte.
Ein Schluchzer entrang sich meiner Brust.
Mascha hatte gut reden. Von wegen Ehe ist out! Die hatte ihr geregeltes Einkommen als medizinisch-technische Assistentin im Bonifatius-Hospital, halbtags. Seit sie den ehrbaren Egon los war, lebte die ihren Streifen; sie zog ihr Kind groß und scherte sich um nichts. Einmal pro Woche empfing sie ihren Undercover-Lover Wolfi – einen verheirateten Musiker, eine Art verkanntes Genie, eine Art junger Clark Gable, von dem Feli nichts wußte, auch ich hatte bloß mal ein Foto gesehen – und schob mit ihm eine schnelle Nummer. Dann stieß sie ihn wieder von der Bettkante und schlief den Schlaf der Gerechten.
Ich aber hatte einen Haufen BAFöG-Schulden am Hals, lebte von der Arbeitslosenhilfe und von den Brocken, die Tom mir hinwarf. Weit und breit war kein Job in Sicht. Mein Selbstbewußtsein war mittlerweile auf die Größe einer Erbse geschrumpft. Vermutlich konnte ich allein – ohne Mann – überhaupt nicht mehr existieren. Ich hatte keinerlei Perspektive. Und in meinem Alter wurde die Luft dünn.
Himmelherrgottnochmal – was blieb mir denn anderes übrig als Heiraten?
Abrupt wurde die Badezimmertür aufgestoßen. Tom stürmte herein und bekam fast einen Anfall, als er meiner ansichtig wurde.

»Mensch, Alex!« rief er. »Bist du auf dem Klo festgewachsen?«
Die Talk-Runde war offenbar zu Ende. Wie ich Tom kannte, hatte er im Wohnzimmer alles stehen- und liegenlassen. Aller Abenteuerlust zum Trotz scheute er das riskante Unterfangen, Bierflaschen durch die Wohnung zu balancieren. Konnte ja sein, man hob sich einen Bruch dran.
Ich zog die Pyjamahose hoch und betätigte die Klospülung, ohne ihn einer Antwort zu würdigen.
»Sei nicht kindisch!« Tom schüttelte den Kopf. »Hast du keinen anderen Schlafanzug? In dem Ding siehst du aus wie 'n Sträfling!«
Bin ich auch, du Klugscheißer! Unsere Beziehungskiste ist mein Knast, der Deckel ist zugenagelt – ich bin eine Gefangene der Liebe. Ich streckte ihm die Zunge raus, ging schnurstracks ins Bett und steckte den Kopf unter die Decke. Ich wollte nichts mehr hören und nichts mehr sehen.

Am nächsten Morgen war mir hundeelend zumute. Die halbe Nacht hatte ich wach gelegen und Toms monotonem Schnarchen gelauscht; erst als draußen die Vögel anfingen zu blöken, sank ich in einen unruhigen Schlummer. Ich quälte mich aus dem Bett und torkelte in die Küche – ich schlafwandelte praktisch noch –, wo ich eine Tasse Kaffee trank, um meine Lebensgeister zu wecken.
Vielleicht hätte die Welt wieder in Ordnung sein können …
… wenn's im Wohnzimmer nicht ausgesehen hätte wie in einer Hotelsuite nach dem Aufenthalt einer zugedröhnten Rockgruppe, bloß daß das Mobiliar kein Kleinholz war und die Bilder noch an den Wänden hingen. Auf dem Couchtisch standen drei leere Bierflaschen, eine leere Erdnußdose, ein Aschenbecher voller Camel-Kippen, ein halbvolles Wasserglas, in dem eine tote Fliege schwamm, sowie ein Teller mit Frühstücksüberresten, die mich spontan an das Erbrochene von Muttis Dackel Waldi erinnerten. Der Teppich war übersät mit Kronkorken und Erdnußschalen. Die Sofadecke hing völlig verquer über der Lehne, die Kissen waren in alle Winde verstreut.

Ich war kurz davor, den Schrei der Schreie auszustoßen, verkniff es mir aber. Was sollten denn die Leute denken? Allen voran Herr Schnüffel aus dem Erdgeschoß, der eigentlich Herr Schüffel hieß und morgens gern durchs Treppenhaus patrouillierte und an den Türen horchte?
In dem Moment haßte ich Tom aus tiefstem Herzen. Ich wünschte ihm sämtliche parasitenbedingten Durchfälle der Welt an den Leib, sämtliche Wurzelfüllungen und Weisheitszahnextraktionen und alle ähnlichen Unannehmlichkeiten, die mir auf die Schnelle in den Sinn kamen.
Noch im Schlafanzug und barfuß klemmte ich mir die Flaschen unter den Arm, schleppte sie in die Kammer und deponierte sie im Bierkasten. Ich sammelte den Abfall ein und schmiß ihn mit spitzen Fingern in den Mülleimer. Angewidert wusch ich den Aschenbecher aus, wienerte den Couchtisch und saugte den Teppich. Dem röhrenden Staubsauger versetzte ich einen heftigen Tritt, wobei ich mir fast die Zehen gebrochen hätte. Mit schmerzverzerrtem Gesicht faltete ich die Sofadecke zusammen und brachte die Kissen mit gezielten und resoluten Handkantenschlägen zur Raison.
Ich benahm mich wie eine konditionierte Laborratte.
Als es mir gelungen war, den Urzustand wiederherzustellen, riß ich das Fenster auf, damit frische Luft in die Bude kam.
Geschafft.
Ich sprang unter die Dusche und schaltete auf Autopilot. Wie ferngesteuert wusch ich mein Haar mit Volumenshampoo und ließ das Zeug einwirken, während ich mich mit einem extra für die reifere Haut entwickelten Duschgel einseifte. Dann spülte ich das Shampoo ab, verteilte Pflegebalsam im Haar und traktierte Waden und Po und Bauch und Busen mit einem rauhen Luffa-Handschuh, bis die Haut rosig schimmerte. Nach dieser Prozedur stand mir der absolute Horror bevor: die Kaltdusche, der ich mich jeden Morgen unterzog, seit ich in der *Friederike* gelesen hatte, daß eisiges Wasser dem Haar Glanz verleiht, die Haut strafft und Krampfadern vorbeugt.
Als ich aus der Duschkabine kletterte, klapperten meine Zähne wie Kastagnetten. Meine Augen tränten, weil mir Pflegebalsam

reingelaufen war. Blind wie ein Maulwurf tastete ich nach dem Handtuch und rubbelte mich trocken. Meine Haut war nicht länger rosig; jetzt hatte sie einen ungesund anmutenden Stich ins Bläuliche.

Ich balsamierte mich mit rückfettender Bodylotion ein.

Ich sprühte Conditioner in mein störrisches Haar, kämmte und fönte es und drehte es auf Papilloten, die von meinem Kopf abstanden wie Schaschlikspieße.

Ich zupfte meine Augenbrauen.

Ich drückte Mitesser auf der Nase aus.

Ich schmierte mir eine nährstoffstrotzende Tagescreme ins Gesicht und trug eine dicke Schicht Make-up auf.

Ich betonte meine Augen mit grauem Kajal und tuschte die Wimpern mit wasserfestem Mascara.

Ich malte mir die Lippen im angesagten Farbton Blue Violet an.

Ich bestäubte Stirn, Nase und Kinn mit Transparentpuder.

Ich schraubte die Papilloten aus dem Haar und bürstete es in Form und fixierte die Frisur mit einer Überdosis Haarspray.

Ich bepinselte Zehen- und Fingernägel mit farblosem Lack.

Mein rechter großer Zeh tat schweineweh. Ich starrte ihn an und wartete darauf, daß er – wie im Comic – anfing zu glühen und zu blinken. Unterdessen tickte unerbittlich die Uhr, die Tom gut sichtbar neben dem Spiegel aufgehängt hatte, als Wink mit dem Zaunpfahl, weil ich seiner Meinung nach immer das Bad blockierte. Jedesmal verlor ich den Wettlauf gegen die Zeit. Unter einer Stunde lief gar nichts. Ich gehöre nun mal nicht zu der Sorte Frauen, die direkt nach dem Aufstehen aussehen wie im Chanel-Labor geklont.

Der milde Apriltag hatte massenhaft Menschen ins Freie gelockt. Jetzt – um die Mittagszeit – aalten sie sich vor den zahlreichen Cafés, Bistros und Restaurants der Kaufrauschmeile in der Frühlingssonne.

Im provisorischen Biergarten vom Sidestep – einer beliebten Szenekneipe, in der auch Snacks serviert wurden – rekelte sich Mascha auf einer Bank, die Beine von sich gestreckt, die Augen geschlossen. Über ihren Knien lag ihre Lederjacke. Kaskadengleich fielen ihre rotbraunen Locken über ihre Schultern und zogen die Blicke der Bürohengste auf sich, die am Nachbartisch ihre Schinken-Käse-Baguettes verschlangen, bevor sie wieder in ihre Banken und Büros galoppieren mußten. Die Typen trugen samt und sonders Anzüge in gedeckten Farben, weiße Hemden, Schlipse und Lackschuhe. Sie glichen sich wie ein Ei dem anderen. Es war mir schleierhaft, wie ihre Chefs und ihre Ehefrauen es schafften, sie auseinanderzuhalten. Ich schlängelte mich an ihnen vorbei und ließ mich neben Mascha auf die Bank fallen.

»Hallo!« sagte ich. »Sorry – ich bin zu spät!«

»Bist du immer«, sagte sie, schlug die Augen auf und musterte mich träge. »Deine Nase schält sich.«

Kacke verdammte! Der ganze Aufwand für die Katz! Nur, weil ich auf das Peeling verzichtet hatte!

Hektisch durchwühlte ich meine Handtasche nach der Puderdose, um in deren Spiegel mein Make-up zu kontrollieren. Auf dem Nasenrücken pellte sich die Haut wie bei einem Sonnenbrand. Ich schraubte eine Probiertube Fettcreme auf und tupfte einen winzigen Klecks auf die gerötete Stelle.

Mascha, die mich beobachtete, schüttelte den Kopf. »Hast du wieder 'ne ganze Drogerie dabei?«

»Man kann ja nie wissen«, sagte ich patzig.

Daß sie sich nicht mal verkneifen konnte, auf meinem Tick herumzureiten! Okay – zugegeben: Ich war der Schrecken aller Kosmetikverkäuferinnen der Stadt. Denn ich war eine notorische Pröbchenbettlerin. Alle erbettelten Pröbchen probierte ich aus und führte stets eine beträchtliche Anzahl mit mir. Aber das war doch kein Verbrechen, oder?

»Und dieser Lippenstift, Alex – also ehrlich!« fuhr Mascha unbarmherzig fort. »Was für 'ne Farbe. Sieht aus, als wärst du herzkrank. Ganz blau ...«

Es geht doch nichts über eine ehrliche Frauenfreundschaft. Unsere währte jetzt fast ein Jahrzehnt, Mascha und ich hielten zusammen wie Pech und Schwefel, seit wir uns in einem Selbstverteidigungskurs für Frauen kennengelernt hatten. Ich fuhr mir mit der Hand über den Mund und schnitt eine Grimasse.

»In meinem nächsten Leben will ich als Mann auf die Welt kommen«, maulte ich. »Ich weiß nicht, wie Tom das macht, aber er braucht bloß knapp zehn Minuten im Bad. Ratzfatz ist der fertig, wie aus dem Ei gepellt.«
Und ganz ohne Pflegeprodukte-Depot! Auf Toms Ablage standen lediglich Rasierzeug und Aftershave – *Égoïste* –, ansonsten nannte er noch eine Zahnbürste sein eigen sowie eine Flasche Duschgel, damit reinigte er Haut und Haare in einem Aufwasch. Mascha lachte und winkte der Kellnerin, einer koboldhaften Person, die sich ein Geschirrtuch in den Bund ihrer Jeans geklemmt hatte und in einem Affenzahn von Tisch zu Tisch sauste.
»Haha«, sagte ich bitter.
Mascha hatte nicht nur gut reden, die hatte auch gut lachen. Wenn's ja nur die Haare gewesen wären! Aber nein – bewahre: Die Frau war ein wandelnder Superlativ. Der liebe Gott hatte sie außerdem mit einer Marzipanhaut bedacht, einem Schmollmund wie eine reife Schattenmorelle, einer allerliebsten, sommersprossengesprenkelten Stupsnase und tiefseegrünen, wimpernverhangenen Scheinwerferaugen. Und mit niedlichen, enganliegenden Ohren! Richtig ins Zeug gelegt hatte er sich bei ihr. Bei mir hatte er bestenfalls mit dem kleinen Finger geschnippt, der faule Sack. Oder ich war seine Montagsproduktion.
»Was tut sich an der Hochzeitsfront?« fragte Mascha und steckte sich eine Zigarette an. »Hast du's noch mal überschlafen?«
»Da gibt's nix zu überschlafen«, sagte ich kühn.
»Ich finde, dein Alptraum läßt tief blicken. In deinem Unterbewußtsein gärt was …«
»Laß nicht immer die Hobbypsychologin raushängen. Träume sind Schäume!«
»Und die Ehe ist ein Sackbahnhof«, erwiderte Mascha. »Eine Weiche falsch gestellt, ein Signal übersehen – und schwups! bist du für immer und ewig auf dem Abstellgleis!«
»Klappe!« rief ich. »Die Sache wird durchgezogen und basta. Am Wochenende fahre ich zu Mutti, dann ist die Liste fällig.«
»Liste?« Mascha blies eine Qualmwolke in die laue Luft.

»Na, die Liste, wo draufsteht, was erledigt werden muß. Einladungen drucken lassen, Einladungen verschicken ...«
Die Kellnerin servierte unsere Baguettes. Mascha drückte die Zigarette aus, griff zu Messer und Gabel und rückte ihrem Thunfischbaguette zu Leibe. Ich erwärmte mich für mein Thema.
»... die Sitzordnung festlegen, die Combo engagieren, den Blumenschmuck auswählen. Was hältst du von roten Rosen und weißem Flieder?«
»Im Juli gibt's keinen Flieder«, sagte Mascha mit vollem Mund.
»Doch, bestimmt. Gewächshausflieder oder so. Notfalls künstlichen.«
»Mach mal halblang.« Wie ein Damoklesschwert schwang sie ihr Messer über meinem gesenkten Haupt. »Im verflixten siebten Jahr am siebten Juli zu heiraten! Das ist 'ne Schnapsidee! Das muß einfach in die Hose gehen, Alex! In deinem *Friederike*-Horoskop steht sowieso, daß sich eine Katastrophe anbahnt!«
»Quatsch!« rief ich. Die einzige Katastrophe, die sich anbahnen konnte, war, daß die Bank den Scheck sperrte, den ich heute in einem Brautmodengeschäft auszustellen gedachte. Aber der Appetit war mir vergangen. Ich schob den Teller beiseite und nippte an meiner Cola. Mascha verschlang den letzten Bissen ihres Baguettes.
»Wir werden ja sehen«, orakelte sie düster. »Die Liste für eine eventuelle Scheidung ist noch länger. Meterlang. Wer kriegt was und warum – und wenn nicht, warum nicht?«
»Danke«, sagte ich theatralisch. »Das ist genau das, was mir heute gefehlt hat: eine ordentliche Portion Pessimismus. Was brauch ich Feinde, wenn ich Freunde hab wie dich!«
»Ach Gott!« rief Mascha und legte ihre Hand auf meine. »Ich will doch nur dein Bestes! Tut mir leid. Vergiß es! Du heiratest am siebten Juli und kommst in den siebten Himmel. Tu mir den Gefallen, iß auf. Und dann ziehen wir los!«
Sie strahlte mich an. Zwischen ihren Schneidezähnen hing ein Thunfischpartikel. Man konnte ihr unmöglich böse sein.

»Aber nur, wenn du mir versprichst, dein Schandmaul zu halten!«
»Versprochen«, sagte sie und hob feierlich die Hand zum Schwur. »Du darfst dir das tollste Brautkleid kaufen, das je ein Designer zusammengeschustert hat.«
Sie bezahlte und gab der Kellnerin ganze drei Groschen Trinkgeld. Dann wurde aus dem Spaß blutiger Ernst.

Die exquisite Brautmodenboutique, die wir aufsuchten, lag an der Peripherie der Kaufrauschmeile. Im Schaufenster standen vier Puppen in zum Sterben schönen, ultraweißen Traumkleidern und glotzten uns aus toten Augen an. Ihre steifen Porzellanfinger umklammerten beutelähnliche Täschchen, um ihre Köpfe bauschten sich Schleier wie Kokons.
»Ich faß es nicht«, murmelte ich.
In so einem Kleid würde ich vorm Traualtar stehen! *Ich*! Obwohl Mutti mir seit Jahr und Tag vorjammerte, ich würde als Ladenhüter enden!
In der Boutique nahm sich sofort eine Verkäuferin unser an, eine Dame mittleren Alters in einem dezenten Strickensemble von der Farbe einer Wurstpelle. Um den faltigen Hals hatte sie eine Perlenkette gewickelt. Sie preßte die überreichlich beringten Hände gegen ihren voluminösen Busen und verlieh ihrer Freude über das bevorstehende Ereignis Ausdruck, indem sie eine Reihe gelblicher Jacketkronen entblößte.
»Wenn Sie mir bitte folgen wollen, meine Damen!« flötete sie und eilte zu einem Ständer, auf dem Dutzende von Brautkleidern hingen. »Welche Größe soll's denn sein?«
»Achtunddreißig!« sagte ich wie aus der Pistole geschossen.
»Achtunddreißig!« wiederholte sie. »Kein Problem.«
Kein Problem? Du wirst dich noch umgucken, du alte Schachtel! Theoretisch hatte ich nämlich obenrum Größe vierunddreißig, um die Taille Größe achtundreißig und um die Hüfte Größe vierzig. Praktisch gab's so was nicht. Klamottenkaufen war für mich das reinste Spießrutenlaufen.
Entschlossen riß die Verkäuferin fünf Brautkleider von den Bügeln und drückte sie Mascha in den Arm.

»Na bitte!« rief sie euphorisch. »Wer sagt's denn!«
Sie geleitete uns zu den Umkleidekabinen. Vor einem mannshohen Spiegel posierte eine dralle junge Frau in einem Gewand, dessen hoch angesetzte Taillenschärpe nicht über ihren kugelrunden Bauch hinwegzutäuschen vermochte.
»Entweder verfressen oder schwanger!« raunte Mascha, schubste mich in die Kabine und schmiß mir das erste Kleid hinterher.
Die Umkleidekabine war unkomfortabel wie alle Umkleidekabinen. Es müffelte nach Deo und Angstschweiß, auf dem Filzboden lagen Stecknadeln. Ich zog mich aus bis auf den Slip und schlüpfte in den weißen Traum. Das Kleid war unten weit und oben eng. Und trägerfrei, leider. Meine Brüste füllten den Stoff nicht aus. Wie auch? Brüste war geprahlt. Mikroskopisch kleine Auswüchse waren das. Wo andere Frauen mindestens Maulwurfshügel hatten – wenn nicht gar Montblancs! –, hatte ich eine Tiefebene. Da war nichts, was ein BH hätte im Zaum halten müssen.
Mascha wurde ungeduldig. »Alex!«
»Das paßt nicht!« rief ich.
»Zeig mal!«
Mit einem Ruck wurde der Vorhang zur Seite gezerrt. Mascha lugte in die Kabine. Verzweifelt deutete ich aufs Dekolleté. »Das rutscht. Da kann ich ja gleich oben ohne heiraten!«
Grinsend, aber kommentarlos reichte sie mir Fummel Nummer zwei, ein Etuikleid, das mein Hintern zu sprengen drohte. Der dritte Fummel – ein Wahnsinnsteil aus Taft und Tüll – schlug in der Taille Wellen wie die Nordsee bei Orkanwarnung. Der vierte – ein Gespinst aus hauchzarter Spitze – entpuppte sich als komplett durchsichtig. Der fünfte Fummel jedoch – ein schlichtes Satinfähnchen – paßte wie angegossen, wenn man großzügig davon absah, daß der V-Ausschnitt bis zum Nabel ging, die Ärmel zu lang waren und der Rock zu kurz. Erleichtert verließ ich die schützende Kabine und schritt vorm Spiegel so majestätisch auf und ab wie Lady Di seinerzeit in der Westminster Abbey. Prompt nahte die Verkäuferin, die im Hintergrund auf der Lauer gelegen hatte.

»Nein, wie wunder-wunder-wunderschön!« quäkte sie und klatschte in die Hände. »Wie auf den Leib geschneidert!«
Fragt sich bloß, auf wessen Leib. Auf meinen nicht. Vielleicht auf den von Cindy Crawford?
Unschlüssig schaute ich Mascha an. »Was meinst du?«
»Bißchen luftig vorn, oder?«
»Luftig?« Die Verkäuferin stutzte. Dann stürzte sie sich auf mich wie der Habicht auf die Maus, krallte ihre Hand in meinen nicht vorhandenen Busen und raffte den Stoff zusammen. »Hier ein Abnäherchen, da eins, beim Rock lassen wir den Saum raus, und die Sache ist geritzt! Sehen Sie?«
Ich sah. Mascha radebrechte: »Genau. Wir lassen Sau raus!«
Ich giggelte.
»Am Montag ist es fertig. Ja oder nein?« fragte die Verkäuferin stoisch. Die Frau hatte einen ausgeprägten Sinn fürs Merkantile, das mußte man ihr lassen.
Ich kapitulierte und sagte ja und amen und schrieb einen Scheck über eine Summe aus, die selbst einem Ölmulti das Wasser in die Augen getrieben hätte. Mich würde sie endgültig in den finanziellen Ruin treiben. Aber das war mir der Spaß wert. Ich gönnte mir ja sonst nix. Drauf gepfiffen! Man heiratet schließlich nicht jeden Tag.

Übers Wochenende war ich Single. Tom weilte auf Exkursion im Sauerland, um seinen Studenten die mittel- und oberdevonischen Massenkalkkomplexe des Briloner Sattels und der Attendorn-Elsper-Doppelmulde vorzuführen – was auch immer das sein mochte. Meist ging mir sein Geologen-Geschwafel zum einen Ohr rein und zum anderen raus. Wie üblich war die Gruppe mit dem Uni-Bus unterwegs, so daß Toms Allerheiligstes, der diamantschwarze 3er BMW mit Breitreifen und Airbag und Schiebedach und allen Schikanen, zu meiner freien Verfügung stand. Am Samstag schnürte ich mein Bündel und machte mich auf den Weg zu Mutti.
Die Sonne lachte vom swimmingpoolblauen Himmel. Gutgelaunt fingerte ich Toms Camel-Sonnenbrille aus dem Handschuhfach und gab Gas.

Auf der Autobahn herrschte reger Betrieb. Männer aller Altersklassen frönten mit Begeisterung der Jagdsportvariante, die nach dem Aussterben des Mammuts und mit der Erfindung des Automobils in Mode gekommen war. Sie droschen ihre PS-starken Boliden über die linke Spur, und wehe, man wankte und wich nicht! Dann konnte man sich warm anziehen! Nach einigen Minuten traute auch ich mich, auf der linken Spur entlangzubrettern. Bei hundertfünfzig Sachen stellte ich das Radio an. Keine Ahnung, welchen Sender ich erwischt hatte, aber es war schier unglaublich, es war kitschiger als im kitschigsten Herz-Schmerz-Roman: Wie auf Bestellung und mit megaschmalziger Stimme sülzte Roy Black »Ga-hanz in Weiß mit einem Blu-humenstrauß« – wenn das kein gutes Omen war!
Was sollte da noch schiefgehen?
Herrje – wenn ich das Mascha erzählte!
Ich drehte das Radio auf, wodurch ich den Bruchteil einer Sekunde abgelenkt war und fast einen Kieslaster gerammt hätte. Der Fahrer – Jürgen mit Namen, wie das Schild an der Windschutzscheibe kundtat, Typ hormongeladener Berufsmacho mit Nackenspoiler und Rambo-Ambitionen, wahrscheinlich Ballermann-Urlauber und geistig tiefergelegt – hupte und präsentierte mir seinen erigierten Mittelfinger.
Als ich mich von dem Schreck erholt hatte und Jürgens Kieslaster im Rückspiegel kleiner und kleiner wurde, sang ich lauthals mit Roy Black im Duett: »So siehst du-hu in meinen schönsten Träumen aus!«
Den Triller in »Träumen«, der jedem Kanarienvogel zur Ehre gereicht hätte, kriegte ich nicht ganz so gut hin wie Roy. Aber daß ich den Text überhaupt auswendig konnte! Damals, als das Lied in den Charts war, war ich nicht mal aufgeklärt gewesen. Zu der Zeit hatte ich noch gedacht, daß man vom Küssen Kinder kriegt. Wirklich interessant, was das weibliche Hirn alles zu speichern in der Lage ist.
Eine gute halbe Stunde später kurvte ich durch Wuppertal-Elberfeld auf der Suche nach einem Parkplatz, der groß genug für den BMW war. Oder besser: groß genug für mich. Trotz Park-Distance-Control – was bedeutet, daß das Auto piept wie

ein Monitor auf der Intensivstation, sobald es einem anderen Auto zu nahe kommt – gehörte Einparken nicht unbedingt zu meinen Stärken. Als besonderer Streßfaktor kam hinzu, daß Tom die Hochzeit aus Rache absagen würde, sollte ich es fertigbringen, der Karre einen Kratzer oder gar eine Delle zu verpassen. Endlich gelang es mir, einen Parkplatz zu finden, der notfalls sogar für Jürgens Laster gereicht hätte.

Seit der Scheidung meiner Eltern vor fünfzehn Jahren wohnte Mutti allein mit ihrem Lebensgefährten, dem Rauhhaardackel Waldi, im zweiten Stock eines Hauses in der Fußgängerzone, in dessen Erdgeschoß sich neuerdings ein Kosmetikshop befand. Bei meinem letzten Besuch war da noch eine Bäckerei gewesen.

Ich konnte der Versuchung nicht widerstehen, spontan betrat ich den Laden. Hier stoben die modelschlanken Grazien bei meinem Erscheinen nicht auseinander wie aufgescheuchte Hühner – wie in den Kosmetikshops und Drogerien der Kaufrauschmeile daheim, wo sie ihre Pappenheimer kannten, vorneweg mich –, sondern verweilten ahnungslos bei ihrem Schwätzchen hinter dem Verkaufstresen. Langsam pirschte ich durch die Regalreihen, inspizierte die Pflegeserien der gehobenen Preisklasse und mimte Unentschlossenheit, um das Interesse einer Verkaufskraft auf mich zu lenken. Endlich besann sich eine der Grazien – eine Trulla mit Bobtail-Mähne und einem violetten Lidschattengeschwür um die Augen – auf ihre Pflichten.

»Suchen Sie was Bestimmtes?« fragte sie träge.

Aber hallo, Frollein! Ich suche immer was Bestimmtes: Proben zum Nulltarif.

»Ach!« seufzte ich. »Ich benötige dringend ein neues Pflegeprogramm – auf mein altes reagiere ich allergisch ...«

Die Grazie nickte mitleidig. »Jaja, ganz recht, da steckt man nicht drin ...«

»... aber bevor ich mich entscheide, würde ich gern einige Artikel testen. Gucken, wie meine Haut reagiert ...«

Vage zeigte ich auf die aufwendig verpackten Produkte der innovativen, sündhaft teuren Pflegeserie *Femme Fatale*. Von einer

Sekunde auf die andere signalisierte die Grazie deutlichen Widerwillen. Sie zog einen Flunsch und runzelte die Stirn. Allzugern hätte ich mal gewußt, warum sich jede Kosmetikverkäuferin aufführt wie eine brütende Glucke, der man die Eier unterm Arsch wegklauen will, wenn man sie um ein paar Proben angeht.

Ich entschloß mich zu einer direkten Vorgehensweise. »Wenn Sie mir den Probierset von *Femme Fatale* geben könnten, wäre ich Ihnen sehr verbunden.«

Um die Sache zu beschleunigen, setzte ich dreist noch einen drauf. »Oder ist das zuviel verlangt?«

Ha – überrumpelt! Sie drehte ab und riß eine große Schublade auf. Ich folgte ihr auf dem Fuße. Und ich traute meinen Augen kaum! Das Ding war bis zum Rand vollgestopft mit Proben! Wieso machte die dumme Pute so ein Geschiß? Es war nicht zu fassen. Vor allem konnte es ja auch wirklich nicht im Sinne der Herstellerfirma sein, daß ihre Proben dort vor sich hin gammelten und lediglich den immensen Eigenbedarf des Personals deckten.

Haben will! schrie das Kind in mir und stampfte mit dem Fuß auf.

Nach minutenlangem Wühlen reichte mir die Grazie eine klitzekleine Tube Nachtcreme von *Femme Fatale*. Das war alles. Sie sagte nicht mal »Bitte schön!«. Ich sackte meine magere Beute ein, sparte mir geflissentlich und – wie ich fand – berechtigterweise ein »Dankeschön!« und sah zu, daß ich Land gewann.

Mutti hatte meinen Besuch zum Anlaß genommen, Waffeln zu backen. Schon im Hausflur roch ich sie, und als die Wohnungstür aufgerissen wurde, krochen mir die Backdunstschwaden entgegen wie eine Nebelfront auf der Autobahn. Inmitten der Dunstschwaden materialisierte sich Mutti wie ein Geist aus der Flasche. Sie trug ihre beste Kittelschürze. Ihre Brille war beschlagen, und in ihrem kurzen, herbstlaubbraunen Haar – eigentlich war's mausgrau, aber der Lockendreher ihres Vertrauens färbte es einmal pro Quartal – hing ein einzelner Klettwickler.

»Kind!« rief sie und streckte mir beide Arme entgegen. An ihrem linken Unterarm pappte ein eingetrockneter Teigklumpen. »Das wird aber auch Zeit!«

Wie immer schaffte sie es, mir das Gefühl zu vermitteln, ich sei viel zu spät dran – in jeder Beziehung.

Während sie in der Küche werkelte, stellte ich meine Tasche neben der Flurgarderobe ab und ging ins Wohnzimmer, wo der gedeckte Kaffeetisch meiner harrte. Im bequemen Fernsehsessel lag Waldi auf seiner Decke. Waldi war Muttis ein und alles und zählte stramme sechzehn Lenze. Im Lauf der Jahre waren ihm die Zähne ausgefallen, inzwischen kaute er auf den Felgen; Mutti drehte ihm sein Freßchen durch den Fleischwolf. Als Waldi mich erblickte, rollte er sich auf den Rücken und gähnte.

»Tach, Waldi!« sagte ich und kraulte sein Bauchfell. Vor großen Hunden fürchtete ich mich, aber ich hatte eine ausgeprägte Schwäche für kleine Kläffer, die mir bis zu den Knien gingen. Die weckten meine mütterlichen Instinkte mit ihren Babybäuchen und ihren Kulleraugen.

»Wuff!« sagte Waldi.

Er war ein äußerst kommunikatives Tier. Nicht auszudenken, wenn er sprechen könnte! Der könnte aus dem Nähkästchen plaudern, mein lieber Scholli! Er kriegte nämlich jede Menge Klatsch und Tratsch zu hören, weil Mutti ihn zu allen Kaffeefahrten und Tupperabenden mitschleppte. Bestimmt hätte er auch einen klasse Polizeihund abgegeben, da Mutti mit ihrer Verbrecherphobie niemals *Aktenzeichen XY* verpaßte.

Ich nahm auf der mit einem eierschalenfarbenen Schonbezug ausgestatteten Couch Platz und schaute mich um. Hier war alles beim alten. Auf der Fensterbank standen die Alpenveilchen stramm in Reih und Glied wie Rekruten und blühten in allen möglichen Pinkschattierungen. In der Vitrine türmten sich die Sammeltassen hinter Glas. An der blümchentapezierten Wand – neben dem gigantischen Farbfernseher – hingen Schwarzweiß-Kinderfotos von meinem Bruder Stefan und mir. Auf dem Vertiko lagen selbstgehäkelte Zierdeckchen, und auf allen Zierdeckchen saßen Porzellandackel. Die Porzellandackelsamm-

lung war Muttis ganzer Stolz. Draußen ratterte die Schwebebahn vorbei; in der Vitrine klirrten die Tassen.
Mutti nahte – ihr Haar war jetzt tipptopp frisiert – und stellte eine Tortenplatte mit Waffeln auf den Tisch, eine Kristallschale mit frisch geschlagener Sahne, eine zweite mit heißen Kirschen. Ich schnappte mir die Kaffeekanne, wie es sich für eine wohlerzogene Tochter geziemt. Nach der vierten Waffel war ich pappsatt. Eisern ignorierte ich Muttis Ermahnung, ordentlich zu essen.
»Ich will schließlich noch in mein Brautkleid passen!« rief ich, verschwieg aber meinen getätigten Kauf.
Womit wir dann beim Thema waren.
In Windeseile schaffte Mutti die Reste in die Küche, holte eine Flasche Ekelkirsch sowie zwei Schnapsgläser mit Goldrand aus der Vitrine und legte ein in rosa Geschenkpapier eingewickeltes Päckchen auf den Tisch.
»Komm, ich tu uns einen«, sagte sie zufrieden. Ein Stoßseufzer entrang sich ihrer Mutterbrust. »Herrgott, Kind, daß ich das noch erleben darf, daß eins von euch heiratet ...«
Sprach's und kippte eine ordentliche Portion Ekelkirsch in die beiden Gläser. Wir stießen auf meine Hochzeit an. Dann schob sie mir das Päckchen hin und zwinkerte mir verschwörerisch zu. »Mach auf!«
Ich streifte das Geschenkpapier ab. Zum Vorschein kam ein dikker Wälzer mit dem Titel *Heiraten – leicht gemacht*. Die Verfasserin, eine Fünfzigerin namens Sybille-Maria von Dünkelmann, galt – so zumindest hieß es auf der Rückseite des Wälzers, wo auch das Konterfei der Autorin abgebildet war – in einschlägigen Kreisen als Spezialistin auf dem Gebiet der Eheschließung. Wie sie sich die entsprechenden Qualifikationen erworben hatte, wurde allerdings verschwiegen. War sie Standesbeamtin von Beruf? Oder Pfarrerin? Danach sah sie nicht aus. Eher nach massenhaft Erfahrung mit dem starken Geschlecht. Ich vermutete, daß sie einen ähnlich enormen Verschleiß an Ehemännern gehabt hatte wie Liz Taylor. In diesem Fall hatte sie sicher nicht nur einen Heirats-, sondern auch einen Scheidungsratgeber geschrieben.

»Und?« fragte Mutti und rieb sich in freudiger Erwartung die Hände. »Gefällt's dir?«
»Super!« rief ich.
Woraufhin Mutti eine hektische Betriebsamkeit an den Tag legte. Schwuppdiwupp hatte sie einen Spiralblock auf den Knien und einen Kugelschreiber in der Hand.
»Dann kann's ja losgehen«, sagte sie und starrte mich gespannt an.
Klar – die vielbeschworene Liste!
Vor Eifer biß Mutti fast in den Kugelschreiber. Ich gestattete mir ein innerliches Grinsen. Es war ihr Herzenswunsch, die Hochzeit eines ihrer Kinder zu feiern. Endlich was, womit sie bei ihren Kränzchenfrauen prahlen konnte! Endlich was Reelles! Von meinem Bruder, der fünf Jahre jünger war als ich und der sich nach Berlin abgeseilt hatte, war diesbezüglich nichts zu erwarten. Denn Stefan war schwul. Zum Leidwesen von Mutti, deren Standardspruch war, wenn sie das geahnt hätte, hätte sie ihn Stefanie taufen lassen.
Nee, das war kein Thema fürs Damenkränzchen!
Das wurde schön unter den Teppich gekehrt.
Unter den Teppich gekehrt wurde auch die Tatsache, daß mein Erzeuger – ein Studienrat – bei Nacht und Nebel mit einer Referendarin durchgebrannt war und das Weite gesucht hatte. Obwohl – allzuweit war er nicht gekommen. Mal gerade bis Remscheid. Und dann war die Scheidung fällig gewesen.
Kein Wunder, daß Mutti sich bei wenigstens einem Familienmitglied nach halbwegs geordneten Verhältnissen sehnte! Den Herzschrittmacher hätte sie sich dafür aus dem Leib schneiden lassen, wenn sie einen gehabt hätte!
Selig blätterte sie in Frau von Dünkelmanns Ergüssen. Ich schickte mich ins Unvermeidliche.
Noch beim Abendessen schwirrte mir der Kopf von den Entscheidungen, die ich mit Muttis Hilfe und Frau von Dünkelmanns klugen Ratschlägen zu treffen gewagt hatte. Wörter wie Kopfschmuck und Ansteckschmuck und Kirchenschmuck und Tischschmuck und Autoschmuck und Festsaalschmuck schmuckten, ach Quatsch, zuckten durch mein Hirn wie Blitze.

Vor meinem geistigen Auge sah ich nichts als Hochzeitstorten und Menükarten und Präsente und Champagnerflaschen. An mein geistiges Ohr drang Glockenläuten und Orgelrauschen. In meine geistige Nase stieg der betörende Duft von Rosen und Flieder.
Ich war echt fix und alle.
Sogar Mutti war dermaßen durcheinander, daß sie die Bockwürste, die es zum Kartoffelsalat gab, durch den Fleischwolf drehte und Waldi das Chappi auf einem Goldrandteller servierte. Mich streifte der Gedanke, daß der Ekelkirsch – immerhin hatten wir es geschafft, den Inhalt der Flasche um die Hälfte zu dezimieren – an dem Malheur nicht ganz unschuldig war.

Der Lack ist ab

Während der Heimfahrt regnete es in Strömen. Auf der Autobahn bestand akute Schleudergefahr; ich pflügte durch riesige Pfützen, links und rechts spritzte das Wasser wie Gischt. Scheibenwischer und Gebläse liefen auf Hochtouren. Die meiste Zeit zockelte ich hinter einem Schwertransporter her – durften die denn sonntags fahren? – und wagte mich nicht auf die Überholspur.

Eigentlich hätte Tom bei meiner Ankunft wie immer vorm Fernseher sitzen müssen. Aber die Wohnung war dunkel und still wie eine Gruft, nur der Anrufbeantworter blinkte. Ich spulte das Band zurück und lauschte der Stimme meines zukünftigen Gatten und Vaters meiner Kinder, die seltsam blechern klang: »Mensch, Alex. Wo steckst du denn? Paß auf, der Uni-Bus hat 'ne Panne, irgendwas mit der Kupplung, wir fahren erst morgen früh hier los, dann direkt ins Institut. Man sieht sich gegen Abend, tschüs!«

Dafür hatte ich mich abgehetzt wie eine Bekloppte! Dafür hatte ich mein Leben riskiert, den Unbilden des Straßenverkehrs und der Witterung getrotzt – voller Vorfreude auf einen Abend in trauter Zweisamkeit, in dessen Verlauf ich Tom unsere Hochzeitsfeierlichkeiten in den schillerndsten Farben ausmalen wollte!

Und?

Außer Spesen nix gewesen.

Versetzt hatte er mich wie so oft. Langsam beschlich mich das dumpfe Gefühl, daß ich meine Zeit hauptsächlich damit verplemperte, auf den gnädigen Herrn und Gebieter zu warten.

Maximal gefrustet schlurfte ich in die Küche, wo ich heißhungrig – im Stehen, an die Spüle gelehnt – den Kartoffelsalat runterschlang, den Mutti mir in einer Tupperschüssel mitgegeben hatte. Ich packte meine Tasche aus und legte *Heiraten – leicht gemacht* auf Toms Nachttisch, als Wink mit dem Zaunpfahl. Von der anstrengenden Fahrt waren meine Nackenmuskeln so verspannt, daß sie sich anfühlten wie plattgeklopfte Schnitzel. Als Gegenmaßnahme ließ ich mir ein Lavendelbad ein und suhlte mich wohlig in der Wanne. Das Wasser gluckerte, in meinem Bauch rumorte der Kartoffelsalat. Ich ertappte mich dabei, daß ich die Melodie von *Ganz in Weiß* summte.

Dadada-dada-dada-dada …

Morgen würde ich mein Hochzeitskleid abholen.

Natürlich würde ich es Tom nicht zeigen – das bringt bekanntlich Unglück. Der würde es erst am schönsten Tag im Leben einer Frau zu Gesicht kriegen. Bauklötze würde er staunen!

Würde er wirklich?

Mir wurde kalt. Auf meinen Armen bildete sich Gänsehaut.

Ich drehte den Heißwasserhahn auf. In meinem Kopf wirbelten die Gedanken herum wie in einem Mixer. Nie merkte Tom, wenn ich beim Friseur gewesen war. Oder wenn ich neue Klamotten hatte. Dagegen schien er für den nuttigen Ledermini und die platinblonden Strähnchen und die wie Balkons hervorstehenden Titten jeder dahergelaufenen Thekenschlampe einen eingebauten Seismographen zu haben …

Ach was. Ein Brautkleid war schließlich nicht zu übersehen!

Leider schwieg sich Frau Sybille-Maria von Dünkelmann darüber aus, wo das Corpus delicti bis zur Hochzeit vor den Augen des Bräutigams verborgen werden sollte. Aber das war das geringste Problem. Klar wie Kloßbrühe, daß ich's bei Mascha verstecken würde! In ihrem Schrank, neben ihrem Brautkleid, das inzwischen schwarz eingefärbt war und ab und zu als Abendrobe zum Einsatz gelangte.

Stopp – ob das klug war?

Oder war Unglück ansteckend? Sprang's von einem Kleid aufs andere über wie ein Grippevirus?

Schrecklicher Gedanke! Ich schloß die Augen und tauchte unter. Wenn ich noch weiter grübelte, würde ich einen Knoten ins Hirn kriegen. Verschieben wir's auf morgen …

Der Montag sollte der schwärzeste Tag meines Lebens werden. Nur gut, daß ich das vorher nicht wußte, sonst hätte ich mir gleich einen Strick genommen.
Punkt elf stand ich in der Brautmodenboutique auf der Matte, um das Kleid und die diversen Accessoires abzuholen: die Handschuhe, den kurzen, mit funkelndem Straß bestickten Schleier und die Dessous. Sollte Tom nach den Festivitäten noch nüchtern und Manns genug sein, mir in der Nacht der Nächte den Fummel im Sinnenrausch vom Leib zu reißen, würde er sich an einer trägerlosen Corsage, einem transparenten Spitzenslip und halterlosen Strümpfen ergötzen können. Plappernd verstaute die Verkäuferin den Krempel in einer kalbsgroßen Plastiktüte, wünschte mir alles Gute und komplimentierte mich jacketkronenbleckend aus dem Laden.
Obwohl ich finanziell schwach auf der Brust war, erlaubte ich mir auf dem Heimweg einen Schlenker zu Behrens, dem Schikkeria-Feinkosttempel der Stadt. Der Anlaß schrie nach Champagner. Nicht kleckern, sondern klotzen war das Motto des Tages. Ich verpulverte meine letzten Märker für eine Flasche Pommery und ein paar Gaumenkitzel der gehobenen Preisklasse. Nach der frugalen Hausmannskost, mit der man ihn im Sauerland abgefüttert hatte, würde ich Tom mit ausgesuchten Käsesorten, Hummercocktail und Mousse au chocolat verwöhnen. Wennschon, dennschon! Am falschen Ende durfte man nicht sparen.
Dieser Abend sollte unser Abend werden, da würde ich mich nicht lumpen lassen!
Zu Hause steigerte ich mich in eine hektische Betriebsamkeit hinein. Jeden Moment konnte Tom auf der Bildfläche erscheinen, ich wollte ihm als gelungene Mischung aus schwäbischer Hausfrau und Kim Basinger – der ich laut Mascha entfernt ähnlich sah – entgegentreten und nicht als Schlampe. Eilig hängte ich das Kleid auf einen Bügel unter meinen Wintermantel, schob die Accessoires hinter Toms Norwegerpullover und legte den Schampus und die Fressalien in den Kühlschrank.
Dann war optisches Tuning angesagt, und zwar das volle Programm. Mochte auch mein Motor noch so gut in Schuß sein –

meine Karosserie bedurfte dringend einer Generalüberholung – entrosten, lackieren, Spoiler, Breitreifen. Aufs Tieferlegen würde ich verzichten – ich spekulierte drauf, daß Tom das zu fortgeschrittener Stunde besorgte! In Rekordzeit verwandelte ich mich von einem Käfer in einen Ferrari. Ich machte das längst fällige Peeling, salbte und schminkte mich. Ich preßte meinen Busen in einen Wonderbra, meinen Körper in ein signalrotes, waffenscheinpflichtiges Jerseyfähnchen und meine Füße in schwarze Pumps mit rasiermesserscharfen Absätzen.
Dressed to kill.
Perfekt. Welcher Mann könnte da widerstehen?

Mittlerweile war es sechs.
Wer nicht kam, war Tom.
Ich wählte seine Uni-Nummer, aber niemand ging ans Telefon. Ob die Gruppe immer noch mit dem Bus unterwegs war? Das gab's doch gar nicht! Zorn brodelte in mir wie Fett in einer Friteuse.
Um sieben schnitt ich mit dem Brotmesser ein Stück Baguette ab und kaute darauf herum, als wär's meine Henkersmahlzeit.
Um acht verspeiste ich die Hälfte des Hummercocktails.
Um neun kriegte ich einen Weinkrampf, der mich veranlaßte, zum Telefon zu kriechen und Maschas Nummer zu wählen. Dann fiel mir ein, daß sie montags ihren Yoga-Kurs hatte. Hastig legte ich auf – nicht, daß Feli wach wurde.
Um zehn konnte ich kaum noch aus meinen verquollenen Augen gucken. Meine Nase war verstopft, in meinem Hals steckte ein Kloß, der sich einfach nicht runterschlucken lassen wollte.
Reglos verharrte ich auf einem Stuhl in der Eßecke des Wohnzimmers. Ich starrte auf den liebevoll gedeckten Tisch – rote Kerzen, Kristallkelche, Servietten – und stellte mir alle Katastrophen vor, die man sich als liebende Frau nur vorstellen kann.
Erste Vision: Tom in den Armen einer anderen, einer atombusigen wallemähnigen wasserstoffsuperoxydblonden Schlampe. Beide nackt und verschwitzt. Zerwühlte Satinbettwäsche. Eine

Flasche Schampus im Eiskübel. Im Hintergrund Rockmusik, *Satisfaction* von den Rolling Stones – Toms favorite song.
Zweite Vision: Der lichterloh brennende Uni-Bus. Ein Feuerwehrtrupp, das Prasseln von Löschwasser. Öl- und Blutlachen auf dem regennassen Asphalt. Ein Martinshorn. Das zuckende Blaulicht des Notarztwagens. Die zerfetzte Leitplanke. Die aufgeregten Rufe der Polizisten und Sanitäter. Das Gebell von Suchhunden. Das Rotorgeräusch des nahenden Rettungshubschraubers.
Dritte Vision: Tom allein im Männerklo einer Autobahnraststätte. Ein Japsen, ein Griff zur Brust. Rumms! Sein verrenkter Körper auf dem versifften Boden der Toilette. Und weit und breit kein barmherziger Samariter.
Vierte Vision: Tom im Bett der Intensivstation einer Klinik. Künstliche Beatmung. Überall Schläuche. Das flackernde Auf und Ab der EKG-Kurve auf dem grünlich schimmernden Monitor des Überwachungsgeräts. Dann ein durchdringendes PIEP! – Exitus.
Um elf war ich drauf und dran, bei sämtlichen Notaufnahmen der Stadt anzurufen oder – wahlweise – eine Vermißtenmeldung bei der Polizei aufzugeben, unterließ es aber, um Land und Leute nicht verrückt zu machen. Wenn ich in meinem Zustand bei den Bullen aufkreuzte, würden sie mich eh in Gewahrsam nehmen. Das wollte ich lieber nicht riskieren.

Um halb zwölf ging das Licht im Treppenhaus an.
Na endlich!
Ruckzuck huschte ich ins Bad und renovierte meinen Anstrich. Als sich der Schlüssel im Türschloß drehte, mühte ich mich bereits mit dem Champagner ab. Zeitgleich mit dem satten Plopp!, mit dem der Korken aus dem Hals der Pommery-Flasche schoß, kam Tom auf mich zu.
Besser gesagt: torkelte.
Torkelte auf mich zu wie ein besoffener Matrose im Rotlichtviertel einer Hafenstadt. Stank zehn Meter gegen den Wind nach Schweiß und Alkohol. Sein Kinn verunzierte ein Stoppelbart, sein Haar stand in alle Himmelsrichtungen ab, ein Camel-

Trophy-Käppi saß verkehrtrum auf seinem Kopf. Das rot-weiße Baumfällerkarohemd war so zerknittert, als hätte er drin geschlafen; die khakifarbenen Five-Pocket-Jeans strotzten vor Rotweinflecken. An den klobigen Stiefeln klebte der Matsch des Briloner Sattels.

Und was das allerallerschlimmste war: Trotz allem sah er toll aus, einfach unverschämt attraktiv. Wie die deutsche Antwort auf Mel Gibson.

Ich spürte, daß ich dahinschmolz wie die vielzitierte Butter an der Sonne, zumal er mich mit einem um Verzeihung heischenden, waidwunden Blick aus seinen Bambi-Augen bedachte.

»Mensch, Alex!« lallte er und versetzte mir einen Klaps auf den Po, der schon eher ein Karateschlag war. »Biste extra aufgeblieben?«

»Klar!« Ich zwang mich zu einem coolen Frau-von-Welt-Lächeln. Tom torkelte an mir vorbei und warf sich in einen Sessel. Fluchend beugte er sich über die Stiefel; nach einer halben Ewigkeit gelang es ihm, die dreckverkrusteten Dinger von den Füßen zu schleudern.

»Na?« fragte ich. »Wie war's?«

Zwar sprang irgendwo hinter meiner Schädeldecke ein fuchsteufelswilder, feuerroter Racheteufel im Achteck und hätte am liebsten seinen Dreizack in den Wanst des Missetäters gebohrt – aber ich würde mich nicht dergestalt gehenlassen und Tom eine Szene machen. Ich würde mich beherrschen. Wenn ich es recht bedachte, hatte ich ihm noch nie eine Szene gemacht, nicht einmal in sieben Jahren. Sieben Jahre lang hatte ich mich beherrscht. Szenen waren mega-out, das wußte ich aus dem Psycho-Extra der *Friederike*. Als aufgeklärte Frau macht man keine Szenen, bestenfalls bringt man berechtigte Kritik an und streitet, wenn überhaupt, dann konstruktiv.

»Hä?« lallte Tom und glotzte mich aus blutunterlaufenen Augen so dämlich an, wie nur besoffene Männer einen dämlich anglotzen können.

»Die Exkursion ...«, half ich ihm auf die Sprünge.

»Och.« Er steckte sich eine zerknautschte Camel ins Gesicht.

»Wann wart ihr denn in der Uni?«

»Hm – um fünf rum.«
Um fünf rum? Hörte ich richtig? Oder hatte ich was mit den Ohren? An diesem Punkt galt es, nachzuhaken. »Und was hast du von fünf rum bis jetzt getrieben, wenn ich mal fragen darf?«
»Mensch, Alex! Sei doch nicht so aggressiv!«
Aggressiv? Ich? Das wäre das erste Mal. Mein Aggressionspotential war ungefähr das eines Lambswool-Pullovers.
»Haben halt gefeiert!«
Aha! Gefeiert! Gesoffen traf's wohl eher. »Und was, bitte schön, gab's zu feiern?«
Tom blinzelte und rauchte. Asche fiel aufs blankgewienerte Parkett. Lieber Gott, laß mich nicht ausrasten! Laß mich Ruhe bewahren! Daß man diesem Trunkenbold aber auch jede Einzelheit aus der Nase ziehen mußte! Allmählich kam ich mir vor wie ein KGB-Offizier beim Verhör eines CIA-Spitzels. Ich war kurz davor, Tom auf dem Sessel festzubinden, ihm einen Eimer Wasser ins Gesicht zu schütten und ihm seine Zigarette auf dem Unterarm auszudrücken.
»Los – spuck's aus!« befahl ich.
»Meinen neuen Job!«
»Bitte?«
»Na, hab 'nen neuen Job!«
»Bitte?« wiederholte ich spitz. »Was für 'nen Job?«
»Als Vulkanologe. Der Schrieb vom DAAD ist heute eingetrudelt.«
»DAAD?«
»Deutscher Akademischer Austauschdienst. Die haben mich genommen.«
»Genommen?« Man reiche mir Daumenschrauben! Einen Elektroschocker! Da war's ja leichter, der Dunstabzugshaube Geständnisse abzuringen!
»Hm«, brummte Tom. »Übermorgen flieg ich.«
Übermorgen flog er? Wieso? Warum? Weshalb? Wohin? Wenn er nicht bald damit rausrückte, was Sache war, würde ich ihm das elektrische Fleischmesser an die Kehle setzen, damit das endlich mal voranging.

»Tom!« schrie ich. Mein Aggressionspotential war in der letzten Viertelstunde erheblich gestiegen. Jetzt lag es schon in etwa gleichauf mit dem eines Angorahasen. »Mir reißt gleich der Geduldsfaden!«
»Also ...« Er seufzte, als trüge er alle Last der Welt auf seinen Schultern. »Ich hab mich vor ein paar Monaten beim DAAD beworben, und jetzt geh ich ins Ausland.«
»Von welchem Ausland ist hier die Rede?« Fieberhaft dachte ich nach. Wo, in drei Teufels Namen, gab's Vulkane? In Italien – Ätna, Vesuv. Auf Hawaii. O nein – bitte nicht Hawaii. Wo noch? Geographie war noch nie mein Fach gewesen.
»Hä?«
»Wohin fliegst du?«
»Nach Costa Rica!«
»Costa Rica?« Allmächtiger! Das war am Arsch der Welt. Mir wurde ganz komisch. »Das ist doch in – in Südamerika, stimmt's?«
»Mittelamerika.« Gähnend kramte Tom sein Survival-Messer aus einer Jeanstasche und schnitt sich in aller Seelenruhe die Fingernägel. Der erste Nagelschnipsel flog in hohem Bogen in einen der Champagnerkelche.
»Tom, jetzt mal zum Mitschreiben. Du fliegst übermorgen – und wie lange wirst du weg sein?«
Im Normalfall dauerten die Uni-Exkursionen nicht länger als acht Tage. Etwas in der Art – zwei Wochen auch von mir aus – schwebte mir vor. Zwei Wochen wären okay. Dann bliebe noch genug Zeit für die Hochzeitsvorbereitungen. Zwei Wochen wollte ich ihm zubilligen. In Gottes Namen. Toms Antwort erwischte mich eiskalt und haute mich fast aus den Pumps.
»Ein halbes Jahr«, sagte er, ohne mit der Wimper zu zucken.

In dieser stockfinsteren, sturmgepeitschten Nacht – die ich nie vergessen würde, und sollte ich hundert Jahre alt werden – suchte ich Zuflucht bei Mascha. Mein Zeigefinger war stocksteif vor Kälte, als ich ihn auf ihren Klingelknopf preßte. Es dauerte eine Weile, bis ich ihre verschlafene Stimme durch die Gegensprechanlage hörte.

»Ja?«
»Mach auf!« keuchte ich. »Ich bin's – Alex!«
»O Gott!« rief Mascha.
Der Summer erklang. Mit letzter Kraft stieß ich die Haustür auf. In ein wallendes Nachthemd gehüllt, die Augen vor Schreck weit aufgerissen, wankte Mascha mir entgegen.
»O Gott!« rief sie abermals, packte mich am Schlafittchen und zerrte mich in die Wohnung.
Für einen Moment sah ich mich im Flurspiegel. Das gab mir den Rest. Mein Haar troff vor Nässe, meine Nase war rot, mein Gesicht war kalkweiß. Das Jerseyfähnchen klebte mir am Leib wie eine zweite Haut. Ich hatte eine nicht von der Hand zu weisende Ähnlichkeit mit einer Katze, die jemand aus der Ruhr gefischt und im letzten Moment vorm Ertrinken bewahrt hat. Prompt benahm ich mich auch so.
Ich folgte Mascha in die Küche, rollte mich auf ihrem Flohmarktsofa zusammen und maunzte gar erbärmlich. Was sag ich? Erbärmlich? Jämmerlich! Zum Steinerweichen!
»O Gott!« murmelte Mascha ein drittes Mal. Dann sagte sie etwas, womit sie beinahe ein Verhängnis heraufbeschworen hätte: »Mensch, Alex!«
»Mensch, Alex!« jaulte ich gepeinigt. »Sag das nie wieder! Wenn irgend jemand noch mal Mensch-Alex zu mir sagt, spring ich aus dem Fenster!«
»So schlimm?« Mascha holte eine bauchige Tasse mit Donald-Duck-Motiv aus dem Schrank, goß Milch hinein und knallte sie in die Mikrowelle. Als die Milch heiß war, verrührte sie drei Teelöffel Bienenhonig darin und servierte mir das dampfende Getränk. »Da, nimm mal 'nen Schluck.«
Wie unter Hypnose führte ich die Tasse zum Mund und trank. Setzte sie ab. Grapschte mir das Tempo, das Mascha mir hinhielt, schneuzte mich. Nahm das kuschelweiche Frotteehandtuch in Empfang, das Mascha mir reichte. Rubbelte mir die Haare trocken. Nach einer Schweigeminute brach's aus mir heraus.
»Immer sagt er Mensch-Alex zu mir. Sogar auf dem Anrufbeantworter. Nie Schatz. Nie Liebling.«

Schnief-schnief.
»Immer muß ich auf ihn warten.«
Schnief-schnief.
»Und unsere Hochzeit ist ihm scheißegal.«
Hätte Mascha jetzt eine Und-ich-sach-noch-Nummer abgezogen, wäre das der Sargnagel für unsere Freundschaft gewesen. Gott sei Dank beschränkte sie sich darauf, beruhigend mein Ärmchen zu tätscheln.
»Weißt du, was er vorhat?« kreischte ich.
»Was?«
»Er haut ab. Er fliegt übermorgen ...« Ich guckte auf die Küchenuhr. Zwei. Ich korrigierte mich: »... morgen nach Costa Rica. Mittelamerika. Für ein halbes Jahr. Das mußt du dir mal reintun.«
Ich konnte buchstäblich sehen, wie die Neuigkeit in Maschas Hirn Wurzeln schlug.
»Er läßt mich sitzen. So einfach ist das. Jetzt bin ich nicht nur ein spätes Mädchen, nein, ich bin ein sitzengelassenes Mädchen! Hast du 'ne Ahnung, wie ich das meiner Mutter beibiegen soll? Klar – im Juli will er angeblich rüberkommen und mich heiraten. Und danach wieder zurückfliegen. Keine Fete, keine Flitterwochen, kein gar nix. Das ist doch alles Schei-Schei ...«
Der Rest des Satzes wurde von einem anhaltenden Jaulen verschluckt.
»Scheiße!« brüllte ich, als ich mich wieder eingekriegt hatte. »Verfluchte Scheiße! Das Schwein hat mir das Herz gebrochen!«
Schlagartig ging's mir besser. Jetzt war ich soweit, Mascha zusammenhängend Bericht zu erstatten. Ich erzählte ihr, in welchem Zustand Tom heimgekehrt war und was er gesagt hatte und was ich gesagt hatte und wie ein Wort das andere gegeben hatte und wie mir unvermittelt die Hand ausgerutscht war und ich Tom eine gescheuert hatte, daß er fast vom Stuhl gekippt wäre, und wie erschüttert ich darüber war, daß ich meinen Aggressionen freien Lauf gelassen hatte und wie sehr ich ihn liebte und wie sehr ich ihn haßte und überhaupt: Was war die Welt so schlecht.

Mascha nickte immerfort wie einer der albernen Plüschhunde, die in manchen Autos auf der Hutablage hocken. Dann ergriff sie die Initiative.
»Du bleibst erst mal hier. Du pennst auf dem Sofa. Morgen ist auch noch ein Tag. Wenn Tom seinen Rausch ausgeschlafen hat, sehen wir weiter.«
Jetzt war ich an der Reihe, wie ein Plüschhund zu nicken. Ganz Frau der Tat, trabte Mascha mit Bettzeug und mit einem Nachthemd an. Zudem brachte sie mir eine Wärmflasche. Die Wärmflasche hatte einen rosa Frotteebezug mit demselben Donald-Duck-Motiv wie die Tasse; bei beiden Gegenständen schien es sich um Überbleibsel aus Felis Kleinkindzeit zu handeln. Gehorsam kuschelte ich mich unter die Decke, die mir Mascha fürsorglich bis ans Kinn zog.

Obwohl mir jeder Knochen so weh tat, als hätte ich mit Bruce Lee gekämpft, stand ich in aller Herrgottsfrühe auf und schlurfte ins Bad, wo ich Katzenwäsche machte und unter Zuhilfenahme von Maschas Schminke versuchte, die Spuren der Flennerei und des Schlafmangels – Blässe, Tränensäcke, rissige Lippen – zu tilgen. Als ich wieder in die Küche kam, saß Feli allein am Tisch und löffelte Cornflakes.
»Hi!« sagte sie.
»Hi!« sagte ich. »Wo ist deine Mutter?«
»Zeitung hochholen!« Neugierig stierte sie mich an. »Gell, hast Zoff mit deinem Boy-friend? Ist doch egal, Jungs sind eh alle doof.«
Also wirklich. Die Kleine war erst elf. Da sollte man doch meinen ...
Sie kratzte die letzten Cornflakes aus der Schüssel und grinste verschlagen. »Unsere Franz-Lehrerin hat auch Zoff mit ihrem Typ.«
»Woher weißt du das denn?«
»Die hat immer ganz verheulte Augen. Letzte Woche hatte sie sogar ein Veilchen – affengeil, was? Sie hat sich von Kim blauen Lidschatten geben lassen und hat's übermalt ...«
»Kim? Ist das 'ne andere Lehrerin?«

»Nee – meine Freundin.«

Mein lieber Herr Gesangverein! Abgründe taten sich auf. Blaugeschlagene Lehrerin borgte sich von elfjähriger Schülerin Lidschatten. Zu wem ging die Tante wohl, wenn ihr die Zigaretten ausgegangen waren? Die Pariser? Nein, still – ich wollte es gar nicht wissen. Was für ein Glück, daß ich nicht Lehrerin geworden war! Daß der Kelch an mir vorübergegangen war! Ich wäre eine totale Fehlbesetzung gewesen.

»Ziehst du jetzt bei uns ein?« fragte Feli.

»Soll ich?« fragte ich zurück.

»Mir egal.« Sie deutete ein Schulterzucken an und stellte ihre Schüssel in die Spüle. »Nur daß du's weißt: Mein Zimmer ist tabu!«

Was die kleine Schnepfe sich einbildete! Als ob ich mich danach verzehrte, mich in einer Bude einzuquartieren, die mit Backstreet-Boys-Posters tapeziert war. Ich hatte wahrhaftig nicht vor, auf meine alten Tage noch zum Girlie zu mutieren.

Während ich meinen Kaffee schlürfte, überlegte ich mir, wie das wohl wäre. Vorm Einschlafen würde ich die *BRAVO* lesen. Ich würde von den Backstreet Boys träumen, von Nick und Brian und A. J. und Howie und Kevin. Ich würde quengeln, bis ich eins ihrer Konzerte besuchen dürfte. Dort würde ich mich heiser schreien und in Ohnmacht fallen. Ich würde mir Kelly-Family-CDs kaufen. Ich würde so aussehen wollen wie die Spice Girls. Meine Lieblingsklamotten wären Schlaghosen und kackorange Schuhe mit Plateauabsätzen …

Wider Willen mußte ich lachen.

»Na, dir scheint's ja wieder besserzugehen!« Forschen Schrittes betrat Mascha die Küche und warf das *Tageblatt* auf den Tisch.

»Ich hab mir vorgestellt, ein Girlie zu sein.«

»Streß mit Männern hättest du dann wohl kaum. In dem Alter schwärmen sie bloß für Popstars, Jungs aus Fleisch und Blut finden sie beknackt.« Mascha schenkte sich Kaffee ein und setzte sich neben mich.

»Damit liegen sie gar nicht so falsch«, sinnierte ich.

»Ach?«

»Ich geh gleich heim«, sagte ich. »Danke für alles.«
»Keine Ursache. Was wirst du tun?«
Ich trank meinen Kaffee aus. »Der Lack ist ab. Reisende soll man nicht aufhalten.«
Dasselbe hatte Mutti gesagt, als mein Erzeuger seine Koffer gepackt hatte. Der Apfel fiel offenbar wirklich nicht weit vom Stamm.

Tom spielte den Zerknirschten – eine Rolle, die ihm besonders gut lag. Ich spielte die Coole – eine Rolle, die mir besonders schlecht lag.
Unser letzter Geschlechtsverkehr beschränkte sich auf den leidenschaftslosen Austausch von Körpersäften. Unser letzter Dialog beschränkte sich auf den leidenschaftslosen Austausch von Allgemeinplätzen.
Aus purem Pflichtgefühl chauffierte ich ihn zum Flughafen. Aus purer Höflichkeit verkniff er sich jeglichen Kommentar bezüglich meines angeblich frauentypischen Fahrstils.
Gemeinsam warteten wir, bis sein Flug aufgerufen wurde.
»Also dann ...«, sagte Tom.
»Ciao!« sagte ich.
Und ergänzte insgeheim: Du Arschloch! Nein und nochmals nein – ich würde nicht losplärren. Eher würde ich an dem Weinerchen ersticken, an dem ich würgte.
»Ich schreib dir!« sagte Tom.
»Ich dir auch!« sagte ich.
Und ergänzte insgeheim: Den Teufel werd ich tun. Da müßte mich schon einer zu prügeln.
»Vergiß mich nicht!« sagte Tom.
»Ganz sicher nicht!« sagte ich.
Und ergänzte insgeheim: Das werd ich dir nie vergessen! Du wirst noch dein blaues Wunder erleben!
»Halt die Ohren steif!« sagte Tom.
»Jawoll!« sagte ich.
»Alle vier!« sagte Tom und schaute anzüglich auf meinen Busen. Dann drehte er sich um und verschwand im Menschengewühl.

Dieses Chauvinistenschwein! Er hatte es wahrhaftig wieder geschafft, das letzte Wort zu haben.
Als der Flieger abhob, heulte ich Rotz und Wasser. Tränenblind taumelte ich zum Auto, tränenblind steckte ich den Schlüssel ins Zündschloß, tränenblind gab ich Gas und raste los. Mir war alles schnurz. Wenn ich jetzt auf der Autobahn mein Leben ausgehaucht hätte, wär's mir nur recht gewesen.

Kaum hatte ich einen Fuß in die Wohnung gesetzt, kriegte ich einen Putzkoller, der sich gewaschen hatte. Ich machte klar Schiff. Ich verbannte alles, was mich an Tom erinnerte – ein angebrochenes Päckchen Camel, ein paar Bergkristalle, die zerlesenen Exemplare der *Geologischen Rundschau* und der Fußballzeitschrift *Kicker* sowie die Stones-CDs –, aus meinem Blickfeld. Ich saugte die Teppiche und wischte die Küche. Ich schrubbte das Bad und desinfizierte die Klobrille, was diesmal keine Sisyphusarbeit war, denn das nächste halbe Jahr würde hier keiner mehr im Stehen pinkeln.
Ich stopfte die Bettwäsche in die Waschmaschine und Toms Kissen und Decke in seine Kleiderschrankhälfte. Mein Kissen und meine Decke bezog ich frisch und deponierte sie mitten auf dem einsvierzig breiten Polsterbett, das ich jetzt mit Tigi – meinem allerliebsten Plüschtiger, den Tom kindisch fand, aber was er nicht weiß, macht ihn nicht heiß – teilen würde.
Ich war jetzt Single.
Single auf Zeit.
Oder für immer und ewig?
Wie sagte Franz Beckenbauer letztens: Schaun mer mal.

Der Putzkoller ging nahtlos in einen Hormonkoller über. Obwohl sie noch gar nicht fällig war, übermannte mich meine Periode mit einer Heftigkeit, als wäre in meiner Gebärmutter ein Staudamm gebrochen. Tagelang lag ich lethargisch danieder. Ich ernährte mich von Resten. Der Hummercocktail hatte mittlerweile einen Stich, aber ich aß ihn komplett auf. Danach hatte ich noch mehr Bauchkrämpfe.
Weiß nicht – vielleicht war's auch psychisch.

Ich suchte nach Ablenkung und fand sie in Gestalt eines Ratgebers, der in den letzten Wochen Toms bevorzugte Bettlektüre gewesen war. Der Titel des Paperbacks lautete *Das Tier im Mann*; der Autor – ein gewisser Rudi Rabauke, der nirgends abgebildet war und den ich mir wie eine Kreuzung aus Rambo und Rübezahl vorzustellen geneigt war – erging sich in rüder Ausdrucksweise über das ursprünglich ungezügelte Wesen des Mannes, das angeblich im Zuge von Evolution und Emanzipation verschüttgegangen sei. Rabauke sparte nicht mit Tips, wie das Tier im Mann wieder zum Leben erweckt werden konnte. Er schwor auf den Genuß von rohem Fleisch und hochprozentigem Alkohol, auf die Steigerung der Sexfrequenz, auf Abenteuertouren rund um den Globus sowie auf das Knechten von Frauen.
Mir fiel's wie Schuppen von den Augen: Rudi Rabauke war an allem schuld! Der hatte mir die Tour vermasselt!
Hätte Tom sein Machwerk nie in die Finger gekriegt, säßen wir weiterhin nebeneinander auf dem Sofa wie Wum und Wendelin, hätten einmal pro Woche keimfreien Kuschelsex und würden zusammen alt werden …
Sollte mir Rudi Rabauke mal über den Weg laufen, konnte er sich warm anziehen!
Unwirsch stieß ich den Ratgeber von der Bettkante und suhlte mich in Selbstmitleid. Dann und wann schellte es an der Haustür. Ich machte nicht auf. Dann und wann klingelte das Telefon. Ich ging nicht ran, sondern ließ den Anrufbeantworter laufen. Mascha flehte mich an, sie zurückzurufen. Mutti faselte irgendwas von einem Starkonditor, der für seine Hochzeitstorten berühmt war.
Und schließlich kam das Unvermeidliche: Toms Stimme hallte durch den Flur.
»Mensch, Alex – heb doch ab. Mein Flug war super. Ich bin jetzt in San José, das ist die Hauptstadt von Costa Rica. Ich fahre morgen rauf zum Arenal. Ich guck mir da den Krater an …«
Bla-bla-bla.
Im Westen nichts Neues: Mensch-Alex und Mein-mein-mein und Ich-ich-ich.

In einem plötzlichen Tagtraum nahm ein gigantischer Vulkankrater Gestalt an, in dem rotglühende Lava blubberte und zischte. Ich sah Tom am Rand herumklettern, sah, wie sich ein Geröllbrocken löste. Ich hörte Toms gellenden Schrei, als er abstürzte, und das Schmatzen der Lava, als sie ihn mit Haut und Haaren und mitsamt seinen khaki- und olivfarbenen Abenteuer-Look-Klamotten und seinem Survivalmesser verschluckte. Einmal noch rülpste der Vulkan und stieß einen Schwall stinkender Dämpfe aus.
Dann herrschte Grabesstille über dem Krater.
Pah!
Von mir aus!

Als meine Periode abgeklungen war, duschte ich und holte zum erstenmal seit einer Woche die Post aus dem Briefkasten. Welch magere Ausbeute: der *Kicker*, den Tom abonniert hatte; eine kitschige Ansichtskarte aus Berlin, auf der mein Bruder Stefan mir nachträglich frohe Ostern und Tom dicke Eier wünschte – und ein Schrieb vom Arbeitsamt, in dem man damit drohte, mir im Rahmen der von der Regierung beschlossenen Sparmaßnahmen die Arbeitslosenhilfe zu kürzen.
Meine Laune sank auf den Gefrierpunkt.
Und dann tat ich etwas, das ich besser gelassen hätte: Um mich nach meiner Phase völliger Weltabgeschiedenheit infomäßig auf den neuesten Stand zu bringen, sah ich mir im Fernseher eine Nachrichtensendung an.
Es war das reinste Horrorkabinett.
Im Golf wimmelte es vor US-amerikanischen Flugzeugträgern. In London war eine Autobombe der IRA hochgegangen. In Australien brannte der Busch. In etlichen Regionen Afrikas war der Notstand ausgerufen worden. In Mecklenburg-Vorpommern grassierte die Schweinepest. In Schleswig-Holstein war eine BSE-verseuchte Kuh aufgetaucht. In Bayern vergiftete ein Erpresser Baby-Nahrung mit Strychnin. Steigende Aids-Rate. Kinderpornos im Internet. Unsichere Renten. Neuer Arbeitslosenrekord ...
Wie hypnotisiert starrte ich auf den Bildschirm. Die Erkenntnis

traf mich mit der Wucht eines Geologenhammers: Nicht nur der Rest der Welt, sondern auch mein Leben war ein Scherbenhaufen.

Ich war mutterseelenallein. Der Mann, den ich liebte, hatte mich verlassen, um das Tier in sich zu entdecken.

Meine beruflichen Chancen waren gleich Null.

Ich hatte keine müde Mark auf der hohen Kante, im Gegenteil: Mein Konto war total in den Miesen.

Die Lage war hoffnungslos. Absolut hoffnungslos. Angst griff nach mir wie eine kalte Hand. Mein vegetatives Nervensystem lief Amok. Meine Hände wurden feucht, mein Herz raste, mir wurde schwarz vor Augen. Und speiübel.

Ich schaffte es gerade noch bis zur Kloschüssel.

Während ich mich übergab, kündigte die Ansagerin einen Heile-Welt-Film aus den fünfziger Jahren an und wünschte dem TV-Publikum viel Vergnügen.

Hinterher fühlte ich mich so leer wie eine ausgequetschte Probiertube. Ich putzte mir zweimal die Zähne und gurgelte mit Odol. Ich schaltete den Fernseher aus, steckte mir ein Pfefferminzkaugummi in den Mund und verließ fluchtartig die Wohnung.

Ich mußte an die frische Luft. Und unter Leute.

Das Alleinsein stand mir Oberkante Unterlippe.

In der Sitzecke vor Maschas Labor hockten zwei MTAs und gönnten sich eine Pause. Sie schmökerten in irgendwelchen Ratgebern und nahmen keine Notiz von mir, als ich an ihnen vorbeiging.

Im Labor brummten die beiden altersschwachen Gefrierschränke um die Wette. Gott sei Dank schepperte ausnahmsweise die Zentrifuge nicht, denn das war kaum zum Aushalten. Zwischen den diversen Meßgeräten lagen unzählige Röhrchen mit Blut oder Urin und Objektträger mit Ausstrichen. Auf der Fensterbank wucherte eine Grünlilie vor sich hin; auf dem Schreibtisch stand ein Foto von Feli, darüber hing eine Pinnwand mit Postkarten aus aller Herren Länder, die von den Urlaubsreisen der Kolleginnen kündeten.

Mascha saß über ein Mikroskop gebeugt und wandte mir den Rücken zu. In einer zum Aschenbecher umfunktionierten Untertasse kokelte ihre Zigarette.
»Was ist denn jetzt noch?« rief sie. »Ich hab gleich Feierabend!«
»Hallo!« sagte ich.
»Alex – du bist's!« Sie fuhr herum und massierte sich den Nakken. »Herr im Himmel, warum hast du nicht aufgemacht neulich? Oder wenigstens mal angerufen?«
»Ich war total am Arsch.«
»Eben drum. Wart mal 'nen Moment.«
Hastig füllte sie einen Laborzettel aus, fingerte den begutachteten Ausstrich aus dem Mikroskop, schaltete es ab und deponierte den Objektträger in einer grauen Pappmappe.
»Fertig!« Sie hob einen Stapel Ordner vom zweiten Laborschemel und pfefferte ihn auf den Boden. »Setz dich.«
Ich sah ihr zu, wie sie das Labor aufräumte, ihren Kittel auszog, ihn an einen rostigen Haken an der Wand hängte, sich die Hände mit Sagrotan wusch und mit pH5-Eucerin eincremte und das Frotteeband entfernte, mit dem sie bei der Arbeit ihr Haar zu einem Zopf band.
»Alles klar!« sagte sie und schüttelte ihre Locken.
In dem Moment düste ein Arzt ins Labor, ein Blutröhrchen in der Hand.
»Frau Gärtner, wollen Sie etwa schon gehen?« rief er. »Hier hab ich EDTA-Blut, Verdacht auf Sepsis ...«
»Sepsis?«
»Jaja!« entgegnete der Arzt gereizt. »Sie sollen nur eben mal reingucken, ob's pathologisch ist!«
Mascha schnitt eine Grimasse. Immer auf den letzten Drücker, sollte das heißen. Die Nummer kannte ich nur zu gut. Jedesmal, wenn ich Mascha abholte, kamen die Docs kurz vor knapp mit brandeiligem Untersuchungsmaterial. Man hätte meinen können, sie wären trotz Medizinstudiums nicht dazu imstande, die Uhr zu lesen.
Mit einem demonstrativen Stöhnen zog Mascha ihren Kittel wieder an. Der Arzt drückte ihr das Röhrchen in die Hand.

»Rufen Sie mich sofort auf Station an, wenn Sie fertig sind!« rief er und eilte von dannen. Eilte? Nein – er schwebte geradezu.
»Sofort. Zu Befehl. Möglichst vorgestern!« Maschas Mittelfinger schnellte in die Höhe. »Arrogantes Arschgesicht!«
»Doktor Wichtig, was? Halbgott in Weiß!«
»Scheißtyp, kann ich dir flüstern. Doktor Mettlach. Assi in der Chirurgie. Martin Mettlach. Ein Name wie aus 'ner Arztserie, was?«
»Könnte glatt in einer mitspielen – blond, blauäugig, braungebrannt, blöde.«
Mascha lachte. »Aber hallo. Das wandelnde Fernseharztklischee. Hinter dem sind die Krankenschwestern her wie der Teufel hinter der armen Seele. Nach dem, was man so hört, muß er einen enormen Verschleiß haben. Du, das dauert jetzt noch … Willst du warten?«
Ich nickte. Klar wollte ich. Warten war zu meiner zweiten Natur geworden. Wenn ich sonst nichts konnte, aber das hatte ich perfekt drauf. Das hatte ich in den Jahren des Zusammenlebens mit Tom gelernt. Wäre Warten eine olympische Disziplin, würde ich die Goldmedaille gewinnen.

Im Sidestep setzten wir uns an einen Zweiertisch in der Fensternische und bestellten heiße Schokolade mit Sahnehäubchen. Bei Tag hatte die Kneipe – wie alle Kneipen – was Trostloses, was Verkommenes. Im einfallenden Licht tanzten Staubpartikel; der Boden war zwar frisch gewischt, wirkte aber trotzdem schmuddelig. Vor der Theke zeugten schwarze Flecken von achtlos ausgetretenen Zigaretten. Das Mobiliar wirkte schäbig. Aus den Lautsprechern tropfte der wehleidige Singsang von Leonard Cohen – genau die Art Musik also, die einen dazu verleiten könnte, eine Überdosis Schlaftabletten mit einer Literflasche Lambrusco runterzuspülen.
Weltschmerzmusik halt.
Mit unangemessener Heiterkeit stellte die koboldhafte Kellnerin die Tassen vor uns ab. Aus meiner schwappte ein Schwall Kakao über, was sie ignorierte. Ich griff mir den Zuckerstreuer.

Irgendwie mußte man sich schließlich das bißchen Leben versüßen.
»Hey!« rief Mascha. »Meinst du nicht, das reicht? Seit wann tust du pfundweise Zucker in deinen Kakao?«
»Huch!« entfuhr es mir. »Ich war total in Gedanken.«
Erschrocken hielt ich inne. Vorsichtig nahm Mascha mir den Zuckerstreuer ab und stellte ihn auf die Fensterbank – außerhalb meiner Reichweite.
»Nun mal raus mit der Sprache«, sagte sie.
»Alles Kacke!« konstatierte ich.
»Isser jetzt weg?«
»Über alle Berge!« Ich nippte an meinem Kakao. »Es ist nicht nur wegen Tom.«
»Sondern?« Mascha steckte sich eine Zigarette an.
»Ach, Mensch! Ich hab die Faxen einfach dicke. Nix klappt. Kein Lover, keine Kohle, keine Maloche – wenn ich mir vorstelle, ein halbes Jahr allein in der Bude zu sitzen und Däumchen zu drehen ...«
»Willst du zu mir ziehen?«
»Nee, laß mal.«
Nur zu gern hätte ich Maschas Angebot angenommen. Aber das konnte ich ihr nicht antun. Ihr nicht und auch Feli nicht. Platz war bei Gärtners Mangelware.
Mascha legte nachdenklich die Stirn in Falten. Plötzlich posaunte sie: »Alex, ich hab die Idee des Jahres! Aber du darfst nicht gleich explodieren. Versprochen?«
»Hm.« Was kam denn jetzt? Sollte ich etwa eine Heiratsannonce aufgeben?
»Kannst du dich an das Schwarze Brett im Kasino erinnern?«
»Ja, klar.« Im Klinikkasino hatte ich ein paarmal mit Mascha zu Mittag gegessen. »Wieso?«
»Unser Halbgott – Mettlach – hat gestern einen Zettel drangepappt. Er und seine beiden Mitbewohner suchen einen vierten Mann für ihre Wohngemeinschaft.« Abwartend sah Mascha mich an.
»Na und?«
»Bei denen kannst du doch einziehen!«

»Ich? Bist du noch bei Trost?«
Wie kam sie denn auf das schmale Brett? Ich und in eine Männer-WG ziehen! Das wäre das letzte, was ich täte! Die typische Männer-WG stellte ich mir vor wie so 'ne Art *Jurassic Park* für Junggesellen. Lauter Macho-Dinos. Gebrüll, Gestank, Getrampel. Nee, nee – da konnte ich mich ja gleich ins Neandertal zurückbeamen.
Vor meinem geistigen Auge sah ich pelzige Müllberge, die die Wände hochwucherten. Verdreckte Klamotten, deren Eigentümer darauf warteten, daß sie von allein in die Waschmaschine hüpften. Ein Bad mit Schimmelecken und schamhaargespickten Seifenresten und Zehennägelschnipseln in Zahnputzbechern und Uringraffiti an den Kacheln. Einen Kühlschrank, der einem Endlager für Lebensmittel glich – und für Hämorrhoidensalbe ...
Danke für Obst. So unbeleckt vom Feminismus war ich auch nicht, daß ich mir das antun mußte. »Nie im Leben. Außerdem bin ich kein Mann, auch wenn ich nicht so verschwenderisch mit weiblichen Attributen ausgestattet bin wie du!«
»Eben drum«, sagte Mascha. »Eben weil du nicht verschwenderisch ausgestattet bist, kannst du prima als Mann durchgehen. Wenn du's geschickt anstellst, merkt das keine Sau. Die Kerle checken das nicht. Du mogelst dich in die WG ...«
»Was hab ich davon?«
»... und schlägst quasi zwei Fliegen mit einer Klappe. Erstens bist du nicht allein. Und zweitens hast du was zu tun!«
»Und ob! Ich seh mich schon beim Abwasch. Vom Regen in die Traufe – darauf kann ich verzichten!«
»Quatsch. Du erforschst das Verhalten der Männer. Und jetzt kommt der Knüller: Du schreibst ein Buch darüber!«
»Ein Buch?« Die Frau redete im Fieber. Ich war versucht, in die nächste Apotheke zu springen, ein Thermometer zu kaufen und es ihr unter die Achsel zu schieben. Ich tippte mal so auf vierzig Grad im Schatten. »Was für 'n Buch?«
»Einen Ratgeber natürlich. Alle Frauen lesen Ratgeber. Wenn Frauen zu viel lieben oder leiden oder wie sie böse Mädchen werden und in den Himmel kommen. All so 'n Zeugs halt. So

was mußt du schreiben. Bißchen aus dem Nähkästchen plaudern, ein paar gewagte Theorien, das Ganze witzig-spritzig formuliert ... Mensch, Alex, du hast in einem Verlag geschuftet. Das ist eine deiner leichtesten Übungen!«

»Du hast's schon wieder gesagt.«

Irritiert guckte Mascha mich an.

»Mensch-Alex. Übrigens kann ich nicht schreiben, bloß Korrektur lesen und Autoren rund machen. Und Ratgeber gab's bei NaturPur auch nicht, nur Bücher über Rosen und Affen ...«

»Ich krieg die Krise!« rief Mascha. Alarmiert hielt die Kellnerin im Gläserspülen inne, zuckte dann mit den Schultern und wechselte die CD. Leonard Cohen hatte ausgejammert. Statt dessen drang nun die volle Stimme von Freddy Mercury durch die Kneipe. »Raffst du das echt nicht? Affen sind goldrichtig. Du machst es wie Dian Fossey mit ihren *Gorillas im Nebel*. Du guckst, wie die Kerle sich aufführen, wenn sie unter sich sind. Was sie treiben. Was sie denken. Wie sie kommunizieren. Wie sie über Frauen reden. Kapiert? Dann schreibst du die ultimative Wahrheit über Männer. Nach *dem* Ratgeber verzehren sich alle Frauen. Das wird ein Bestseller – hundert Pro! Denk nur an die Wahnsinnskohle, die du damit scheffeln wirst!«

Erschöpft japste sie nach Luft und trank ihren kalten Kakao aus. »Ich könnte dich da einschleusen. Ich sag dem Mettlach, daß ein Freund von mir eine Bleibe sucht.«

Ich undercover in eine Männer-WG? Als Spion, der aus der Kälte kam? Als Mischung aus Mata Hari und James Bond? Ich biß mir auf die Lippen. Ich schob die leere Tasse auf dem Tisch hin und her. Ich spielte mit Maschas Feuerzeug. Genervt riß sie mir das Ding aus der Hand.

»Alex, bitte! Muß man dich denn zum Jagen tragen? Du denkst dir einen reißerischen Titel aus. Der Titel ist schon die halbe Miete ...«

»Ich laß das mal sacken«, sagte ich. »Ich ruf dich an – okay?«

Mascha winkte resigniert ab. Freddy Mercury sang »We are the champions«. Dumm nur, daß ich mich gar nicht championmäßig fühlte. Eher wie die klassische Versagerin.

Den lieben langen Abend dachte ich über Maschas Idee nach. Die Sache an sich hatte was – keine Frage. Ratgeber lagen voll im Trend. Die Regale der Buchhandlungen quollen über von den Dingern. Jede Frau, die was auf sich hielt, besaß mindestens zwei Ratgeber, mich selbst eingeschlossen. Als ich zu Tom gezogen war, hatte ich mir das Buch *Die wilde Ehe* gekauft, später eins mit dem vielversprechenden Titel *Männer sind auch nur Menschen.* Dann wäre da noch der vermaledeite Hochzeitsratgeber …

Und? Was hatte mir das gebracht?

Einen Scheißdreck!

Trotz allen theoretischen Wissens war mir mein potentieller Ehemann durch die Lappen gegangen. Apropos potentieller Ehemann: Tom würde ausrasten, wenn ich mich in einer Männer-WG einnistete, während er im Schweiße seines Angesichts in Kratern herumkraxelte und mit seinem Geologenhammer Steinbrocken kurz und klein schlug. Womöglich würde er mich mit dem Hammer kurz und klein schlagen, wenn er wieder im Lande war.

Nee – das konnte ich einfach nicht bringen.

Eine nicht enden wollende Nacht wälzte ich mich schlaflos in meinem Single-Bett. Am nächsten Morgen war die Bettwäsche ein einziges durchgeschwitztes Knäuel. Ich strampelte mich frei, kochte mir einen Kaffee und duschte abwechselnd heiß und kalt, um meinen Kreislauf ans Laufen zu kriegen. Im Jogginganzug tapste ich zum Briefkasten. Insgeheim hoffte ich sehnsüchtig auf seitenlange Ergüsse von Tom. Ergüsse, in denen er schwor, daß er mich liebte. In denen er sich bitterlich über die Einsamkeit fern der Heimat beklagte. In denen er mir ankündigte, daß er das Forschungsprojekt auf der Stelle hinschmeißen und an Bord des nächsten Jumbos springen würde, um wieder zu Kreuze zu kriechen.

Im Briefkasten war tatsächlich Post von Tom.

Allerdings kein Brief – schon gar kein seitenlanger –, sondern bloß eine popelige Ansichtskarte. Vorn war ein Vulkan abgebildet, dessen Gipfel in einer Wolke steckte. Auf der Rückseite stand in Toms krakeliger Schrift: »Hallo, Alex!« (Hallo! Als ob ich einer deiner Saufkumpane wäre und nicht deine Geliebte!) »Ich bin in Fortuna, das Kaff liegt direkt am Arenal.« (So heißt wohl der Vulkan.) »Ich kann nur sagen: Der Berg ruft, und ich komme!« (Ach was! Wenn ich rufe, kommst du nie!) »Ich wohne hier in einem Bungalow im Camp der Universidad Costa Rica mit drei anderen Vulkanologen zusammen, komischerweise alles Mädels.« (Mädels? Urkomisch – in der Tat. Ich lach mich gleich tot!) »Pam aus Denver, Britt aus Stockholm und Maria-Elena aus Madrid. Wir haben viel Spaß.« (Spaß? O ja. Das will ich gern glauben. Vermutlich spielt ihr abends Mensch-ärgere-dich-nicht. Und trinkt dazu Diät-Cola.) »Bis dann, Tom.«

Das war alles.

Kein einziges klitzekleines ICH LIEBE DICH mit drei Ausrufezeichen.

So ein Saukerl!

In meinem Kopf entwickelte sich ein Foto, fix wie eine Polaroid-Aufnahme. Tom mit den drei Schlampen auf der Terrasse des Bungalows. Über ihnen der sternenübersäte Nachthimmel. Vor ihnen auf dem Tisch eimerweise Bacardi. Eiswürfelklirren in ihren Gläsern. Das Lachen der Schlampen perlt durch die tropische Nacht. Pam und Britt wahrscheinlich platinblond, Maria-Elena rassig-zigeunerhaft. Alle drei mit superlangen Beinen und supergroßen Titten. Titten wie Blasebälge.

Vielleicht war Maschas Idee doch keine Schnapsidee. Kurz entschlossen wählte ich ihre Nummer im Labor.

»Gebongt!« sagte ich knapp, als sie abhob. »Und der Titel heißt: *Mann verstehn im Handumdrehn*!«

Dann schmiß ich den Hörer auf die Gabel, zerriß die Ansichtskarte und spülte die Papierfitzelchen ins Klo. Bei allem, was mir heilig war, schwor ich, Tom bei der allerersten sich bietenden Gelegenheit den Hals umzudrehn – im Handumdrehn.

Sind wir etwa Weiber?

An einem regnerischen Samstag Ende April stand der Besichtigungstermin in der Wohngemeinschaft auf dem Programm. Gegen fünf sollte ich zum Kaffeetrinken antanzen. Allein bei dem Gedanken an den Muckefuck, den die Typen auffahren würden, hatte ich schon einen bitteren Geschmack im Mund. Bislang war mir noch kein Mann untergekommen, der einen anständigen Kaffee kochen konnte. Toms Kaffee beispielsweise schmeckte penetrant nach Spülwasser.

Nachdem ich stundenlang in der Wohnung hin- und hergetigert war und unzählige Male vorm Spiegel posiert hatte, war die Verwandlung vollbracht: Aus Alexand*ra* war Alexand*er* geworden.

Mascha, die mich die ganze Zeit abwechselnd angefeuert und ausgeschimpft hatte, umsprang mich wie ein Schafzüchter seinen preisgekrönten Hammel und versicherte mir, daß ich der schnuckeligste Kerl war, den ihre Augen je erblickt hatten.

Auch ich war beeindruckt von meinem neuen, männlichen Ich.

Hätten Karl Lagerfeld und Kim Basinger zusammen einen Sohn gezeugt – er hätte mir nicht ähnlicher sehen können.

Ich hatte mir Klamotten von Tom unter den Nagel gerissen, eine schwarze Cordhose, die mir wie angegossen paßte, weil sie eingelaufen war, ein labberiges blaues Sweatshirt und eine abgeschabte schwarze Lederjacke. Die neue Frisur – eine Kreation von Mascha, sie hatte mein Haar mit Gel einbalsamiert und nach hinten gekämmt, wo es in einem mickrigen Mozartzopf mit Schlüppchen mündete – brachte meine abstehenden Ohren besonders gut zur Geltung, aber das war mir egal. Meine Nase wirkte maskuliner als vorher, aber auch das war mir egal, denn ich war jetzt ein Mann, und bei einem Mann zählt nicht das

Aussehen, sondern der Charakter. Die Brille, ein leichter Alurahmen mit Fensterglas drin, trug ich zur Eingewöhnung bereits seit Tagen.
Ein letztes Mal vor dem großen Auftritt spielte ich mit Mascha das Frage-Antwort-Spiel. Das ging folgendermaßen vonstatten: Sie stellte mir die dämlichen Fragen, die mir die Typen in der WG eventuell stellen würden, und ich gab die cleveren Antworten, die wir uns ausgedacht hatten.
Wie heißt du? – Alexander Arnold. Ihr könnt mich auch Alex nennen.
Wie alt bist du? – Fünfunddreißig.
Was machst du beruflich? – Ich schreibe Ratgeber.
Hast du 'ne Freundin? – Klar. Ein ganz scharfes Luder.
Spielst du Fußball? – Nee. Mein Meniskus ist kaputt.
Und so weiter und so fort, bis alles abgehakt war. Allerdings war uns für die mögliche Frage nach meinem mangelnden Bartwuchs keine plausible Antwort eingefallen. Wir konnten nur hoffen, daß die Typen davor zurückschrecken würden, beim ersten Treffen derart intim zu werden.
Kurz vor knapp kriegte ich die Panik.
»Ich kann nicht!« rief ich.
»Du mußt!« rief Mascha.
»Was, wenn mich Mettlach erkennt? Der hat mich im Labor gesehen – Mann, der ist doch nicht blind!«
»Der schnallt das nicht. Der fährt nur auf Blondinen ab. Auf Blondinen mit Oberweiten von hundert aufwärts. Der hat dich gar nicht registriert!«
»Ich komm mir so nackt vor – ohne Make-up!«
»Quatsch nicht. Als Mann brauchst du kein Make-up!«
Der Zeiger der Uhr rückte bedrohlich weiter. Es war kurz nach halb fünf. Auf meiner Stirn bildeten sich Schweißperlen. Mascha tupfte sie mit einem Tempo ab.
»Nun geh endlich!« rief sie energisch.
Am liebsten hätte sie mir wohl einen saftigen Tritt in den Hintern verpaßt. Mit einem Stoßseufzer schnappte ich mir die Autoschlüssel und machte mich auf die Socken.

Die WG hauste in einer Jugendstilvilla am Stadtpark, in einer noblen Gegend also. Die Wohnungen hier gab's nicht geschenkt. Aber schließlich handelte es sich um eine – wie Mascha es nannte – Luxus-WG. Die Typen verdienten alle ordentlich Schotter und konnten sich die Bude leisten.
Als ich Toms BMW gegenüber der Villa unter einer Platane parkte, fühlte ich mich hundeelend. Obwohl ein kühler Nordwind wehte, erlitt ich eine Hitzewallung nach der anderen. Meine Beine waren weich wie Wachs, meine Hände kalt wie Eis. Die Symptome kannte ich nur zu gut. Ich hatte sie vor jeder Klassenarbeit gehabt und vor jedem Examen und vor jedem Rendezvous und vor jedem Vorstellungsgespräch.
Und in meinem Standesamt-Traum.
Nie im Leben würde ich das schaffen! Im Gegenteil. Nach dem ersten Schluck Muckefuck würde ich in Ohnmacht fallen. Dieser arrogante Arzt würde sich auf mich stürzen und reanimierende Maßnahmen ergreifen – Mund-zu-Mund-Beatmung, igitt! Die beiden anderen Typen würden dumm aus der Wäsche gucken. Der Doc würde mir das Hemd aufknöpfen – zwecks Brustmassage –, und spätestens dann würden sie merken, daß ich kein Mann war, sondern eine Frau.
Hasenfuß! schalt ich mich.
Dann fiel mir ein, daß ich gar kein Hemd anhatte, sondern ein Sweatshirt, was mich einigermaßen beruhigte.
Gottergeben riß ich mich am inneren Riemen und stieg aus dem Wagen.
Neben der Klingel für die erste Etage standen drei Namen: Mettlach, Kowalski und Schlesinger. Ein vierter Name war mit schwarzem Edding durchgestrichen. Wenn alles nach Plan lief, würde dort bald »Arnold« stehen. Ich atmete tief durch und schellte. Nach ein paar Sekunden summte der Türöffner. Ich trat ein. Ich stieg so schwerfällig die Treppe hoch, als hätte ich Blei in den Turnschuhen. Ich erreichte die Wohnungstür. Ich wartete mit klopfendem Herzen. Ich murmelte Flüche, von denen ich nicht gewußt hatte, daß ich sie kannte.
Urplötzlich wurde die Tür aufgerissen. Zum Vorschein kam ein etwa einsachtzig großer Typ mit strubbeligen schwarzen Haa-

ren. Er steckte in einer ausgeleierten Joggingkluft und roch nach gesundem Männerschweiß.
»Hi!« sagte er. »Alexander?«
»Hm!« sagte ich.
»Ich bin Hannes. Johannes Kowalski.« Er schüttelte mir die Hand mit seiner behaarten Pranke und fuhr im dicksten Ruhrpott-Slang fort: »Immer rein inne gute Stube, Alter!«
Im Flur lehnten drei Fahrräder an der Wand: ein klappriger Drahtesel, ein verdrecktes Mountainbike, ein picobello geputztes Designer-Rad. Über einem Vertiko, auf dem das Telefon stand, hing eine gerahmte Schwarzweißfotografie von Humphrey Bogart mit Hut und Sonnenbrille.
Die gute Stube entpuppte sich als große Wohnküche mit angrenzendem Balkon. Rechts von der Tür befand sich eine verhältnismäßig moderne Küchenzeile mit – innerlich plumpste mir ein Matterhorn vom Herzen, kein Spüldienst, juchhu! – integrierter Geschirrspülmaschine. Zwischen Küchenzeile und Fenster brummte ein knallrot angemalter Kühlschrank gemütlich vor sich hin. Links von der Tür beherbergte ein Uralt-Küchenschrank das WG-Porzellan. Davor lud eine Sitzecke zum Verweilen ein – ein alter Holztisch mit drei verschiedenen Stühlen und einem durchgesessenen, ebenfalls knallroten Plüschsofa.
In der Mitte des Plüschsofas thronte Martin Mettlach wie ein Fürst, der dem niederen Volk eine Audienz gewährt. Auf einem der eher unkommod anmutenden Stühle hockte ein spitznasiger Typ in einem karierten Flanellhemd. Durch die panzerglasdicken Gläser seiner Hornbrille sahen seine babyblauen Augen riesig aus. Sein akkurat gescheiteltes Haar hatte dieselbe Farbe wie Hamsterfell.
Hannes übernahm die Zeremonie des Vorstellens.
»Hey, Leute – dat is Alexander!« Mit Schmackes haute er mir ins Kreuz. Fast wäre ich in die Knie gegangen. Wenn der Typ nicht bald aufhörte, mich anzutatschen, würde ich mit Blutergüssen übersät und auf Knien hier rauskriechen. Meine rechte Hand fühlte sich jetzt noch an wie durch den Fleischwolf gedreht. »Alexander, dat is Martin Mettlach – un dat is Heribert Schlesinger, zu dem kannste auch Heri sagen.«

Heri und Martin nickten mir zu, Heri wohlwollend, Martin zurückhaltend.
»Setz dich!« kommandierte Hannes, ließ sich auf die Sofalehne fallen und legte die Füße auf einen wackeligen Tisch in der Ecke, auf dem ein tragbares Fernsehgerät stand. Indigniert rückte Martin ein Stück von ihm weg. Ich nahm auf einem der freien Stühle Platz.
Im Hintergrund brodelte die Kaffeemaschine wie ein Vulkan kurz vorm Ausbruch.
»Kaffee ist gleich durch«, sagte Heri verlegen.
Dann schwiegen wir eine Runde. Hannes kramte ein Päckchen Tabak aus der Tasche seiner Jogginghose und drehte sich eine Zigarette. Heri erhob sich, stellte vier Kaffeepötte auf den Tisch und stakste zum Kühlschrank. Er bewegte sich so hölzern wie eine Marionette. Außerdem stimmten seine Proportionen nicht: Der Oberkörper war zu lang, die Arme auch, die reichten fast bis zum schwarzweiß gefliesten Boden. Dafür waren seine Beine zu kurz. Er sah aus, als wäre er aus lauter nicht zueinander passenden Einzelteilen zusammengesetzt. Bei mir hatte sich der liebe Gott schon nicht über Gebühr ins Zeug gelegt, aber bei Heri hatte er richtiggehend geschludert.
»Wie?« sagte er, nachdem er einen Blick in den Kühlschrank geworfen hatte. »Keine Milch mehr da?«
»Scheiße!« rief Hannes. »Martin, wat is mit Einkaufen, Mann?«
Mettlach zuckte mit den Schultern. »Bin ich nicht zu gekommen.«
»Trinken wir den Kaffee halt ohne Milch!« sagte Heri. Er trabte mit der Kaffeekanne an und verteilte das rabenschwarze Gesöff auf die vier Pötte.
Schon allein vom Hingucken kriegte ich Herzrhythmusstörungen. Wer auch immer den Kaffee gekocht hatte, hatte mal mindestens vier Meßlöffel pro Tasse in den Filter gekippt. Und weit und breit keine Milch. Das fing ja gut an.
»Na denn!« sagte Hannes und trank einen Schluck Kaffee.
Ich beobachtete ihn wie ein Forscher eine Laborratte. Als er sich nach zwei Minuten immer noch nicht in Krämpfen wand,

wagte ich es schließlich, mir ein Schlückchen zu Gemüte zu führen.
Martin klappte ein silbernes Etui auf, fingerte eine Filterzigarette heraus und steckte sie mit einem Platinfeuerzeug in Brand. Er inhalierte tief, stieß eine Rauchwolke aus und begann mit dem Frage-und-Antwort-Spiel.
»Du heißt Alexander – und weiter?«
»Arnold. Alexander Arnold. Ihr könnt Alex zu mir sagen.«
»Wie alt bist du denn?«
»Fünfunddreißig.«
»Würde ja passen.« Er schaute Hannes und Heri an, die beifällig nickten. Dann fragte er weiter. »Was treibst du so? Beruflich?«
»Ich schreibe Ratgeber«, tat ich kund.
Heri signalisierte so was wie Interesse. Er beugte sich vor und fragte: »Was für welche?«
Kacke verdammte! Da war sie! Die Tausend-Mark-Frage! Und Mascha und ich hatten sie nicht geübt! Wir waren nämlich davon ausgegangen, daß sich kein real existierender Mann für Bücher interessieren würde.
»Heri is unser Bücherwurm«, erklärte Hannes. »Schafft in 'nem Buchladen inner City.«
Und tschüs. Auf der Kinoleinwand in meinem Hinterkopf sah ich die Worte The End. Aus die Maus! Ende der Vorstellung. Das war's dann wohl. Ausgerechnet der harmlose Heri würde mich auffliegen lassen. Es sei denn – jawoll, es sei denn, ich ging gnadenlos aufs Ganze. Ein Geistesblitz durchzuckte meine träge Hirnmasse.
»Ratgeber für Männer«, sagte ich forsch.
»Boh!« rief Hannes. »Sach ma einen!«
Sach ma einen – sach ma einen! hämmerte es von innen gegen meine Schädeldecke. Los, Alex! Sach ma einen! Sonst ist der Film vorbei, bevor er überhaupt angefangen hat.
Okay. Ich sachte einen. Ich sachte den Titel des einzigen Ratgebers für Männer, den ich kannte. »*Das Tier im Mann*!«
Heri glotzte mich verwundert an. »Aber der ist doch von Rudi Rabauke!«

Natürlich war der von Rudi Rabauke. Niemand wußte das besser als ich. Aber Rudi Rabauke war weit weg und konnte sich nicht wehren. Und er hielt sich bedeckt. Im Buch gab's kein Foto von ihm, im Klappentext keine Informationen zu seiner Person. Ich hatte mehr Glück als Verstand. Also wagte ich den Sprung ins kalte Wasser. Ent oder weder. Barfuß oder Lackschuh. Sekt oder Selters.

»Rudi Rabauke ist mein Pseudonym!« sagte ich kühn.

Hannes und Heri erstarrten in Ehrfurcht. Wie aus einem Munde riefen sie: »Echt?!«

Sogar Martin entlockte meine Offenbarung eine Reaktion. Er räusperte sich und sagte: »Ach.«

Ich konnte mich des Eindrucks nicht erwehren, daß mein Ansehen bei den Typen in den letzten Sekunden mordsmäßig gestiegen war. Jetzt stand ich auf einer Stufe mit dem Terminator und Rambo und Indiana-Jones und all den anderen Männeridolen. Es war ein erhebendes Gefühl. Fast spürte ich, wie meine Drüsen männliche Hormone produzierten, meine Bizepse anschwollen, mein Bauch zu einem Waschbrett wurde und auf meiner Brust Haare sprossen. Ja – fast schon spürte ich, wie mir ein Schwanz wuchs.

»Tja, Leute!« sagte ich und nippte an meinem Kaffee, um Zeit zu schinden. Was nun? Da hatte ich mich schön reingeritten. Und wenn schon. Kein langes Gezatter. Weiter improvisieren. »Tatsache ist, daß ich an einem neuen Ratgeber sitze. An einem neuen Bestseller. Aber zum Schreiben muß ich Ruhe haben. In meiner Bude läuft das momentan nicht. Ich hab Streß mit meiner Alten, geht mir tierisch auf den Sack. Ich brauche sozusagen Asyl ... Ihr haltet doch dicht – oder?«

Unglaublich, aber wahr: Ich funktionierte, als hätte man mir einen Mann-Mikrochip implantiert.

»Hey, klar, Alter!« rief Hannes und schlug mir begeistert auf den Oberschenkel. Noch 'n Hämatom! Hoffentlich hatte ich Mobilat daheim im Arzneischrank. »Un ob wir dicht halten! Oder sinn wir etwa Weiber?«

Die drei Typen grölten und boxten sich gegenseitig in die Rippen. Weiber schienen auf ihrer WG-internen Wertschätzungs-

skala ganz unten angesiedelt zu sein, auf derselben Stufe wie Einzeller. Hannes fing sich als erster wieder.
»Is ja 'n Ding!« sagte er. »Den Rabauke hab ich mir immer ganz anders vorgestellt. Ich hab gedacht, dat is sooon Schrank!« Flugs sprang er auf und holte ein fleckiges Exemplar von *Das Tier im Mann* herbei, das er vor mich auf den Tisch in eine Kaffeepfütze legte. Mit großer Geste überreichte er mir einen Filzstift. Heri tat es ihm nach, und endlich erhob sich auch Martin von seinem Plüschthron und schaffte sein Exemplar meines vermeintlichen Bestsellers herbei. Ich signierte alle drei Bücher mit einer unleserlichen und – wie ich hoffte – männlichen Unterschrift.
Anschließend besichtigte ich das freie Zimmer, das etwa achtzehn Quadratmeter groß war und einen Erker zur Straße hin hatte. Rasch waren wir uns handelseinig. Ich nahm das Zimmer für vorerst drei Monate. Wir besiegelten unser Abkommen mit Handschlag, wie es unter Männern Sitte ist. Mein Vorgänger – der, wie mir die Jungs schadenfroh erzählten, in die Ehefalle getappt war, das Weichei – hatte ein Ikea-Regal zurückgelassen, ein Feldbett, ein überdimensionales Oben-ohne-Farbposter von Pamela Anderson, eine verdorrte Yucca-Palme sowie drei leere Kisten Veltins.
Na denn prost, dachte ich so bei mir, während mich meine zukünftigen Mitbewohner mit Schulterklopfen und Boxhieben verabschiedeten.
Daheim klemmte ich mich ans Telefon und erstattete Mascha Bericht. Sie konnte es kaum fassen, daß die Jungs mich auf Anhieb akzeptiert hatten.
»Hast du dran gezweifelt?« fragte ich.
»Na ja«, druckste sie. »Du warst so was von durch 'n Wind – ich hab gedacht, du versiebst es.«
»Mach mal halblang«, sagte ich. »Die Sache lief wie geschmiert. Ich war top in Form.«
»Trotzdem. Daß die dich genommen haben!«
»Ich kann dir sagen, warum sie mich genommen haben.« Ich machte eine Kunstpause. »Sie glauben, ich hätte ihre Bibel geschrieben!«

Und ich erzählte Mascha vom *Tier im Mann*, und wir lachten uns schlapp und stellten die wildesten Spekulationen darüber an, was Rudi Rabauke wohl dazu sagen würde, wenn er es wüßte.
Gott sei Dank würde er es nie erfahren.

Jetzt, wo ich Männerklamotten brauchte, war ich heilfroh, daß Tom so 'n halbes Hemd war und nicht sooon Schrank. Ohne die geringste Anwandlung von Schuldgefühlen plünderte ich seine Schubladen und seine Kleiderschrankhälfte. Ich eignete mir mehrere Sweatshirts und T-Shirts an, zwei Pyjamas, ein Sortiment weiße Feinripp-Unterhemden und weiße Feinripp-Slips mit Eingriff. Die Slips würde ich natürlich nicht anziehen, aber ich war gern auf der sicheren Seite.
Aus dem Altkleidersack, der seit Menschengedenken darauf wartete, daß ihn ein Freiwilliger zum Container fuhr, kramte ich zwei zerschlissene Jeans, die Tom zu eng geworden waren. Erbarmungslos sackte ich seine schwarze Lederjacke ein, seinen roten Bademantel sowie seinen dunkelblauen Jogginganzug.
Dann ging's ans Eingemachte.
Dringend bedurfte ich einiger typisch männlicher Körperpflegeartikel – was zwar ins Geld ging, aber sei's drum. Allmählich fand ich an der Undercover-Nummer Gefallen.
Ich erstellte eine Einkaufsliste mit folgenden Posten: Rasierapparat, Aftershave, Eau de Toilette, Duschgel, Shampoo. Weil ich gerade so schön in Fahrt war, suchte ich in meiner Eigenschaft als Mann den von mir bevorzugten Kosmetikshop He & She auf; zum einen, um in meine Rolle reinzuwachsen, zum anderen, weil ich gespannt war, wie die Grazien dort reagierten, wenn ich sie als potentieller Geschlechtspartner um Proben anbettelte.
Um es gleich vorwegzunehmen: Es war schier unglaublich.
Kaum hatte ich den Shop betreten – nein, eigentlich steckte ich noch halb in der Tür –, stürzten sich fünf Grazien mit nahezu ungezügelter Verkaufsleidenschaft auf mich. Ich hatte meine liebe Last, mich ihrer zu erwehren. Vier schüttelte ich ab wie Fliegen. Der fünften, einer langhaarigen Trulla mit Bardot-

Schmollmund – die mich sonst immer in der hinterletzten Ecke stehenließ wie einen vergessenen Regenschirm –, gewährte ich meine Gunst.
»Bitte?« fragte sie. »Sie wünschen?«
»Ich suche ein Aftershave und ein Eau de Toilette und ...«
Weiter kam ich gar nicht. Schon hatte die Grazie mich am Schlafittchen und zerrte mich vor ein Glasregal, in dem Männer-Duftwässerchen in edlen Flakons auf Käufer warteten.
»Was Herbes?«
Nach reiflicher Überlegung stimmte ich zu. Was Herbes sollte es sein, genau. Was Herbes war ich mir in meiner Eigenschaft als Autor des Ratgebers *Das Tier im Mann* schon schuldig.
Die Grazie schnappte sich den erstbesten Testflakon und grapschte nach meiner linken Hand.
»Hier!« flötete sie. »*Animal Brutal.* Der neue Duft von Toni Testosteroni – herb, aber auch sinnlich. Zeder, Limone, Moschus. Wenn ich mal darf ...«
Sie durfte. Sie riskierte einen frivolen Anbagger-Augenaufschlag und sprühte meinen Handrücken mit *Animal Brutal* ein. Es stank bestialisch. Es stank wie Katerpisse mit Zitronensaft. Als ich schon angewidert die Nase rümpfen wollte, entwich ein Schnurrlaut der Kehle der Grazie.
»Ist das nicht klasse?« hauchte sie und warf mir einen schmachtenden Blick zu. »So männlich. Der pure Wahnsinn.«
Sie schnurrte immer noch. Wenn sie sich gleich auf den Boden schmiß und alle viere von sich streckte und mir ihren Bauch entgegenreckte und sich wälzte und kreischte wie eine rollige Katze, hatte Toni Testosteroni einen Volltreffer gelandet. Landauf, landab würden die Männer Schlange stehen nach *Animal Brutal*, es würde kein Halten mehr geben. Da ging ich jede Wette ein. Toni hatte ausgesorgt. Der konnte sich zur Ruhe setzen.
Natürlich konnte ich nicht widerstehen – welcher Mann hätte das gekonnt? Ich kaufte die ganze Serie von *Animal Brutal*: das Eau de Toilette als Spray, das Aftershave, das Duschgel und die Bodylotion. Ich ließ mir ein Shampoo aufschwätzen, das gegen Schuppen und Haarausfall und Talgdrüsenüberproduktion und

Kopfhautjucken gleichzeitig half und duftmäßig zu *Animal Brutal* paßte. In meiner Kaufrauschanwandlung ließ ich mich sogar fast dazu hinreißen, den mir aus der Fernsehwerbung bekannten und von der Grazie mit Engelszungen gepriesenen Rasierapparat mit dem neckischen Namen Soft-Shavy zu erwerben. Das Ding hatte alles, was ein Männerherz begehrte: Doppel-Scherkopf, Sensoren für automatische Konturenanpassung, Kapazitätskontrollanzeige. Es hätte mich nicht gewundert, wenn es Park-Distance-Control gehabt hätte. Ich konnte mich gerade noch beherrschen. Eine Tube Rasiercreme, ein Pinsel und Klingen taten es schließlich auch. Außerdem war Rudi Rabauke bestimmt einer von der Sorte, die sich naß rasieren und immer ein paar Schmisse im Gesicht haben.
Und dann passierte das Ungeheuerliche: Ich mußte nicht mal um Proben betteln.
Ich kriegte sie hinterhergeschmissen!
Wie ein warmer Tropenregen prasselten sie auf mich nieder!
»Wenn Sie mal eine Typberatung brauchen ...«, hauchte die Grazie, als ich bar bezahlte. »Das mach ich nämlich nebenher – abends.«
Holla! Typberatung! Ich konnte mir lebhaft vorstellen, was bei der unter Beratung lief. Ein Glas Schampus vorher, eine Zigarette nachher. Wenn ich das in meinem Club erzähle! In meinem Männerclub! Die Jungs wären in einer Sekunde von Null auf Hundert. Die würden in den Shop einfallen wie eine Rotte Keiler ins Rübenfeld.

Mein Umzug in die Wohngemeinschaft ging in der ersten Maiwoche über die Bühne.
Ich leerte alle Mülleimer und goß alle Blumen und stellte den Anrufbeantworter an. Ich warf mein Bettzeug, Toms vollgestopften Rucksack sowie seine vollgestopfte Sporttasche in den Kofferraum des BMW und packte seinen Computer, seine Stereoanlage und seine Miniboxen – sein ganzer Stolz, so klein und so 'ne Power, echt irre! – auf den Rücksitz. Seinen Aktenkoffer aus feinstem Rindsleder, den ich ihm zum vierzigsten Geburtstag geschenkt hatte, stellte ich auf den Beifahrersitz.

In besagtem Koffer befand sich eine reichhaltige Auswahl gängiger, männertypischer Druckerzeugnisse, denn Mascha hatte steif und fest behauptet, daß meine Tarnung nur dann perfekt sei, wenn ich Zeitschriften wie *Kicker* und *Auto-Motor-Sport* und *Motorrad* und *Body-Kult* gut sichtbar in meinem WG-Zimmer deponieren würde – nicht zu vergessen das Herrenmagazin *Mega-Mops*.

Eine halbe Stunde später parkte ich vor meinem neuen Domizil.

Als ich den Rucksack aus dem Kofferraum zerrte, schoß Martin Mettlach mit einem blutroten Mazda-Cabrio um die Ecke. Direkt hinter dem BMW legte er eine filmreife Vollbremsung hin. Der Mann kam mir wie gerufen. Der konnte mir gleich helfen, meinen Kram hochzuschaffen. Aufreizend langsam schloß er den Wagen ab und schlenderte auf mich zu, eine prallgefüllte Tüte von Feinkost-Behrens im Arm. Aus der Tüte lugte vorwitzig eine Flasche Schampus. Wollten die Jungs etwa meinen Einzug feiern? Wie rührend!

Martin warf einen skeptischen Blick auf den BMW.

»Deiner?« fragte er.

»Klar«, sagte ich. »Meinste, ich fahre mit 'nem Leihwagen rum?«

»Vier- oder Sechs-Zylinder?«

Bitte was? Der konnte Fragen stellen, daß es einem kalt den Rücken runterlief! Ich war schon froh, wenn ich mir merken konnte, ob die Kiste Normalbenzin oder Super soff. Ich tat, als hätte ich die Frage nicht gehört.

»Wieviel PS hat denn die Kiste?« fragte Martin unbarmherzig weiter.

Noch so 'ne Frage! Wieviel PS? Mehr als genug wahrscheinlich. Daß der Kerl einfach keine Ruhe geben konnte! Heute abend würde ich mir die Angaben im Fahrzeugschein eintrichtern, bis ich sie im Tiefschlaf herbeten konnte. Bis dahin mußte ich bluffen.

»Auf alle Fälle mehr als deine Japsenschleuder!« konterte ich dreist.

»Die Reifen sind runter«, sagte er daraufhin mit blasiertem Gesichtsausdruck. Offenbar hatte mein Pfeil ins Schwarze getroffen. Dafür mußte er jetzt den BMW runtermachen, das gebot die Mannesehre. »Und der Lack ist stumpf! Muß mal poliert werden, das Teil!«

Fatzke! Doch bevor mir eine passende Erwiderung einfallen konnte, stürmte Heri auf die Straße und bemächtigte sich des Rucksacks und der Stereoanlage. Obwohl er unter der Last zusammenzubrechen drohte, bugsierte er die Sachen keuchend in mein Zimmer, wo er den Rucksack vors und die Anlage aufs Feldbett fallen ließ.

Nach Luft ringend, fragte er: »Bist du heut abend zu Hause?«

»Ja«, sagte ich. »Wieso?«

»Weil Hannes dann für dich mitkocht!«

Hannes kochte für mich mit? Das traf sich gut. Ich hatte einen Bärenhunger, und außer Mutti und Mascha hatte noch nie jemand für mich gekocht. Toms Kochen zählte nicht. Toms Kochen erschöpfte sich im Öffnen von Dosen und Erhitzen des Inhalts in der Mikrowelle.

»Super!« sagte ich zu Heri.

Er rang sich ein Lächeln ab, das leicht ins Angeekelte spielte. Vielleicht war es mit Hannes' Kochkünsten doch nicht so weit her, wie ich mir wünschte.

Als mein gesamter Krimskrams in meinem Zimmer war, richtete ich mich häuslich ein. Ich bezog die reichlich durchgelegene Matratze des Feldbetts mit einem dunkelgrauen Spannbettuch und Kissen und Decke mit hellgrauer Satinbettwäsche. Die Klamotten stapelte ich im Regal, nachdem ich es abgestaubt hatte. Anschließend inspizierte ich erstmalig die sanitären Anlagen.

Der Klodeckel war nicht runtergeklappt.

Das Klopapier war alle.

Das Waschbecken war schmutzig.

Die Badewanne hatte einen Dreckrand.

Der Spiegel war voller Zahnpastaspritzer.

Was mich daheim zur Verzweiflung getrieben hätte, ließ mich hier kalt. Was soll's! Ein limonenfrisches Bad mit Kacheln, in denen ich mich spiegeln konnte wie in der Werbung, war ohnehin das letzte, was ich in einer Männer-WG erwartet hätte. Ich hängte Toms Bademantel an den einzigen freien Haken an der Tür und quetschte meine *Animal-Brutal*-Flaschen, meinen Zahnputzbecher und mein Rasierzeug zwischen das Sammelsurium von Flaschen, Zahnputzbechern und Rasierzeug auf die Ablage unterm Spiegel. Meine Handtücher verstaute ich in der Kommode, die neben der Waschmaschine stand.

Dann zog ich den Jogginganzug an – Samstag abend trug jedes gestandene Mannsbild einen Jogginganzug, denn Samstag abend war Fußball angesagt –, gab mir einen Ruck und latschte lässig in die Küche.

Die Nummer mit dem Jogginganzug kam schon mal gut.

Hannes und Heri trugen ebenfalls Jogginganzüge. Von Martin fehlte jede Spur. Hannes stand am Herd und schwenkte eine ufogroße Bratpfanne. Als er mich sah, strahlte er übers ganze dreitagebartstoppelige Gesicht und schmiß schwungvoll drei bluttriefende Steaks – jedes einzelne war so dick wie ein Sattel – ins siedend heiße Fett. Das Fleisch zischte, das Fett spritzte. In einem Tiegel auf einer kleineren Herdplatte warf eine undefinierbare rotbraune Masse Blasen. Erschrocken wich ich zurück.

»Keine Angst!« rief Hannes. »Ich brat die Dinger nur ganz kurz an, genau wie du's beschrieben hast!«

Ach, du Rabenacht! Ich spürte, wie sich meine Gedärme verknoteten. Denn mich streifte die Erinnerung an das Kapitel zum Thema Männeressen im *Tier im Mann*. Nach Rudi Rabaukes Überzeugung hatten sich Männer – echte, urwüchsige Kerle – in erster Linie von halbrohem Fleisch und Bier zu ernähren. Mir schwante Schreckliches.

Unterdessen deckte Heri den Tisch. Drei Teller, drei Messer, drei Gabeln.

»Ißt Martin nix?« schrie ich gegen den Lärm der Dunstabzugshaube an.

Heri schüttelte den Kopf und säbelte daumendicke Brotscheiben von einem Laib, mindestens einem Vierpfünder. Hannes schaltete die unleidliche Dunstabzugshaube aus, balancierte die Pfanne zum Tisch und lud die Steaks ab.

»Schwupp!« rief er. »Es ist angerichtet, die Herrschaften!«
»Mann, mach nicht so 'ne Show«, sagte Heri.
Hannes grinste und knallte eine Flasche Ketchup auf den Tisch. Heri nahte mit einer Kelle und schöpfte die rotbraune Masse aus dem Tiegel auf unsere Teller. Vorsichtig kostete ich davon. Es handelte sich um Bohnen. Um zu Brei verkochte Bohnen, die man großzügig mit Chilipulver gewürzt hatte, etwa einem Kilo, wie ich schätzte. In meinem Mund loderte ein Buschfeuer.
»Klasse, wat?« fragte Hannes.
Ungerührt schaufelte er den Pamps in sich hinein. Der Mann mußte einen Schlund aus Kruppstahl haben und einen Magen aus Asbest. Ich kaute mit Todesverachtung, eisern bemüht, die rote Flut, die sich bei jedem Messeransetzen aus dem Fleisch ergoß, zu ignorieren. Derweil sezierte Heri sein Steak so bedächtig wie ein Pathologe und beäugte mißtrauisch jeden Bissen, bevor er ihn zum Mund führte. Ich konnte es ihm nachfühlen. Auf meiner geistigen Einkaufsliste notierte ich mir Multivitamin-, Kalium- und Calcium-Tabletten. Wenn das Unterangebot an Salat und Gemüse in meiner neuen Bleibe Standard war – was ich befürchtete –, würde ich ohne entsprechende Substitution am Ende noch Skorbut kriegen.
Hannes rülpste, schob seinen leeren Teller beiseite und ging auf den Balkon. Mit drei Bierflaschen unterm Arm kehrte er zurück. Er klickte sie mit seinem Feuerzeug auf und reichte Heri und mir eine rüber.
»Nich lang schnacken, Kopp innen Nacken!« rief er.
Wir prosteten uns zu und tranken. Hannes spießte mit seiner Gabel das halbe Steak auf, das unberührt auf meinem Teller liegengeblieben war, schob es sich in den Rachen und schluckte es runter, ohne zu kauen. Dann rülpste er abermals, stellte den Fernseher an und legte sich aufs Sofa. Auf der Mattscheibe bohrte ein Reporter dem Trainer von Bayern München ein Mikrofon ins Gesicht. Der Interviewte versprach, im bevorstehenden Bundesligaspiel gegen Schalke haushoch zu gewinnen.
»Pah!« rief Hannes. »Dat wolln wir erstma sehn!«
Beifällig nickte Heri. Doch sein Nicken galt nichts. Erwartungsvoll sah Hannes mich an. Mich, Rudi Rabauke. Ein kompeten-

ter Kommentar war fällig. Was würde Tom an meiner Stelle sagen? Jeden Samstag hatte ich mit ihm Fußball geguckt – wenn auch nur halbherzig, meist hatte ich nebenher in der *Friederike* geschmökert –, und jeden Samstag hatte Tom das Geschehen auf dem Bildschirm wort- und gestenreich kommentiert. Irgendwas mußte doch bei mir hängengeblieben sein, verdammt noch mal!

»Maulheld!« rief ich inspiriert. »Schalke zieht den Bayern die Lederhosen aus!«

Offenbar hatte ich das Richtige gesagt, denn Hannes erhob keinen Einwand. Einträchtig starrten wir auf den Bildschirm, brüllten dann und wann »Abseits!« oder »Och nee!« oder »Wat 'ne Gurke!« und tranken unser Bier.

Nach wie vor stand das abgegessene Geschirr auf dem Tisch. Die Bohnen auf meinem Teller waren eingetrocknet und sahen aus wie Kaninchenköttel. Daheim hätte ich schon längst die Spülmaschine angeschmissen. Aber hier? Hier würde ich damit gegen die Regeln verstoßen. Hier gab's dafür bestimmt die rote Karte und einen Platzverweis. Also muckste ich mich nicht, bis Martins Auftauchen die Idylle störte. In einen schwarzen Trenchcoat gewandet, betrat er die Küche. Er spielte mit dem Mazda-Schlüssel und stank wie ein Teststreifen aus Toni Testosteronis Aftershave-Labor.

»Ach, Fußball«, sagte er herablassend. »Daß ihr von dem Trip nicht runterkommt. Fußball ist doch 'n Proletensport.«

»Aber Golf isset, wat?« konterte Hannes bissig.

»Wenn jemand für mich anruft – ich bin gegen elf wieder zurück. Man sieht sich, ciao!« Martin wandte sich zum Gehen. Die Haustür fiel ins Schloß. Kurz darauf drang das Aufheulen des Mazda an unsere Ohren.

Es wurde ein richtig gemütlicher Fernsehabend. Nach den Nachrichten kam ein Film mit Michael Douglas. Der Film spielte in Kolumbien; Douglas war auf der Suche nach einem grünen Diamanten. Mit der Machete schlug er eine Schneise in den Regenwald, schwang sich an Lianen über Schluchten und hatte trotz aller Widrigkeiten immer einen locker-flockigen

Spruch auf den Lippen. Wie gebannt glotzten Hannes und Heri auf den Bildschirm. Das war ein Film nach ihrem Geschmack, fürwahr.
Meine Gedanken schweiften ab. Auch Tom wäre von dem Film begeistert gewesen. Ob er mittlerweile sein Survival-Messer gegen eine Machete eingetauscht hatte?
Hannes holte Nachschub aus dem Bierkasten auf dem Balkon, Heri stiftete eine Tüte Kartoffelchips. Nach der dritten Runde Bier wurden die Jungs richtig gesprächig, um nicht zu sagen geschwätzig.
Ich erfuhr, daß Hannes aus Dortmund stammte, siebenunddreißig war und Mitinhaber des Reiseladens AST. AST war die Abkürzung für Adventure Sports & Tours. Bei AST konnte man Trekking-Touren und Rafting-Touren und Motorrad-Touren buchen. Und Survival-Touren, logisch. Die Touren führten allesamt in die abgelegensten, ungezieferverseuchtesten, von der Zivilisation unbelecktesten Fleckchen Erde, die man sich nur denken kann.
Jedesmal, wenn wir unseren Urlaub geplant hatten, war Tom mit einem Haufen Prospekte von AST angerückt. Da ich mich nicht danach verzehrte, in einem Einbaum den Amazonas runterzurudern oder auf dem Höcker eines Kamels durch die Kalahari zu schwanken oder auf dem Rücksitz einer Harley durch die Rocky Mountains zu holpern oder gar ein Survival-Training in der Taiga zu absolvieren und mich von Regenwurmgulasch zu ernähren, landeten die Prospekte regelmäßig im Altpapier. Und wir landeten – statt in Marlboro-Country – in Holland oder Frankreich. Da wußte man wenigstens, was man hatte.
Heri war zweiundvierzig – also eher ein Alt- als ein Junggeselle. Seine Arbeit im Bücherwurm, einer Buchhandlung in der City, war ihm Abenteuer genug. Einmal hatte er sich von Hannes' Kompagnon zu einem Eselsritt durch Katmandu überreden lassen, einmal und nie wieder. Danach war Heri vier Wochen sterbenskrank gewesen. So krank, daß seine Mama – die umme Ecke wohnte – jeden Tag reinschneien und ihm Haferschleim kochen mußte und Kamillentee.
Seine Mama?

Umme Ecke?
Wenn Mama bei jedem Pups, der sich bei ihrem Jungen quergelegt hatte, reinschneite, mußte es sich bei Heri um einen klassischen Vertreter der Spezies Muttersöhnchen handeln. Mit Frauen hatte der bestimmt nicht viel im Sinn …
… was mich auf eine Idee brachte. Schließlich war ich nicht zum Spaß hier, sondern zur Recherche in Sachen Mann.
Möglichst beiläufig erkundigte ich mich nach dem Geschlechtsleben der Jungs. Heri wurde rot wie ein Feuerlöscher. Vermutlich beschränkte sich sein Geschlechtsleben auf feuchte Träume. Jede Wette, daß er noch jungfräulich war. Oder jungmännlich? Wie auch immer. Hannes murmelte was von Frauen, die ihn umschwirrten wie die Motten das Licht, und verkrümelte sich auf den Balkon, um eine neue Runde Bier zu holen – eindeutig ein Ablenkungsmanöver. Ich würde schon noch rauskriegen, was er für Leichen im Keller hatte.
Als ich mich nach dem Sexleben von Martin erkundigte, zierten sich die Jungs nicht. Heidewitzka! zogen sie voll vom Leder und schwelgten in Anekdoten von Blondinen, die sich bei Martin die Klinke in die Hand gaben, nachts nackend durch den Flur ins Bad huschten und morgens mit einem Herrenhemd bekleidet in der Küche herumtrödelten und Kaffee kochten.
»Dat Bett vom Doc is die reinste Abschußrampe«, sagte Hannes grinsend. »Der muß 'nen Schwanz wie 'ne Rakete haben.«
»Halt die Klappe«, sagte Heri. »Wird Alex schon noch merken.«
Alsbald – so wurde mir in Aussicht gestellt – würde ich Zeuge dieser Vorgänge werden.
Die beiden hatten wahrlich nicht zuviel versprochen.
Als wir uns den Spätfilm reinzogen – einen Western mit John Wayne, in dem wie in allen Western zu viel geritten, gesoffen und geschossen wurde, wohingegen eine nachvollziehbare Handlung auf der Strecke blieb –, erschien Martin wieder auf der Bildfläche, und zwar in Begleitung einer giggelnden Trulla, die aussah wie eine fleischgewordene Barbie-Puppe. Ihr praller Po beulte den schwarzen Ledermini aus, ihre üppigen Brüste

drängten durch den Ausschnitt ihrer babyrosa Satinbluse ins Freie.
»Hi, Jungs!« hauchte sie und fuhr sich mit der Zungenspitze lasziv über die – passend zur Bluse – babyrosa geschminkten Lippen.
Wir – ja, auch ich, wie ich zu meiner Schande gestehen muß – stierten sie an, als wäre sie ein Kalb mit zwei Köpfen. Wortlos fischte Martin die Flasche Schampus aus dem Kühlschrank, dann verschwanden Barbie und Ken in Richtung Raketenbasis – in Richtung Cape Canaveral, wie Hannes sagte. John Wayne ritt und soff und schoß. Nach einer Weile erklang ein Knall, der nicht aus der Mündung seines Schießeisens stammte. Wie auf Kommando griff Hannes zur Fernbedienung und stellte den Ton ab.
»Martins Zimmer is direkt nebenan«, erklärte er. »Dat war der Schampus …«
Wir fuhren die Ohren auf Rhabarberblattgröße aus. Auf den Knall folgte der kehlig-brunftige Gesang von Mick Jagger.
»You make me hot!« sang Hannes mit und schnippte mit den Fingern. Dann sagte er: »Jetzt hat er 'se gleich soweit. Der Countdown läuft. Ten, nine, eight …«
Heri traute sich kaum, aufzuschauen. Nachdem Mick Jagger fünf Minuten lang gesungen hatte, stürzte Martin in die Küche, mit nichts am Leib außer einem Tanga-Slip im Tiger-Look.
»Hat mal einer 'n Pariser?« fragte er.
»Schon wieder nich eingekauft, wat?« feixte Hannes. »Tja, ich hab keine Lümmeltüte übrig.«
Heri blieb stumm wie ein Fisch. Wahrscheinlich wußte er gar nicht, was ein Pariser war. Konnte gut sein, er hielt einen Pariser für ein Gebäckstück wie einen Berliner. Mann – hoffentlich fragte er nicht, ob mit oder ohne Marmelade.
Martin guckte mich an. »Du, Alex?«
»Nee!« entfuhr es mir. »Ich nehm die Pille.«
Noch im selben Moment ging mir auf, daß ich mich verquasselt hatte – purer Reflex. Prompt verschluckte ich mich an meinem Bier und erlitt einen Hustenanfall. Hannes schlug mir mit der flachen Hand auf den Rücken.

»Mann, Alter!« rief er. »Die Pille für den Mann – ich werd nich mehr! Klasse Gag! Oder meinste Viagra?«
Er und Heri lachten sich kringelig. Schimpfend trabte Martin ins Bad, wo er sämtliche Schubladen der Kommode durchwühlte. Dann rannte er wieder in sein Zimmer.
»Ob er einen gefunden hat?« fragte ich.
»Wär besser für ihn«, sagte Hannes. »Für ein uneheliches Kind blecht er nämlich schon.«
Wir widmeten uns wieder John Wayne. Als er seine Widersacher totgeschossen und sich selbst fast totgesoffen hatte, befanden auch wir uns in einem fortgeschrittenen Stadium der Trunkenheit und gingen schlafen. In der Küche blieb alles stehen und liegen, frei nach dem Motto *Tritt sich fest.*
In voller Montur fiel ich auf mein Feldbett und schlief zum erstenmal seit Monaten auf Anhieb ein.

Als ich am nächsten Morgen aus einem komagleichen Schlaf erwachte, hatte ich einen mordsmäßigen Brummschädel. Mindestens tausend Zwerge mit Hammer und Meißel waren da am Werk. Stöhnend kroch ich aus den Federn und schlich in den Flur. Kein Mensch in Sicht. Die Jungs schliefen wohl noch ihren Rausch aus. Ich tapste in die Küche, suchte nach einer Schachtel Aspirin und fand eine im Brotkasten. Aspirin galt hier wohl als Grundnahrungsmittel. Ich ließ eine der Brausetabletten in ein Glas Wasser plumpsen und guckte zu, wie sie sich auflöste.
Plötzlich kam Leben in den Laden.
Mit einem Ruck wurde Martins Tür aufgerissen.
Unbeholfen klackerte Barbie in ihren Pumps durch den Flur – bekleidet mit einem weißen Herrenhemd, das gerade mal eben ihre Pobacken bedeckte. Ihr Haar glich einem Mop, ihr Gesicht war aschfahl. Sie sah nicht nur aus wie ein Zombie, sie bewegte sich auch so.
Guter Gott! Die war ja fix und alle!
Was hatte Martin mit der bloß angestellt?
In meiner Phantasie wurde er zum Vampir, zu Graf Dracula, zum Fürsten der Finsternis; ich sah ihn mit wehendem Trenchcoat durch die Stadt flattern, sich in einer dunklen Gasse über

die Kehle einer Frau beugen und sie aussaugen bis auf den letzten Tropfen Blut.

Barbie stolzierte herein und blieb vor der Spüle stehen. Ich suchte ihren Hals nach Bißspuren ab, konnte aber nur einen blaulila Knutschfleck unter ihrem linken Ohr entdecken. Wir gähnten uns an, bis Martin hereinplatzte und Barbie zusammenschiß.

»Mensch, Mädchen!« brüllte er. »Steh nicht rum! Koch mal Kaffee – oder kannste das auch nicht?«

Gott, was für ein Chauvi-Schwein! Und ich hätte meinen Allerwertesten drauf gewettet, daß er noch nicht mal ihren Namen wußte.

Jeder Mann hat ein Geheimnis

Die Zeit in der Männer-WG verging wie im Fluge. Zwar kam ich mir anfangs vor wie ein Kuckucksküken im Adlerhorst, aber nach ein paar Tagen waren wir Junge im selben Rudel.

Wie sich herausstellte, war es ein Kinderspiel, ein Mann zu sein. Nichts leichter als das! Es war total simpel – ehrlich! Ich lernte durch Nachahmung, und die Jungs waren gute Lehrmeister.

Um meine Gefühle auszudrücken, monologisierte ich nicht mehr stundenlang ohne Punkt und Komma, sondern sonderte markige Sprüche ab. »Da springt mir doch der Sack vom Schlitten!« beispielsweise stand für Erstaunen oder »Da geht mir glatt das Klappmesser auf!« für Zorn oder »Ich halt's im Kopp nicht aus!« für Überforderung. Zusehends verkümmerte mein Sprachzentrum; die Tendenz ging zum Fünf-Worte-Satz. Sprüche plus ein lockeres »Na, Alter!« oder »Mann, hey!« genügten vollauf, um die Kommunikation in Gang zu halten.

Ab und zu ließ ich einen deftigen – aus dem *Mega-Mops* geklauten – Blondinenwitz vom Stapel.

Die Abende verbrachte ich mit Hannes und Heri vor der Glotze, die Füße hochgelegt, eine Flasche Bier in der Hand. Ich machte mir zur Gewohnheit, ein Bierchen über den Durst zu trinken.

Ich pinkelte nach wie vor im Sitzen, aber ich klappte den Klodeckel danach nicht mehr runter.

Ohne einen Nervenzusammenbruch zu kriegen, beobachtete ich, wie Haarballen langsam, aber sicher das Waschbecken verstopften und wie der Dreckrand der Badewanne speckiger und speckiger wurde.

Schnell fand ich heraus, daß es sich mit einer höheren Schmutzschwelle wesentlich bequemer lebte. Ich duschte nicht mehr jeden Tag, egal, wie fettig oder strähnig meine Haare waren.

Auch meine Unterwäsche wechselte ich nicht mehr täglich. Ist der Ruf erst ruiniert, lebt es sich ganz ungeniert!
Und ich fühlte mich prima dabei – wie im Schlaraffenland.
Abends flogen mir zwar keine gebratenen Tauben in den Mund, dafür aber blutige Steaks oder pampige Bohnen oder fettstrotzende Bratkartoffeln oder versalzene Spiegeleier oder kalte Fleischwurst mit Senf oder lauwarme Salamipizzen.
Nach zwei Tagen konnte ich Bierflaschen mit dem Feuerzeug aufklicken.
Nach drei Tagen erwischte ich mich beim Rülpsen.
Nach vier Tagen wußte ich nicht mehr, wie man »Klobürste« buchstabiert.
Nach fünf Tagen nannte ich alle Weiber der Barbiepuppen-Fraktion, die für Martin anriefen, hintenrum hämisch Ficktoria oder Bri-schitt.
Der langen Rede kurzer Sinn: Ich mutierte zum Mann, wenn nicht gar zum Macho.
Aus dem braven Mädchen wurde ein böser Bube, aus der Lady ein Tramp.

Mit Hingabe studierte ich meine Zeitschriften, um mich zu informieren, woraus die geistige Nahrung des Mannes bestand.
Besonders faszinierte mich die Doppelseite im *Mega-Mops*, auf der die Leser ihre – vornehmlich sexuellen – Probleme schilderten und um den Rat des Experten baten.
Ein Mann monierte, daß für seinen in erigiertem Zustand dreißig Zentimeter langen Penis kein passendes Kondom aufzutreiben war. Hatte der denn keine Oma, die ihm eins stricken konnte? Ein anderer Mann beklagte den Umstand, daß seine Gattin nur zwanzigmal pro Woche ihren ehelichen Pflichten nachkommen wollte. *Nur*! Man stelle sich das vor! Damit lag er doch weit über dem Bundesdurchschnitt. Konnte man den aktuellen Umfragen Glauben schenken, hatten nämlich neunzig Prozent aller Ehepaare nur einmal pro Woche Geschlechtsverkehr. Mensch – Probleme hatten die, das ging auf keine Kuhhaut!
Natürlich guckte ich mir auch die Mega-Mates an. Bei den Me-

ga-Mates handelte es sich samt und sonders um Mädels, die Lichtjahre jünger waren als ich und so braun, als schliefen sie nicht im Bett, sondern im Solarium. Durch die Bank weg waren sie knackig wie Frankfurter Würstchen – nur ohne Pelle – und hatten lange, zammelige Haare wie Steinzeitfrauen. Topfotografen waren ihnen an die menschenleersten Strände der Welt hinterhergejettet, um sie dort abzulichten. Malerisch und nakkend – logo! – räkelten sich die Nataschas und Janas und Veruschkas an wellenumtosten Gestaden, stolzierten durch feinen weißen Sand oder jonglierten mit Kokosnüssen, die noch brauner, noch größer und noch runder waren als ihre Brüste. In Gedanken taufte ich alle Strände auf den Fotos Silicon Beach; ich nahm an, daß sie die längste Zeit menschenleer gewesen waren. Wahrscheinlich fanden sich dort sofort nach Ankunft der Mega-Mates die Einheimischen ein und hechelten mit heraushängenden Zungen hinter den Nataschas und Janas und Veruschkas her, bis ihnen der Hitzekollaps drohte.
Nach dem *Kicker*-Studium konnte ich den aktuellen Tabellenstand der Bundesliga, die Vor-, Zu- und Spitznamen sämtlicher namhafter Fußballer sowie ihre Schwachstellen runterleiern. Ich wußte, welcher Spieler einen Meniskusschaden hatte und welcher einen Kreuzbandriß auskurierte. Ich befaßte mich mit den Spielregeln und kapierte endlich, was ein Abseits war. Ich las Interviews und stellte fest, daß der fehlerfreie Gebrauch der deutschen Sprache nicht unbedingt des Fußballers Stärke war. Eher war der deutsche Fußballer der Erfinder des verbalen Lattenschusses. Aber mal im Ernst – wen kümmert's? Hauptsache, die Typen schossen Tore und holten Pokale. Auf alles andere war doch gepfiffen.
Ungeahntes Vergnügen bereitete mir die Männerzeitschrift *Body-Kult*. Selten hatte ich so viele leckere Kerle auf einem Haufen gesehen, noch nicht mal im Quelle-Katalog. Im reich bebilderten Fitneß-Teil der Zeitschrift päppelten und hätschelten sie ihre Muskeln an Gerätschaften, die ich eigentlich eher im Keller eines Sado-Maso-Clubs vermutet hätte. Trotz ihrer kräftezehrenden Aktionen strahlten sie mit Colgate-Lächeln in die Kamera. Ihre knappen Netzshirts und Shorts ließen keine Speku-

lationen bezüglich ihres Körperbaus zu: alles Muskeln und Samenstränge – jede Wette.
Mein besonderes Augenmerk richtete ich auf das Special *Was den Mann scharf macht*. Nach wie vor voll im Trend lagen schwarze Lederminis und hochhackige rote Pumps. Aber die wahren Scharfmacher waren Pelzmäntel mit nichts drunter und – auf Platz eins – abgerissene Blusenknöpfe in Brusthöhe.
Und ich Trampel hatte jahrelang mein Geld für Dessous verplempert!
Rausgeschmissen für Wonderbras und Spitzenslips!
Für nix und wieder nix!
Sollte ich jemals wieder einen Mann scharf machen wollen, würde ich nicht lang fackeln und mir einen Knopf abreißen. Das kam auf jeden Fall billiger.

Nach einer Periode himmlischen Friedens und süßen Nichtstuns trat ich meinen inneren Schweinehund zurück in seine Hütte und raffte mich dazu auf, den Computer zusammenzubauen. Schließlich weilte ich nicht zur Erholung hier; irgendwann mußte ich mal zu Potte kommen mit dem Ratgeber.
Nicht, daß ich von so was Technischem wie Computerzusammenbauen auch nur den Hauch einer Ahnung gehabt hätte. Alle Computer, an denen ich bisher gearbeitet hatte, waren schon zusammengebaut gewesen. Betriebsanleitungen elektrischer Geräte waren für mich böhmische Dörfer; nach meinem Dafürhalten brauchte man mindestens ein abgeschlossenes Ingenieurstudium – wenn nicht gar einen Doktortitel –, um die Instruktionen zu entschlüsseln. Da ich die Jungs nicht zu Rate ziehen konnte, war ich auf die fernmündliche Unterstützung meines Bruders angewiesen. Leider reagierte Stefan auf mein Ansinnen nicht mit dem gebührenden Ernst.
»Ich dachte, du hättest einen Mann im Haus!« flachste er.
»Mann oder nicht Mann ist hier nicht die Frage«, flachste ich zurück. »Sag mir lieber, wie ich das Ding ans Laufen kriege!«
Mein Bestand an Männern ging ihn einen feuchten Kehricht an. Ich erkundigte mich ja auch nicht nach seinem.
»Guter Gott! Frauen und Technik!« seufzte Stefan. Auch

Schwule konnten Chauvi-Schweine sein. Auch wenn sie – wie mein Bruder – auf Julio Iglesias standen und ihr Leibgericht Grießflammeri mit heißen Kirschen war. »Du verbindest die Kabel vom Monitor und vom Keyboard und von der Maus und vom Drucker mit dem Computer.«

Ich hatte den Monitor und das Keyboard – affig, ich sagte immer Tastatur dazu – auf einen Klapptisch gestellt, den mir Heri abgetreten hatte, und den Computer daneben. Logisch, daß die Teile verbunden werden mußten. Soweit war ich auch schon. Aber wie?

»Welches Kabel kommt in welches Loch?« fragte ich.

Stefan lachte. Dann wiederholte er meine Frage. Im Hintergrund lachte noch jemand. Mein Bruder hatte Besuch. Erwähnte ich schon, daß er auf Typen abfährt, die sich Pomade in die Haare schmieren, Zigarillos rauchen und nachts Sonnenbrillen tragen?

»Stefan!« rief ich mahnend.

»Tschuldige. Wir haben nur gerade gedacht, daß das immer die zentrale Frage ist. Welches Kabel in welches Loch kommt, nicht wahr.« Er räusperte sich und sagte genau das, was Männer in einem solchen Fall zu sagen pflegen. »Ist doch ganz einfach.«

»Also?«

»Fürs Keyboard und den Monitor steht's hinten drauf. Die Maus muß auf eine serielle Schnittstelle.«

Den Telefonhörer zwischen Ohr und Kinn geklemmt, kroch ich hinter dem Tisch herum, den ich in den Erker meines Zimmers gerückt hatte.

»Hier steht was von parallel und seriell«, murmelte ich.

»Genau. Mauskabel in die serielle Schnittstelle. Druckerkabel in die parallele.«

Schlangengleich ringelten sich graue und schwarze Kabel um meine Arme. Ein paar Minuten später hatte ich sie endlich da, wo ich sie haben wollte.

»Alles klar!« rief ich.

»Na dann«, sagte Stefan. »Ach, übrigens: Wann ist eigentlich die Traumhochzeit?«

Bei dem Stichwort prustete sein Besuch los und pfiff die ersten Takte des Hochzeitsmarsches: Tam-ta-tatam-tam-ta-tatam! Albernes Pack! Ich pfefferte den Hörer auf die Gabel. Beim Aufstehen knallte ich mit dem Kopf so heftig an die Kante der Tischplatte, daß ich das Gefühl hatte, mein Hirn würde explodieren. Stöhnend streckte ich mich auf dem Teppich aus, bis ich keine Sternchen mehr sah. Dann widmete ich mich der Stereoanlage. Wie alle Computer waren auch alle Stereoanlagen, mit denen ich in meinem bisherigen Leben zu tun gehabt hatte, schon zusammengebaut gewesen.

Herrje – das konnte doch so schwer nicht sein ...

Nach einer halben Stunde hatte ich es tatsächlich geschafft. Meine Gerätschaften liefen auf Hochtouren. Aus Toms Miniboxen erscholl das Nachtprogramm von WDR zwo, der Computer summte in froher Erwartung. Ich klemmte mich vor die Tastatur – halt: vors Keyboard – und legte eine neue Datei an, die ich PMS nannte. Nicht PMS wie prämenstruelles Syndrom, sondern PMS wie Projekt Männersache. Dem ersten Kapitel gab ich die Überschrift *Auch Männer spielen mit Barbiepuppen*.

Während meine Finger über die Tasten glitten und eine Zeile Text nach der anderen auf dem Monitor erschien, ging mir das Tam-ta-tatam des Hochzeitsmarsches nicht aus dem Kopf.

Es war allerhöchste Eisenbahn, Mutti reinen Wein einzuschenken, bevor sie alles in die Wege geleitet hatte. Bevor ich am siebten Juli ganz in Weiß und ohne Bräutigam mit dem blankpolierten Messer auf eine mannshohe Hochzeitstorte einstach und als einzige Gäste Muttis Kränzchenfrauen zugegen waren. Mein Entschluß stand felsenfest. Ich würde die Hochzeit abblasen. Zumindest vorerst.

Also schickte ich mich ins Unvermeidliche und trat den Canossa-Gang nach Wuppertal an. Das A und O war, Mutti aus ihrer Wohnung zu locken. Daheim – unter Ausschluß der Öffentlichkeit – würde sie Zeter und Mordio schreien und Sturzbäche von Tränen vergießen, wenn ich sie von meinen geänderten Plänen in Kenntnis setzte. Aber wenn ein Haufen Leute die Ohren spitzte, würde sie die Contenance wahren.

Scheinbar wohlgemut schlug ich daher einen Ausflug vor, denn Mutti liebte Ausflüge über alles. Für Ausflüge war sie jederzeit zu haben. Mehrmals im Monat nahm sie in Begleitung ihrer Kränzchenfrauen an Kaffeefahrten teil; ihr Vorrat an Rheumadecken, Holzgeschnitztem und Mundgeblasenem war schier unerschöpflich.

In Null Komma nix war sie abmarschbereit. Sie pfiff nach Waldi, der sich schwerfällig aus dem Sessel hochrappelte, schnappte sich seine Leine und ihre Handtasche aus Krokolederimitat, und ab ging die Post. Mit der Schwebebahn zockelten wir durch – oder besser über – die Stadt, bis wir am Zoo anlangten. Ich kaufte zwei Eintrittskarten. Forschen Schrittes eilte Mutti voran, den angeleinten Dackel hinter sich her zerrend. Ich folgte ihr auf dem Fuße.

Seit einer Ewigkeit war ich nicht mehr im Zoo gewesen. Früher war Vati oft sonntags mit uns Kindern hingefahren, auch per Schwebebahn. Ein Highlight war das jedesmal gewesen. Und nach dem Zoobesuch gab's für Stefan und mich stets ein Eis und für Vati Kaffee und Kuchen.

Lang, lang war's her.

Gemächlich spazierten wir durch die gepflegten Anlagen. Der Zoo hatte für mich an Faszination nichts eingebüßt – im Gegenteil!

Beim Begaffen der Affen und Löwen und Wölfe ging mir ein Licht auf – ein ganzes Fußballstadion-Flutlicht: Erstaunliche Parallelen zum Verhalten meiner Mitbewohner drängten sich mir auf.

In echt.

Der König der Löwen begattete ein williges Weibchen, während der Rest des Rudels frustriert zuguckte. Ich mußte an letzten Samstag denken, als Martin Barbie in seine Höhle geschleift hatte. Rabiat und mit warnenden Knurrlauten fiel ein Wolf über den Batzen Fleisch eines Artgenossen her, was in mir Assoziationen an Hannes' Freßgebaren wachrief. Es hätte mich nicht gewundert, wenn der Wolf gerülpst hätte. Ein Orang-Utan-Youngster, der genauso dummdoof glotzte wie Heri, ließ sich von seiner Mama lausen.

Rudi Rabauke hatte ja so recht!
In jedem Mann steckt ein Tier!
Ich grinste mir eins. Mutti hatte ebenfalls ihre helle Freude, wenn auch garantiert nicht aus demselben Grund wie ich. Sie liebte Tiere über alles. Waldi hätte auch seine helle Freude gehabt, wenn Mutti ihn mal von der Leine gelassen hätte. Kläffend wackelte er auf seinen krummen Dackelbeinen von Gehege zu Gehege.
Der Nachmittag fand seinen krönenden Abschluß in der überfüllten Zoogaststätte. Zwei Seniorentourbusse hatten ihre Fahrgäste hier ausgespuckt; es wimmelte nur so von Kaffee-Hag-trinkenden Rentnern. Nach geraumer Wartezeit ergatterten wir einen Tisch in Toilettennähe. Mutti studierte stirnrunzelnd die Speisekarte, Waldi machte fein Platz unter dem Tisch. Ein gestreßter Kellner räumte die Teller und Tassen unserer Vorgänger ab, nachdem er unsere Bestellung in seinen Block gekritzelt hatte. Mit der flachen Hand fegte Mutti die Kuchenkrümel, die dem Kellner entgangen waren, vom Tischtuch und schob den Aschenbecher, in dem mehr Kirschkerne als Kippen lagen, angewidert beiseite.
Der Kellner nahte mit zweimal Käsekuchen und zweimal Kaffee und einmal Bockwurst. Waldi kroch unter dem Tisch hervor und bellte in Erwartung eines Leckerlis.
Bald würde ich Farbe bekennen müssen.
Lange würde Mutti mit ihren Ideen bezüglich der bevorstehenden Festivität nicht mehr hinterm Berg halten. Ich wartete, bis sie die Bockwurst in dackelmaulgerechte Happen geschnitten und an Waldi verfüttert und das erste Gäbelchen Käsekuchen und den ersten Schluck Kaffee intus hatte. Zum Glück trank sie koffeinfreien Kaffee; ihr Puls würde sich also lediglich aufgrund meiner Hiobsbotschaft beschleunigen.
»Mutti?« sagte ich zaghaft. Die Tasse bebte in meiner angstschweißfeuchten Hand. »Was ich dir ...«
»Hm?« Mutti tätschelte den Hund. »Braver Waldi!«
Es war nicht unbedingt ermutigend, mit dem Dackel konkurrieren zu müssen. Zumal der Dackel brav war und ich nicht, wie mir Mutti zweifelsohne in absehbarer Zeit vorwerfen würde.

»Mutti …?« Ich startete einen zweiten Versuch, mich ins Fadenkreuz ihrer Aufmerksamkeit zu manövrieren. »Was ich dir …«

Mutti würgte ein Stück Käsekuchen runter und mich ab. Und ließ einen ihrer berühmt-berüchtigten Monologe vom Stapel. »Ich hab mir gedacht, daß ich am besten mitgehe, wenn du das Kleid kaufst, oder was – und mit dem Konditor hab ich schon gesprochen wegen der Torte – wir dachten an was mit Marzipan oder so – und die Tochter von der Frau Engelkes aus meinem Kränzchen – du weißt doch, meine Kränzchenfrauen – also, die Tochter von der Engelkes hat 'n cremefarbenes Kleid in der Kirche angehabt – also, nee – das ist doch nix – was das soll – so 'n Hochzeitskleid muß einfach weiß sein – und was die Flitterwochen angeht – am besten fahrt ihr wohin, wo's warm ist, oder?«

Bislang hatte es keinen Moment in meinem Leben gegeben, in dem ich mir gewünscht hatte, Mutti möge an einem Stück Käsekuchen ersticken. Aber jetzt hätte ich fast drum gebetet. Was für ein Geschwätz!

Verdammte Kacke – wer heiratete hier eigentlich? Sie oder ich? Der Zeiger auf meiner internen Streßskala schnellte in den roten Bereich.

Ich konnte nicht mehr an mich halten. »Mutti!«

Mit Unschuldsmiene rammte sie ihr Gäbelchen in den ängstlich bibbernden Kuchen. »Hm? Für 'n Brautstrauß hab ich mir gedacht, Nelken wären schön, rosa Nelken …«

Wenn ich ihr jetzt nicht Einhalt gebot, würde sie reden, bis der Arzt kam. »Wer heiratet hier eigentlich? Du oder ich?«

»Du natürlich«, sagte sie ungerührt.

»Von wegen!« entfuhr es mir. Das Unternehmen Hochzeit ist liquidiert, lieb Mütterlein! »Außerdem sind Nelken Beerdigungsblumen.«

Das Gäbelchen verharrte auf halbem Weg zu Muttis Mund. »Wie? Von wegen? Was soll das denn heißen?«

»Von wegen heißt von wegen«, entgegnete ich trotzig. »Von wegen heißt, daß der Papst eher evangelisch wird, als daß ich heirate.«

Ebensogut hätte ich die Absicht äußern können, Waldi für einen Tierversuch zur Verfügung stellen zu wollen.
»Kind!« Mutti ließ das Gäbelchen klirrend auf den Teller fallen. Eine dicke Dame, die am Nachbartisch saß und Schwarzwälder Kirschtorte in sich hineinschaufelte, stutzte. »Du versündigst dich!«
»Egal«, sagte ich. »Die Hochzeit fällt flach.«
Theatralisch griff Mutti sich ans Herz. Sie stöhnte und starrte mich an, als hätte ich einen Haschmich. Wahrscheinlich erwog sie, mich in eine Zwangsjacke stecken zu lassen.
»Alexandra!« rief sie drohend. »Tu mir das nicht an!«
Wie auf Kommando sprang Waldi auf und leckte ihr die Hand. Sie strich ihm über den Kopf.
»Braver Waldi! An dir kann sich Alexandra mal ein Beispiel nehmen. Ist 'n ganz, ganz böses Mädchen, die Alexandra, was?«
Waldis Dackelgesicht legte sich in betrübte Falten. Seine braunen Kulleraugen jedoch fixierten unsere Kuchenteller. Verfressenes Vieh! An so was sollte ich mir ein Beispiel nehmen! Mutti brannte wohl der Hut! Mein ganzes Leben lang war ich brav gewesen. Mein ganzes Leben lang hatte ich gehorcht. Mein ganzes Leben lang hatte ich getan, was Mutti mir gesagt hatte. Ich hatte fein Platz und fein Sitz gemacht, meinen Napf leergefressen und Pfötchen gegeben. Ich war stubenrein. Nie hatte ich an meiner Leine gezerrt. Immer hatte ich gekuscht und bei dem Ruf »Pfui!« schuldbewußt den Schwanz eingezogen.
Auch in mir steckte ein Tier.
Ein dressierter Schoßhund.
Die Erkenntnis traf mich mit der Wucht eines Meteoriten. Auf einmal konnte ich Vati verstehen. Und Stefan. Die hatten sich von der Leine losgerissen und waren stiften gegangen. Die tobten in der freien Wildbahn herum, während ich Männchen machte und auf Leckerlis wartete.
»Ich bin nicht dein Schoßhund«, sagte ich.
Mutti reagierte nicht. Obwohl ihr Korsett vermutlich das einzige war, was sie noch aufrecht hielt, saß sie da wie versteinert. Ihr schwammen die Felle davon. Aus der Traum von der Traum-

hochzeit im Hause Arnold. Waldi war unterm Tisch in Deckung gegangen.

»Das geht nicht gegen dich«, sagte ich. »Aber ich muß mein eigenes Leben leben. Ich kann nicht immer nach deiner Pfeife tanzen. Ich geh nicht mehr bei Fuß.«

»Mir doch Wurscht«, maulte Mutti. »Mach, was du willst. Wirst schon sehen, was du davon hast.«

Das hatte sie zu Vati und Stefan auch gesagt. Es war immer dieselbe Leier. Muttis Platte hatte einen Sprung. Ich winkte dem Kellner und zahlte. Schweigend verließen wir die Gaststätte, schweigend warteten wir auf die Schwebebahn.

Ich warf einen letzten wehmütigen Blick auf den Zoo. Wenn schon ein Tier in mir steckte, dann sollte es gefälligst ein wildes sein, das schwor ich mir. Eine reißende Bestie, die Zähne und Krallen zeigte. Am besten wieder – eine Tigerin.

Ich fuhr heim, um mich in Alexander zurückzuverwandeln, bevor ich in der WG aufkreuzte. Im Briefkasten lag eine Ansichtskarte von Tom. Wieder zeigte sie den Arenal, aber diesmal aus einer anderen Perspektive.

»Hallo, Alex!« stand hinten drauf. »Mir geht es gut. Wie geht es dir?« (Mensch, was für ein Erstkläßlergefasel!) »Ich und die Mädels haben viel Spaß.« (Tja, Tom – die Jungs und ich auch! Oder halt: Ich und die Jungs! Hättste nicht gedacht, gell?) »Das Essen ist ein bißchen eintönig. Zu allen Mahlzeiten gibt's Steaks und Bohnen.« (Steaks und Bohnen? Dafür braucht man nicht um den halben Erdball zu fliegen, kann ich dir versichern!) »Warum schreibst du mir nicht?« (Weil ich meine kostbare Zeit nicht damit vertrödeln will, du Volltrottel! Ich hab nämlich was Besseres zu tun. Ich schreibe einen Bestseller. Da staunste, Alter, was?) »Na ja, bis dann, tschüs, Tom.«

Tschüs, Tom.

Wie wahr.

Nach zwei Wochen hatte sich das WG-Leben eingespielt. Mittlerweile kannte ich den Tagesablauf der Jungs. Gegen halb acht ging Martin aus dem Haus. Meist wurde ich vom Aufheulen des

Mazda wach, den er direkt unter der Straßenlaterne vor meinem Erkerfenster zu parken pflegte. Heri verließ die Wohnung pünktlich um halb neun, da konnte man die Uhr nach stellen. Er war nicht im Besitz eines Führerscheins und fuhr daher sommers wie winters mit dem Fahrrad zur Arbeit. Ihm gehörte der Drahtesel mit der eingerosteten Dreigangschaltung. Martin nannte das Designer-Fahrrad sein eigen, Hannes das Mountainbike. Derzeit fuhr Hannes ebenfalls mit dem Rad zum Reiseladen, aber nicht aus Spaß an der Freud, sondern aus akutem Führerscheinmangel. Vor kurzem hatte die Polizei ihn dabei ertappt, wie er mit eins Komma zwo Promille über eine rote Ampel gebrettert war, und seinen Lappen einkassiert. Jetzt fuhr sein Kompagnon das Firmenfahrzeug, einen Toyota Landcruiser.

Spätestens ab zehn hatte ich die Wohnung für mich allein – bis zum frühen Abend. War die Luft rein, atmete ich auf und ließ mich im Pyjama am Frühstückstisch nieder. Ähnlich mußte sich eine Mutter fühlen, wenn die Pausenbrote geschmiert, die Ranzen gepackt und die Bälger endlich in Richtung Schule unterwegs waren.

Als ich mir sicher war, daß sich an diesem Rhythmus nichts änderte und daß auf Martins Klinik-Dienstplan, der neben dem Telefon lag, keine Nachtdienste eingetragen waren – was zur Folge gehabt hätte, daß er tagsüber zu Hause war und schlief –, setzte ich einen langgehegten Plan in die Tat um: Ich begab mich auf Erkundungstour durch die Gemächer der Jungs.

Ich weiß, ich weiß – so was macht man nicht.

Ich hatte es auch noch nie gemacht.

Nie hatte ich in Toms Sachen herumgeschnüffelt.

Ehrlich nicht. (Hätte ich mal bloß!)

Aber wie sollte ich denn die ultimative Wahrheit über Männer schreiben, wenn ich ihre Geheimnisse nicht kannte?

Na bitte.

Also frisch ans Werk, Schneewittchen – bevor die sieben Zwerge heimkehren!

Ich staunte Bauklötze, als ich Martins Zimmer betrat. Selbst-

verständlich war ich noch nie in einem Bordell gewesen, aber genauso hatte ich mir ein Bordellzimmer immer vorgestellt. Bodenlange dunkelrote Vorhänge vorm Fenster. Ein Wasserbett, auf dem sich unzählige Satinkissen türmten. Ein schaler Geruch nach Qualm und Aftershave. Mordsboxen. Monströse Glotze mit einem Bildschirm von den Ausmaßen einer Kinoleinwand. Rechts neben dem Bett – neben der Abschußrampe, haha! – ein riesengroßer Spiegel in einem auf antik getrimmten Rahmen.
Allmächtiger! Wäre ich eine seiner Bri-schitts oder Fick-torias gewesen – was wäre mir die Muffe gegangen! Die Flucht hätte ich ergriffen!
Beim Probeliegen gluckerte das Bett. Geheuer war mir die Sache nicht, rasch erhob ich mich wieder.
Irgendwie wirkte das Zimmer total unpersönlich. Keine einzige Zeitschrift lag herum, keine einzige Videokassette, keine einzige CD. Ich schob eine der Lamellentüren des Kleiderschranks beiseite. Martins Hemden, Blazer und Pullover hingen – sorgsam nach Farben sortiert – auf Bügeln. Was für ein Ordnungsfanatiker! Das war ja zwanghaft! Auch im Unterwäschefach tanzte keiner seiner Tangas aus der Reihe. Weder zwischen noch unter der Bettwäsche konnte ich schwülstige Liebesergüsse mit pinkfarbenen Bussis drauf entdecken.
Systematisch wühlte ich die Schubladen des Schreibtischs durch. Was ich fand, war völlig unspektakulär: Zeugnisse, Mietvertrag, ein paar Kopien aus medizinischen Fachzeitschriften, eine Sammlung Kugelschreiber, Geschenke der Pharmaindustrie. Die Kopien waren frei von Kaffeeflecken, kein Kuli war angenagt. Allmählich wurde mir der Mann unheimlich.
Irgendwo mußte der doch ein Geheimnis haben!
Gerade der!
So, wie der sich aufführte, traute ich ihm alle Schrecklichkeiten zu.
Ich inspizierte den CD-Ständer. Kuschelrock eins bis tausend, der *Bolero* von Ravel, die Rolling Stones. Das entsprach in etwa meinen Erwartungen. Im Bücherregal standen – außer dem *Tier im Mann* – nur fette Schwarten, sämtlich Nachschlagewerke und medizinische Fachliteratur. Wahllos pickte ich mir ein paar

Schwarten raus und blätterte sie durch, wie es die Detectives in den amerikanischen Krimis taten. Auch hier keine Liebesergüsse. Als ich den Pschyrembel an seinen angestammten Platz zurückstellen wollte, erregte eine schwarze Kladde mit der Aufschrift »Gyn-Pat« mein Interesse.
Gyn-Pat? Gynäkologie-Patientinnen?
Meines Wissens war Martin Chirurg und nicht Gynäkologe. Irgendwas war da faul. Oberfaul.
Vorsichtig zog ich die Kladde aus dem Regal und schlug sie auf. In alphabetischer Reihenfolge waren Martins Barbies aufgeführt. Von A wie Annabelle über L wie Liane bis Z wie Zora. Unter jedem Namen klebte ein Polaroid-Nacktfoto. Ich addierte die Namen und kam auf die Summe von zweihundertelf. Unser Doc hatte eine breite Schneise durch den Frauendschungel der Stadt geschlagen, der hatte mehr Frauen zur Strecke gebracht als Casanova. Hätte er kein Wasser-, sondern ein Holzbett gehabt, hätte er bestimmt für jede seiner Jagdtrophäen eine Kerbe ins Kopfteil geritzt. Mein Herz machte einen Satz.
Endlich war ich fündig geworden!
Aber hallo!
Denn nicht nur die Namen und Telefonnummern der Barbies waren dokumentiert, sondern auch ihre Leistungen bei den Turnübungen auf dem Wasserbett. Annabelle galt als »Oral-Spezialistin«, Liane frönte dem »GV von hinten«, Zora bedurfte eines gewissen Quantums an Schampus, bevor sie »hot« wurde, was auch immer das heißen mochte. Ungezügelt vermutlich. Enthemmt.
Mit spitzen Fingern schob ich das Corpus delicti wieder ins Regal.
Mannomann – wenn das Mascha erfuhr! Die würde glatt vom Glauben abfallen.

In Hannes' Zimmer herrschte eine sagenhafte Unordnung. Dem Mann mangelte es an Putzgenen, das sah ich auf den ersten Blick. In jeder Ecke Dreckwäscheberge von der Höhe des Mount Everest. Leere Bierdosen und leere Schokoladenschachteln, soweit das Auge reichte. Eine Trinkflasche aus Blech. Ein selbstgezimmertes Hochbett. Drunter ein Zweimannzelt in der Tarnfarbe Nato-Oliv. Darin ein müffelnder Schlafsack und ein verknautschtes Moskitonetz. Die Bude hatte eine frappierende Ähnlichkeit mit dem Basislager einer Expeditionscrew. Wer hier Ordnung schaffen wollte, brauchte einen Flammenwerfer oder eine Planierraupe.

Neben dem Schlafsack lagen *Hägar-der-Schreckliche*-Comics sowie Rudi Rabaukes Ratgeber, aufgeschlagen beim Kapitel Aufreiß-Methoden. Im Aufreißen schien Hannes also auf Nachhilfe angewiesen zu sein.

Von wegen: Frauen umschwirren mich wie die Motten das Licht! Witz, komm raus, du bist umzingelt!

Es hatte ganz und gar nicht den Anschein, als könne er sich vor Frauen kaum retten. Das Verfallsdatum auf der Packung Kondome, die ich unter dem abgewetzten Plüschhasen, der auf dem Kopfkissen des Hochbettes saß, aufspürte – elektronisch geprüft, hauchzart, befeuchtet – war längst überschritten. Eine Überprüfung des Inhalts ergab, daß sich noch neun von ursprünglich zehn Kondomen in der Packung befanden.

Das Ergebnis der weiteren Durchsuchung war lediglich ein Liebesbrief von Elli, den ich unter der Matratze fand. Ich las ihn flüchtig durch – wir wollen ja nicht indiskret sein, gell? Es handelte sich um typisches Teenie-Gewäsch nach dem Motto Neulich-nach-der-Disco, datiert vom dritten Mai vor zwanzig Jahren. Neben Ellis Unterschrift pappte ein verblaßtes Vergißmeinnicht. Wie goldig, daß Hannes den Brief aufgehoben hatte! Er hatte zwar kein Putzgen, dafür aber ein Romantikgen, was man ja von Männern im allgemeinen nicht behaupten kann. Trotz des Chaos wurde er mir richtig sympathisch.

Die Trimmgeräte, die sein Zimmer verschandelten – ein Bauchtrainer, ein Rudergerät, ein Stepmaster und Hanteln, die ich nicht mal auf Kniehöhe anzuheben vermochte –, wären in einem Fitneßstudio eher am Platz gewesen. Aus dem spindähnlichen Kleiderschrank purzelten mir nach Schweiß stinkende Joggingklamotten entgegen, die ich eilends wieder reinstopfte.

Nee, *den* Spind würde ich nicht filzen, und wenn mir noch so viele Männergeheimnisse durch die Lappen gingen. Für heute war mein Bedarf an müffelnden Männerklamotten gedeckt.

Heris Zimmer hätte ebensogut das seiner Oma sein können – oder auch das einer ländlich-sittlichen Pension mit dem Namen *Alpenglühen* oder *Seeblick*. Niedliche Rüschengardinen. Ein violett blühendes Usambaraveilchen im Goldrandübertopf. Ein Nierentisch mit zwei moosgrünen Sesseln aus den Fünfzigern. Der wuchtige Kleiderschrank und das schmale Bett mit hohem Kopf- und Fußteil hatten Wurmlöcher und stammten sicher vom Anfang des Jahrhunderts. Die Farbe des zerschlissenen Fransenteppichs war verblichen; das Tapetenmuster – Efeuranken oder grüne Mambas? – war nicht mehr rekonstruierbar. Insgesamt erweckte das Zimmer den Eindruck, als sei es letztmalig vorm Ersten Weltkrieg renoviert worden.
Auch hier herrschte Ordnung, aber keine sterile Ordnung wie bei Martin. Auf ihre Art wirkte die Bude ganz gemütlich. Auf dem Nachttisch stapelten sich Bücher, etliche mit Lesezeichen versehen. Ich schlug sie auf und guckte sie durch. Nichts.
War Heri der Typ Mann, der Sachen unter der Matratze versteckte? War er so einfallslos wie Hannes?
Einen Versuch war's wert.
Das einzige, was im Bett zum Vorschein kam, war eine kalte Wärmflasche aus rotem Gummi. Mir drängte sich der Verdacht auf, daß Heri zum Hypochondertum neigte. Bei sibirischen Außentemperaturen von minus zwanzig Grad mochten eine Wärmflasche und Biberbettwäsche ja angehen, aber im Mai? Der vermutete bestimmt hinter jedem Niesen den Angriff von Killerviren.
Im Kleiderschrank, dessen Tür sich nur schwer und mit einem lauten Knarren öffnen ließ, lagen die Hemden ordentlich gebügelt und nach Frühlingsfrische duftend auf Kante. Außer zwei kackbraunen Strickwesten – Handarbeit von Mama? –, einem Haufen gelbstichiger Angora-Unterwäsche – Bestätigung meiner Theorie, daß Heri hypochondrisch veranlagt war –, ein paar Kugeln Mottenpulver und einem bestickten Lavendelsäckchen konnte ich nichts Aufsehenerregendes auftreiben.

Vielleicht war Heri ein Mann ohne Geheimnisse.
Denkbar war's …
Enttäuscht wandte ich mich zum Gehen. Und stolperte – wie's das Schicksal wollte – über den Teppich. Als ich mich bückte, um die Fransen wieder glattzustreichen, sprang mir Heris Geheimnis ins Gesicht: Unterm Teppich lag ein plattgetretenes Exemplar des Stadtmagazins *City Journal.* Einige Anzeigen von Frauen waren mit gelbem Textmarker angestrichen.
Und dann kam das Allerschärfste.
Zwischen den Seiten lag ein mit Bleistift gekritzelter Entwurf – ein Entwurf für Heris eigene Kontaktanzeige! Er pries sich als Buchhändler in den besten Jahren an (Beste Jahre? Mit zweiundvierzig? Das war kurz vor Ablauf des Verfallsdatums!), als Weinkenner (Der trank doch immer Bier, der konnte doch Rotbäckchen nicht von Rotwein unterscheiden!), als Feinschmekker (Der konnte einen Froschschenkel und eine Zucchini nicht auseinanderhalten!), zudem als lebenserfahren und selbständig. Das war das, was ich einen Fund nannte!
Heri lebenserfahren und selbständig! Heri war so lebenserfahren und so selbständig wie ein Zweijähriger im Laufstall. Und seine Mama hatte er wohlweislich unterschlagen. Beinahe kamen mir die Tränen vor Lachen. Ich schob das Heft zurück unter den Teppich und kämmte die Fransen mit den Fingern, um alle Spuren zu verwischen.

Auf den Schreck mußte ich einen trinken. Schnurstracks ging ich auf den Balkon und fischte mir ein Bier aus dem Kasten. Auf dem Küchentisch – neben den Kaffeetassen vom Frühstück – lag Hannes' Päckchen Tabak. Ich drehte mir eine Zigarette, steckte sie an und inhalierte tief.
Mir wurde schwummerig.
Es war meine erste Zigarette seit zwei Jahren. Vor zwei Jahren hatte ich aufgehört zu rauchen. Vor zwei Jahren war ich noch so naiv gewesen, anzunehmen, daß Tom und ich bald heiraten und unseren Beitrag zur Überbevölkerung leisten würden. Rein prophylaktisch hatte ich damit begonnen, meinen Körper zu entgiften – für den Fall, daß …

Der Fall war nicht eingetreten.
Ich nahm einen letzten Zug, drückte die Zigarette aus und setzte mich an den Computer, um mit dem zweiten Kapitel von *Mann verstehn im Handumdrehn* zu beginnen: *Die Geheimnisse der Männer* – jetzt kannte ich sie. Die Erkundungstour hatte sich gelohnt.
Als Kind, mit etwa zehn Jahren – schoß mir plötzlich durch den Kopf – hatte ich auch Erkundungstouren unternommen. Touren durchs Haus, wenn Vati noch in der Schule und Mutti mit Stefan unterwegs war. Das elterliche Schlafzimmer hatte mich magisch angezogen. Ich schlüpfte in Muttis Kleider und in ihre Pumps und flanierte vorm dreiteiligen Spiegel der Frisierkommode auf und ab. Ich probierte ihren Büstenhalter an und stopfte ihn mit Taschentüchern aus. Ich schnupperte an ihrem Kölnisch Wasser. Einmal hatte sie mich auf frischer Tat ertappt, mich ausgeschimpft und eine Woche Hausarrest über mich verhängt. Vati hatte nicht geschimpft, als sie ihm von meinen Missetaten erzählt hatte – er hatte herzlich gelacht. Er hatte seine Geheimnisse zu wahren gewußt. Mutti hatte erst Lunte gerochen, als es zu spät war.
Wer zuletzt lacht, lacht am besten.

Tags drauf hatte ich eine Begegnung der unheimlichen Art. Die Jungs waren aus dem Haus; ich trank Kaffee, aß einen Toast mit Gelee – Himbeergelee, Eigenproduktion von Heris Mama – und gönnte mir eine Marathonsitzung auf dem Klo, wo ich das *Tageblatt* von vorn bis hinten las. Dann sprang ich unter die Dusche.
Ich erschrak fast zu Tode, als ich das Wasser abdrehte und das Jodeln hörte.
Das Jodeln von Maria Hellwig. Irgendwas mit Bergen und Tälern und schneebedeckten Gipfeln.
Mutti hörte so was auch gern. Ich persönlich konnte ja musikalischen Darbietungen, deren Text in der Hauptsache aus Hollereidudiliö bestand, nur wenig abgewinnen.
Außerdem war ich mir sicher, daß ich nicht das Radio angestellt hatte.

Aber wer sonst?
Jemand mußte in die Wohnung eingedrungen sein, während ich geduscht hatte. Die Jungs schieden von vornherein aus, die waren ebensowenig erpicht auf Maria Hellwig wie ich. Ängstlich spähte ich durch einen Riß im Duschvorhang. Ich war nicht von gestern, ich hatte schließlich *Psycho* gesehen. Fast schon rechnete ich damit, hinterrücks erdolcht zu werden. Meine Phantasie schlug mir ein Schnippchen: Die Wasserpfütze zu meinen Füßen färbte sich rot wie Blut …
Ich versuchte es mit Autosuggestion: Alex! Sei ein Mann! Geh der Sache auf den Grund!
Hastig trocknete ich mich ab und schlüpfte in den Jogginganzug, band meine Haare zusammen und setzte die beschlagene Brille auf. Lauschte mit angehaltenem Atem. Jetzt sang Heino das Lied vom blau-blauen Enzian, untermalt von Geschirrklappern. Ich entschied, daß Mörder, wenn sie in fremde Wohnungen eindrangen, weder Maria Hellwig noch Heino hören noch eine versiffte WG-Küche auf Vordermann bringen würden.
Also trat ich die Flucht nach vorn an. Ich entriegelte die Badezimmertür und huschte durch den Flur in die Küche.
Eine stabile Frau, die aussah wie ein fleischgewordener Krokantbecher mit Schoko-Sirup und Eierlikör – eidottergelbe Perücke, gelb gesprenkelter Rock und kackbraune Strickweste –, bestückte die Spülmaschine mit Geschirr und versuchte sich in einem Duett mit Heino. Ihr in glockenhellem Sopran vorgetragenes »Mit ihren ro-ro-ro-roten Lippen fing es an …« brach abrupt ab, als sie meiner gewahr wurde.
Unbeirrt schmetterte Heino »… die ich nie-nie-nieeeeh vergessen kann!«, während wir uns anstarrten.
»Aha!« sagte die Frau vorwurfsvoll und zupfte ihre Perücke zurecht. »Ist der gnädige Herr fertig im Bad! Ich warte schon ewig, daß da frei wird!«
Zugegebenermaßen war ich leicht bis mittelschwer irritiert. Konnte die Alte sich nicht mal vorstellen? Obwohl – das konnte warten. Ich schätzte sie auf Mitte Siebzig, und Damen dieses Alters litten gern an Blasenschwäche und Harninkontinenz. Wenn

sie dringend Pipi mußte, wollte ich sie nicht aufhalten. Sonst pinkelte sie womöglich noch in die Spüle.
»Bitte!« sagte ich so höflich, wie ich es unter den erschwerten Umständen fertigbrachte. »Tun Sie sich keinen Zwang an, wenn Sie auf die Toilette müssen.«
»Auf die Toilette?« fragte die Frau mißtrauisch. »Ich will nicht auf die Toilette. Ich will Wäsche waschen.«
Also wirklich! War das hier ein öffentlicher Waschsalon? Irgendwie wurde mir mulmig. Vielleicht war die Alte irre! Aus der Klapsmühle ausgebüchst! Vielleicht war sie gar gemeingefährlich! Und ich war ganz allein mit ihr. Und sie hatte ein Messer in der Hand, von dem Himbeergelee tropfte ...
Himmel hilf!
»Tun Sie, was Sie für richtig halten«, sagte ich.
Kein Risiko eingehen. Ruhig bleiben. Immer ja und amen sagen. Von mir aus konnte sie die Waschmaschine anwerfen oder auf Martins Wasserbett Trampolin springen oder Hannes' Hanteln schwingen oder Heris Usambaraveilchen ausrupfen. Mir war's egal. Hauptsache, sie legte das Messer weg und stach nicht zu. Sobald sich mir die Gelegenheit dazu bot, würde ich die Polente alarmieren.
Die Frau gab keine Antwort. Sie steckte das Messer in die Spülmaschine und schmiß sie an, wischte den Herd und die Spüle ab, wrang den Lappen aus und hängte ihn zum Trocknen auf. Dann raste sie an mir vorbei in Heris Zimmer.
Also würde das Usambaraveilchen dran glauben. Besser das als ich ...
Momentchen: Hatte ich nicht kürzlich irgendwo so eine kackbraune Strickweste gesehen, wie die Alte sie trug? Aber wo? Wo nur?
In Heris Kleiderschrank!
Heris Mama! Die Alte war Heris Mama!
Das war des Rätsels Lösung!
Daß ich da nicht eher drauf gekommen war! Neulich abend war mal vom Putzplan die Rede gewesen, jede Woche war einer von uns mit der Grundreinigung der Gemeinschaftsräume an der Reihe. Ich hatte nicht bedacht, daß Heris Mama einen Schlüssel

haben könnte. Sie putzte nämlich Küche und Bad, wenn ihr Sohn dran war. Hannes putzte wohl eher schlecht als recht, wenn überhaupt; Martin trug bei dieser niederen Tätigkeit Chirurgenhandschuhe und verschwendete seine Energie in erster Linie auf sein eigenes Zimmer. Ich war nächste Woche erstmals fällig. Auch bei mir würden die Ecken rund sein.
Entschlossen ging ich ins Bad, wo die Waschmaschine bereits im Kochwaschgang vor sich hin schunkelte. Tatendurstig schwang Mama die Klobürste.
»Sie sind Frau Schlesinger, gell?« fragte ich. »Heris Mutter, nicht wahr?«
Wie der Blitz drehte Mama sich um und warf mir einen Blick zu, der ätzender war als der Flüssig-WC-Reiniger, den sie in die Kloschüssel gekippt hatte.
»Heribert, wenn ich bitten darf. Das ist sein Taufname. Ja – ich bin Heriberts Mutter.«
Von mir aus auch Heribert. Ich tastete mich weiter vor. »Sie machen für Heri, äh, für Heribert auch die Wäsche?«
Mama stemmte die Hände in die Hüften. »Ich mach nicht nur seine Wäsche. Ich mach alles für ihn. Ich mach sein Zimmer sauber und die Küche und das Bad. Das merkt nur keiner. Männer, kann ich da nur sagen! Die glauben alle an die Heinzelmännchen!«
Jeder Satz traf mich wie ein Peitschenhieb. Ich fühlte mich so schuldig, als hätte ich einen Mord begangen.
»Schwamm drüber!« rief Mama und drückte auf die Klospülung. »Ich will nicht jammern. Schließlich bin ich extra ins Ruhrgebiet gezogen, um für Heribert zu sorgen. Heribert ist mein Einziger!«
»Sie sind nicht von hier?« fragte ich, erleichtert, das Thema wechseln zu können.
»Wir stammen aus Hannover. Und dann ist Heribert nach Marburg gezogen und dann nach Tübingen und dann nach Bremen und dann …«
Und sie immer mit. Heri war der reinste Richard Kimble. Ein Leben auf der Flucht – Mama klebte ihm an den Sohlen wie ein ausgespucktes Kaugummi. Und machte und tat und tat und

machte. Heri konnte Abertausende von Kontaktanzeigen aufgeben – selbst wenn in ferner Zukunft eine Frau drauf anspringen sollte, würde sie flugs das Weite suchen, wenn sie von Mama Wind kriegte. Gegen diese Übermutter konnte keine Frau anstinken. Und so versessen auf Heri konnte keine Frau sein, daß sie Mama in Kauf nahm. Dafür hätte Heri schon aussehen müssen wie Kevin Costner oder so reich sein müssen wie Onassis. Am besten beides.

Mama musterte mich. »Sie sind der Neue?«

»Hm«, brummte ich.

»Sie haben auch nix auf den Rippen. Wie mein Heribert. Am liebsten würde ich ja für ihn kochen, damit er was Gescheites zu essen …«

Au ja, Mama! Hach! Was könntest du für tolle Menüs zaubern für deinen Heribert! Und für uns gleich mit! Laß deine Mutterinstinkte Polka tanzen! Marsch, an den Herd! Koch uns Rindsrouladen und Schweinebraten und Gulasch. Rotkohl mit Apfelschnitzen und Blumenkohl mit Sauce hollandaise und zarte Erbsen in Butter geschwenkt. Mir lief das Wasser im Munde zusammen. Ich war kurz davor, Mama als Köchin zu engagieren. Bohnen und Steaks hingen mir kilometerweit zum Hals heraus. Hannes' kulinarische Hochsprünge waren die reinsten Lattenreißer.

Auf einmal blieb mein herumirrender Blick an dem schwarzen Spitzenslip hängen, der malerisch überm Wannenrand hing. In der Hektik hatte ich verschwitzt, nach dem Duschen zu chekken, ob ich nichts Verdächtiges liegengelassen hatte. Sachte ließ ich mich auf dem Slip nieder, während Mama leckere Menüs herunterbetete und ich durch begeistertes Sabbern Zustimmung signalisierte.

»… ab und zu einen Nachtisch, Karamelpudding mit Schlagsahne oder Quark mit Erdbeeren. Ihr eßt zu wenig Obst, und Johannes trinkt zuviel, viel zuviel. Mein Heribert rührt ja keinen Tropfen Alkohol an …«

Wenn sie sich da mal nicht täuschte! Seine zwei, drei Pülleken Bier schüttete sich Heri jeden Abend rein.

Unvermittelt hielt Mama in ihrem Redeschwall inne, nahte mit einer Flasche Meister Proper und verdrängte mich von meinem Platz. Der dämliche Slip rutschte in die Badewanne. Vor Schreck war ich wie gelähmt. Bevor ich reagieren konnte, hatte Mama sich des delikaten Wäschestücks bemächtigt.

»So ist das«, sagte sie peinlich berührt. »Der gnädige Herr hat Damenbesuch.«

Was blieb mir anderes übrig, als schamgeschüttelt den Kopf zu senken? Als Mama mir den Slip vor die Füße warf, sparte sie nicht mit einem letzten Kommentar: »Das sollte Heribert einmal wagen ...«

Wehe! Was dann? Würde sie ihn teeren und federn?

Ich verkrümelte mich in meine Bude, ehe Mama zu einem Endlosvortrag über den moralischen Verfall in Wohngemeinschaften ansetzen konnte. Eilends stopfte ich den Slip zu seinen Artgenossen in eine Plastiktüte und versteckte sie in meinem Rucksack. Dann hockte ich mich ohne Umschweife vor den Computer, denn ich war über die Maßen inspiriert. Ich hatte einen prima Stoff für das dritte Ratgeber-Kapitel – *Männer und Mütter.*

Das Tier im Mann

Nach dem Erlebnis mit Heris Mama fuhr ich meine Antennen verstärkt auf Empfang aus. Ich mußte wissen, was Hannes und Martin mit ihrer Wäsche anstellten. Nicht, daß eines Tages ein ganzes Geschwader Mütter auf- und meine Pläne durchkreuzte! Das galt es um jeden Preis zu verhindern.

Ich beobachtete die beiden Jungs mit Adleraugen.

Bald schon wurde ich für meine Mühe belohnt. Ich nahm für Hannes ein Paket mit Dortmunder Poststempel in Empfang, auf dem als Absender in verschnörkelter Altweiberschönschrift Mathilde Kowalski angegeben war. Klappmesserscharf schloß ich, daß es sich bei Mathilde um keine Geringere als Hannes' Mama handelte. Ich schüttelte das Paket. Es war schwer, rappelte aber nicht. Dafür roch es nach Weichspüler.

Die Sorte Paket kam mir verdammt bekannt vor.

Die Sorte Paket kannte ich aus meinen Anfangszeiten mit Tom.

Damals, als er noch allein in seiner Junggesellenbude hauste, hatte er alle zwei Wochen ein Paket mit Dreckwäsche heim nach Hamburg geschickt; postwendend war das Zeug gewaschen und gebügelt zurückgeschickt worden. Gewaschen und gebügelt nicht von Toms Mutter – Gott bewahre, die Hochwohlgeborene Ruth Jansen pflegte nicht zu waschen und zu bügeln, sie pflegte sich in sündhaft teure Designerfetzen zu hüllen, zu repräsentieren, Tee zu trinken und das Personal zu kommandieren, man war schließlich wer in der Hansestadt! –, sondern von Frau Berta Hagensack, der Haushälterin. Zwischen den sauberen Sachen hatte jedesmal eine Tafel Marzipanschokolade gelegen, über die Tom hergefallen war, ohne mich abbeißen zu lassen. Denn Tom war vom Stamme Nimm wie die ganze stinkfeine, scheichreiche Jansen-Sippe. Bei denen war sich jeder selbst der nächste; an die Bedürfnisse ihrer Mitmenschen verschwendeten die keinen Gedanken. DU und DEIN und GEBEN gehörten nicht zu ihrem Wortschatz. Das erste Wort, das Tom gelernt hatte, war garantiert ICH gewesen – gefolgt von MEIN und HABEN WOLLEN ...

Scheiß drauf – Schnee von gestern. Ich hatte mein Lehrgeld bezahlt, nie mehr würde ich mich von einem Mann ausnutzen lassen.

Ich stellte das Paket auf das Vertiko im Flur und harrte der Dinge, die da kommen mußten.

Und sie kamen.

Als Hannes gegen halb sieben die Wohnung betrat, schnappte er sich das Ding und schleppte es in sein Zimmer. Ich gab ihm exakt fünf Minuten. Dann polterte ich kräftig an seine Tür und riß sie auf, ohne sein »Herein!« abzuwarten, um mir den beabsichtigten Überraschungseffekt zunutze zu machen. Er saß im Schneidersitz auf dem Boden, vor sich das offene Paket. Ringsherum türmte sich Packpapier. Im Rekorder leierte eine Kassette – Herbert Grönemeyer: Männer sind unersetzlich und so weiter. Hättense wohl gern!

»Hey, Alter!« rief ich jovial. »Stör ich?«

Hannes schüttelte den Kopf. Sprechen konnte er nicht, da er den Mund voll hatte. In der Hand hielt er eine aufgerissene Tafel Kinderschokolade. Hartnäckig schien sich Mama Mathilde der Erkenntnis zu verweigern, daß aus ihrem rotznasigen Söhnchen ein ausgewachsenes Mannsbild geworden war. Nach meinem Dafürhalten lag es durchaus im Bereich des Möglichen, daß es Mütter gab, die nimmermüde Brutpflege walten ließen. Die ihren mittelalten Söhnen sogar Schnuller schickten, weil sie nicht wahrhaben wollten, daß sie aus dem Windelalter raus waren.

Hannes' Kiefer mahlten ein letztes Mal, dann bot er mir die Tafel Schokolade an.

»Bedien dich. Zergeht auf der Zunge!«

Beherzt griff ich zu. Wann hatte ich das letzte Mal Kinderschokolade gegessen? Vor zwanzig Jahren? Vor dreißig? Sie schmeckte köstlich.

»Von deiner Mutter?« fragte ich, nur um etwas zu sagen.

»Jau!« sagte Hannes und wühlte im Paket. »Guck ma! Is auch 'n Überraschungsei drin!«
Vor Seligkeit entgleisten ihm fast die Gesichtszüge. Seine Augen glänzten wie die eines Buben unterm Christbaum. Zurück in den Kindergarten! hätte ich beinahe gerufen. Ab ins Lego-Land, kleiner Scheißer!
Ebenfalls im Schneidersitz setzte ich mich neben ihn auf den Teppich. Wann hatte ich das letzte Mal im Schneidersitz gesessen? Hannes popelte das Überraschungsei aus der Hülle und teilte es in zwei Hälften. Gemeinsam bestaunten wir die quietschbunten Plastikeinzelteile, die zum Vorschein kamen. In Null Komma nix hatte Hannes eine ägyptische Prinzessin aus der Nilserie zusammengebaut, die er mir stolz präsentierte. Jaja – das Kind im Manne.
»Echt geil!« sagte er. »Ma gucken, wat Muttern noch so reingetan hat ...«
Neugierig sah ich zu, wie er das Paket fertig auspackte. Zwischen den Unterhemden lag eine Tüte Gummibärchen, zwischen den T-Shirts ein *Lucky-Luke*-Heft. In jedem Socken hatte Mathilde-Mama einen Lolli versteckt. Es war einfach klasse. Es war wie Geburtstag und Weihnachten und Ostern auf einen Schlag. Ich wurde grün vor Neid: Nur Jungs kriegen solch tolle Pakete von Muttern. Mädels nie. Denn Mädels sind doof und waschen selbst und kriegen keine geheimnisvollen Wäschepakete, sondern bloß langweilige Briefe, in denen Muttern über ihre Krampfadern lamentiert.
»Kannste nicht selbst waschen?« fragte ich pampig. »Im Bad steht 'ne nigelnagelneue Waschmaschine.«
»Die gehört Heri. Da darf sonst keiner ran.«
»Dann geh halt in den Waschsalon. Da kann man prima Weiber anbaggern. Kannste in meinem Buch nachlesen!«
Hatte er schon. Hatte aber nicht gefruchtet, ätsch-bätsch!
Hannes schluckte, kratzte sich am Hals, räusperte sich und zeigte auch sonst allerlei Verlegenheitssymptome, bis er schließlich druckste: »Mensch, Alter, is mir dat peinlich jetzt, aber ich ...«
»Was aber? Selbst ist der Mann!«

»Ich weiß ja. Aber ich hab keinen Schimmer, wie 'ne Waschmaschine funktioniert. Im Ernst. Meinste, ich will mich vor den Weibern blamieren?«
Da also lag der Hase im Pfeffer! Kaum zu glauben, daß jemand, der den komplizierten Funktionsmechanismus eines Kraftfahrzeugmotors durchschaute, der Reifen wechseln konnte und Zündkerzen, nicht in der Lage sein sollte, über so was vergleichsweise Simples wie eine Waschmaschine Herr zu werden. Vor meinem geistigen Auge sah ich ganze Heerscharen von hochqualifizierten NASA-Ingenieuren – deren Job darin bestand, Raketen zu konstruieren und ins Weltall zu katapultieren – heulend und zähneklappernd im Waschsalon zusammenbrechen. Man sollte sie alle miteinander auf den Mond schießen, die Kerle!
»Und Martin?« fragte ich, mich mühsam beherrschend.
»Wat is mit Martin?«
»Schickt der seine Wäsche auch zu Mutti?« Wenn ja, konnte einem die Frau wirklich leid tun. Die ganzen Schampus- und Spermaflecken auf den Laken – igitt! Die wären selbst für den Weißen Riesen eine Herausforderung ersten Ranges gewesen!
»Nee. Mutti is nich bei dem. Mutti is mit 'm andern Typ durchgebrannt. Un sein Vatter hat ihn ins Internat abgeschoben.« Hannes formte ein Bällchen aus Packpapier und schnippte es ins Zelt. »Der feine Pinkel, der! Der bringt die Klamotten inne Wäscherei oder inne Reinigung. Wat dat kostet!«
Wat dat kostet, war mir schnurzpiepegal, solange seine alte Dame mir vom Hals blieb.
In meinem Zimmer stürzte ich mich auf den Computer. Übermannt von einem nie gekannten Schaffensrausch schrieb ich die Kapitel vier – *Das Kind im Mann* – und fünf – *Männer und Technik* – in einem Rutsch runter.
Auch Tom hatte sich nie an unserer Waschmaschine vergriffen, wenn ich mich recht entsann. Zwar konnte er mit einem Bohrgerät tiefe Löcher in die Erde bohren und die solcherart gewonnenen Bodenproben mit einem Infrarotspektrometer oder einem Röntgengerät analysieren. Aber bei der Handhabung vergleichsweise einfacher Apparate wie beispielsweise der Mi-

krowelle, dem Toaster, dem Elektroherd, dem Staubsauger und der Waschmaschine mangelte es ihm am nötigen Know-how. Ich konnte mir nicht helfen: irgendwie unlogisch, das alles. Stellen sich Männer etwa absichtlich dumm, um sich vor der Hausarbeit zu drücken? Zuzutrauen ist's ihnen.

Am Sonntag lud uns Martin zum Fernsehgucken in sein Chambre séparée ein. Heimlich zog ich die Programmzeitschrift zu Rate. Geboten wurde die Aufzeichnung eines Formel-1-Rennens. Punkt Viertel vor zwei – also kurz vorm Start, denn der war angeblich am spannendsten – wippten Hannes und ich auf dem gluckernden Wasserbett auf und nieder und starrten erwartungsvoll auf den Monsterbildschirm der Designerglotze. Heri war in geheimer Mission unterwegs und wohnte dem Spektakel daher nicht bei.
Auf der Mattscheibe erschien zunächst die graue Eminenz des Rennsports, Ricky Rakete, der zu den wichtigsten Faktoren im Rennen befragt wurde. Rakete – mit einer Schirmmütze auf dem Kopf, das Ego auf Airbaggröße aufgebläht – ereiferte sich über die taktische Flexibilität der Rennfahrer und die Haltbarkeit der Reifen und der Bremsen, bis die Rennstrecke ins Bild kam. Die Formel-1-Wagen standen am Start.
»Ich setz auf Damon Hill«, sagte Martin und nippte an seinem Espresso.
»Ich auf Schumi«, sagte Hannes, biß den Kronkorken von seiner Bierflasche und ließ ihn unter einem Satinkissen verschwinden, ohne daß Martin es merkte.
»Ich auf ...«, sagte ich.
Dann verließen sie ihn. Und weit und breit kein Souffleur. Tja, auf wen setzte ich denn? Wen gab's denn noch? Martin stierte mich an, die rote Karte im Blick. Ich durchharkte mein Hirn nach einem Namen. Im *Mega-Mops* hatte ich doch kürzlich einen Artikel über einen Formel-1-Fahrer gelesen, über einen weißblonden Typ, der locker auch als Sänger einer Punk-Band durchgegangen wäre ...
Lieber Gott, laß mich nicht hängen! Wirk ein Wunder!
Der liebe Gott hatte ein Einsehen. Er ließ mich nicht hängen. Er

wirkte ein Wunder. Während die Jungs mich fixierten und ich die Glotze fixierte, wurde der Name des Fahrers eingeblendet.
»Villeneuve!« rief ich erleuchtet und steckte mir eine Zigarette an.
»Okay!« sagte Hannes. »Schaun mer mal!«
Schaun mer mal. Der Satz weckte in mir die Erinnerung an den Abend, an dem ich den Standesamt-Alptraum gehabt hatte und später Franz Beckenbauer in der Talk-Show zu Gast gewesen war. Ich hatte das Gefühl, als wären seither Lichtjahre vergangen. Wenn mir damals jemand prophezeit hätte, daß ich mal aus freien Stücken – ohne gefesselt und geknebelt oder mit vorgehaltener Pistole dazu gezwungen zu werden – mit zwei Machos auf einem Wasserbett sitzen und mir ein Autorennen reinziehen würde, hätte ich ihm die Kniescheibe kaputtgetreten.
Ich lehnte mich entspannt zurück und konzentrierte mich auf das Geschehen. Jetzt wurde die Rennstrecke aus der Vogelperspektive gezeigt; der Kommentator wies auf die diversen Kurven und Schikanen hin und schwallte was von Slicks und Profilreifen und modifizierten Motoren. Ich stellte meine Ohren auf Durchzug, bis die Ampeln am Start auf Grün sprangen und die Rennwagen losröhrten.
Merkwürdig! Die Jungs brachen gar nicht in Begeisterungsstürme aus! Vorsichtshalber hielt ich meine Klappe.
Was klug war, wie sich alsbald herausstellen sollte.
Denn der Start war gar nicht der Start gewesen.
Wie ich den launigen Bemerkungen des Kommentators entnahm, hatte es sich bloß um das sogenannte Warm-up gehandelt. Offenbar mußten erst die Reifen warmgefahren werden. Reifen warmfahren! Hat man so was je gehört? Für das viele Geld, was die Boliden kosteten, konnte man doch eigentlich erwarten, daß sich solch zeitraubende Prozeduren erübrigten, oder?
Die Fahrer drehten eine Runde und nahmen dann erneut – mit dampfenden Reifen – die Startposition ein. Das Brummen der Motoren hatte auf mich eine ähnliche Wirkung wie Baldrian. Ich döste ein und erwachte, als der Startschuß krachte.

»Boh!« brüllte Hannes. »Bombenstart!«
»Hill ist vorn!« brüllte Martin.
»Nich mehr lange!« brüllte Hannes.
»Dein Schumi kackt doch gleich ab!« brüllte Martin.
Genervt verdrehte ich die Augen. Wie die Tiere. Wie die Brüllaffen. Meine Banane ist die beste! Die größte! Die dickste! Jeder brüllt jeden nieder, und jeder will recht haben.
Ein Fahrer kriegte irgendeine Kurve nicht, überschlug sich so oft, daß ich's gar nicht zählen konnte, und landete unsanft, aber unverletzt im Kiesbett.
»In dieser Rechtskurve haben wir schon jede Menge Abflüge gesehen!« sagte der Kommentator mit schlecht verhohlener Schadenfreude.
Ich würde auch gleich den Abflug machen. Autorennen törnte mich nicht an. Fußball war entschieden unterhaltsamer. Da war wenigstens was los! Da foulten sich die Spieler und spuckten sich ins Gesicht und rissen sich an den Haaren und traten sich in die Eier. Und das Publikum mischte kräftig mit und schmiß Bierflaschen und Knallfrösche aufs Feld.
Nee, dagegen war Autorennen echt 'n müder Zock.
Nach vier Runden wurde die Sendung von einem längeren Werbeblock unterbrochen, in dem ausnahmslos männertypische Produkte angepriesen wurden. Ein Kerl bretterte mit einem Allrad-Jeep durch die Walachei, daß der Matsch meterhoch spritzte. Der nächste donnerte mit einem BMW über die Autobahn – linke Spur, versteht sich – und demonstrierte Freude am Fahren, indem er alle anderen Verkehrsteilnehmer mit der Lichthupe grüßte. Ein dritter Kerl gondelte mit einem Motorrad durch die Pampa; er machte ein derart dämliches Gesicht, daß ich erst dachte, es handele sich um einen Spot für Energiesparen – für den sparsamen Gebrauch von Gehirnzellen nämlich. Falsch gedacht. Es war ein Werbespot für das brandneue Aftershave von Hotte Hormon – *Erection*. Wie ich die Sache sah, stellte *Erection* eine ernstzunehmende Konkurrenz für *Animal Brutal* dar. Die Weiber, denen der Motorradfahrer zu nahe kam, fielen über ihn her, daß ihm Hören und Sehen und sogar sein dämliches Grinsen verging.

Der letzte Werbespot – für Bier – brachte mich fast dazu, Rotz und Wasser zu heulen.
Ein schnuckeliger Jungspund betrachtete versonnen zwei goldene Trauringe – jeder in einer schwarzen Samtschatulle – und ging dann mit seinen Kumpels auf die Rolle, um feuchtfröhlich seinen Junggesellenabschied zu feiern.
Wäre alles nach Plan gelaufen, hätte Tom sich auch tierisch einen hinter die Binde gegossen. Und hätte am nächsten Morgen auf dem Standesamt eine Fahne gehabt, die den Standesbeamten niedergestreckt hätte.
Wer weiß, was mir alles erspart geblieben war. Womöglich wäre der Beamte sowieso nicht mehr fähig gewesen, die Trauung zu vollziehen.
Ach je – Trauung!
Ich mußte dringend auf dem Standesamt vorstellig werden, um selbige abzusagen. Oder hieß es stornieren? Daß ich das mal bloß nicht verschwitzte!
Das Brummen der Rennwagen riß mich aus meinen Gedanken. Die Dinger fuhren immerzu rundrumrundrumrundrum. Wenn ich im Cockpit sitzen würde, würde mir schwindelig werden. Nach einer Runde müßte ich aufgeben. Mir wurde ja schon im Kreisverkehr übel.
»Mal gespannt, wann Schumis Ferrari 'ne Pause braucht«, feixte Martin.
Hannes warf ihm einen schrägen Blick zu. »Quatsch nich, du Sack. Dat Ding läuft wie 'n Uhrwerk.«
Keine Minute später mußte Schumacher tatsächlich das Handtuch werfen. Sein Ferrari qualmte aus allen Rohren – Motorschaden.
»Siehste!« rief Martin und lachte hämisch. »Da – Maschine im Arsch!«
»Und jetzt?« entfuhr es mir.
Ich hatte es geahnt: Diese Schlitten taugten alle nix. Erst die Reifen warmfahren und dann so was. Das durfte doch einfach nicht wahr sein, daß ein Auto nach ein paar Kilometern einen Motorschaden hatte! Ich an Schumachers Stelle hätte reklamiert.

»Un jetzt?« schrie Hannes. »Wat wohl? Jetzt isser fertig, jetzt kanner heimgehn – so 'ne Kacke!«
Er vermochte seine Wut kaum zu zügeln. Mit Schmackes drosch er auf Martins sich furchtsam duckende Satinkissen ein.
Auch Schumi ließ seiner Wut freien Lauf. Er riß das Lenkrad des Ferrari aus der Halterung und schmiß es in hohem Bogen aus dem Wagen ins Kiesbett.
Un ich sach noch!
Alles Schund! Keine Wertarbeit, so 'n Ferrari. Nicht mal das Lenkrad sitzt fest.

Während das Rennen ohne Schumi weiterging und die Jungs lautstark debattierten, ob unsere Wette überhaupt gültig war – wir hatten nämlich ganz vergessen, einen Wetteinsatz zu vereinbaren –, verdünnisierte ich mich und rief Mascha an.
»Hör mal«, sagte ich zu ihr. »Was machst du mit dem angebrochenen Nachmittag?«
»Wieso?« Ihre Stimme klang verschlafen.
»Ich krieg meine dreihundertsiebzehnte Lebenskrise, wenn ich noch eine Sekunde allein unter Männern bin!«
»So schlimm?« gluckste Mascha.
»Schlimmer als der schlimmste Alptraum. Ich komm mir vor wie im falschen Film!« raunte ich. »Was hältst du von einem Spaziergang?«
»Spaziergang? Guck mal raus. Es regnet Bindfäden. Apropos Film: Um vier kommt im Cinema eine Sondervorstellung ...«
»Laß mich raten: *Vom Winde verweht*?«
»Kannst du Gedanken lesen?«
Konnte ich nicht. Hätte ich es gekonnt, wäre mein Leben kein Scherbenhaufen. »Nee. Aber den verpaßt du doch nie.«
Mascha war süchtig nach dem Streifen, sie war der reinste *Vom-Winde-verweht*-Junkie. Gern brüstete sie sich damit, den Weltrekord im *Vom-Winde-verweht*-Gucken zu halten. Achtunddreißigmal hatte sie den Film gesehen. Jeden Dialog hatte sie im Kopf gespeichert; bei einer Neuverfilmung hätte sie Scarlett O'Hara spielen können, ohne auch nur einen Blick ins Drehbuch werfen zu müssen.

»Was ist? Kommst du mit?« quengelte sie.
»Na gut – wenn du drauf bestehst. In einer halben Stunde bin ich bei dir. Bis dann!«
Schwungvoll schmiß ich den Hörer auf die Gabel. Klar kam ich mit. Hatte ich eine Wahl? Ich würde mir in Gottes Namen *Vom Winde verweht* zu Gemüte führen. Das war zwar der schmalzigste Schmachtfetzen, der jemals auf Zelluloid gebannt worden war, aber unerträglicher als Autorennen war er auch nicht. Außerdem würde das Kino eine männerfreie Zone sein, da war ich mir ziemlich sicher.

In Maschas Bad trimmte ich mich auf Lady – und fühlte mich sofort wie neu geboren. Vorm Cinema stand eine bandwurmlange Schlange regenschirmbewehrter Frauen und begehrte Einlaß. Fröstelnd kuschelten wir uns unterm Schirm aneinander, Meter für Meter vorrückend. Noch dreihundert Meter, dann hatten wir's geschafft. Hoffentlich war der Film nicht ausgerechnet dann ausverkauft.
Um uns die Wartezeit zu verkürzen, brachte ich Mascha auf den aktuellen Stand des Geschehens. Sie brüllte abwechselnd »Wichser!« (als ich von Martins erotischen Eskapaden erzählte) und »Macho!« (als ich Hannes' Sprüche zitierte) und »Weichei!« (als ich Heris Mama imitierte) und wälzte sich fast auf dem regennassen Pflaster vor Spaß, als ich die Spitzenslip-Story zum besten gab. Die ältere Dame, die vor uns stand, drehte sich so abrupt um, daß sie mir mit ihrem Regenschirm beinahe ein Auge ausgestochen hätte.
»Tsts!« sagte sie pikiert. »Mit so was wie Ihnen sollte mir mein Sohn mal heimkommen!«
Woraufhin unser Lachkrampf noch mehr eskalierte …
Das Kino war bis auf den letzten Platz besetzt. Und zwar ausschließlich von Frauen. Von Frauen jeden nur denkbaren Alters. Mascha und ich saßen ganz vorn, direkt vor der Leinwand, so daß wir automatisch eine Haltung wie auf dem Zahnarztstuhl einnahmen. Mir graute. Der Film war einer der längsten Filme der Filmgeschichte, er dauerte mindestens drei Stunden. Schon jetzt konnte ich meinen Hals nicht mehr drehen.

Endlich flimmerte der Vorspann über die Leinwand.
Ein Raunen ging durch die Sitzreihen.
Jung Scarlett tummelte sich mit ihren Verehrern auf der Veranda der elterlichen Baumwollplantage und – kurz drauf – im Ballsaal der Nachbarbaumwollplantage. Dann tauchte Ashley Wilkes auf, saft- und kraftlos und so fade wie drei Reihen Feldsalat. Schon als ich den Film zum erstenmal gesehen hatte, hatte ich nicht kapiert, was Scarlett an diesem Softie fand. Ich an ihrer Stelle wäre mit Rhett Butler durchgebrannt, bei Nacht und Nebel, hoch zu Roß oder notfalls auch per Floß. Rhett Butler war ein Mann nach meinem Geschmack.
Flüsternd teilte ich Mascha meine Überlegungen mit.
Flüsternd teilte mir Mascha mit, daß meine Überlegungen mit ihren übereinstimmten.
Hinter uns riefen ein paar Frauen »Ruhe!«; die Frau, die neben mir saß, rammte mir ihren Ellbogen in die Seite.
Wie im richtigen Leben wurde auch im Film unentwegt geheiratet. Der farblose Ashley heiratete die ebenso farblose Melanie. Scarlett heiratete den farblosen Frank – es war bereits ihre zweite Ehe. Die Frau hatte vielleicht einen Verschleiß! Einzig und allein Rhett Butler heiratete nicht; statt dessen zockelte er zungenschnalzend mit einer Kutsche durch die Gegend, quartierte sich im Bordell seines Vertrauens ein und ergab sich dem Trunk und anderen zweifelhaften Genüssen.
»Siehste!« tuschelte Mascha. »Männer wie Rhett Butler lassen sich nicht festnageln!«
Ich stellte mir Tom zu Zeiten des amerikanischen Bürgerkriegs vor. Tom wäre auch ein Mann wie Rhett Butler gewesen. Er hätte eine Kutsche gehabt mit vier Rappen davor; sein Zuhause wäre der Saloon gewesen (Das Bordell verbannte ich lieber aus meiner Phantasie!). Anstelle eines Survival-Messers hätte er einen Colt gehabt.
Mascha hatte recht: Männer wie Rhett Butler waren Männer für Affären. Für die Ehe waren sie denkbar ungeeignet.
Ich vermochte ein Schniefen nicht zu unterdrücken.
Auch hinter mir wurden Taschentücher gezückt, denn mittlerweile war Scarlett schon zum zweitenmal Witwe geworden.

Den Rest des Films sah ich wie durch einen Schleier. Ich flennte mich durch die Wirren des Bürgerkriegs und durch die Schwangerschaften der weiblichen Hauptdarsteller und durch die zahlreichen Todesfälle. Ich flennte, als Tara in Schutt und Asche lag und Scarlett Rüben aus der Erde buddelte und runterschlang und auskotzte und die Hand zur Faust geballt gen Himmel hob und schwor, daß es ihr nie wieder dreckig gehen sollte. Ich flennte, als Klein Bonnie vom Pony fiel und sich das Genick brach.

Am allerallermeisten flennte ich, als Rhett Butler auf Nimmerwiedersehn im Nebel verschwand.

Und alle Frauen flennten mit.

Ein Mississippi von Tränen ergoß sich in den Saal.

Das Personal würde mit Eimern anrücken müssen, wenn nicht gar die Feuerwehr mit Pumpen und Schläuchen.

Untergehakt und schluchzend verließen wir das Kino. Draußen regnete es immer noch. Mascha lieferte sich einen erbitterten Zweikampf mit ihrem Regenschirm; schlotternd wartete ich darauf, daß sie als Siegerin aus dem Kampf hervorging, und beobachtete die Frauen, die gramgebeugt an uns vorbeischlichen und sich gegenseitig stützten. Man konnte meinen, sie hätten keiner Filmvorstellung beigewohnt, sondern der Beerdigung von Lady Di. Während Mascha fluchte wie ein Droschkenkutscher, entdeckte ich den einzigen Mann inmitten des Pulks Frauen – Heri!

Heri in Begleitung! Ein weißes Taschentuch vor den Mund gepreßt, hing Mama auf halbmast an seinem Arm. Das also war seine geheime Mission! Wie jedes anständige Muttersöhnchen verbrachte er den Sonntagnachmittag mit seiner Mama.

Ich stieß Mascha an. »Schau mal!«

Sie schaute – aber in die falsche Richtung.

»Nicht da – da!« Dezent deutete ich auf das merkwürdige Gespann. »Das ist unser Heri!«

»Ach du Schande!« sagte Mascha. »Der sieht ja aus wie der Ritter von der traurigen Gestalt. Wie Monsieur hunderttausend ...«

»Volt?« War die noch ganz dicht? Heri trug einen altmodischen

Regenmantel – ein Erbteil vom Papa? Umständlich spannte er einen ebenso altmodischen Schirm auf und lenkte Mama am Ellbogen über die Straße.
»Nee – Valium!« grinste Mascha. »Gehn wir was essen? Griechisch vielleicht? Feli ist noch bei 'ner Freundin, die hol ich erst gegen zehn ab.«

Im Akropolis war es angenehm warm. Aus den Lautsprechern, die zwischen den Plastikfischernetzen von der Decke baumelten, dudelte Sirtaki-Musik. Ein für einen Griechen erstaunlich rothaariger Kellner nahte und erkundigte sich in gebrochenem Deutsch nach unserem Begehr. Mascha begehrte Gyros, ich begehrte Bauernsalat, denn ich brauchte dringend eine Vitaminzufuhr.
»Jetzt mal zur Sache, Schätzchen«, sagte Mascha und nestelte eine Marlboro aus ihrem Zigarettenpäckchen. »Was macht der Ratgeber?«
»Wächst und gedeiht.«
»Komm – laß dir nicht alles aus der Nase ziehen, Alex!«
Ich holte tief Luft. »Die Kapitel eins bis fünf stehen: *Auch Männer spielen mit Barbiepuppen, Die Geheimnisse der Männer, Männer und Mütter, Das Kind im Mann* und *Männer und Technik.*«
»Klasse. Dann ist das halbe Buch ja fertig.« Mascha nickte anerkennend. »Noch ein bißchen Recherche, noch ein bißchen Text, das schaffst du mit links. Und der Titel – der Titel ist eh 'ne Wucht: *Mann verstehn im Handumdrehn.*«
»Von wegen Mann verstehn«, seufzte ich. »Je länger ich in der WG wohne, um so weniger versteh ich die Männer. Ich glaube, ich blas die Sache ab.«
»Was?« entsetzte sich Mascha. »Abblasen? Mensch, Alex, das kannst du doch nicht bringen! So 'ne Chance kriegst du nie wieder!«
Pfeifend nahte der Kellner. Mascha war still, bis er das Gyros und den Salat auf dem Tisch abgeladen und zwei Gläser Imiglikos eingeschenkt hatte. Kaum hatte er sich entfernt, fiel sie erneut über mich her.

»Du bist echt bescheuert!« rief sie.

Der Salat lachte mich an. Vitamine! Skorbut, ade! Heißhungrig spießte ich eine Olive auf meine Gabel und schob sie mir genüßlich in den Mund.

»Alex!«

»Och, Mensch, Mascha, laß mich in Ruhe!«

Sie zuckte mit den Schultern und stocherte lustlos in ihrem Gyros herum. Eine Weile schwiegen wir uns an. Nachdem ich meinen Salat zur Hälfte aufgegessen hatte, entschuldigte ich mich bei ihr.

»Ich mein's nur gut!« sagte sie gereizt.

»Ich weiß. Aber ich glaube nicht, daß sich noch viel Stoff für das Buch ergibt, wenn ich dort wohnen bleibe. Es passiert nix. Es ist immer dasselbe. Immer Glotze, immer Bier bis zum Abwinken. Und immer Macho-Gewäsch. Die Typen haben die geistige Potenz von Neandertalern. Mein Sprachschatz verkümmert. Es kann sich nur noch um Tage handeln, bis ich anfange, mich mit meinem Rasierpinsel zu unterhalten.«

Mascha kniff die Augen zu, was bedeutete, daß sie nachdachte. Ich winkte dem Kellner, er möge Wein nachschenken. Ob er meiner Aufforderung Folge leisten würde, war nicht abzusehen. Derzeit war er in eine hitzige Debatte mit dem Koch verwickelt, der sich aus der Durchreiche lehnte und eine Zigarette paffte. Mißtrauisch untersuchte ich den Salat auf Aschespuren. Mascha brütete dumpf vor sich hin. Ich war gespannt auf das Ergebnis ihrer geistigen Blähungen.

»Mehr Action!« rief sie schließlich beflügelt.

»Mehr Action?«

»Wir müssen rausfinden, was sie treiben, wenn sie nicht zu Hause sind. Ob sie ihrer Mama am Schürzenzipfel hängen wie Heri oder ob ...«

»Du meinst, wir sollen ihnen nachspionieren?« fragte ich interessiert. »Magnum-Mannix-Rockford-Colombo-mäßige Rund-um-Überwachung?«

»Klar!« sagte Mascha. »Was sonst? Wir müssen uns mehr ins Zeug legen.«

Ins Zeug legen?

Ich sah uns in James-Bond-Manier hinter den Jungs herschleichen. Ich sah uns in einer stockfinsteren Nacht hinter einer Hecke stehen und Ferngläser vor die Augen pressen. Ich sah uns mit dem BMW hinter Martins Mazda herjagen. Dann fiel mir eine Szene aus dem Film *Das Schweigen der Lämmer* ein.

»Alles, was recht ist«, sagte ich, »aber ich kriech denen nicht in irgendwelche Garagen hinterher wie Jodie Foster. Und Wanzen kannst du abhaken. Bei meinem technischen Unverstand vermassele ich das sowieso.«

»Hey! Wir sind hier nicht beim FBI!«

»Eben!«

»Außerdem müssen wir wissenschaftlicher vorgehen«, fuhr Mascha fort. »Wir müssen Theorien entwickeln und verwerfen oder verifizieren. Du mußt Tests durchführen.«

»Tests? Was für Tests?«

»Nehmen wir an, du bist Verhaltensforscher – die Jungs sind sozusagen deine Versuchstiere.«

Kein Problem. Seit ich erkannt hatte, daß in jedem Mann ein Tier steckt, konnte ich an nichts anderes mehr denken, wenn ich die Jungs beobachtete.

»Wie Laborratten?« fragte ich. Ich stellte mir Martin mit einem langen, nackten rosa Schwanz vor, Hannes mit bebenden Barthaaren und Heri mit Nagergebiß.

»Genau!« Mascha geriet mächtig in Fahrt. »Du testest vor allem ihren Geruchssinn und ihren Geschmackssinn, um die Theorie zu überprüfen, daß Männer abgestumpft sind. Ganz easy.«

Ganz easy! Spontan fielen mir einige Versuchsanordnungen ein, die auch Maschas Beifall fanden. Kurz nach zehn verließen wir – aufgrund unseres angetrunkenen Zustands kindisch giggelnd – das Akropolis. Angewidert schüttelte der Kellner den Kopf und rief dem Koch, der schon wieder rauchend in der Durchreiche hing, was auf griechisch zu.

Ich konnte keinen Brocken Griechisch, aber ich hätte meinen Arsch darauf verwettet, daß es was Frauenfeindliches war.

Zwecks Gedächtnisauffrischung kämpfte ich mich durch Rudi Rabaukes Gewäsch zum Thema Männeressen und durch die Rezepte, die er aufführte. Die ewigen Steaks verwarf ich, aber bei Chili con carne beschleunigte sich mein Puls. Chili con carne aßen alle Männer leidenschaftlich gern, und die Zubereitung bedurfte nur eines geringen Aufwands. Vor versammelter Mannschaft kündigte ich an, endlich meinen Einstand geben zu wollen.

Anderntags riß ich das Chili-Rezept aus Rudis Ratgeber und besorgte die Zutaten im Supermarkt. Für die Zutat, die nicht im Rezept stand, nahm ich es auf mich, bis ans andere Ende der Stadt zu fahren – zu Eddis Tiershop.

Nacheinander trudelten die Jungs am vereinbarten Abend ein und lugten neugierig in die Küche, wo ich am Werkeln war. Ich hatte mir Hannes' fleckige Schürze mit der Aufschrift »Chef de cuisine« umgebunden und schwang den Kochlöffel wie Karajan einst den Dirigentenstab.

»Raus!« brüllte ich, wenn einer den Kopf in den Türspalt steckte. »Der Meister braucht Ruhe bei seinen Kreationen!«

Vor allem konnte ich keine Zeugen gebrauchen, sonst war der Versuch für die Katz. Ich gab Öl sowohl in die ufogroße Bratpfanne als auch in einen Tiegel und wartete, bis es heiß war. Im Tiegel briet ich hundert Gramm Rinderhack an, in die Pfanne kippte ich den Inhalt der Riesendose Chappi – Rindermuskelfleisch von ausgewählten Zuchtbullen –, die ich im Tiershop gekauft hatte und die ich, als sie leer war, in den Tiefen des Mülleimers verschwinden ließ. Ich fügte grüne und rote Paprikastreifen, geviertelte Tomaten, kleingehackte Zwiebeln, Chili-Schoten, Mais und Kidney-Bohnen hinzu und rührte, bis mir fast der Arm abfiel. Durch die Küche waberten Dämpfe wie in einem Chemielabor; ich riß die Balkontür auf, da ich die Dunstabzugshaube nicht aktivieren wollte. Wenn die dröhnte, würde ich nicht hören, wenn einer der Jungs reinplatzte.

Als der Pamps etwa eine Stunde gekocht hatte, würzte ich – und zwar kräftig.

Mit allem, was mir unterkam und was so scharf war, daß es mir die Tränen in die Augen trieb: Cayenne-Pfeffer, Chili-Pulver, Hot-Tomato-Ketchup, Tabasco.
Dann schmeckte ich ab. Mein Chili con carne – das im Tiegel – war ein Gedicht. Das Chili für die Jungs – das in der Pfanne – kostete ich nicht. Es war ja nicht mein Geschmackssinn, der hier und heute auf dem Prüfstein stand.
Mit dem Brotmesser – das so lang und so scharf war, daß man rein theoretisch einen Waffenschein dafür haben sollte – schnitt ich Baguette auf. Ich stellte eisgekühlte Flaschen Corona-Bier auf den Tisch. Eine Westernmelodie pfeifend – das *Lied vom Tod*, wie ich schaudernd erkannte –, füllte ich den Pamps aus der Pfanne in drei tiefe Teller ohne Macken und den Pamps aus dem Tiegel in einen tiefen Teller mit angeschlagenem Rand, damit ich die beiden Varianten unterscheiden konnte, wenn's hart auf hart kam.
Dann bat ich die Jungs zu Tisch.
»Hm – wat lecker!« rief Hannes, ließ sich am Kopfende nieder, sabberte und schnupperte an seinem Teller. Sein Verhalten war dem eines großen Köters, eines Neufundländers vielleicht, nicht unähnlich.
»Schili con carne à la Orischinal-Rezept von Rudi Rabauke!« rief ich euphorisch und mit französischem Akzent. Na ja, nicht ganz orischinal. Mit einer minimalen Abwandlung. »Bon appétit!«
Wie man sieht, war meine Laune wieder auf der Überholspur.
Martin thronte auf dem Plüschsofa und inspizierte den Pamps mit Röntgenblick. »Hat 'ne gewisse Ähnlichkeit mit einer Stuhlprobe!« diagnostizierte er.
»Och, Manno, Alter! Dat Chili is bestimmt 'ne Wucht!« rief Hannes. Was anderes hatte ich von einem, der Ketchup auf Kaviar kippen würde, nicht erwartet. »Un mexikanisches Bier! Klasse, Alex!«
Ich warf Martin einen Salzsäureblick zu. Alter Miesmacher! Noch ein Wort in diese Richtung, und ich würde ihm das Chili reinstopfen, bis es ihm aus den Ohren quoll. Wie er dasaß in seinen gebügelten schwarzen Jeans und seinem duftenden weißen

Hemd aus der Wäscherei, der eitle Sack! Wie ein parfümierter Dalmatiner auf der Hundeshow! Überzüchtet bis zum Gehtnichtmehr!

Wir übten uns in Geduld und warteten auf Heri, der mit Verspätung auftauchte. Ihm war das Chili ebenfalls suspekt. Ich glaubte nicht, daß er Verdacht geschöpft hatte; sicher war ihm jede Mahlzeit suspekt, die nicht Mamas strenge Qualitätskontrolle durchlaufen hatte.

»Was ist das?« fragte er. Seine spitze Nase zuckte. Unser magerer Windhund nahm Witterung auf.

»Chili con carne«, sagte ich. »Iß mal ordentlich, Heri. Das gibt Schlamm auf die Knie!«

»Hä?«

Hätte ich mir auch denken können, daß der auf dem Ohr taub war. Hannes hatte den Gag kapiert, er grinste. Wie in Zeitlupe setzte sich Heri – ausgerechnet vor den Teller mit der Macke! Rasch tauschte ich ihn gegen meinen aus.

»Heri!« rief ich. »Kumpel! Dich laß ich nicht aus kaputten Tellern essen!«

Und schon gar nicht laß ich dich aus meinem Napf fressen! Wo werd ich denn? Mein Chili gehört mir, das teile ich nicht mit der Meute. Fast hätte ich geknurrt. Vielleicht steckte doch mehr in mir als ein Schoßhündchen. Momentan fühlte ich mich eigentlich eher wie ein Pitbull.

Hannes hob seine Flasche Corona und sprach einen Toast auf den Chef de cuisine aus. Dann fielen wir über das Chili her.

Meins war vorzüglich.

Über den Tellerrand hinweg observierte ich meine Versuchstiere. Hannes tunkte den Rest mit einer Scheibe Baguette auf und schlabberte sich mit einem wollüstigen Schmatzen die Pfoten ab. Martin handhabte seinen Löffel präzise wie ein Skalpell – jetzt spülte er den Rest mit einem Schluck Bier runter. Heri aß zögerlich, aber so aß er immer. Mein herrischer Blick veranlaßte ihn, schneller zu kauen und zu schlucken und seinen Napf leerzukratzen.

Brave Hundchen!

Ganze Kerle dank Chappi.

Und mit jedem Bissen dem Rinderwahnsinn ein Schrittchen näher …
Zu schade, daß ich keinen Nachtisch vorbereitet hatte! Karamelpudding mit Kitekat oder Mokka-Eis mit Whiskas. Im nachhinein ärgerte ich mich über die verpaßte Gelegenheit. Allerdings war noch nicht aller Tage Abend. Eine zweite Versuchsreihe war ohnehin geplant.

In den ersten Wochen meines Aufenthalts in der WG hatte sich die Prozedur, mich von Männchen in Weibchen zu verwandeln, nahezu erübrigt, da ich die Wohnung so gut wie nie verlassen hatte. Nun – wo ich mehr auf Achse war – hatte ich eine Strategie entwickelt, um diese Verwandlung gebacken zu kriegen.
Ich hatte mir angewöhnt, als Alexand*er* aus dem Haus zu gehen – auch hier gab's neugierige Nachbarn, wie überall –, auf den Parkplatz des nächsten Supermarkts zu fahren und mich dort auf Alexand*ra* zu stylen.
Im Handschuhfach des BMW hatte ich meine eiserne Reserve an Schminkutensilien gebunkert: Kajalstift und Lipgloss und Puder. Brille runter, Schlüppchen aus dem Haar, fix aufhübschen – reine Routine mittlerweile.
Auf dem Heimweg pflegte ich in umgekehrter Weise vorzugehen.

Nach dem erfolggekrönten Versuch I fuhr ich abermals zu Eddis Tiershop, um mich für Versuch II einzudecken. Eddi – ein spindeldürres Männchen mit einer nervtötenden Fistelstimme – hatte ein verblüffend gutes Gedächtnis, was seine Kundschaft anbelangte.
Er erkundigte sich, was für einen Hund ich hätte. Ich log ihm die Hucke voll. Ich sagte, ich hätte nicht nur einen Hund, sondern deren drei: einen Neufundländer, einen Dalmatiner und einen Windhund. Eddi zeigte sich schwer beeindruckt, daß ein zartes Frauchen wie ich mit drei solchen Bestien fertig wurde. Ich machte auf cool und sagte, es sei alles Erziehungssache. Die lieben Tierchen würden spuren wie 'ne Eins. Leider wollte Eddi auch wissen, wie ich es bewerkstelligte, die drei Viecher mit

einer einzigen Dose Chappi sattzukriegen. Um sein Mißtrauen nicht heraufzubeschwören, kaufte ich daher zusätzlich zu dem Fünf-Kilo-Probier-Paket Vollkorngetreideflocken zwei Zwanzig-Kilo-Säcke Hundetrockenfutter.
Ich karrte den Krempel zum Auto, wuchtete die Säcke in den Kofferraum und fuhr dann nach Hause, um mich um die Blumen zu kümmern und den Briefkasten zu leeren.
Wie im stillen erhofft, fand sich darin zwischen diversen Postwurfsendungen eine Karte von Tom. Diesmal zeigte sie die Shopping-Meile von Fortuna, dem Kaff, in dessen Nähe das Camp der Universität angesiedelt war. Windschiefe, in leuchtenden Farben wie Knallpink oder Limonengrün angestrichene Häuser drängten sich an dem unbefestigten Sträßchen; es gab eine Metzgerei und eine Bodega. Im Hintergrund – wie sollte es auch anders sein – qualmte der Arenal.
»Hola, Alex!« schrieb Tom. (Prahlhans! Mit seinem rudimentären Spanisch!) Und weiter im Text: »Ich war im Krater. Es war wie in der Hölle – du machst dir keine Vorstellung davon!« (O doch! Mein Herz ist ein klaffender Krater, denn durch die Hölle bin ich gegangen, als du mich sitzengelassen hast, du Arschgesicht!) »Im Camp kann man nichts Eßbares rumstehenlassen, überall gibt's streunende Hunde, die sich drauf stürzen.« (Die gibt's in meinem Camp auch!) »Abends ist hier nicht viel los. Meistens sitzen wir vor der Glotze.« (Warum soll's dir besser gehn als mir?) »Ich warte immer noch auf Post von dir.« (Da kannst du lange warten!) »Hasta la vista, Tom.«
Vor mich hin summend goß ich die Blumen und hörte den Anrufbeantworter ab. Außer Mutti hatte niemand eine Nachricht hinterlassen. Mit weinerlicher Stimme bat sie um meinen Rückruf.
Ich drückte die Speichertaste mit ihrer Nummer und machte mich auf eine ordentliche Portion Psychoterror gefaßt. Auf Lamentieren und auf Jammern – nach dem Motto: Kind, ich will doch nur dein Bestes! Heirate doch! Tu's wenigstens mir zuliebe! Was ist denn schon dabei?
Klar – was war denn schon dabei?
Notfalls konnte ich mich immer noch scheiden lassen, oder?

Mir sträubten sich die Nackenhaare. Hätte ich einen Schwanz gehabt, hätte er hin und her gepeitscht. Als Mutti abhob, bellte ich in den Hörer: »Ich heirate nicht und basta!«
»Weshalb rufst du jetzt erst an?« fragte Mutti, ohne darauf einzugehen.
»Weil ich nicht zu Hause war«, sagte ich.
»Ja, jetzt isses zu spät«, sagte Mutti und seufzte.
Zu spät wozu? Zu spät, um die Hochzeitstorte zu bestellen? Gott sei's getrommelt!
»Jetzt isser schon unter der Erde«, fuhr Mutti fort. Dann fing sie an zu weinen.
Unter der Erde? Jessas!
Mein Blut schwappte vom Kopf in tiefergelegene Körperregionen. Ich mußte mich am Sessel festhalten, sonst wäre ich kollabiert.
Es war zu spät. Mein Vater war gestorben – das war mein erster Gedanke, was anderes kam mir gar nicht in den Sinn! –, ohne daß ich ihn wiedergesehen hatte. Und ich war nicht bei seiner Beerdigung gewesen. Ich würgte den Telefonhörer, als wär's der Hals meines Erzfeindes.
»Meine Kränzchenfrauen haben Kränze gewunden und aufs Grab gelegt«, erzählte Mutti. Die arme Seele – nie hatte sie aufgehört, meinen Vater zu lieben. Mit keinem einzigen Mann hatte sie sich eingelassen, seit er auf und davon war.
»Deine Kränzchenfrauen haben Kränze gewunden?« wiederholte ich. Der Satz hörte sich so bekloppt an, daß ich in ein hysterisches Lachen ausbrach.
»Ich möchte wirklich wissen, was daran so witzig ist. Schade, daß du nicht dabei warst«, sagte Mutti und schneuzte sich. »Es war 'ne schöne Beerdigung.«
»Mutti – sag mir ... Wie ist er denn, du weißt schon?«
Mutti räusperte sich. »Na ja. Peinlich, daß es so passieren mußte. Er war ja ganz wild auf die Lady – und als er mit ihr, na, wie sagt man, mit ihr konjugiert hat ...«
»Kopuliert!« warf ich ein. Das ging auf keine Kuhhaut. Mein Vater hatte beim Bumsen einen Herzinfarkt gekriegt. Na ja, mit fast siebzig ...

»Kopuliert, sag ich doch. Auf einmal keucht er und bricht zusammen!« Mutti brach erneut in Tränen aus. »Hat sich zuviel zugemutet aufs Alter. Und weißte, was dann? Die Lady pinkelt ihn an!«

»Die Lady?« fragte ich. »Pinkelt ihn an?«

Ich verstand nur noch Bahnhof. Warum hatte Vatis Lady gepinkelt? Schock? Warum hatte die dusselige Kuh nicht den Notarzt alarmiert? Warum – und woher – wußte Mutti überhaupt all diese delikaten Details?

»Kennst du die etwa – die Lady?« fragte ich indigniert.

»Die Lady kennste doch auch. Die schwarze Pudelhündin von der Frau Jablonski aus meinem Kränzchen. Die hat er immer schon besprungen.«

Allmächtiger! Nicht mein Vater hatte das Zeitliche gesegnet, sondern der Dackel. Konnte Mutti nicht zu Beginn ihrer Ausführungen damit rausrücken, daß Waldi in die ewigen Jagdgründe eingegangen war? Und ich hatte schon befürchtet, ich wäre Halbwaise! Mutti hatte echt 'n Rad ab. Eine Dackelbeerdigung mit Kränzen von den Kränzchenfrauen! Und hinterher Leichenschmaus beim Konditor umme Ecke, oder was?

»War die Lady auch auf der Beerdigung?« fragte ich spitz. »Hat sie rote Rosen ins Grab geschmissen oder einen Hundekuchen – oder hat sie reingepißt?«

»Hach, Alexandra! Was bist du gemein!« quiekte Mutti. »Waldi war mir das Liebste auf der Welt. Das Tier war Salbe für meine Seele!«

»Balsam!« korrigierte ich. »Balsam!«

Das Telefonat hatte mich zehn Jahre näher an den Termin meiner ersten Herz-OP gebracht. Ich pfefferte den Hörer auf die Gabel, ohne Mutti mein herzliches Beileid auszusprechen – obwohl ich ihre Trauer nachvollziehen konnte. Jetzt war ihr schon der zweite Lebensgefährte aufgrund seines übersteigerten Geschlechtstriebs abhanden gekommen.

Klar – es war schade um Waldi. Ich sah ihn vor mir, wie er leibte und lebte. Seine braunen Kulleraugen. Seine feuchte Nase. Seine Pfoten mit den schwarzen Krallen, die kratzende Geräusche machten, wenn er lief.

Schrapp-schrapp-schrapp.
Heulend sank ich auf mein unbenutztes Single-Bett.
Erst nach einer Viertelstunde wurde mir bewußt, daß ich nicht um Waldi weinte. Oder jedenfalls nicht nur. Ich weinte, weil ich meinen Vater aus den Augen verloren hatte und weil Mutti in ihrer eigenen Welt lebte und sich für mich weniger interessierte als für ihren Dackel. Ich weinte, weil ich Tom vermißte, auch wenn er noch so doofe Karten schrieb.
Aber dann rappelte ich mich hoch.
Wäre in der Nähe ein Feld gewesen, ich wäre hingekrochen und hätte mich auf die Knie geworfen und Rüben aus der Erde gebuddelt und sie runtergeschlungen und sie von mir aus auch ausgekotzt und die Hand zur Faust geballt gen Himmel gehoben und geschworen, daß es mir nie wieder dreckig gehen solle.
In Ermangelung eines Rübenfeldes stürzte ich mich auf den Kühlschrank. Bis auf eine verschrumpelte Karotte war er leer.
Wenn das kein Zeichen war!
Ich packte die Karotte und verschlang sie mit Stumpf und Stiel.
Dann schwor ich.

Schwanzparade

Versuch II bestätigte das Ergebnis von Versuch I auf der ganzen Linie: Was ihren Geschmackssinn angeht, sind Männer abgestumpft – oder ihre Geschmacksknospen sind nicht so leistungsfähig wie die von Frauen.
Weder Hannes noch Heri merkten, daß ich das hochwertige Vollkorn-Schoko-Müsli, das sie morgens zu frühstücken pflegten, gegen die Vollkorngetreideflocken aus Eddis Tiershop ausgetauscht und diese mit Rosinen und Schoko-Raspeln verfeinert hatte.
Ich war extra aufgestanden, um dem Test beizuwohnen; in diesem speziellen Fall trug meine Neugier – mein Wissensdurst, mein Forscherdrang? – den Sieg über meine Trägheit davon. Während ich im *Tageblatt* blätterte, Kaffee schlürfte und gebutterten Toast kaute, füllten die Jungs die Hundeflocken aus der Müslipackung in Glasschalen, gossen Milch drüber und löffelten fröhlich drauflos.
Vor Staunen fiel mir fast das Essen aus dem Gesicht.
Kaum war die Tür hinter den beiden ins Schloß gefallen, machte ich mich mit Feuereifer an Kapitel sechs des Ratgebers, dem ich den witzigen Titel *Männer sinnlos?* verpaßte. Meine Finger flogen so leicht über die Tastatur, als wären's nicht meine, sondern die von Chopin beim Komponieren einer Etüde.
Getreu dem Motto *Nach getaner Arbeit ist gut ruhn* begab ich mich auf den Balkon, nachdem ich mein Tagespensum erledigt hatte. Quasi über Nacht war der Frühling hereingebrochen – wurde aber auch Zeit, schließlich war es schon Ende Mai. Im Garten grünte und blühte es; sturzflugmäßig schossen Schwalben durch die Luft, Spatzen tschilpten und trugen Hälmchen oder Ästchen oder Gräschen im Schnabel. Nestbausaison.

Wehmut schlich sich in mein Herz.
Wenn das Wörtchen wenn nicht wär, wär auch ich jetzt mit Nestbau beschäftigt. Denn ich hatte geplant, unsere Wohnung vor der Hochzeit ein bißchen umzuräumen, eventuell schon mal Platz zu schaffen für ein Kinderzimmer …
Humbug, Alex!
Kalter Kaffee.
Das Wetter war zu schön, um Trübsal zu blasen.
Ich schob zwei leere Bierkästen beiseite und ließ mich mit einem wohligen Seufzer in den Liegestuhl plumpsen. Es war granatenheiß. Bereits nach zehn Minuten kam ich mir vor wie ein Hähnchen auf dem Grill. Kühn entledigte ich mich des labberigen Big-Shirts, mit dem ich meinen Oberbau kaschierte, und präsentierte meine blassen Duddeln der Sonne.
Heris Mama war erst dagewesen, mit dem Teufel müßte es zugehen, wenn die schon wieder antanzte. Die Jungs weilten an ihren Arbeitsstätten. Just in diesem Moment schnorrte Martin wahrscheinlich Kaffee in der Stationsküche (Oder verbrachte er seine Mittagspause horizontal?), köpfte Hannes »dat erste Pülleken« Bier des Tages mit seinem Kompagnon, balancierte Heri auf einem Schemelchen und sortierte Bücher ein, das hehre Haupt in Staubwolken gehüllt.
Irgendwann mußte ich eingeschlafen sein.
In meinem Traum verwandelte sich der Balkon in die Terrasse des Bungalows im Camp von Fortuna, der Garten in einen tropischen Regenwald, das liebliche Vogelgezwitscher in schrilles Kreischen und Pfeifen buntgefiederter Papageien, das einem durch Mark und Bein ging.
Von einem besonders durchdringenden Papageienpfiff wurde ich wach. Erschrocken riß ich die Augen auf.
Der Papageienpfiff entpuppte sich als Männerpfiff.
Vor mir stand ein wahrer Gorilla von einem Mann. Das reinste Tarzan-Double – mit Muskelpaketen, für die Johnny Weissmüller gemordet hätte –, wären da nicht die verspiegelte Sonnenbrille und der Vollbart gewesen. Allzulang konnte es noch nicht her sein, daß der Typ die Evolutionsleiter hochgekrabbelt war. Er erweckte eher den Eindruck, als hätte ihn gerade eben je-

mand mit einer Banane aus dem Urwald gelockt. Interessiert starrte er auf meinen entblößten Oberkörper.
»Mannomann«, sagte er. Ein Uuuuaah! hätte ich eher erwartet.
»Eine von Martins Fi ..., äh, Mätressen kannst du nicht sein – mangels Masse, falls du abraffst, was ich meine.«
»Bitte?« keifte ich und grapschte nach meinem Big-Shirt.
Tarzan grinste frech. »Laß mich raten – bist du Hannes' neue Flamme? Super, daß der endlich mal auf andere Gedanken kommt.«
Wenn mal bloß du mir nicht auf andere Gedanken kommst, Bursche!
Noch traute er sich nicht auf den Balkon. Er lehnte am Türrahmen und klimperte mit einem Schlüsselbund. Einen Revolver, ein Nylonseil oder ein Messer konnte ich auf den ersten Blick nicht entdecken.
»Na los!« sagte er.
Na los? Was na los? Tarzan kam näher. War er gefährlich? Unberechenbar? Panik stieg in mir hoch wie überkochende Milch. Fieberhaft durchharkte ich mein Hirn nach einer passenden Reaktion. Wie verhält man sich, wenn man kurz davor ist, von einem Triebtäter aufgeschlitzt zu werden?
Sollte ich mich an einer Liane vom Balkon schwingen?
Spinn nicht rum! schalt ich mich. Muttis Verbrecherphobie hatte schon auf mich abgefärbt. Der Typ kannte Martin und Hannes. Der war kein Killer, höchstens ein Ladykiller, und selbst das wagte ich in Frage zu stellen.
»Wer bist du? Wie kommst du hier rein?« herrschte ich ihn an.
Er kraulte sich den Bart. »Wollte ich dich auch gerade fragen.«
»Na los!« sagte ich.
»Ich hab 'nen Schlüssel!« Triumphierend schwenkte er den Schlüsselbund. Es hätte nicht viel gefehlt, und er hätte sich auf die Brust getrommelt. »Und du?«
»Ich?« Was fragste so blöd? Ich Jane, du Tarzan, die Schande des Dschungels!
»Ja, du!« Er setzte die Sonnenbrille ab. Zum Vorschein kamen

blutunterlaufene blaue Augen und enorme Tränensäcke. Der Affe sollte mich lausen, wenn der nicht letzte Nacht verdammt tief ins Glas geschaut hatte.
»Ich bin Ru …«, sagte ich.
Dann hielt ich inne. Tja – wer war ich? Nicht Fisch, nicht Fleisch. Ich saß zwischen allen Stühlen. Konnte auch sein, ich hatte schon eine multiple Persönlichkeit entwickelt.
Ich dachte scharf nach. Als Rudi Rabauke konnte ich mich nicht outen. Tarzan hatte meine Titten gesehen. Bis zu einem gewissen Grad mochten Männer ja leicht zu täuschen sein, aber irgendwo war Schluß. Ich mußte mir was Plausibleres einfallen lassen. Gab's weibliche Vornamen, die mit »Ru« anfingen? Rudigunde? Rubine? Rudeltraud? Ruth – so hieß die olle Jansen!
»Ich bin Ruth – 'ne Freundin von …«, stammelte ich.
»Jetzt sag nicht von Heri!« Tarzan lachte. »Heri hat nie Weiber angeschleppt. Heri hängt an 'ner Nabelschnur aus rostfreiem Stahl, da läuft nix. Du bist die Trulla von dem Neuen, was? Von dem Bestseller-Fuzzi, stimmt's?«
»Stimmt genau.«
»Ich bin Udo. Ich hab hier gewohnt, bevor ich heiraten mu …, äh, bevor ich mich in den Hafen der Ehe eingeschifft hab. Ich wollte noch 'n paar Sachen abholen.«
Da kam er ganz hübsch ins Trudeln, der Udo – bei dem es sich um meinen Vormieter, um den rechtmäßigen Eigentümer des Pamela-Anderson-Posters handelte! Freiwillig war der nicht im Ehehafen vor Anker gegangen. Falls er sich in dem Glauben wiegte, er könnte sein Poster mitnehmen, hatte er sich geschnitten. An Pamela hatte ich mich gewöhnt, die würde ich nicht rausrücken. Nur über meine Leiche.
»Was für Sachen?« fragte ich.
»Ach, zwei Kartons. Stehen im Keller.«
»Den Schlüssel läßt du aber da, oder?« Den würde ich sofort einkassieren. Das ging denn doch zu weit, daß die halbe Stadt hier ungehindert ein- und ausging.
Vertrauen ist gut, Kontrolle ist besser!
Ich folgte Udo und lernte endlich den WG-Keller kennen, der

vollgestopft war bis unter die Decke: mit Autoreifen, Skiern, Stiefeln, einem ausrangierten Trimm-Fahrrad, einem Surfbrett, sperrmüllreifen Möbelstücken – und das war beileibe nicht alles. An der Decke hing nur eine trübe Funzel; ich blieb am Eingang stehen, weil ich mich vor Spinnen fürchtete. Die abgestandene Luft roch nach Moder und Verwesung. Gleich vorn faulten zwei Pappkartons vor sich hin, die Udo als die seinen identifizierte. Er schnappte sich den ersten und schleppte ihn fort. Währenddessen linste ich in den zweiten. Nichts als Motorradhefte.

»Tja!« sagte er, als er zurückkam. »Zehn komplette Jahrgänge. Im anderen Karton noch mal zehn. Flohmarktware, hat meine Frau beschlossen. Für so was ist bei uns kein Platz. Dabei haben wir ein ganzes Haus. Und Motorradfahren soll ich auch nicht mehr, lieber einkaufen – aber wem erzähl ich das?«

Respekt! Seine frisch Angetraute hatte ihn aber gut im Griff! Obwohl – der arme Kerl konnte einem leid tun. Irgendwie konnte ich sogar verstehen, daß es ihn hart traf, sein Motorrad gegen eine Einkaufskarre eintauschen zu müssen. Ein gewisses Quantum an Abenteuer steht schließlich jedem Mann zu, oder?

Huch? Was denk ich?

Hatte ich eine Gehirnwäsche hinter mir?

Offensichtlich. Das würde auch mein weiteres Verhalten erklären.

»Mensch, Udo, Alter!« sagte ich nämlich und haute ihm ins Kreuz. »Hört sich echt Scheiße an, ehrlich!«

Udo stutzte. Mit Verständnis von seiten einer Frau hatte er nicht gerechnet. »Bist 'n klasse Weib!« sagte er.

Das ging runter wie Öl. Der Junge war ein Blitzmerker, ich hatte es geahnt. Warum schnallten nicht alle Männer, mit denen ich zu tun hatte, so schnell, daß ich ein klasse Weib war?

Warum hatte Tom das nicht geschnallt, der Penner?

Udos Raucherhusten riß mich aus meinen Gedanken. Er hielt mir seine Rechte hin, ich schlug ein. An seinem Ringfinger prangte ein funkelnagelneuer Ehering aus Gelbgold, ein mordsmäßiges Fangeisen.

»Mach's gut!« sagte er. »Manno, der Bestseller-Fuzzi hat vielleicht ein Schwein!«
»Danke!« sagte ich. »Mach's besser!«
Feierlich überreichte er mir seinen Schlüssel. Ich knipste das Licht im Keller aus, stieg hinter ihm her die ausgetretenen Steinstufen hoch und sah zu, wie er die Kartons im Kofferraum seines auf Zuwachs gekauften Familienkombis verstaute. Als er hupte und davonfuhr, machte ich das Victory-Zeichen und winkte ihm nach.
Zum ersten Mal in meinem Leben dämmerte mir, daß auch Männer ihr Päckchen zu tragen haben.

Anderntags gemahnte mich ein sattsam bekannter biologischer Vorgang an mein wahres Geschlecht: Ich kriegte meine Tage. Die Indianer waren im Dorf – wie Tom immer gesagt hatte. Da ich diese Eventualität im Rahmen meiner Vorbereitungen auf das Leben in einer Männer-WG nicht einkalkuliert und in meiner Eigenschaft als Mann total verdrängt hatte, traf mich der Indianerangriff so unvermittelt wie ein Hexenschuß – unter meinen Habseligkeiten befand sich kein einziger Tampon.
Notgedrungen war ich gezwungen, mich mit Monatshygieneartikeln einzudecken. Ich machte aus der Not eine Tugend. Statt in die Apotheke umme Ecke zu gehen, fuhr ich zum nahe gelegenen Supermarkt, da ich ohnehin mit WG-Shopping dran war.

Nicht minder rasant und elegant wie mein Favorit Jacques Villeneuve chauffierte ich die Einkaufskarre durch das Labyrinth der Regalreihen, wobei ich Kurven schnitt, Beinahe-Auffahrunfälle mit den Karren anderer Kunden provozierte und diese von meiner imaginären Rennbahn ins imaginäre Kiesbett abdrängte.
Heissa! Die Karre war die reinste Rennsemmel!
Wieviel Spaß man beim Einkaufen haben konnte, wenn man Formel 1 spielte!
Vielleicht war wirklich ein Mann an mir verlorengegangen.
Meine Eltern hatten sich sowieso einen Sohn als Erstgeborenes

gewünscht, wie meine Mutter während meiner Kindheit nicht leid geworden war, mir vorzuhalten. Eigentlich hätte ich sowieso ein Alexander werden sollen.
Ich beschloß, das als Freibrief für mein rüpelhaftes Verhalten zu nehmen, und fegte weiter über meine imaginäre Rennpiste, von Regal zu Regal.
Gewisse Grundnahrungsmittel dürfen in keiner anständigen Männer-WG fehlen. Eier, Eier, Eier. Der unvermeidliche Dosenfraß – am beliebtesten sind die Eintöpfe, welche die heftigsten Blähungen verursachen, also Linsen-, Erbsen- und Bohneneintöpfe, denn Männer furzen gern und haben ihren Spaß daran. Salami, armlang und armdick, Fleischwurst. Käse, vorzugsweise mittelalten Gouda oder Camembert nicht unter sechzig Prozent Fettgehalt. Tiefkühlpizzen, Spaghetti, Tomatensauce im Glas. Brot, Butter, Milch, Margarine. Und natürlich Knoblauch.
Ich stapelte die Waren in der Karre und düste zum Kaffeeregal, wo ich mich für koffeinfreien Kaffee entschied. Neulich noch hätte ich mich nicht getraut, den Jungs damit zu kommen – aber nach dem Ergebnis unserer Versuchsreihe hätte ich jeden Eid geschworen, daß sie keinen Unterschied merken würden. Zuletzt deponierte ich einen Kasten Veltins auf dem unteren Rost der Karre.
Fehlten noch die Monatshygieneartikel. Und Klopapier, genau! Das war auch schon wieder alle.
Vor dem Shampoo-Duschgel-Klopapier-Waschpulver-und-soweiter-Regal parkte ich im absoluten Halteverbot und warf ein Päckchen *Verdita*-Tampons – mini – und eine Packung Slipeinlagen in die Karre sowie sechs Rollen dreilagiges Klopapier. Neben den Männerdeos lagerten unzählige Schächtelchen mit Kondomen, die meine Aufmerksamkeit erregten. Kurz entschlossen griff ich zu. Sollte Martin noch mal in Verlegenheit kommen, konnte ihm geholfen werden.
Mit einem Brumm-brumm! auf den Lippen lenkte ich die Karre in die Zielgerade.
Von acht Kassen waren bloß zwei besetzt.
Alles andere hätte mich auch gewundert.

Immer dieselbe Leier, dachte ich. Immer sind von acht Kassen nur zwei besetzt oder von vier Kassen nur eine. Das gehört ebenso zu den Gesetzmäßigkeiten des modernen Supermarkts wie die sattsam bekannte Tatsache, daß ausgerechnet dann, wenn man nach ewigem, thromboseinduzierendem Anstehen endlich die Kasse erreicht hat, deren Papierrolle leer ist und die Kassiererin nie vermag, sie gegen eine volle Rolle auszutauschen. Stets muß zu diesem Zweck eine erfahrene Kollegin herbeizitiert werden, die sich ewig und drei Tage in Szene setzt, um die genervte Kundschaft von ihrer immensen Wichtigkeit zu überzeugen.

Gottergeben stellte ich mich ans Ende der Schlange von Kasse drei.

Vor mir standen zwei Schlampen – doch, wirklich, Schlampen, das muß man in dieser Härte so stehenlassen – in doppelt und dreifach geflickten Jeans. Das Haar der einen Schlampe war popelgrün gefärbt; bis auf eine einzelne fettige Strähne, die an ihrem madenweißen Nacken klebte wie ein verirrter Regenwurm, war es so kurz geschoren wie ein englischer Rasen. In ihrem linken Nasenflügel steckte ein Brilli, der aussah wie ein reifer Eiterpickel. Die andere Schlampe hatte schlammschwarzes Haar und trug Ohrgehänge spazieren, die in mir die Assoziation an Christbaumkugeln weckten. Wenn sie so weitermachte, würden ihre Ohrläppchen in ein paar Jahren runterhängen wie die meiner verstorbenen Oma. Die hatte sich auch ihr Leben lang mit kiloschweren Ohrgehängen geschmückt – mit dem Erfolg, daß ihre Ohrläppchen im Alter Ohrlappen waren, die bis auf die Schultern hingen.

Die Schlampen diskutierten die Dominanz von Emma in ihrer WG. In ihrer Frauen-WG! Wißbegierig spähte ich in ihr Wägelchen: verschrumpelte Bio-Äpfel und Bio-Karotten, ein paar Liter Dickmilch, ein paar Becher Quark, Schnittlauch, Müsli. Schien sich um eine stark ökologisch angehauchte Frauen-WG zu handeln ...

Dann erspähte ich die Damenbinden!

Fünf Mega-Sparpackungen Damenbinden!

Ich hatte mal gelesen, daß in reinen Frauenhaushalten – und in

Nonnenklöstern! – ein seltsames Phänomen zutage tritt: Die Weiber kriegen alle gleichzeitig ihre Tage, menstruieren quasi synchron, meist sogar bei Vollmond. Fasziniert starrte ich auf die vielen Damenbinden. Ich stellte mir vor, wie sämtliche Schlampen der Frauen-WG – allen voran die dominante Emma! – in derselben silberhellen Vollmondnacht ihre Tage kriegten, wie ferngesteuert ins Bad tappten und sich dort synchron und mit schlafwandlerischer Sicherheit Binden in ihre kochfesten, emanzenlila Baumwollschlüpfer stopften.

Wie unappetitlich!

Das konnte mir in meiner Männer-WG nicht passieren.

Nach etwa einer halben Stunde war es mir gelungen, zur Kasse vorzudringen. Und? Richtig! Der Kandidat hat hundert Punkte! Die Papierrolle war alle. Hektisch klingelte die Kassiererin nach der erfahrenen Kollegin, die bereits nach einer weiteren halben Stunde nahte und sich gebärdete, als handele es sich beim Papierrollenwechsel um eine mit Gehirnchirurgie vergleichbare Tätigkeit. Ich war stark versucht, Beifall zu klatschen, als sie die Operation beendet hatte, unterließ es aber.

Nicht, daß ich mich zur Strafe wieder ganz hinten anstellen mußte!

Gehen Sie nicht über LOS!

Zurück zur Badstraße!

Bloß nicht! Das feuchte Feeling zwischen meinen Beinen ließ keine weitere Sekunde Verzögerung zu. Nie war ein Tampon so wertvoll gewesen wie heute.

Die Kassiererin und die erfahrene Kollegin warfen mir eh schon reichlich pikierte Blicke zu: Ein Mann, der Pariser *und* Tampons kauft! Ein Perverser! Pfui Deibel!

Hoppla – ein Mann?

Genau. Ein Mann.

Ohne nachzudenken, war ich als Mann zum Supermarkt gefahren.

Abends, als Hannes, Heri und ich in schönster Eintracht vor der Glotze saßen – vor uns stapelte sich das abgegessene Geschirr, es hatte Salami-Pizza mit Knoblauch drauf gegeben –, schrillte

das Telefon. Bevor wir auch nur ansatzweise reagieren konnten, platzte Martin, der sich nach dem Essen mit einer Flasche Chablis in sein Zimmer zurückgezogen hatte, in die Küche.
»Nicht rangehen!« rief er.
»Wieso nicht?« riefen wir im Chor.
Er schüttelte den Kopf und legte den Zeigefinger an die Lippen.
»Pst!«
Das Telefon schrillte und schrillte. Wir wagten kaum zu atmen. Hannes unterdrückte sogar sein übliches Rülpsen. Dann schwieg das Telefon. Und schrillte erneut. Und schwieg. Und schrillte ...
Martin war leichenblaß. Schweißperlen glitzerten auf seiner Stirn. Er rannte in den Flur und steckte den Apparat aus.
»Mensch, Alter«, sagte Hannes. »Haste wat angestellt?«
»Halt's Maul!« fuhr Martin ihn an. »Red keinen Stuß!«
Reglos verharrte er an der Spüle. Nur seine Nase bebte. Er verhielt sich wie ein Rammler auf der Flucht vorm Fuchs. Still und stumm blieben wir hocken und zuckten mit keinem Muskel – ein Wurf Hasen im Nest.
»Also echt!« sagte ich. »Was zum Kuckuck ...«
»Pst!« Es schellte. Jemand preßte seinen Finger unten auf den Klingelknopf. Martin hechtete durch die Küche, schlug einen Haken und schaltete den Fernseher aus. Dann löschte er das Licht. Wir stellten unsere Lauscher auf. Durch die offene Balkontür drang das Zirpen von Grillen. Die Minuten vergingen, Minuten, die sich dehnten wie Pizzakäse.
Auf einmal hörten wir es.
Das Klackklackklack! auf den Platten des Gartenwegs.
»Sie ist draußen!« keuchte Martin.
»Wer: sie?« keuchten Hannes und Heri.
»Die Füchsin!« keuchte ich erleuchtet.
Martin gab keine Antwort. Steinchen prasselten nebenan gegen seine Fensterscheibe. Es hörte sich an, als ob es hagelte. Dann wurde das Prasseln abgelöst von einem hysterischen Kreischen.
»Ich weiß genau, daß du da bist, du Wichser!«
Hannes kicherte und stieß mich in den linken Eierstock. Heri

preßte sich ein Tempo vor den Mund. Martin lehnte wortlos am Kühlschrank.

Die Frau im Garten ließ nicht locker. »Martin – du verfluchtes Schwein! Mach auf!«

Mannomann! Was für ein Psychoterror! Was für ein Vokabular! Damit und mit ihren Manieren hätte die Trulla prima in unsere WG gepaßt. Martin rührte sich nicht vom Fleck. Um ehrlich zu sein: Ich an seiner Stelle hätte mich auch nicht vom Fleck gerührt. Die Trulla hatte einen an der Klatsche, die war zu allem fähig in ihrem Zustand.

»Ich krieg dich schon noch zu fassen!« schrie sie. »Wart's ab!«

Mit einem Klatschen landete ein Gegenstand auf dem Balkon. Hoffentlich war's keine Handgranate!

Das Gezeter zog sich hin, bis in der Nachbarschaft die ersten Fenster aufgerissen wurden und eine Männerstimme »Ruhe!« brüllte und mit der Polizei drohte. Dann war Schluß.

Es herrschte eine geradezu unheimliche Stille.

Hannes knipste das Licht an. Martin, der immer noch am Kühlschrank lehnte, blinzelte. Heroisch marschierte ich auf den Balkon, wo ich eine weiße Sandalette mit Plateauabsatz sicherstellte, die ich vor Martins Augen neckisch hin und her schwenkte.

»Na?« fragte ich. »Kommt dir die irgendwie bekannt vor?«

Er zuckte mit den Schultern. Keine Antwort ist auch 'ne Antwort. Heri erwachte zum Leben und gähnte. Hannes holte eine Lage Bier vom Balkon und klickte die Flaschen mit seinem Feuerzeug auf.

»Nu ma raus mit der Sprache!« sagte er zu Martin. »Wat war dat für 'n Zores?«

Mit einem spöttischen »Pah!« lümmelte sich Martin aufs Plüschsofa.

»Los, spuck's aus!« sagte Hannes.

»Was kann ich denn dafür, wenn mir die Weiber nachlaufen?« fragte Martin.

»Ha! Nachlaufen!« rief ich. »Kam mir eher wie 'ne Verfolgungsjagd vor!«

Der Kerl sollte sich bloß keine Schwachheiten einbilden. Eben noch hatte er sich vor Angst fast in seinen Tanga-Slip geschissen – Hasenköttel wahrscheinlich –, und jetzt riskierte er eine dicke Lippe. So nicht, Freundchen! Wenn Frauen zu solch drastischen Maßnahmen greifen, ist irgendwas im Busch. Irgendwas von immenser Tragweite. Ich kannte mich da aus! Ich hatte meinen hysterischen Anfall mit Fast-Ermordung meines Sexualpartners hinter mir – jawoll.

»Keine Zicken, Alter!« sagte ich knallhart. »Hast du ihr die Ehe versprochen? Und 'nen Rückzieher gemacht?«

»Geschwätz, dämliches. Ehe versprochen! Das wär's noch!« Martin spielte mit seinem Zigarettenetui.

Hannes kratzte sich am Hals. »Hey – ich hab's! Du hast ihr 'n Brötchen in den Ofen geschoben, stimmt's oder hab ich recht?«

Ein Brötchen in den Ofen geschoben? Martin hatte die Trulla geschwängert? Ach, du Feuer!

»Die ist schwanger?« sagte ich entsetzt. »Heilandsack!«

»Heilandsack!« echote Heri, der endlich die Sprache wiedergefunden hatte.

»Schwanger! Schwanger!« rief Martin erbost. »Na und? Ist sie halt schwanger, die kleine Ische! Selbst schuld, wenn sie zu doof zum Verhüten ist!«

Das kam aus berufenem Munde. Der saß im Glashaus und warf mit Hinkelsteinen, der Idiot! Das fragte sich noch, wer hier zu doof zum Verhüten war. Und so was war Arzt. Wurde auf Patienten und – übler noch – auf Patientinnen losgelassen! Besser vielleicht, die Ärztekammer nahm ihm die Zulassung weg. Ob ich mal einen anonymen Brief an die schreiben sollte?

»Schon die zweite!« feixte Hannes. »Wenn du dir dat leisten kannst, alimentemäßig, mein ich …«

»Muß doch nicht von mir sein!« trumpfte Martin auf. Er hatte wieder Oberwasser. Wie er mitten auf dem Sofa thronte! Wie Mister Cool persönlich! »Wissen die Götter, wo sich die jungen Dinger rumtreiben!«

Die jungen Dinger?

»Wie jung?« fragte ich.

»Achtzehn.«
»Achtzehn!« brüllte Hannes. »Aber 'ne Achtzehnjährige war nie hier, als Blondine der Woche. Wo …«
»Wo isses passiert?« vollendete ich seine Frage.
»Wo soll's schon passiert sein?« stöhnte Martin. »Im Auto halt.«
O Gott. Abgründe taten sich auf! Nicht nur, daß er nichts anbrennen ließ, jetzt vergriff er sich sogar an Teenagern! Ein Mann von fast vierzig! Überhaupt – die Möglichkeit, daß er eine zweite Abschußbasis für seine Rakete in petto haben könnte, hatte ich noch gar nicht in Betracht gezogen.
Zu vorgerückter Stunde erfuhren wir die ganze Geschichte in all ihren unerquicklichen Details.
Anfangs wollte Martin nicht auspacken, aber Hannes füllte ihn ab nach allen Regeln der Kunst, was ihn gesprächig machte. Wir erfuhren, daß unser Halbgott in Weiß nicht nur mit seinen Aufrissen aus den Bars und Kneipen, in denen er verkehrte, mehr oder weniger leidenschaftliche Verhältnisse unterhielt sowie mit einigen ihm treu ergebenen – hörigen? – Krankenschwestern, sondern auch das Töchterchen des Chefarztes flachgelegt hatte. Das jetzt steif und fest behauptete, schwanger zu sein. Im Cave Club, einer Techno-Disco in der City, hatte er die Kleine aufgetan. Daß sie die Tochter seines Chefs war, war ihm erst hinterher aufgegangen.
Gegen halb zwei transportierten wir Martin, der nur noch zu lallen imstande war, mit vereinten Kräften auf sein Wasserbett. Heri haute sich gleich aufs Ohr; die Sache hatte ihn schwer mitgenommen. Konnte sein, er hatte jetzt ein Trauma fürs Leben. Ein Was-bösen-Buben-alles-zustoßen-kann-Trauma gehobenen Ausmaßes. So schreckliche Storys kriegte er bei seiner Mama sicher nicht zu hören. So schreckliche Storys gab's sonst nur im Film – man denke nur an *Drei Männer und ein Baby.* Hannes und ich rauchten eine letzte Zigarette und überboten uns gegenseitig an Spekulationen, was das Chefarzttöchterchen wohl noch für Überraschungen auf Lager haben mochte.

Mit stolzgeschwellter Brust führte uns Martin am nächsten Abend seine Neuerwerbung vor: einen Anrufbeantworter. Er installierte das Gerät und schickte Heri zur nächsten Telefonzelle, um einen Probeanruf zu tätigen. Offensichtlich war er wild entschlossen, die Chefarzttochter auflaufen zu lassen.
Ich war stocksauer auf das Chauvi-Schwein.
Da ich von Natur aus mißtrauisch veranlagt bin, beschloß ich – im Namen aller Frauen! –, hier auf Erden schon mal ein bißchen Rache zu üben und nicht darauf zu bauen, daß Martin dereinst in der Hölle schmoren würde. Der Test des männlichen Geruchssinns stand noch aus, und diesmal würde er dran glauben, er ganz allein.

Aber vorerst – abgesehen vom Anrufbeantworter, auf dem die Chefarzttochter pro Tag etwa hundert Nachrichten hinterließ – lief gar nichts.
Unsere WG kränkelte.
Heri hatte sich – streßbedingt? – einen Magen-Darm-Virus eingefangen und jammerte, als würde er jeden Moment den Löffel abgeben. Mit letzter Kraft schaffte er es, zum Telefon zu kriechen und Mama von seinem unmittelbar bevorstehenden Ableben zu unterrichten. Daraufhin sank er kraftlos in sein Opabett, faltete die Hände und lag da wie aufgebahrt. Mama fackelte nicht lange und stürmte die Wohnung mit einem schier unerschöpflichen Vorrat an Medikamenten. Ohne Umschweife quartierte sie sich bei uns ein, kochte Heri zu jeder Tages- und Nachtzeit Kamillentee und maß minütlich seine Körpertemperatur, die allen Messungen zum Trotz nicht über siebenunddreißig Grad Celsius steigen wollte.
Martin wurde von einer Migräneattacke niedergestreckt und meldete sich für den Rest der Woche krank. Er verdunkelte sein Zimmer und wälzte sich so ruhelos auf seinem Wasserbett wie ein Untoter in seiner Gruft. Heris Mama kühlte seine heiße Stirn mit Eisbeuteln und verabreichte eine Ladung Tabletten, die er mit Chablis runterspülte. Ich nahm an, daß er eher unter Feigheit als unter Migräne litt und sich schlichtweg nicht in die Klinik traute. Denn was, wenn sein Chef inzwischen Lunte ge-

rochen hatte und über die folgenreichen Eskapaden seiner frühreifen Tochter informiert war?

Auch Hannes war angeschlagen. Er klagte über Rückenschmerzen und murmelte was von »Zug gekriegt«. Bucklig wie Quasimodo humpelte er durch die Wohnung und war nicht mehr Manns genug, sein Hochbett zu erklimmen. Deshalb pennte er im Zelt. Heris Mama rieb ihm den Rücken mit Mobilat ein, sooft sie seiner habhaft wurde.

Unter normalen Umständen neige ich ja nicht zum Hypochondertum – bin ich ein Mann oder was? –, aber jetzt nutzte ich die Gunst der Stunde. Einmal im Leben wollte auch ich nach Strich und Faden betütelt werden. Wenn ich krank gewesen war, hatte Tom mich stets behandelt wie eine Aussätzige, von Hege und Pflege keine Spur. Wohingegen ich mir Tage und Nächte damit um die Ohren geschlagen hatte, ihm Wadenwickel zu machen und Wärmflaschen, in die Apotheke zu flitzen und Pillen zu besorgen, Fieber zu messen und Tee zu kochen undundund, wenn der Herr und Gebieter wieder einmal an einem eingebildeten Leiden litt. Verflixt und zugenäht! Die Männer haben wahrhaftig nicht »Hier!« gerufen, als der liebe Gott die Mutter-Teresa-Gene verteilt hat. Im Gegenteil – die haben sich schön bedeckt gehalten.

Meine Periode bescherte mir heftige Unterleibskrämpfe, und so hatte ich noch nicht mal ein schlechtes Gewissen, als ich Heris Mama um eine Wärmflasche bat. Prompt kam sie meiner Bitte nach und spurtete an mein Feldbett.

»Wo tut's denn weh?« fragte sie energisch.

Da ich schlecht »Gebärmutter!« sagen konnte, deutete ich auf meinen Nabel. Mama packte die siedendheiße Wärmflasche auf meinen Bauch und strich meine Decke glatt.

»Hundertmal kann man's euch Jungen predigen!« sagte sie. »Die einseitige Ernährung und das kalte Bier, das taugt einfach nichts. Was Wunder, wenn der Magen revoltiert!«

Schicksalsergeben nickte ich.

»Nachher wird Fieber gemessen!« prophezeite mir Mama und eilte geschäftig von dannen.

Die Nummer mit dem Fiebermessen konnte ich zum Glück ver-

hindern, indem ich ihr glaubhaft versicherte, schon bald wieder auf dem Damm zu sein. Nicht, daß sie auf die abstruse Idee kam, rektal zu messen! Die Frau war zu allem fähig – und schlimmer noch, zu allem bereit, krankenpflegemäßig gesehen. Unermüdlich huschte sie von einem Bett zum anderen. Morgens servierte sie Zwieback und Tee, mittags Tee und Zwieback, abends Haferschleim. Nachts bettete sie ihren müden Körper auf das provisorische Lager, das sie sich auf dem Küchensofa hergerichtet hatte. Hätten wir Klingeln neben unseren Betten gehabt und SOS gebimmelt, sie wäre ohne Zaudern aus dem Tiefschlaf hochgeschossen und hätte ihres Amtes gewaltet.
Unsere WG war das reinste Sanatorium. Man hänge ein Schild an die Wohnungstür, ein Schild mit der Aufschrift: ZAUBERBERG.
War's wirklich erst drei Tage her, daß ich mich dazu beglückwünscht hatte, nicht im Kollektiv mit einem Haufen anderer Frauen menstruieren zu müssen?
Zu früh gefreut, Alex, alter Knabe! Alter Knabe? Altes Mädchen! Wie auch immer.
Jetzt hatte ich dasselbe in Grün.
Es war Vollmond.
Ich hatte die typischen Menstruationsbeschwerden, die Symptome der Jungs waren denen der weiblichen Periode nicht unähnlich: Migräne, Kreuzschmerzen, Aua-Bauch. Fast war's, als würden wir alle gemeinsam menstruieren. Tja – wenn Männer ihre Tage haben …

Aber auch die längste Periode währt nicht ewig. Dank Mamas aufopfernder Pflege waren die Jungs am Samstag wieder fit wie Turnschuhe. Hannes konnte wieder aufrecht gehen, Heri nahm wieder feste Nahrung zu sich, Martin wagte sich vorsichtig ans Tageslicht.
Nach dem gemeinsamen Frühstück hatte Hannes die glorreiche Idee, zur Feier des Tages dem Bundesligaspiel des VfL gegen Schalke beizuwohnen. Auf Anhieb war Martin Feuer und Flamme, sogar Heri zeigte sich in Maßen begeistert.
Da ich mich nicht danach sehnte, mir in einem überfüllten Fuß-

ballstadion die Beine in den Bauch zu stehen, meine sensiblen Ohren dem Gebrüll der Fans auszusetzen und herumgeschubst zu werden, gab ich vor, noch nicht ganz auf dem Damm zu sein. Nachdem sie ihrem Bedauern darüber in Gestalt einiger gezielter Hiebe in mein Kreuz Ausdruck verliehen hatten, zogen die Jungs allein los.

Endlich Ruhe in der Bude!

Diesen Zustand gedachte ich weidlich auszunutzen.

Neben der Küche ist die Naßzelle der natürliche Lebensraum der Frau – und den würde mir heute keiner streitig machen! Ich ließ mir ein Wannenbad ein, das erste Wannenbad seit Wochen. Ich stellte unser WG-Kofferradio auf den Klodeckel und stieg ins warme, seidenweiche Wasser, auf dem Schaumberge trieben wie Eisberge am Nordkap.

Was für eine Wohltat! Entspannung pur!

Die Sonne schien durchs Fenster, WDR zwo spielte tolle Songs. Es roch nach Meer. Wenn ich meine Phantasie anstrengte, konnte ich das Tosen der See hören, das Tuten der Kreuzfahrtdampfer. Mit der flachen Hand fischte ich nach Schaumflocken, die ich kreuz und quer durch die Luft blies. Der quietschgelben Gummiente mit dem blassen, ehemals wohl roten Schnabel, die auf dem Wannenrand saß und mit der einer der Jungs als kleiner Steppke gespielt hatte – welcher, wußte ich nicht, ich tippte mal auf Hannes –, verpaßte ich ein Schaumkrönchen.

Im Radio kam die Durchsage, daß das Stadion ausverkauft war. Da traten sich doch die Zuschauer gegenseitig auf die Füße! Nee – um alles in der Welt hätte ich nicht mit den Jungs tauschen wollen.

Das Radio dudelte *Sailing* von Rod Stewart. Klasse – das paßte ja wie Arsch auf Eimer! Ich trat Wasser im Takt und produzierte neuen Schaum. Ich war der reinste Schaumschläger. Und ich sang aus Leibeskräften: »I am sailing, I am sailing ... stormy waters ... tralala ...«

Vor Schreck wäre ich fast abgesoffen, als Hannes mit einem solchen Schwung ins Bad stolperte, daß er fast kopfüber in die Wanne stürzte. Was für ein Glück, daß der Schaum gnädig meine weiblichen Formen verbarg.

»Hey, Alter!« rief er. »Hier steckste also!«
Scheiße, nein! Ich hatte nicht abgeschlossen. Das war mir noch nie passiert, wenn ich geduscht oder sonstige Geschäfte verrichtet hatte.
»Wie, äh, was – wo?« stotterte ich und tauchte noch ein paar Zentimeter unter. Nun stand mir das Wasser buchstäblich bis zum Hals.
Hannes bezog Stellung vor dem Spiegel und quetschte Mitesser auf Stirn und Nase aus. »Dat Stadion war ausverkauft. So 'ne Kacke, wat?«
Er drehte sich um und schnitt eine Grimasse.
»Echt Kacke!« sagte ich. Und meinte es auch so. Ganz große Kacke war das, daß die Jungs schon wieder hier rumsprangen. Ich konnte nur hoffen, daß sich Hannes aus dem Bad scherte, bevor sich Schwimmhäute zwischen meinen Zehen bildeten und ich anfing zu quaken.
Leider sah's jedoch ganz danach aus, als richte er sich auf ein längeres Verweilen ein. Mit schmerzverzerrtem Gesicht desinfizierte er die rotblauen Quetschwunden, die er sich zugefügt hatte, indem er ein Ohrstäbchen mit Martins *Schwul Water* tränkte und sie damit betupfte. Dann schnappte er sich das Radio – mein Herz setzte einen Schlag aus, wollte er es in mein Wasser werfen? –, stellte es auf den Boden und klappte mit den Worten »Stört dich doch nich, oder, Alter?« den Klodeckel hoch. In aller Seelenruhe knöpfte er sich den Hosenlatz auf und strullte.
Und präsentierte mir ganz ungeniert seinen Nacktmull!
Ich wußte gar nicht, wohin ich gucken sollte vor lauter Verlegenheit. Außerdem kriegte ich fast Zustände bei dem Gedanken, daß es womöglich nicht bei einem kleinen Geschäftchen bleiben würde …
Blieb's aber – Gott sei Dank!
Und es rauschte wie ein Wasserfall. Wie der Niagara.
Die Fensterscheiben beschlugen, die Luftfeuchtigkeit stieg. Im Bad herrschte jetzt ein nahezu tropisches Klima. Wenn nicht bald gelüftet wurde, würden hier Farne wachsen und Moose sprießen.

Hannes drückte die Klospülung und packte seinen Pullermann weg. »Wir haben auf 'm Rückweg 'n paar Bierchen getrunken, aus Frust. Mensch, hatte ich 'nen Druck!«
»Hm!«
»Wie lange bleibste noch in der Wanne?«
Bis du dich endlich verpißt hast, Mann! Im wahrsten Sinne des Wortes!
»Keine Ahnung«, murmelte ich und schluckte Wasser. Es schmeckte nicht nach Meer, sondern nach Chemie. »Kann dauern ...«
»Hoho! Haste 'nen Date mit Sharon Stone oder wat? Ich fang jetzt an mit Kochen. Gibt Spaghetti mit Tomatensauce. Wirst sehen, dat wird lecker!« Hannes verließ das Bad, ohne sich die Hände zu waschen.
So eine Pottsau! Kein einziges Spaghetti würde ich runterkriegen! Schon allein bei dem Gedanken wurde mir kotzübel. Zustände herrschten in diesem Haushalt! Ein wahres Wunder, daß wir noch nicht alle Hepatitis hatten oder Cholera – bei den Bazillen, die hier rumschwirrten.
Just wollte ich mich aphroditengleich aus dem Schaum erheben, als die Tür erneut aufgestoßen wurde. Das ging ja zu wie im Taubenschlag! Diesmal torkelte Martin herein. »Nur eben mal kurz ...«
Was mal kurz? Zweite Runde Pinkeln gefällig? Bitte sehr – tut euch bloß keinen Zwang an!
In einer öffentlichen Bedürfnisanstalt konnte es kaum betriebsamer zugehen. Ich kam mir vor wie im Männerpissoir der Bahnhofstoiletten.
Ich reckte den Kopf aus dem Wasser wie das Ungeheuer von Loch Ness, um nichts zu verpassen. Martin schwankte beträchtlich, so zielsicher wie Hannes war er nicht. Ohne daß er's merkte, plätscherte schätzungsweise ein Viertelliter daneben. Immerhin kriegte er es geregelt, den Reißverschluß seiner Jeans zuzuziehen, ohne sich seinen Familienschmuck zu ramponieren.
So, Junge, jetzt hau ab!
Aber weit gefehlt! Der eitle Fatzke fing doch tatsächlich an, sich die Nasenhaare zu schneiden! Mit meiner Nagelschere!

Das Wasser wurde kalt und kälter. Ich bibberte wie Wackelpeter. Entweder würde ich gleich an Unterkühlung sterben oder mir eine Lungenentzündung holen. Dann war Mamas nächster Einsatz an der Krankenfront fällig.
»Autsch!« schrie Martin.
Er hatte sich in die Nase geschnitten. Ein Tropfen Blut kullerte ins Waschbecken. Wütend schmiß er meine nasenhaarverkrustete Schere auf die Ablage und stürmte aus dem Bad – ebenfalls ohne Händewaschen. Allerdings war's mir bei ihm egal, denn er kochte nie.
Fehlte noch Heri.
Abwartend verharrte ich in der inzwischen eiskalten Brühe. Der Schaum fiel allmählich in sich zusammen. Wenn Heri nicht bald zum Pinkeln antanzte, lag ich hier wie auf dem Präsentierteller. Oder sollte ich riskieren, aus der Wanne ...?
Heris Eindringen enthob mich einer Entscheidung. Er stürmte ins Bad, stutzte und stammelte eine Entschuldigung.
»Schon recht«, sagte ich. »Ihr habt 'nen tierischen Druck auf der Blase.«
Er schob seine Altherrencordhose und seine – bremsspurübersäte, igittigittigitt! – Angoraunterhose auf Kniehöhe. Ich hätte fast Juchhu! geschrien. Gibt's was Lächerlicheres auf der Welt als Männer mit ihrer Unterhose auf halb acht? Umständlich nahm er Platz, wobei er darauf achtete, daß ein Zipfel seines karierten Hemdes seinen Einzigen verdeckte. Er würde doch wohl nicht? Kaum wagte ich, das Unaussprechliche auch nur zu denken!
Nee – er pinkelte bloß.
Heri war ein Sitzpinkler! So 'n Weichei! Wenn ich das den anderen Jungs erzählte! Heri riß ein Blatt Klopapier ab und wischte sich damit den Schniedel trocken.
»Hannes hat mal vom Balkon geschifft!« sagte er. »Als Martin sich im Bad eingesperrt hat, mit 'ner Frau!«
Noch vor einem Monat hätte ich ein solches Vorkommnis ins Reich der Mythen und Sagen verbannt, aber nach allem, was gewesen war, glaubte ich Heri aufs Wort. Bildlich sah ich die Szene vor mir: Hannes, wie er mit der rechten Hand in der To-

matensauce rührte, die auf dem Herd vor sich hin köchelte, und mit der linken seinen Pullermann hielt.
Heri, die alte Petze, zog sich die Hosen hoch, spülte und klappte – immerhin – den Klodeckel runter. Die Hände wusch auch er sich nicht. Wenn das seine Mama wüßte! Einschneidende erzieherische Maßnahmen einleiten würde sie! Rohrstock und TV-Verbot! Und jeden Sonntag *Vom Winde verweht*!
Die Temperatur des Badewassers bewegte sich um den Gefrierpunkt, als ich die Wanne endlich verlassen konnte. Ich war total durchgefroren, meine Finger waren so klamm und kalt wie die einer Wasserleiche. Ich hatte meine liebe Last, meinen – hoffentlich letzten! – Tampon einzustöpseln. Rasch wickelte ich mich in Toms Bademantel und flüchtete in die schützenden Gefilde meines Zimmers. Meines einzigen Refugiums inmitten dieser Testosteron-Diktatur, inmitten dieser Phallokratie.

Am Sonntag stand ich in aller Herrgottsfrühe auf, trank Kaffee, um meinen Kreislauf auf Touren zu bringen, und machte die Flatter.
Zunächst fuhr ich nach Hause. Unter Nachbar Schnüffels mißtrauischen Blicken fischte ich die obligatorische Ansichtskarte aus Costa Rica aus dem vor Reklame und Postwurfsendungen überquellenden Briefkasten.
Im Wohnzimmer setzte ich mich paschamäßig mitten aufs Sofa, legte die Beine samt Schuhen auf den Couchtisch und widmete mich Toms Ergüssen.
»Hi, Alex!« schrieb er. »Mir geht das Leben im Camp langsam auf den Sack.« (Mir auch!) »Im Bad hat man keine Minute Ruhe, immer high life.« (Willkommen im Club!) »Ständig kommt eins der drei Girls rein und stylt sich. Den Fraß hab ich auch dicke. Das Fleisch riecht und schmeckt wie Hundefutter.« (Red keinen Quatsch, Alter! Woher willst du denn wissen, wie Hundefutter schmeckt? Frag mal Hannes, der weiß es!) »Was treibst du so?« (Was treib ich so? Ich gucke mir fremde Männerschwänze an!) »Ich wette, ohne mich stirbst du vor Langeweile, Baby!« (Von wegen! Chronischer Fall von Selbstüberschätzung!) »So long, Tom.«

Ich stopfte die Karte ins Altpapier.
So long, Tom!
Warum auf einmal so anglophil?
Wahrscheinlich hatte er nicht nur den Fraß, sondern auch das Spanisch dicke. Na, wenn schon – sein Problem.
Gutgelaunt – die Zeiten, wo mich Toms Karten in Depressionen stürzten, waren wohl vorbei – rief ich Mascha an und lud mich zum Brunch ein, denn ich hatte einen Mords-Kohldampf. Die Spaghetti hatte ich wohlweislich verschmäht, und die Tasse Kaffee auf nüchternen Magen machte den Bock nicht fett. Ich mußte auftanken.

Die lieblichen Stimmchen der Backstreet Boys schollen mir entgegen, als ich die Gärtnersche Wohnung betrat. Feli kam durch den Flur getänzelt, trällerte »As long as you lo-love me-heee!«, umschlang meine Taille und versuchte, mich zum Tanzen zu animieren.
»Hey – hier geht ja der Punk ab!« rief ich.
Die Kleine trug ein Glitzer-Top, das knapp überm Nabel aufhörte, dazu knallenge, kreischpinkfarbene Leggings und Pumps, die ihr mindestens drei Nummern zu groß waren. Ihre Haare waren zu zwei Zöpfen geflochten. Sie sah aus wie eine Kreuzung zwischen Lolita und Pippi Langstrumpf.
Mascha erschien auf der Bildfläche. »Feli, mach leiser! Man versteht ja sein eigenes Wort nicht!«
Feli zog eine Schnute und tänzelte in ihr Zimmer zurück. Nach einer Trotzminute verstummten die Backstreet Boys.
»Keinen Dunst, wie ich das überleben soll!« stöhnte Mascha und schlug beide Hände vors Gesicht. »Da hab ich mich auf was eingelassen! Die Jüngelchen sind auf Europa-Tournee. Wir haben Karten für das Konzert heute abend – in der Westfalen-Halle …«
»Wir?«
»Wir. Ich fahre natürlich mit. Und noch ’n paar Mütter. Meinst du, wir lassen die Kids da allein hin? Kommt nicht in die Tüte. Nachher werden die noch totgetrampelt!«
Mascha im Backstreet-Boys-Konzert! Zum Scheiße-Brüllen war

das! Mascha zwischen Tausenden von Teenies, die von einer Ohnmacht in die nächste fielen und sich die Seele aus dem Leib schrien. Teddybären auf die Bühne schmissen!
»Laß mir bloß Nick in Ruhe!« drohte ich spaßeshalber. »Der ist höchstens halb so alt wie du. Und fall mir nicht in Ohnmacht!«
Mascha rollte mit den Augen und schubste mich in die Küche, wo der liebevoll gedeckte Frühstückstisch wartete. Während sie Eier aufschlug, die sämige gelbe Masse mit einem Schneebesen verquirlte, salzte und in die Pfanne mit zerlassener Butter laufen ließ, genehmigte ich mir ein halbes Nutella-Brötchen.
»Mensch, Alex!« sagte Mascha. »Du bist ja richtig ausgehungert.«
Ich erzählte ihr von der unappetitlichen Pinkelorgie, die sich in der WG zugetragen hatte, und meiner anschließenden Verweigerung der Nahrungsaufnahme. Mascha krümmte sich vor Lachen und vergaß darüber fast, das Rührei zu rühren. Feli gesellte sich zu uns und fuhr mit dem Zeigefinger ins Nutella-Glas.
»Laß das!« schimpfte Mascha. »Wir sind hier nicht bei Hempels.«
»Hauptsache, sie hat sich die Hände gewaschen«, flachste ich.
Genüßlich schleckte Feli den Finger ab und gab ihren Senf dazu. »Marco und Olli machen Wettpissen auf 'm Schulhof – wenn die Lehrer nicht hingucken ...«
Konnte ich mir lebhaft vorstellen. Welcher Lehrer guckte heute schon noch irgendwo hin? Wahrscheinlich drängelten sich die Pauker und Paukerinnen in der Raucherecke unter einer Nikotindunstglocke und diskutierten ihre aktuellen Beziehungsprobleme. Und ringsherum waren die Schüler am Wettpissen und Wettknutschen und Wettdealen und Wett-Drogenmißbrauchen, daß es eine Art hatte.
»... und dann essen sie ihr Pausenbrot, obwohl sie vorher ihren Pimmel ...«
»Still!« rief Mascha. Sie verkniff sich ein Grinsen und zwinkerte mir zu. Ich zwinkerte zurück.

»... angefaßt haben!« vollendete Feli triumphierend ihren Satz, ohne sich von ihrer Mutter aus dem Konzept bringen zu lassen, häufte Rührei auf ihr Brötchen und biß zu. Ihr war der Appetit anscheinend nicht so leicht zu verderben wie mir.
»Wie geht's denn deiner Franz-Lehrerin?« fragte ich. »Ist das Veilchen geheilt?«
»Och – die bumst jetzt mit unserem Direx!«
»Apropos Bum ...«, rutschte mir raus.
Mascha warf mir einen Blick der Sorte Noch-ein-Wort-und-ich-spring-dir-ins-Gesicht zu. Feli schaute mich interessiert an. Zu interessiert, um das Thema momentan zu konkretisieren.
Ich trank einen Schluck Kaffee und schlug in meinem inneren Synonym-Wörterbuch nach – vergeblich. Schließlich sagte ich diplomatisch: »Der Doc hat was ausgefressen.«
»Ach ja?« fragte Mascha. »Was denn?«
»Euer Obermotz ...« Mir fiel der Name des Klinikchefs nicht ein. »Professor Dings ...«
»Lehnhoff!«
»Genau. Der hat eine Tochter?« tastete ich mich behutsam vor. Feind hörte mit. Auch wenn er guckte, als könne er kein Wässerchen trüben, und mit Unschuldsmiene das Nutella-Glas leerlöffelte.
»Hm. Larissa.«
Hübscher Name für 'ne kleine Füchsin.
»Larissa Lehnhoff?« trompetete Feli. »Die kenn ich. Die ist in der Abi-Klasse. Eine gaaanz blöde Zimtzicke! Knutscht immer mit Jungs rum, im Fahrradschuppen!«
Sprach's und verschwand. Keine Minute später schmiß sie ihre Anlage an. Die Backstreet Boys waren back.
»Was ist mit der kleinen Lehnhoff?« fragte Mascha wißbegierig.
»Martin Mettlach hat ihr ...« Wie hatte Hannes das genannt? Ich träufelte Honig auf mein drittes Brötchen. Brötchen? »Er hat ihr ein Brötchen in den Ofen geschoben.«
Offenbar war Mascha die Metapher nicht fremd. Ungläubig fragte sie: »Wie ist er denn an die geraten?«
»Disco.«

»Wenn das der Alte spitzkriegt, ist die Kacke am Dampfen! Der Lehnhoff ist vielleicht ein Choleriker! Der läßt den Mettlach nicht ungeschoren. Die Kleine ist sein Augapfel! Und der geht auf die Jagd. Der hat ein Schießgewehr!«
Da konnte sich unsere WG ja auf einiges gefaßt machen. Wir gingen stürmischen Zeiten entgegen. Gegenüber in der Platane würde Lehnhoff mit der Schrotflinte lauern – und paff!
Ein Schuß, ein Treffer – wie bei der Kleinen.
Schien irgendwie in der Familie zu liegen.
Wir hechelten den Skandal durch bis zur Erschöpfung. Dann planten wir das weitere Procedere, die Recherchen zu *Mann verstehn im Handumdrehn* betreffend. Das Stichwort Jagd gab den Ausschlag: Wir würden endlich dazu übergehen, unsere Versuchstiere in freier Wildbahn zu beobachten.

Bloß kein Penisneid

Ehe ich mich versah, war es Mitte Juni – und damit Halbzeit in der Männer-WG. Sogar jetzt, am Abend, war die Luft noch warm wie Samt. Die Rasenmäher in der Nachbarschaft schwiegen still, nur ein fanatischer, unermüdlicher Züchtiger der heimischen Flora klapperte noch mit seiner Heckenschere.

Wir grillten auf dem Balkon, was laut Hausordnung natürlich streng verboten war.

Ausnahmsweise gewährte uns Martin die seltene Gunst seiner Teilnahme. Doch kaum hatte er sein verkohltes Steak seziert und verspeist, begab er sich ins Bad. Da dort das Fenster offen stand, konnten wir auf dem Balkon hören, wie er pinkelte, duschte, die Zähne putzte, mit Mundwasser gurgelte, mit dem Rasierapparat hantierte und sich eine Ladung *Erection* – ja, *Erection* hatte er sich gekauft, einen Hundertmilliliterflakon gleich, werbegeschädigt, wie er war – ins Gesicht klatschte.

Wir grinsten uns an: Die Zeichen standen auf Aufriß.

Wie jeden Samstagabend erwachte Martins Geschlechtstrieb, loderte das Feuer seiner Lenden – geschürt von zwei Gläsern Chablis –, rumorte die Vorfreude auf fleischliche Exzesse in seinen Eingeweiden, erwachte das Tier in ihm.

Gleich würde er mit seinem frischgewaschenen Mazda-Platzda unter Mißachtung der gängigen Geschwindigkeitsbegrenzungen in die City preschen, vor einer angesagten Kneipe (Bar? Disco?) im absoluten Halteverbot parken, an die Theke schlendern, einen Drink ordern, eine der Blondinen anpeilen – die in angesagten Kneipen (Bars? Discos?) zahlreich verkehrten – und sie spätestens nach dem zweiten Campari-O abschleppen.

Wir würden wieder was geboten kriegen heute nacht. Brunft lag in der Luft.

Lethargisch hing ich im Liegestuhl. Der Kartoffelsalat, den ich

als Beilage zu den Steaks fabriziert hatte – nicht hausfrauliche Tugend war meine Motivation gewesen, sondern purer Eigennutz, ich wollte nur verhindern, daß Hannes die Kartoffeln anfaßte –, lag mir wie Blei im Magen, die Mayonnaise gab Pfötchen. Ich gestattete mir einen Rülpser, schloß die Augen und genoß meine Freßnarkose. Heri stellte das Radio lauter. »Alkohol, Alkohol, Alkohol ...«, sang Herbert Grönemeyer, was Hannes dazu animierte, drei neue Flaschen Bier aufzuklicken.
Ich nahm meine Pulle entgegen, trank einen Schluck und verkündete: »Ich geh mal umme Ecke.«
»Boh!« sagte Hannes. »Heri, wat sinn wir beide doch solide, wat? Alle gehn auf Aufriß, nur wir nich. Kommt wenigstens wat in der Glotze?«
Aufriß! Da kann ich nur von träumen!
Die Pflicht rief.
Draußen unter der Platane wartete Mascha in ihrem alten Golf auf mich. Sobald Martin losfuhr, würden wir uns an seine Fersen heften. Wäre ich ein Formel-1-Wagen gewesen, hätte mein Motor aufgeheult.
Im Flur raschelte Martin mit seinem italienischen Schlabber-Sakko.
Ein Klirren – er schnappte sich den Autoschlüssel.
Ein Knall – die Tür flog hinter ihm ins Schloß.
Das war der Startschuß! In drei Sekunden war ich von Null auf Hundert.

Martin ließ bereits den Motor an, als ich aus dem Haus trat. Ich sprang in den Golf, Mascha gab Vollgas. Mit der Geschwindigkeit einer Flipperkugel schoß der Mazda die Straße runter und bog, ohne zu blinken, nach links ab. Mascha trat das Bremspedal durch bis zum Bodenblech und riß das Lenkrad rum.
»Der Typ fährt wie 'ne gesengte Sau!« rief sie. »Der ist doch lebensmüde!«
Der Golf geriet ins Schleudern, die Reifen quietschten. Ich krallte meine Finger in den Sicherheitsgurt. Eine Schrecksekunde lang dachte ich, wir würden mit Karacho über den Gehweg in den nächstbesten Vorgarten rasen und ihn plattwal-

zen. Mit Ach und Krach kriegten wir die Kurve. Michael Schumacher war ein Fliegenschiß gegen uns.

Wir holten Martin ein, als er von einer Fußgängerampel zum Anhalten genötigt wurde. Eine kinderreiche Familie zockelte über den Zebrastreifen: Mama, Papa, vier Kids, eins davon im Buggy.

Die Ampel schaltete auf Grün. Weiter ging die wilde Hatz.

Mascha stieß Flüche aus, für die ihr jeder Fernfahrer anerkennend auf die Schulter geklopft hätte. Nach einer nervenzerfasernden Viertelstunde hatten wir gegen so viele Verkehrsregeln verstoßen, daß die entsprechenden Punkte in Flensburg für Führerscheinentzug auf Lebenszeit gereicht hätten. Wir hatten vier Ampeln bei Blutorange überfahren und zwei bei Rot, achtmal nicht geblinkt und einem Radfahrer fast das Licht ausgeblasen – mal abgesehen davon, daß wir mit mindestens achtzig Sachen durch die City geprescht waren. Ich schickte ein Stoßgebet gen Himmel, als Martin endlich vorm Key Largo – einem abgefahrenen Tanzschuppen am Stadtrand – im absoluten Halteverbot parkte.

Wir erweiterten unser Sündenregister um den Tatbestand des Falschparkens, ließen den Golf stehen, wo er stand, und stiegen aus. Die Luft vibrierte vom Wummern der Bässe. Martin passierte die Gesichtskontrolle der Disco und ward nicht mehr gesehen.

»Ich kann da so nicht rein – als Mann«, sagte ich. »Der erkennt mich doch.«

Mascha verdrehte die Augen himmelwärts. »Dann marsch aufs Klo!«

Unter den verwunderten Blicken der Disco-Besucherinnen, die die Spiegelfront der Damentoilette belagerten, tauschte ich mein T-Shirt gegen die schwarze Seidenbluse, die Mascha aus ihrem City-Bag zauberte, trug Make-up auf, malte mir die Lippen an und zerrte das ausgeleierte Frotteeband aus dem Haar.

»Nun komm schon, da drin isses eh zappenduster!« sagte Mascha. »Sonst geht der Mettlach uns noch durch die Lappen.«

Zappenduster war es in der Tat. Außerdem war es proppenvoll. Wir brauchten eine halbe Ewigkeit, um zur Theke vorzudringen. Dort rekelten sich so viele Blondinen auf Barhockern, daß die Vermutung nahelag, irgendwo in der Nähe wäre das Labor eines satanischen Genforschers, der klammheimlich Blondinen klonte. Sie bewegten sich wie ferngesteuert. Synchron nuckelten sie an den rot-weiß geringelten Strohhalmen, die aus ihren Campari-O-Gläsern ragten. Synchron steckten sie sich Zigaretten an. Synchron schlugen sie ihre netzbestrumpften Beine übereinander, woraufhin ihre leibbindenschmalen Stretchröcke synchron noch ein paar Zentimeter höher rutschten. Synchron befummelten sie ihr funkelndes Geschmeide, auf das jeder afrikanische Stammeshäuptling stolz gewesen wäre. Sie warfen flinke, gierige Blicke durch den Tanzschuppen.

»Wie die Hühner auf der Stange«, sagte ich.

»Warten alle auf den Traumgockel«, meinte Mascha. »Wenn die wüßten ...«

Was die dummen Hühner nicht wußten, war, daß der Angsthase von neulich heute wieder Oberwasser hatte und als böser Fuchs ganz in der Nähe auf Beute lauerte. Betont lässig lehnte Martin an einem Pfeiler und peilte die Lage. Ich ließ ihn nicht aus den Augen, während Mascha zwei Cola holte. Er beobachtete die Girls, die sich auf der Tanzfläche verrenkten, dann inspizierte er das Angebot an der Theke. In den Spot seines Suchscheinwerfers geriet eine Blondine, die dermaßen zweideutig an ihrem Strohhalm lutschte, daß es eindeutig an Erregung öffentlichen Ärgernisses grenzte.

»Die isses!« schrie ich Mascha ins Ohr. »Genau seine Kragenweite!«

»Oberweite meinst du wohl!« schrie Mascha zurück. Busenmäßig hatte die besagte Blondine weitaus mehr zu bieten als Pamela Anderson – und das wollte was heißen. »Ich werd nicht mehr! Was macht die da – bläst die dem Strohhalm einen?«

Ihre Bemerkung rief mir einen Blondinenwitz ins Gedächtnis. »Woran erkennt man, daß eine Blondine am Computer gesessen hat?«

Mascha hatte keine Ahnung.

»Lippenstift am Joystick!« johlte ich.

Der Witz war von Hannes. Heri hatte ihn nicht kapiert. Ich auch nur im zweiten Anlauf. Aber gemerkt hatte ich ihn mir.
»Du vermännlichst!« sagte Mascha pikiert. »Da – guck!«
Ich guckte. Martin schlenderte zur Theke und stellte sich hinter die Blondine, die er als Blondine der Woche auserkoren hatte. Es war genau die, auf die wir getippt hatten – Barbie pur.
»Siehste!« rief ich.
Wie auf Knopfdruck erhöhte Barbie die Wattleistung ihres Lächelns, warf ihre Mähne über die Schulter und strich sich das schwarze Häkeltop glatt, in dem ihre Brüste hin- und her pendelten wie zwei Apfelsinen im Einkaufsnetz. Martin spendierte ihr einen Campari-O und flüsterte ihr was ins Ohr, woraufhin sie giggelte wie blöde.
Dann streichelte er ihren Unterarm – oder fühlte er ihr den Puls? Kurz darauf glitt seine Hand in ihren Ausschnitt, was sie willenlos geschehen ließ. Wahrscheinlich hatte er ihr weisgemacht, er wolle – in seiner Eigenschaft als Arzt – ihre Herzfunktion überprüfen. Als der Diskjockey *Anybody seen my baby* von den Stones spielte, führten die beiden einen Balztanz auf, der seinesgleichen suchte.
Mannomann! Das ging ja zu wie in der *BRAVO*-Foto-Love-Story!
»Nicht zu fassen«, sagte Mascha. »Die Kleine ist völlig außer Rand und Band. Die ist scharf wie eine Rasierklinge. Was für 'nen Schwachsinn hat er der ins Hirn geblasen?«
»Hirn?« fragte ich. »Bist du sicher, daß die eins hat?«
»Hirn light vielleicht?« mutmaßte Mascha ironisch. »Mehr trau ich ihr nicht zu.«
Es kostete Martin noch einen zweiten Campari-O, dann hatte er Barbie soweit. Das dumme Huhn trippelte hinter dem vermeintlichen Gockel her Richtung Ausgang, ohne zu ahnen, daß es einem Fuchs in die Falle gegangen war.
»Ende der Vorstellung«, sagte Mascha.
»Nix da!« rief ich. »Die Beute reißt er daheim im Bau. Laß uns abhauen!«
Ruckzuck saßen wir im Auto. Als Martin lospreschte, klebten wir an seinem Auspuff.

In der Wohnung bot sich mir das für Samstag abend übliche Szenario. Hannes und Heri hockten vor der Glotze, in der ein Western lief. Zwar war gerade eine Schießerei im Gange, aber man hörte nichts von dem Geballer. Die Jungs hatten den Ton bereits abgestellt.

»Hey, Alex!« rief Hannes launig. »Kommst gerade richtig zum Showdown!«

»Showdown?« stellte ich mich dumm.

»Martin hat 'ne Frau da«, sagte Heri.

»Hat auch schon Schampus geholt«, sagte Hannes. »Is also schon beim Vorspiel ...«

Ich zog mir einen Stuhl heran und setzte mich. Erwartungsvoll fuhren wir die Ohren auf Rhabarberblattgröße aus.

»Wie bei der ARD«, flachste Hannes. »Inner ersten Reihe.«

Unsere Ausdauer wurde alsbald belohnt. Aus dem Nachbarzimmer drangen die den Paarungsakt gemeinhin begleitenden Geräusche.

»Ah – ah – ah!« gackerte Barbie.

»Oh – jaujaujau!« jaulte Martin.

»Ah – ah – ah!« gackerte Barbie.

»Jau – oh – jaujaujau!« jaulte Martin und schickte noch einen besonders kräftigen Jauler hinterher. »Uaaah!«

Eisern schaute Heri auf den Bildschirm. Hannes klopfte sich munter auf die Schenkel.

Ich klickte mir ein Bier auf und stellte die Frage, die mir auf der Seele brannte. »Jungs – was für Tricks hat Martin drauf? Wie kriegt er die Blondies so schnell in die Kiste?«

»Tricks?« Hannes drehte sich eine Zigarette, steckte sie an und inhalierte genüßlich. »Keine Tricks. Der läßt voll den Doc raushängen. Hallo, Süße, ich bin Arzt, du kannst mir alles sagen – dat is dat Geheimnis. Arzt is dat Zauberwort. Auf Ärzte fahren alle Quarktaschen ab, echt.«

Quarktaschen?! Ach was – und ihr? Nougathörnchen?

»Meine Mama findet Ärzte auch toll«, sagte Heri. »Die guckt alle Krankenhausserien. Am besten hat ihr die *Schwarzwaldklinik* gefallen, na ja ...«

Er verstummte. Die *Schwarzwaldklinik* war wohl nicht sein

Fall; ich nahm an, daß er als Buchhändler eher aufs *Literarische Quartett* abfuhr oder als Hypochonder auf *Gesundheitsmagazin Praxis*. Ich griff zur Fernbedienung und stellte die Glotze aus. Zeit zum Schlafengehen.

Am Sonntag morgen erwachte ich, als Barbie mit ihren Pumps durch den Flur klackerte. Ich erhob mich von meinem ächzenden Feldbett und tapste barfuß in die Küche. Sie saß am Tisch; ihre Ähnlichkeit mit einem gerupften Huhn war nicht zu übersehen. Ihr einst schillerndes Gefieder stand nach allen Seiten ab, ihr Schnabel war nicht mehr rot. Sie massierte sich die Schläfen und stöhnte.

Es hatte sich ausgegackert.

Unser Fuchs hatte zugeschlagen.

Und er war auch schon wach.

»Koch mal Kaffee!« jaulte er aus seinem Zimmer. »Oder kannste das auch nicht?«

Barbie warf mir ein schiefes Lächeln zu. Ich lächelte schief zurück und war stark versucht, mich auf die Knie zu werfen und meinem Schöpfer dafür zu danken, daß er mich vor Füchsen im Arztkittel bewahrt hatte. Mit meinem Wolf im Schafspelz war ich mehr als bedient.

Nachmittags seilte ich mich ab und fuhr heim. Als ich vorm Haus einparkte, bewegte sich die Gardine im Erdgeschoß. Nachbar Schnüffel frönte dem Spannertum. Wie üblich quoll der Briefkasten über vor Postwurfsendungen und Reklamewischen. Noch im Treppenhaus durchwühlte ich den Stapel nach Toms Ansichtskarte – Fehlanzeige.

Keine Karte. Und erst recht kein Brief.

Kein Lebenszeichen.

Das konnte nur eins bedeuten: Tom war tot. Mausetot. Verunglückt. Im Krater des Arenal abgestürzt, von glühender Lava verschlungen. Mit dem Jeep in den Graben gefahren. Oder in eine Schlucht. Oder gegen einen der riesigen, lianenbehangenen Bäume, die im Regenwald allerorten im Weg rumstehen. Ein Trupp Waldarbeiter hatte ihn gefunden und aus dem Wagen gezogen. Überall Blut, seine Beine Matsch, sein Gesicht schmerzverzerrt. Ein Arbeiter hielt ihm die Wasserflasche an die rissigen Lippen, über die sich ein letzter Seufzer quälte, bevor er ins Koma fiel – zu spät.

Und ich hatte ihm nicht geschrieben. Keine Zeile. Es war unverzeihlich.

Tränenblind stolperte ich die Treppen hoch und schlich in die verwaiste Wohnung. Ich liebäugelte mit dem Gedanken, bei der nächsten erreichbaren Flasche Schnaps moralischen Halt zu suchen.

Der Anrufbeantworter blinkte. Ein Hoffnungsschimmer am Horizont! Vielleicht hatte Tom ja angerufen! Vielleicht waren ihm ja bloß die Ansichtskarten ausgegangen! Oder die Briefmarken! Vielleicht hatte er ja eine unbändige Sehnsucht nach meiner Stimme gehabt!

Ich spulte das Band zurück.

»Hallo, Alex, Stefan hier. Hast du was von Mutti gehört? Melde dich mal! Ciao!«

Komisch. Jetzt, wo's mein Bruder sagte, fiel's mir auch auf. Von Mutti hatte ich nichts mehr gehört, seit Waldi in den Hundehimmel gekommen war.

»Mensch, Alex! Wo steckst du denn? Seit Tagen versuche ich, dich zu erreichen. Wenn ich's nicht besser wüßte, würde ich glauben, du wärst ausgewandert. Wir müssen dringend miteinander reden. Ruf mich mal an unter der Nummer null-null-fünf-null-sechs ...«

Tom! Er weilte noch unter den Lebenden – so unromantisch wie eh und je. Ich und ausgewandert – obwohl, irgendwie stimmte das sogar. Ausgewandert ins Männerparadies! Ich kritzelte die ellenlange costaricanische Telefonnummer auf den Rand eines Reklamewischs, riß den Fetzen Papier ab und stopfte ihn in die Tasche meiner Jeans. Dann wählte ich Muttis Nummer. Zu meinem grenzenlosen Erstaunen sprang nach drei Klingelzeichen ein Anrufbeantworter an.

Ein Anrufbeantworter? Wie das?

Seit Jahr und Tag wehrte sich Mutti mit Händen und Füßen gegen Innovationen in ihrem Haushalt. Sie hatte die Anschaffung

eines CD-Players ebenso verweigert wie die Anschaffung eines Videorekorders und einer Mikrowelle. Angeblich verstand sie nichts von so 'nem neumodischen Kram. Lediglich einen Farbfernseher hatten Stefan und ich ihr aufschwätzen können, damit sie sich bei *Aktenzeichen XY* in Farbe gruseln konnte.
Verblüfft lauschte ich ihrer Stimme, die mir kundtat, sie sei derzeit nicht erreichbar. Nach dem Piepton sprach ich stockend aufs Band und wählte dann Stefans Nummer in Berlin. Besetzt. Mist. Wenn bei dem besetzt war, konnte es sich nur noch um Stunden handeln, bis die Leitung wieder frei wurde. Vermutlich raspelte er Süßholz mit einem seiner diversen Lover.
Frustriert gab ich auf.
Oder sollte ich versuchen, Tom zu erreichen?
Nee. Diesen schicksalsträchtigen Anruf würde ich später tätigen. Zuerst mußte ich seelisch Inventur machen. Ich mußte mir haarklein überlegen, was ich sagen sollte und was nicht. Am besten war vielleicht, ich schrieb einen drehbuchreifen Dialog vor dem Gespräch. Sollte ich Tom mit Vorwürfen überschütten, oder sollte ich ihm eine letzte Chance geben? Sollte ich ihm von der Männer-WG erzählen, oder sollte ich das Deckmäntelchen des Schweigens über diese Episode meines Lebens breiten?
In Gedanken versunken füllte ich die Gießkanne mit Wasser. Als ich die Malve im Schlafzimmer goß und ihre wundervollen blaßrosa Blüten bestaunte, vernahm ich Schritte.
Schritte im Flur.
Herrgott! Die Wohnungstür stand noch sperrangelweit offen!
Oder doch nicht?
Ehe ich auch nur irgendwie reagieren konnte – die Flucht ergreifen, um Hilfe rufen, unters Sofa kriechen? –, bohrte sich ein harter Gegenstand in meinen Rücken. Ein Revolver?
»Keine Bewegung!« sagte eine rauhe Männerstimme. »Nur die Ruhe, Kumpel. Hände hoch und Beine auseinander!«
Die Gießkanne rutschte mir aus der Hand, Wasser sickerte in den dunkelblauen Veloursteppichboden. Hatte ich das zweite Gesicht? Den siebten Sinn? Meine Vorahnungen waren wahr

geworden. Jetzt wurde ich tatsächlich Opfer eines Verbrechens.
Hatte ich nicht auf der Herfahrt im Autoradio eine Durchsage der Polizei gehört? Waren nicht zwei schwere Jungs aus dem Knast getürmt? Aus dem Hochsicherheitstrakt? Das waren keine Waisenknaben! Vorsicht, die Männer sind bewaffnet, hatte der Nachrichtensprecher gesagt ...
»Ich hab den Kerl!« brüllte der Gangster hinter mir.
Den Kerl? Am liebsten hätte ich mich umgedreht und gerufen: Alles Lug und Trug! Meine Aufmachung täuscht! Ich bin kein Kerl, ich bin ein schwaches Weib! In meiner Hose ist nur heiße Luft! Laßt ab von mir, Unholde!
Aber eher hätte ich mir die Zunge abgebissen. Als Kerl kam ich vielleicht mit ein paar Tritten oder einer Bierflasche über den Schädel davon. Wenn ich mich als Frau outete, drohte mir weitaus Schlimmeres. Männer, die im Kittchen gesessen hatten, waren nicht nur für ihre hochentwickelte Heimtücke bekannt, sie litten auch an einem mordsmäßigen Hormonstau. Die würden sich auf mich stürzen wie Verdurstende auf eine Flasche Selters, dazu mußte ich nicht aussehen wie Pamela Anderson. Das einzige Kriterium war meine potentielle Begattbarkeit. Nein – auf eine Vergewaltigung war ich wirklich nicht erpicht. Es gibt Erfahrungen, die muß frau nicht machen.
Der zweite Gangster polterte ins Schlafzimmer. »Na also!« sagte er. »Da ist ja der Bursche.«
»Hol mal den Zeugen!« sagte der Gangster hinter mir. Mir befahl er: »Umdrehen! Aber sachte ...«
Schaudernd leistete ich dem Befehl Folge. Und starrte nicht – wie erwartet – in eine fiese, vom Dahinvegetieren im Knast gezeichnete Verbrechervisage, sondern in das Mondgesicht eines fettleibigen Polizisten. Ein hysterischer Lachanfall übermannte mich. Die Polizei, mein Freund und Helfer, überrumpelte mich in meiner eigenen Wohnung! Legte ein Gebaren an den Tag, als handele es sich bei meiner Wenigkeit um einen international gesuchten Top-Terroristen! Als hätte ich unterm Bett ein Waffendepot versteckt, mit dem man halb Europa in die Luft pusten könnte!

Bullen – also echt! Ausgerechnet! Mit der Polizei stand ich sowieso nicht auf du. Die Strafzettel, die ich für Falschparken einkassiert hatte, hätten mir jederzeit einen Eintrag ins Guinness Buch der Rekorde garantiert.
Das Ganze konnte eigentlich nur ein Gag sein. War hier eine versteckte Kamera installiert? Sprang gleich irgendein dümmlich grinsender Fernsehfritze aus dem Kleiderschrank und präsentierte mich einem Millionenpublikum als Trottel des Tages?
»He – keine Fisimatenten!« rief der Polizist und fuchtelte mir mit seiner Dienstwaffe – es war wahrhaftig ein Revolver! – vor der Nase herum. Die Tatsache, daß sich ein soeben gestellter Verbrecher in Lachkrämpfen wand, schien ihn nicht wenig zu irritieren.
»Ich pinkel mir gleich das Bein runter!« prustete ich. Was nicht gelogen war. Nun, wo die Anspannung wich, verspürte ich einen immensen Harndrang. »Ich hab ’nen tierischen Druck auf der Blase. Kann ich mal aufs Klo?«
Es sah nicht danach aus, als würde mir mein Wunsch erfüllt. Statt dessen stürmte der Kollege herein – ein dünner Depp mit einem selten dümmlichen Grinsen, überhaupt waren die beiden Bullen ein Gespann wie *Dick und Doof* –, im Schlepptau meinen Nachbarn, den allseits unbeliebten Herrn Schnüffel.
Der also hatte mich in die Scheiße geritten! Das hätte ich mir auch denken können.
»So!« sagte Dick. »Herr Schüffel, erkennen Sie die Person wieder?«
Schnüffel kniff die Augen zusammen und nahm Haltung an. Wenn der im Zweiten Weltkrieg nicht mindestens Obersturmbannführer gewesen war, wollte ich auf der Stelle tot umfallen.
»Jawollja!« bellte er. »Hab vorhin genau gesehen, wie der Kerl mit dem Auto vom Doktor Jansen vorgefahren ist. Der ist verreist, der Doktor Jansen …«
Was der nicht alles sah! Dem Schleier seines grauen Stars und dem Grauschleier seiner Gardinen zum Trotz! Wenn einer den Durchblick hatte, dann der. Jawollja!

»Hab genau gehört, wie er die Treppen hoch ist«, fuhr Schnüffel fort. Da hatte er wohl sein Hörgerät auf Maximum gestellt. Seine Stimme triefte vor Triumph, als er brüllte: »Und dann hab ich gleich bei der Polizei angerufen!«

Gleich! Ich! Der gesetzestreueste Bürger weit und breit! Er schraubte sich zu seiner vollen Größe von etwa eins sechzig in die Höhe und warf sich in die Brust.

Man lege diesem Mann ein Superman-Cape über die Schultern! Man zitiere den Bundespräsidenten herbei, auf daß er ihm für seine Heldentat das Bundesverdienstkreuz in Gold an seinen Pullunder hefte!

»Und dann hab ich eins und eins zusammengezählt!« sagte Schnüffel befriedigt.

Und drei rausgekriegt. Mangelhaft! Setzen!

Der hätte prima zu Mutti gepaßt. Der versäumte bestimmt auch nie *Aktenzeichen XY*. Ich überlegte, ob ich die beiden nicht verkuppeln sollte.

»Ich hab halt kombiniert!« Schnüffel blinzelte Dick und Doof konspirativ zu. »Vor ein paar Wochen hat der Kerl sich schon mal hier rumgetrieben, da hat er bestimmt das Auto geklaut. Und jetzt will er die Wohnung ausräumen.«

Hatte der Mann eigentlich keinen Stecker zum Rausziehen? Er war einfach nicht zu stoppen! Auf jeden Fall war er zur falschen Zeit am falschen Ort. In der ehemaligen DDR hätte der eine klasse Karriere als Stasi-Knecht machen können, als informeller Mitarbeiter wäre der eine Wucht gewesen. Helden wie dem hätten sie da Zucker in den Arsch geblasen und ihn mit Orden überhäuft, bis er unter der Last von Gold und Silber zusammengebrochen wäre.

Ungeduldig scharrte ich mit den Füßen. Das Wasser aus der Gießkanne war komplett im Teppich versickert. Das Wasser in meiner Blase würde gleich dasselbe Schicksal ereilen. Wenn die Bullen mich nicht bald aufs Klo ließen, würde ich ein Pfützchen neben die Malve machen.

»Ich muß mal«, quengelte ich. Mädi muß Pipi! Bachele!

»Herrgott!« fluchte Dick. »Los dann! Ich geh mit. Keine Faxen, Freundchen. Bad ist vorne links!«

Wo unser Bad war, brauchte er mir nicht zu erzählen. Unser Bad würde ich im Schlaf finden. Schließlich hatte ich einen Großteil der letzten zwei Jahre da drin verbracht, auf dem Klo, in der Wanne, vorm Spiegel und nicht zuletzt in demütig gebückter Haltung beim Putzen. Gefaßt trabte ich los, den Atem des Chefbullen im Nacken. Ich steuerte die Kloschüssel an und blieb unschlüssig davor stehen.

»Wird's bald?« donnerte Dick.

In meinem Kopf spulten sich sämtliche Filmszenen ab, in denen Verbrecher aufs Klo geführt werden: Die Polizisten sind bei der Verrichtung stets zugegen. Ich würde unter den gestrengen Augen des Gesetzes pinkeln müssen, wenn ich nicht wollte, daß mir die Blase platzte. Es war mir zwar peinlich hoch drei, aber es mußte sein.

Augen zu und durch.

Hose runter und hinsetzen.

Was da aus mir rausplätscherte, war kein Bächlein, das war der Rhein. Nie war Pinkeln so schön gewesen wie heute.

Mein Aufpasser war da offenbar ganz anderer Meinung. »Biste 'n Homo, oder was?« fragte er pikiert. »Die pinkeln alle im Sitzen, die Schwulen. Alles Weicheier.«

Mit der Kombinationsgabe der Polente war's wohl nicht weit her. Na warte! Abrupt stand ich auf, die Jeans auf halb acht. Dick entgleisten die Gesichtszüge.

»Bloß keine Vorurteile«, sagte ich schnippisch. »Ich möchte mal einiges klarstellen: Erstens bin ich kein Kerl. Zweitens fahre ich den BMW meines Verlobten – Herrn Doktor Jansen –, wann immer mir der Sinn danach steht, wenn's genehm ist. Und drittens wohne ich hier – gestatten, Arnold, Alexandra Arnold. Da können Sie gern bei Ihren Kollegen vom Einwohnermeldeamt nachfragen. Ihr Zeuge soll gefälligst sein Kassengestell aufsetzen, bevor er unschuldige Leute denunziert!«

Hört, hört! Doktor Jansen – mein Verlobter! Oder war's ein Freudscher Versprecher?

»Ja, ja, aber …«, stammelte Dick. »Warum laufen Sie denn als Mann herum, um alles in der Welt? Ist doch nicht Karneval! Wie kann man sich denn so verkleiden?«

Ich gab an, Autorin zu sein und für meinen neuen Bestseller undercover in einer Männer-WG zu recherchieren. Dick zeigte sich enorm beeindruckt. Er wollte wissen, ob ich Ludwig Ganghofer kennen würde, der sei sein Lieblingsautor, er stehe nämlich total auf Heimatromane. Ich verneinte und dachte so bei mir, daß ihn Heimatromane à la Ganghofer beruflich nicht weiterbringen würden – besser für ihn, er las mal ein paar anständige Thriller und zog sich *Miami Vice* rein, da konnte er sich noch 'ne Scheibe abschneiden.
Verstrickt in literaturwissenschaftliche Diskussionen verließen wir das Bad. Nachbar Schnüffel wurde kurz, aber heftig abgekanzelt und der Wohnung verwiesen. Kollege Doof wurde kurz, aber präzise über den wahren Sachverhalt aufgeklärt sowie darüber, daß keine Tatabsicht, keine Tat und somit auch kein Tatbestand vorlag – geschweige denn ein Verbrechen. Unverrichteterdinge zogen die Freunde und Helfer von dannen.
Ich hob die Gießkanne auf und rieb den Teppichboden trocken. Daß ich Tom automatisch als meinen Verlobten bezeichnet hatte, sprach Bände.
Ich würde ihm eine allerletzte Chance geben.

Anderntags setzte ich mich – noch im Pyjama – an den Computer und hackte lustlos auf der Tastatur herum. Mir wollte partout nichts einfallen; ich war gänzlich uninspiriert. Das Thema *Mann verstehn im Handumdrehn* schien irgendwie ziemlich ausgereizt zu sein.
Ausgereizt?
Quatsch mit Soße. Da war doch noch was! Der Test des männlichen Geruchssinns stand noch aus. Wenn ich mich recht entsann, hatte ich auch schon einen herrlich ekligen Plan gehabt – Martins Person betreffend. Den würde ich jetzt in die Tat umsetzen.
Ich vergewisserte mich, daß abgeschlossen war und mein Schlüssel von innen in der Wohnungstür steckte. Vorsicht ist die Mutter der Porzellankiste; ich kannte unsere Nachbarn nicht, aber Typen wie Schnüffel gab's überall, die würden nie aussterben, die schossen wie Pilze aus dem Boden.

Ich durchwühlte den Küchenschrank nach einem geeigneten Behältnis und wurde fündig: Das Unterteil der altehrwürdigen Zitronenpresse aus Hartplastik mit seiner Ausgießtülle kam mir wie gerufen, das war wie gemacht für meine Zwecke.
Bewaffnet mit eben diesem Unterteil sprintete ich ins Bad. Das Schicksal wollte es, daß ich schon besonders viel Kaffee getrunken und einen entsprechend starken Drang hatte, Wasser zu lassen. Ich hockte mich auf die Klobrille und …
Nee, nee.
Ich würde anders vorgehen.
Wie heißt es doch so schön: Probieren geht über Studieren.
Ich würde pinkeln wie ein Mann, verdammt noch mal! Im Stehen. Was ein Mann kann, kann frau allemal.
Ich stieg aus der Pyjamahose. Ich klappte die Klobrille hoch. Da mir das gewisse von der Natur gegebene nacktmullähnliche Anhängsel fehlt, das beim Mann serienmäßig vorhanden und mit dem er zu zielen in der Lage ist – sofern er sich in halbwegs nüchternem Zustand befindet –, grätschte ich die Beine und stellte mich über der Kloschüssel in Positur.
Es kam nichts.
Es war so ungewohnt!
Eine Erinnerung hüpfte aus dem Sumpf meines Unbewußten wie ein Frosch aus einem Tümpel. Als Göre von vielleicht vier Jahren hatte ich den Steppkes im Kindergarten beim Pinkeln zugesehen, woraufhin ich mich daheim an den Gartenzaun stellte und zu Muttis Entsetzen einfach drauflosstrullte, dummerweise, ohne mir über die Konsequenzen meines Tuns im klaren zu sein. Die Konsequenzen waren eine patschnasse Strumpfhose, verhunzte Lackschuhe und ein gehöriger Klaps auf den Allerwertesten.
Ein paar Jahre später – während einer Klassenfahrt im Winter – hatten ein paar Mitschüler trotz der Minustemperaturen ihre Pullermänner aus der warmen Verpackung geschält, in die eisige Luft gehalten und ihre Vornamen in den Schnee geschrieben. Da erst war mir aufgegangen, warum mich Mutti immer davor warnte, gelben Schnee in den Mund zu nehmen.
Pfui, Alexandra!

So was macht ein braves Mädchen nicht!
Das war's – mein Über-Ich machte mir einen Strich durch die Rechnung! Das brave Mädchen in mir zierte sich. Das brave Mädchen in mir wollte nicht drauflospinkeln. Drauf gepfiffen! Diesmal würde Mutti mir nicht den Allerwertesten versohlen, weil sie's nie erfahren würde. Ich gab mir einen Ruck und ließ den Mann in mir raus.
Na – wer sagt's denn!
Die ersten Tropfen fing ich mit dem Unterteil der Zitronenpresse auf. Dann strullte ich und strullte und strullte.
Ich geb's ja nur ungern zu – aber es war eine Erfahrung, die einem Orgasmus ziemlich nahe kam.
Bisher hatte ich den angeblichen Penisneid der Frauen immer für eine Erfindung überkandidelter Psychoklempner gehalten. Welche Frau, die noch bei Trost war, würde auf so was Unästhetisches wie einen Penis neidisch sein? Auf ein verschrumpeltes Dingsda, das ihr zwischen den Beinen hin und her baumelte wie ein Kamillenteebeutel? Auf einen schlappen Fruchtzwerg, der weder nach Aprikose noch nach Pfirsich schmeckte? Unter Penisneid – so hatte ich geglaubt – litten, wenn überhaupt, dann nur Männer. Denn in einer schwachen Stunde hatte Tom mir mal gebeichtet, daß Männer beim Gruppenpinkeln in freier Wildbahn oder im Kneipenpissoir stets unauffällig nach links und nach rechts schielen, um einen Blick auf den Penis der Mitpinkler zu erhaschen.
Ist der Pullermann der Konkurrenz dicker?
Ist er länger?
Und wenn er dicker oder länger ist oder – Gott behüte! – dicker *und* länger, stellt sich Penisneid ein. Das Phänomen war mir vom Busenvergleich bei Frauen wohlbekannt.
Aber nun, wo ich im Stehen strullte und dem Strullen lauschte, das sich ganz anders anhörte als sonst – nicht gluckerglucker, sondern wuschwusch, wasserfallmäßig eben, niagaramäßig –, ereilte mich die erste Penisneid-Attacke meines Lebens. Ich gedachte all der entwürdigenden Situationen auf Grillfeten und Open-air-Veranstaltungen und Skilanglauf-Touren, wo ich mangels Toilette verschämt in einem Brennesselbusch oder einer

Schneewehe gehockt, verstohlen meine Notdurft verrichtet und mir den Hintern verbrannt oder abgefroren hatte, wohingegen die Herren der Schöpfung mal eben – quasi im Vorbeigehen – den nächstbesten Baum geschändet hatten.
Hätte mich jemand in einer solchen Situation fotografiert und mit den Fotos erpreßt – ich hätte alles auf mich genommen, um in den Besitz der Negative zu kommen. Notfalls hätte ich eine Bank überfallen, um die geforderte Summe aufzubringen.
In bezug auf die Blasenentleerung war das Frausein entschieden komplizierter als das Mannsein, daran gab's nix zu rütteln.
Aber zumindest für ein Exemplar der Spezies Mann würde das Mannsein jetzt komplizierter werden. Dafür würde ich sorgen.
Ich schraubte Martins phallisch geformten, dunkelroten *Erection*-Flakon auf – ein obszönes Ding, welches kranke Designerhirn denkt sich so was aus? –, der noch fast voll war. Gut die Hälfte der glasklaren Flüssigkeit schüttete ich ins Waschbecken. Dann füllte ich den Flakon großzügig mit der nicht ganz so glasklaren Flüssigkeit aus dem Unterteil der Zitronenpresse auf, verschloß den Flakon und schüttelte ihn kräftig, damit sich die beiden Flüssigkeiten vermischten. Ich schnupperte an meiner Kreation: Sie stank nach faulen Eiern. Total profimäßig hatte ich das gemacht. Und das, obwohl ich in Chemie keine Leuchte gewesen war! Mein Chemielehrer hatte immer gefrotzelt: Chemie, Chemie, Chemie – das lernt die Alex nie! Jetzt hätte er mir eine Eins mit Sternchen gegeben.
Summend vernichtete ich die Spuren meines Tuns. Ich schrubbte das Waschbecken und das Klo. Ich reinigte die Zitronenpresse mit Meister Proper und stellte sie in die Geschirrspülmaschine.
Noch mochte unser Doc eine wandelnde Bombe sein – aber *das* After-shave würde ihn entschärfen. Der würde bei keiner Frau mehr detonieren. Keine Frau würde sich mehr an dem vergreifen, keine mehr an seiner Zündschnur herumfummeln.

Dann schlug die Stunde der Wahrheit. Ich schnappte mir das Telefon. Mit zittrigen Fingern strich ich den Papierwisch glatt,

auf dem ich die costaricanische ellenlange Nummer notiert hatte, und wählte. Es ratterte und summte, klackerte und brummte, dann erklang das Freizeichen.
Wider Erwarten war ich sofort durchgekommen.
Vor meinem geistigen Auge klingelte ein altmodischer Apparat auf einem wackeligen Tisch in einer windschiefen limonengrünen Bretterbude auf der anderen Seite des Erdballs, irgendwo am Arsch der Welt, wo sich Fuchs und Hase gute Nacht sagen.
Und klingelte.
Los – geh ran, Tom!
Bring dir ein Taschentuch mit für die Freudentränen, die du gleich weinen wirst! Am besten gleich ein Geschirrtuch. Ein Handtuch! Ein Badelaken! Ich bin's, deine verloren geglaubte Verlobte! Deine zukünftige Gattin, Hüterin deines Herdfeuers, Mutter deiner Brut! Dein Jackpot fürs Leben!
Nach dem dreißigsten Klingeln wurde abgehoben. Eine heisere Frauenstimme quäkte irgendwas auf spanisch. Ich quäkte auf englisch, der einzigen Fremdsprache, der ich mächtig war, zurück. »Can I please talk to Tom Jansen?«
Die Frau am anderen Ende der langen Leitung ließ einen spanischen Wortschwall vom Stapel, der verdächtig nach Schimpftirade klang.
»It's urgent!« drängelte ich. Und ob es dringend war! Zumindest hatte Tom das gesagt auf dem Anrufbeantworter. »Very urgent.«
Ein Klappern – der Hörer wurde neben den Apparat gelegt. Ich spitzte die Ohren. Es wurde an eine Tür gepoltert. War da nicht auch Musik im Hintergrund? Waren das nicht die Rolling Stones? *Satisfaction*? Klar. *I can get no, no, no, no!* Und ich hatte immer gedacht, in diesen Breitengraden würde man nur Reggae hören! Bob Marley und so.
»Hallo!« blökte Tom. »Hallo?«
Ach, mein Tom! Star meiner feuchten Träume! Wie erotisch seine Stimme war! Da stellten sich mir glatt die Härchen an den Unterarmen auf.
»Ich bin's, Alex!« rief ich euphorisch. »Es tut mir so leid, daß

ich dir nicht geschrieben hab, und überhaupt – wenn du wieder da bist, fangen wir neu an. Ich bin auch gar nicht mehr sauer, ach, Tom, ich weiß gar nicht, was ich sagen soll – schnief ...«
Ich konnte die Tränen nicht zurückhalten. Tom räusperte sich. Wahrscheinlich hatte auch er einen dicken Tränenkloß im Hals. Tief drin war er ja doch ein Sensibelchen. Als Zehnjähriger hatte er geweint, weil sein Zwergkaninchen eingegangen war. Und als Sechzehnjähriger, weil man ihm sein Mofa geklaut hatte.

»... schnief. Hauptsache, du kommst gesund wieder, dann sehen wir weiter ...«, fuhr ich fort und zog den Rotz in meiner Nase hoch, weil kein Tempo in Reichweite war.

Tom räusperte sich abermals. »Mensch, Alex ...«

»Ja, ich weiß. Ich hab mich unmöglich benommen. Auf dem Flughafen hätte ich dir wirklich einen Abschiedskuß geben können.«

Schluß mit dem Geseire. Ich war genug zu Kreuze gekrochen, jetzt war er an der Reihe. Ich war ganz Ohr.

»Mensch, Alex – du hast mich aus dem Schlaf gerissen!« schiß Tom mich an, ganz der Alte.

»Ich dachte, es sei dringend«, entgegnete ich trotzig.

In der Hitze des Gefechts hatte ich die Zeitverschiebung außer acht gelassen. Costa Rica hinkte neun Stunden hinter uns her. Dort war es zwei Uhr nachts. Aber wer konnte bei Musik von den Rolling Stones in einer Lautstärke, daß man's bis nach Deutschland hörte, pennen? Bei der Sorte Musik hatten wir nie gepennt. Da hatten wir immer, na ja, immer ist übertrieben, zuletzt nur noch einmal pro Woche ...

»Also gut, paß auf. Es ist nämlich so, daß ... Mensch, Alex! Hör auf mit der Flennerei. Also, ich hab meine Traumfrau kennengelernt. Puh – endlich ist's raus!«

Wie bitte? Ich hab meine Traumfrau kennengelernt? Was sollte das denn heißen? Ich bin seine Traumfrau. Ichichich. Und ich dulde keine anderen Traumfrauen neben mir.

Mir gefror das Blut in den Adern. Ich taumelte am Rand meines ersten Nervenzusammenbruchs hin und her. Ich wartete darauf, daß Tom »April, April!« rief. Aber er tat's nicht.

»Bist du noch dran, Alex? Ich mach's kurz, sonst wird's teuer für dich ...«

Nee, Tom. Für dich wird's teuer. Wenn du nämlich gleich das sagst, was ich befürchte, kostet dich das dein Leben. Denn dann passiert ein Mord. Ich werde mit der nächsten Maschine nach Costa Rica fliegen – Flugangst hin, Flugangst her, und wenn ich den Jumbo vollkotze von oben bis unten – und mich mit meiner Machete nicht nur durch den Dschungel kämpfen, sondern dich mit dem Ding einen Kopf kürzer machen. Darauf kannst du Gift nehmen. Einen ganzen Giftschrank.

»... Pamela ist 'ne Wucht!« sagte Tom. Ich hatte den Satzanfang verpaßt. »Pam und mich, uns hat's echt erwischt. Wir sind total in love. Ich hab an der Uni gekündigt. Wenn das Projekt hier beendet ist, geh ich mit Pam in die States, nach Denver, wo ihre Eltern wohnen. Pam und ich wollen so bald wie möglich heiraten, white wedding, verstehste? Du, Pams Eltern sind total nett, die waren letztes Weekend zu Besuch, die sind total wild auf Enkelkinder ...«

Aus dem Schlaf gerissen!

Das konnte er seiner Großmutter erzählen!

Von der Matratze hatte ich ihn gerissen, wo er diese Ami-Schlampe durchgenudelt hatte! Im *Satisfaction*-Rhythmus. Keinen Deut besser als Martin war er!

Und wegen so einem hatte ich mir die Augen aus dem Kopp geheult!

Pam dies – Pam das! Pam Bullshit! Pam Bigtit!

Wenn ich einen von den beiden jemals in die Finger kriegen sollte, dann gnade ihm Gott!

So bald wie möglich heiraten! Ach ja – auf einmal? Nach Denver gehen? Denver? Die Eltern dieser Schlampe saßen bestimmt auf einem Dutzend Ölquellen. Da würde beim Jansen-Clan in Hamburg eitel Freude herrschen. Geld zu Geld. Der Teufel scheißt immer auf den dicksten Haufen.

»Wie heißt die Schlampe mit Nachnamen? Carrington?« fragte ich gehässig.

»Was – wieso?« Jetzt tu nicht so, Alter! Dabei hatte er keine Folge vom *Denver-Clan* ausgelassen, das war die Pflichtsen-

dung für jeden Geologen gewesen, wegen Ölbohrungen und dergleichen.
»Vergiß es«, sagte ich. »Aber tu mir einen Gefallen: Nenn deine Blagen Blake und Crystal.«
»Hallo? Alex, bist du noch dran?« fragte Tom. »Du, mit der Wohnung – meine Mutter managt das.«
Das wollte ich gern glauben. Frau Hochwohlgeboren Jansen würde es rausreißen für ihren Goldjungen und ihre zukünftige Schwiegertochter, die Oil-Queen. Die würde sich um alles kümmern, einschließlich meiner umweltgerechten Entsorgung. So ein Feigling! Traute sich nicht mal mehr hierher!
»Okay«, sagte ich pseudo-cool. »Ich wünsch dir alles Gute.« Und gleich darauf brüllte ich: »Vor allem wünsch ich dir, daß Pam fett wie eine Zecke wird! Daß sie dich abends im bonbonrosa Polyester-Jogginganzug empfängt, den Kopf voller Lokkenwickler, in der Hand 'ne Tüte Popcorn!«
»Mensch, Alex!« rief Tom empört. »Wie gemein du bist!«
Der Telefonhörer wog zehn Tonnen. Ich ließ ihn auf die Gabel fallen. Klappe, Tom!
Wie lange war ich eine Ecke eines Dreiecksverhältnisses gewesen, ohne es zu ahnen? Ach, Schwamm drüber. Auch diesen Schicksalsschlag würde ich verkraften. Aus meinem Traummann war mein Alptraummann geworden. Und wenn schon! Shit happens! Mascha konnte ein Lied davon singen, Mutti auch.
Trotzdem reagierte ich klischeehaft wie die Heldin einer billigen Beziehungskomödie: Ich ließ jede Zurückhaltung fahren. Ich schleuderte den unschuldigen Telefonapparat quer durch den Flur. Ich rannte in die Küche und riß alle Schubladen auf – einzig und allein mit dem Ziel, sie hinterher zuknallen zu können. Ich trat gegen den Kühlschrank. Ich schmiß meine Kaffeetasse an die Wand.
Dann war mir wohler.
Während ich mitten in der Küche stand und beobachtete, wie sich das Milchkaffeerinnsal seinen Weg durch die Scherben bahnte, wurde ich ganz ruhig. Unheimlich ruhig. Ich warf einen Blick auf die Uhr – elf.

Zeit genug, um das zu tun, was schon vor Wochen hätte getan werden müssen.
Ich wusch mein verheultes Gesicht und fuhr nach Hause (Nach Hause? Wie lange noch würde das mein Zuhause sein? So ähnlich mußte sich ET gefühlt haben!), wo ich die notwendigen Papiere zusammensuchte und mich in eine adrette Person weiblichen Geschlechts verwandelte. Die Situation erforderte einen Auftritt als Dame.

In der Nähe des Standesamtes fand ich sofort einen Parkplatz. Wenigstens darin war das Glück mir heute hold. Ich straffte die Schultern, als gelte es, eine Schlacht zu schlagen, und betrat die Amtsstube, in der wir einst die Eheschließung angemeldet hatten. Am Schreibtisch saß der grauhaarige Beamte, der mit uns die Formulare ausgefüllt und väterlich unsere Entscheidung bejubelt hatte. Im Nebenraum war die flotte Tippse, die Tom damals mit Blicken vernascht hatte, mit Kopierarbeiten beschäftigt.
Der Beamte blickte von einem Stapel Unterlagen auf. »Sie wünschen?«
Mein innigster Wunsch war, die Erde möge ihren Schlund aufreißen und alle Toms und Pams dieser Welt verschlingen. Aber diesen frommen Wunsch konnte mir der gute Mann nicht erfüllen. Das stand nicht in seiner Macht.
»Ich möchte eine Eheschließung, äh, abmelden«, sagte ich mit fester Stimme und schraubte mir ein verbindliches Lächeln ins Gesicht. Oder sagte man stornieren? Rückgängig machen? Egal. Der Beamte würde schon wissen, was gemeint war, auch wenn's nicht in perfektem Beamtendeutsch daherkam.
»Abmelden?« fragte er mit Befremden.
So was aber auch! Sachen gab's! Das war in seiner langen Laufbahn bestimmt noch nicht oft vorgekommen. Wenn ich seinen Gesichtsausdruck richtig interpretierte, war's das erste Mal. Da hatte er bei seinem nächsten Skatabend in der Linde oder Krone oder Traube – So heißen doch die Gaststätten, in denen treue, altgediente Ehemänner Freitag abend Karten kloppen und drei Bierchen trinken, oder? – was zu erzählen.

»Ja«, entgegnete ich und reichte ihm unsere schriftliche Terminbestätigung, die er flüchtig durchsah und mir wieder zurückgab.
»Ihr Verlobter, der Herr Doktor Jansen …«
»Ist ausgewandert!« fiel ich ihm ins Wort.
Der Herr Doktor Jansen ist nicht nur ausgewandert, sondern gestorben – für mich zumindest!
Der Beamte rang nach Luft. »Der Termin ist …«
»Am siebten Juli sollte die Trauung stattfinden!« sagte ich. »Was sich ja nun erübrigt.«
Mach hin, Mann, 's wird Nacht! Hol den Haufen Formulare und füll die Dinger aus und laß mich auf der gepunkteten Linie unterschreiben, damit ich's endlich hinter mir habe!
Vor sich hin murmelnd wühlte der Beamte einen Notizzettelberg von der Höhe der Eiger-Nordwand durch, der sich auf dem Schreibtisch neben einer Tasse und einer Tupperdose mit belegten Broten türmte.
»Wo ist denn – ach, nee, halt – hier isser ja …« Zufrieden zog er einen Wisch heraus. »Da isser! Die Namen kamen mir gleich so bekannt vor. Telefonnotiz vom dreißigsten Mai. Herr Doktor Jansen hat bereits angerufen und die Sache erledigt.«
Die Sache erledigt?
»Bitte?«
»Na, die Eheschließung abgemeldet. Den Termin abgesagt.«
»Telefonisch? Das geht telefonisch?«
»Ja, klar!« rief der Beamte indigniert. »Warum denn nicht?«
Warum wohl nicht? Weil's in diesem Beamtenstaat doch sonst für jeden Scheiß ein Formular gibt! Von der Wiege bis zur Bahre Formulare, Formulare! Ich war davon ausgegangen, einen Papierkrieg führen zu müssen. Ein Eheschließungsabmeldeformular in fünffacher Ausfertigung ausfüllen zu müssen. Mit Darlegung meiner Beweggründe und dreiseitiger Begründung derselben. Es hätte mich auch nicht gewundert, eine notariell beglaubigte Einverständniserklärung der Eltern, der Schwiegereltern sowie des potentiellen Ehepartners vorlegen zu müssen.
Dabei ging's telefonisch!
Ich hätte gar nicht höchstpersönlich antanzen und Blut und

Wasser schwitzen müssen. Mir war fast, als hörte ich den Amtsschimmel hämisch wiehern.
Und der allerdickste Hund war: Tom hatte mich vor vollendete Tatsachen gestellt. Herrn Doktor Jansens langer Arm reichte von Costa Rica bis zum hiesigen Standesamt.
Mein Kommentar war nicht druckreif.
Im Nebenzimmer kicherte die Tippse hinter vorgehaltener Hand. Auf dem Absatz meiner Repräsentierpumps machte ich kehrt.
»Fräulein!« rief der Beamte mir ängstlich nach. »Sie finden schon noch einen anderen, der Sie ...!«
Nimmt. Der die Katze im Sack kauft, oder was? Wie der mich anglotzte! Als wäre ich ein Becher Schlagsahne nach Ablauf des Verfallsdatums. Klar – ich war in dem Alter, in dem man sich eher über Krampfadern als über Pickel Gedanken machen mußte. Und jetzt das! Die letzte Chance vertändelt.
Vermutlich dachte er, ich würde mich auf die Bahngleise werfen, von einem Hochhaus springen oder mich ertränken. Fräulein – wenn alle Stricke reißen, nehmen Sie sich doch ’nen Strick!
Wenn’s so einfach wäre.

Der Held des Abends

Heulend stieg ich ins Auto. In Toms heiligen, diamantschwarzen BMW, den bald meine Exschwiegermutter in spe abholen und verschachern würde. Wie ich schätzte, sogar sehr bald.
Ich schluckte. Der Stachel in meinem Fleisch saß tief und zwickte, als hätte er tausend Widerhaken. Konnte gut sein, daß das jetzt meine letzte Chance war, einen Pfeil in Toms Achillesferse zu bohren.
So toll ich auch sonst im Chancenvertändeln war – diesmal würde ich die Gelegenheit nicht ungenutzt verstreichen lassen.
Ich startete den Wagen und setzte schwungvoll zurück, obwohl ich genau wußte, daß sich hinter mir ein Natursteinkübel mit einem mickrigen, immergrünen Nadelbaum von der Sorte befand, mit der sogenannte Städteplaner die Innenstadtbereiche verschandeln und Passanten und Autofahrer schikanieren.
Wummm!
Wenn's knallt, noch 'n Meter!
Die hintere Stoßstange konnte Tom vergessen. Unsanft schaltete ich in den ersten Gang und gab Gas. Der Motor heulte auf, wie ein Raubtier schoß der BMW vorwärts. Hätte er Zähne am Kühlergrill gehabt, er hätte sie gefletscht. Ich hupte ein Pärchen zusammen, das engumschlungen und glückstrunken aufs Standesamt zutaumelte. Erschrocken fuhren die zwei auseinander. Die Braut stieß einen markerschütternden Schrei aus – ja, schrei du nur, du Zimtzicke, du heiratswütige! –, der Bräutigam zeigte mir seinen schlimmen Finger.
Ich bretterte durch die City. Ich haute die Gänge rein ohne Rücksicht auf Verluste. Ratsch-ratsch! Schöne Grüße vom Getriebe! An der ersten roten Ampel mogelte ich mich, ungeachtet der energischen Proteste anderer Verkehrsteilnehmer, von der

Rechtsabbiegerspur auf die mittlere Spur und raste geradeaus weiter. Mein nächstes Etappenziel war das *City Journal*. In Rekordzeit – Ricky Rakete hätte mir glatt einen Pokal aus seiner Pokalsammlung abgetreten – erreichte ich das mehrstöckige Gebäude, in dem sich die Redaktion des Stadtmagazins befand. Ich stellte den Wagen direkt vorm Eingang ab, im absoluten Halteverbot. Mir doch egal, wenn nachher ein Strafzettel unterm Scheibenwischer klebte!

War ich etwa der Halter des Fahrzeugs?

Nicht doch! Das war Herr Doktor Thomas Jansen, Globetrotter und Ölquellenentdecker in Personalunion. Ein Knöllchen sei ihm gegönnt.

Wir wollen ja nicht kleinlich sein, gell?

Hinter einem bandwurmlangen Empfangstresen – unter dem Schild ANMELDUNG – ANZEIGENANNAHME – rekelte sich eine Sekretärin auf einem Drehstuhl. Sie steckte in einem silbernen, semitransparenten Lurexkleid, das sich an ihren Körper schmiegte wie ein Ganzkörperkondom. Mit Hingabe pinselte sie silbrig schimmernden Lack auf ihre Fingernägel, die so lang und so scharf waren, daß man damit unschwer einen Frosch hätte sezieren können. Nachdem sie ihren Nagellack trockengepustet hatte, stand sie auf und schaute mich fragend an. Ich erklärte meine Absicht, eine Annonce aufgeben zu wollen.

»Eine Kontaktanzeige?« Skeptisch musterte sie mein verquollenes Gesicht. Ihr Blick bohrte sich in mein Herz wie ein Eiszapfen, was mich total durcheinanderbrachte, zumal sie gletscherblaue Kontaktlinsen trug. Und er sprach eine deutliche Sprache: Ladenhüter! Du kannst so viele Kontaktanzeigen aufgeben, wie du willst! Du wirst trotzdem keinen abkriegen! Ab auf den Ramschtisch!

»Äh – was gibt's denn sonst noch für Rubriken?« stotterte ich.

Gelangweilt leierte sie herunter: »Er sucht ihn, sie sucht sie, er sucht sie, sie sucht ihn!«

Ich schüttelte den Kopf. »Außer Kontakte, meine ich.«

»Ach so!« Sie ließ ihre Kaugummiblase zerplatzen. »Wir hätten da noch: Wohnungen, Möbel, Klamotten, Jobs …«

»Klamotten!« rief ich.
»Okay. Ausfüllen und Unterschrift!« Sie knallte mir einen Vordruck unter die Nase und wandte sich ab, um mit einem vorbeieilenden Pressefritzen zu flirten.
Ich widmete mich dem Vordruck. Die Sache war heikel. Was sollte ich schreiben? Nie gebrauchtes Brautkleid? Nur einmal getragenes Brautkleid? Fiel alles flach. Ich hatte das Fähnchen nicht getragen – nicht in dem Sinne, nur heimgetragen hatte ich es, in einer Boutiquentüte. Also was nun? Wenn mir nicht bald ein gescheiter Text für diese verflixte Annonce einfiel, würde ich den Fummel in tausend Fetzen reißen. Das würde ich sowieso am liebsten tun. Aber so dicke hatte ich's leider nicht. Ich rutschte nun mal nicht auf der Speckseite des Lebens lang. Mensch – es gab Momente, da wünschte ich mir echt einen Dukatenesel!
Nervös klickte ich den Kugelschreiber an und aus. Endlich hatte ich die rettende Idee. In Blockbuchstaben schrieb ich: »Brautkleid, Größe 38, Satin, Umstände-halber zu verkaufen.«
Umstände-halber mit Bindestrich – das war's! Umstände-halber war klasse.
Auf die Tour würden alle Leserinnen der Annonce annehmen, ich wäre schwanger und mein Leibesumfang hätte dergestalt zugenommen, daß das Kleid zur Hochzeit nicht mehr passen würde. Ich setzte die WG-Telefonnummer unter den Text; das Risiko, daß einer der Jungs mit einer brautkleidkaufwilligen Frau konfrontiert wurde, mußte ich eingehen. Dann hatte die Interessentin sich halt verwählt.
Ich wedelte mit dem Wisch, um das Interesse der Sekretärin wieder auf mich zu lenken. Neugierig las sie meinen Text durch, kassierte zwölf Mark fuffzig und schmiß den Wisch in einen Ablagekorb.
»Zwillinge?« fragte sie plötzlich, als ich schon im Aufbruch begriffen war. Meine Annonce erzielte also in der Tat die beabsichtigte Reaktion.
Gott sei Dank ging mir der Empfangstresen bis zur Brust, so daß sie meinen realen Leibesumfang nicht in Augenschein nehmen konnte.

»Wenn's weiter nix wär!« stöhnte ich. »Fallen Ihnen auf Anhieb *vier* Jungennamen ein?«
Erst mal fiel ihr die Kinnlade runter. Sie hätte nicht perplexer sein können, wenn ich ihr eröffnet hätte, in den Genuß einer jungfräulichen Empfängnis gekommen zu sein.
»Ludwig, Ralf, Rüdiger, Stefan – wie wär's damit?« rief sie mir nach. »So hießen meine letzten vier Lover!«
Hatte ich mir doch gleich gedacht, daß die Kleine nur an das Eine dachte!

Grinsend sprang ich ins Auto und drückte auf die Tube. Im Wagen war es stickig. Ich betätigte den Knopf für den elektrischen Fensterheber; geräuschlos glitt die Scheibe herunter, der Fahrtwind blies mir die Haare ins Gesicht. Eine Strähne verfing sich im Gestell meiner Alu-Brille. Genervt riß ich sie runter – und schrie schmerzgepeinigt auf. Ich hatte die Strähne mit ausgerissen.
Scheiß-Haare!
Die würden als nächstes dran glauben.
Bald war ich ohne Bleibe und ohne Brautkleid. Da konnte ich genausogut auch allen übrigen überflüssigen Ballast über Bord werfen. Wozu um alles in der Welt brauchte ich noch lange Haare? Nun, wo ich Tom los war, der wie alle Männer auf verfilzte, zammelige Cromagnonweib-Wallematten abfuhr?
Unter Aufbietung aller zur Verfügung stehenden Pflegeprodukte hatte ich die Biester gehätschelt – wie Mutti ihre Rosen, seinerzeit, als ihre Welt noch heil war und sie noch einen Vorgarten ihr eigen nannte – und so meine Zeit und mein Geld verplempert. Und? Der Erfolg war gleich Null gewesen. Selbst wenn ich meine Haare täglich mit Hühnerkacke gedüngt hätte, nie wäre eine Mähne à la Pamela Anderson (knirsch!) daraus geworden.
Ein Boxenstopp war fällig.
Mit einem Affenzahn durchquerte ich die City. Auf dem Kundenparkplatz vom Salon Scheffel, dem ersten Coiffeur am Platze, reihte sich Nobelkarosse an Nobelkarosse. Nur seitlich auf einem Grünstreifen war noch was frei. Kurz entschlossen

rumpelte ich über den Bordstein, der BMW setzte auf, der Auspuff schrammte über den Beton. Als ich ausstieg, prallte die Tür gegen eine Mülltonne. Ich besichtigte den entstandenen Schaden: Der Lack war ab.

Aber warum sollte es dem Auto bessergehen als mir?

Beschwingt eilte ich in den Salon. Ein dynamischer Figaro im besten Mannesalter hüpfte leichtfüßig herbei und nahm sich meiner an. Fürwahr – ein bildschöner Mann mit allem Drum und Dran, mit mediterranem Touch, Augen wie Eierkohlen und Dreitagebart. Aber bildschöne Männer konnten mir gestohlen bleiben, selbst wenn sie vor meinem Bett Männchen machten und Pirouetten drehten, gegen die war ich jetzt immun, gegen die hatte ich Antikörper gebildet.

»Haare ab, ratzekahl!« rief ich.

Erschrocken wich er zurück. Seine rechte Hand glitt durch seine seidig schimmernde, ebenholzschwarze Haarpracht. Ich stellte mir vor, wie er jeden Morgen mit der Lupe nach gespaltenen Spitzen fahndete, die Splißschere einsatzbereit. Wie er sich jeden Abend eine Packung mit Pferdemark aufs Haupt klatschte und sie exakt zehn Minuten einwirken ließ, während er von einer Karriere als Frisurenmodel oder Filmstar träumte. Wahrscheinlich schlief er mit einem Haarnetz.

»Ganz ab?« fragte er.

»Na ja, nicht ganz ...« Mit Daumen und Zeigefinger zeigte ich vage die Länge an, die mir vorschwebte. »Etwa so.«

»Aha!« sagte der Figaro und komplimentierte mich zu einer Sitzecke. Da ich keinen Termin vereinbart hatte, mußte ich warten, bis jemand frei wurde. Ich ließ mich in einen schwarzen Sessel fallen. Der Figaro bot mir eine Tasse Kaffee an, die ich ablehnte, sowie eine Zeitschrift, die ich huldvoll entgegennahm. Lustlos blätterte ich drauflos, bis ein Farbfoto von Jacques Villeneuve mir ins Auge stach. Der trug sein weißblondes Haar sehr kurz, einige Bürzel standen frech ab. Wenn das nicht *der* Schnitt für mich war, wollte ich einen Besen fressen! Ich konnte es kaum erwarten, unter die Schere zu kommen.

Als erstes wurde Nicole frei.

Ausgerechnet Nicole, eine Blondine, die jederzeit als Double

von Pamela Anderson durchgegangen wäre! Sie geleitete mich zu einem Frisierstuhl, der eine verblüffende Ähnlichkeit mit dem Untersuchungsstuhl meines Gynäkologen hatte. Notfalls konnte sich hier die werdende Mutter eine Dauerwelle legen lassen und während der Einwirkzeit der Dauerwellsubstanz entbinden – alles in einem Aufwasch. Möglich, daß das in Zukunft Standard sein würde. Heute bei Ihrem Coiffeur im Angebot: Entbindung inklusive Tönungswäsche und Fönwelle für den Partner – zweihundert Mark. Kaiserschnitt hundert Mark Aufpreis. Gottergeben sank ich in den Stuhl. Fast hätte ich die Beine gespreizt.
»Hallöchen!« sagte Nicole enthusiastisch. »Wie soll's denn werden?«
Ich deutete auf das Foto von Jacques Villeneuve. »So.«
»Nur ohne Geheimratsecken, oder?« flötete Nicole. »Kein Problem. Kommt viel runter, dann müssen wir färben. Das Blond, das der hat, gibt es in natura nicht, höchstens bei Albinos.«
Mitsamt Stuhl kippte sie mich nach hinten, wusch mir liebevoll die Haare, massierte mir zärtlich die Kopfhaut – das sei im Service inbegriffen, erklärte sie –, kippte mich nach vorn, wickelte mir ein duftendes blütenweißes Frotteehandtuch um den Kopf und zog ein Wägelchen mit ihren Utensilien herbei.
Aus dem Spiegel glotzte mich eine ägyptische Mumie an. Der Zweifel nagte an mir wie die Maus an der Käserinde. Sollte ich wirklich meine letzte Mark für eine neue Frisur raushauen? Alles ging den Bach runter, mein Leben war gelaufen. Am liebsten wäre ich auf der Stelle gestorben. War's nicht sinnvoller, ich wies Nicole an, mich einzubalsamieren? Und tschüs – ab in die Grabkammer?
Mensch, Alex! redete ich mir gut zu. Nur ruhig Blut!
Die Atmosphäre hatte was Einlullendes. Ich schloß die Augen und lauschte dem Schnipp-Schnapp der Schere, mit der Nicole mich von meinen fusseligen Strähnen befreite. Im Hintergrund lief leise Klaviermusik. Hier und da rieselte Wasser in ein Bekken, summte ein Fön. Eben war ich im Begriff, wegzudämmern, da sagte Nicole: »So, dieses war der erste Streich!«
Ich guckte in den Spiegel. Meine Haare waren zentimeterkurz.

Vorn links, wo ich den Wirbel hatte, der mich immer mopste, stand ein Bürzel keck in die Luft.
»Schon sehr Villeneuve-mäßig!« sagte ich anerkennend.
Nicole kicherte. »Und der zweite folgt sogleich – Streich, meine ich: Jetzt wird blondiert. Ich sag Ihnen, das kommt gut. Auf den Typen steh ich eh. Der ist wenigstens nicht so 'n aalglatter Langweiler wie die anderen Rennfahrer!«
Da war ich ja an der richtigen Adresse. Nicole verfügte sich in irgendwelche vor den Augen der Kundschaft verborgenen Gefilde des Salons, um Farbe anzurühren. Ich vertiefte mich in das Interview mit Villeneuve. Befragt, was er eigentlich mache, wenn er während eines Rennens mal pinkeln müsse, sagte er, er würde einfach in die Hose machen. Welch freche Antwort auf eine freche Frage! Schlagfertig, der Junge!
Eine halbe Stunde später – Nicole hatte blondiert und gefönt und gegelt, daß ich schon dachte, ich würde bis zum Sankt-Nimmerleins-Tag hier festsitzen – sah ich aus wie Villeneuves kleine Schwester.
Oder eher wie sein kleiner Bruder?
Jedenfalls sah ich klasse aus. Keß, dynamisch, windschnittig.
Leichten Herzens drückte ich hundertachtundzwanzig Märker ab. Es reute mich kein bißchen. Die neue Frisur war jede Mark wert. Neben der Kasse standen kleine rosa Trinkgeld-Sparschweine aus Porzellan; auf jedem Schwein prangte ein Name. Spontan wollte ich ein Zweimarkstück in den Schlitz von »Nicole« stecken, besann mich aber eines Besseren. Nicole hatte sich so toll um mich gekümmert; sie hatte mir den Tag gerettet, wenn nicht gar das Leben. Sie hatte mir meine Freiheit wiedergegeben. Die würde ich nicht mit einem läppischen Trinkgeld abspeisen.
Ich stöckelte aus dem Salon und entdeckte einen Blumenladen in unmittelbarer Nähe. Dort erstand ich ein Gebinde aus weißen Rosen und Schleierkraut, passend zu meiner neuen Haarfarbe.
Als ich Nicole damit überraschte, wurde sie fast ohnmächtig. »Ach je!« rief sie. »Für mich?«
Ich nickte. »Für meine Leib- und Magenfriseuse!«

Kein arroganter Figaro würde sich mehr an meinem Haar vergreifen dürfen. Entzückt preßte Nicole das Gebinde an sich. »Danke – aber es hat mir wirklich Spaß gemacht. Der neue Look unterstreicht Ihren burschikosen Typ ...«
»Bin ich denn so ein Mannweib?« entfuhr es mir. »Sogar im Kostüm?«
»Mannweib?« Nicole stutzte. »Wieso? Nee. Sie sind zwar nicht Claudia Schiffer, aber wer will schon als Schaufensterpuppe enden? Sie haben Stil, irgendwie.«
Die Frau war ein Knaller! Salbe für meine Seele, wie Mutti sagen würde. Zwar hatte sie keinen akademischen Grad und war blond, wie man blonder nicht sein kann, aber sie hatte mir den richtigen Weg gewiesen.
Die ganze Zeit war ich einem falschen Ideal hinterhergelaufen.
Ich hatte das Geschreibsel in den Frauenzeitschriften und Lifestyle-Magazinen für das Evangelium gehalten. Die Saat war – wen wundert's! – dank der Gehirnwäsche meiner Mutter mit ihrem ewigen Man-muß und Man-darf-nicht und Was-sollen-denn-die-Leute-denken und Das-macht-ein-braves-Mädchen(eine-anständige-Frau)-nicht auf fruchtbaren Boden gefallen.
Unsere Wohnung war nach den Vorschlägen eines Stararchitekten eingerichtet, der sich in der *Kameradin* zum Thema optimale Raumaufteilung unter Beachtung des dekorativen Elements geäußert hatte. Zu Weihnachten hatte ich das mehrgängige arterienverstopfende Weihnachtsmenü aus der *Friederike* aufgetischt; im Januar hatte ich mich der *Friederike*-Diät unterworfen, um in die aktuelle Frühjahrsmode zu passen. Nach dem kalorienstrotzenden Ostermenü war abermals Diät angesagt. Der Sommer nahte, die angefressenen Pfunde mußten runter, wenn man in der aktuellen Bademode nicht zum Gespött der Leute werden wollte.
Die Schmink- und Styling-Tips waren die zehn Gebote für mich gewesen. Wenn in der *Alberta* Giftpink als Lippenstiftfarbe der Saison propagiert wurde, wanderten sämtliche andersfarbigen Lippenstifte, die sich in meinem Besitz befanden, sofort in den

Mülleimer. Es gab keine Antifalten- oder Antizellulitis-Creme, die ich nicht ausprobiert hätte. Ja, sogar Hämorrhoiden-Creme - *der* Geheimtip der Model-Szene gegen Falten – hatte ich mir auf die Stirn gekleistert.
Ich hatte keinen Trend verpennt.
Dabei war alles Beschiß!
Bekloppt war ich gewesen. Blauäugig. Naiv. Ich hatte das Geschreibsel geschluckt wie Manna. Ich hatte geglaubt, ich könnte aus Wasser Wein machen, am besten einen feurigen Roten, wie er meinem Liebsten mundete. Dabei ging's einzig und allein darum, das Wasser lieben zu lernen.
Jeden Tropfen.
Und wer kein Wasser mochte, der konnte mich mal am A ... bend besuchen.
Ich war sicher keine Oil-Queen – aber wer weiß? Vielleicht war ich ja die Queen of Tablewaters?
Mein Selbstbewußtsein, das bisher bloß erbsengroß gewesen war, schwoll an auf die Größe eines Heißluftballons. Voller Euphorie schmiß ich den BMW an und raste heimwärts. Zum erstenmal konnte ich den Fahrtwind richtig genießen, keine einzige Strähne flatterte mir vor den Augen herum und versperrte mir die Sicht.
Nichts raubte mir mehr den Durchblick.

Doch schon am selben Abend waren sowohl mein Zorn als auch meine Euphorie verflogen. Draußen senkten sich die Schatten der Dämmerung auf die Dächer. Die Schwalben flogen tief, es würde bald Regen geben, wenn nicht gar ein Gewitter. Ein Depressiönchen pirschte sich an mich heran, ach, was sag ich, eine ausgewachsene Depression.
Mir war nach Ausweinen zumute. Aber an wessen starker Schulter?
Wer sollte heute mein ganz privates Doktor-Sommer-Team sein?
Mascha schied als Kummerkastentante aus; sie weilte auf einer Fortbildung. Feli hatte sie bei einer Schulfreundin einquartiert.

Ob ich Mutti mal zur Abwechslung die Ohren vollsülzen sollte?
Der Anruf bei ihr war längst überfällig. Ich wählte ihre Nummer und machte mich auf den Anrufbeantworter gefaßt, aber sie ging selbst ans Telefon. »Arnold?«
»Ich bin's, Alex!«
»Alexandra! Von dir hat man ja ewig nichts gehört.« Jedes Wort des kurzen Satzes war ein einziger Vorwurf.
»Wie geht's dir denn?« fragte ich, darauf bauend, daß Mutti ein paar Takte über ihren erhöhten Cholesterinwert und ihre lädierte Bandscheibe jammern würde und daß sie, nachdem ich den Anstand gehabt hätte, mir ihr Wehgeschrei anzuhören, den Anstand haben würde, sich mein Wehgeschrei anzuhören.
Doch nichts lag ihr ferner.
Sie speiste mich mit einer Kurzfassung eines Kegelnachmittags (Seit wann konnte sie mit der lädierten Bandscheibe kegeln?) und mit einer noch kürzeren Fassung eines Pizzaessens beim Italiener ab (Schoß das Cholesterin nach dem Genuß von Salamipizza nicht in ungeahnte Höhen?). Weder verlor sie ein Wort über die Tugenden der Tochter von Frau Engelkes noch über den Geschlechtstrieb der Pudelin von Frau Jablonski. Ohne sich auch nur ansatzweise nach meinem Befinden zu erkundigen, beendete sie das Gespräch – oder besser: ihren Monolog, denn mein Gesprächsbeitrag beschränkte sich auf ein »Hm!« und ein »Aha!« – mit der fadenscheinigen Begründung, sie müsse noch mal aus dem Haus.
Seit wann ging Mutti nach Einbruch der Dunkelheit aus dem Haus?
Mutti, die hinter jedem Baum und Strauch einen Exhibitionisten witterte? Hinter jedem Mauervorsprung einen Triebtäter? Hinter jeder Mülltonne einen Messerstecher? Ganz zu schweigen von Kidnappern, Bankräubern, Autodieben, Erpressern, Mördern und anderem zwielichtigen Gesindel, das ihrer Ansicht nach nachts in Stadt und Land sein Unwesen trieb?
Resigniert wünschte ich ihr einen schönen Abend, aber sie hatte schon aufgelegt. Ich schmiß mich auf mein handtuchschmales Feldbett und schluchzte eine Runde in mein hartes Kissen. Als

es durchgeweicht war, tigerte ich unruhig im Zimmer auf und ab. Von der Tür zum Erker, vom Erker zur Tür. Jedesmal vier Meter.

Verkehrte Welt!

Die Mutter amüsierte sich ganz ungeniert, die Tochter hing alleine rum und kriegte das arme Tier.

Ich fühlte mich so einsam und verlassen wie selten in meinem Leben. Schlagartig wurde mir bewußt, daß es ein Riesenfehler gewesen war, mich voll und ganz auf Tom zu konzentrieren, ihn zum Dreh- und Angelpunkt meiner Welt zu machen und um ihn zu kreisen wie die arme alte doofe Erde um die Sonne. Alle Freundinnen hatte ich sträflich vernachlässigt. Alle außer Mascha – die mir beharrlich die Treue gehalten hatte, die gute Seele – waren nach und nach aus meiner Umlaufbahn verschwunden, so daß ich mich jetzt allein auf weiter Flur fand.

Das war die Quittung.

Wenn ich in diesem Zimmer blieb, konnte ich einen Schreikrampf nicht ausschließen.

Ich patrouillierte durch die Wohnung. In Martins Zimmer fiepste der Computer. Die Küche war leer. Hannes saß auf dem Balkon und blätterte im *Kicker*.

»Alter!« sagte ich.

»Alter!« sagte er. »Na, wie schaut's?«

»Wo ist denn Heri?« fragte ich. Es war ganz ungewohnt, daß unser Bücherwurm nicht lesend oder fernsehguckend in der Küche hockte.

»Keine Ahnung. Vielleicht bei Mama.« Hannes reckte sich, rollte den *Kicker* zusammen und schlug damit eine Fliege tot, die auf der Balkonbrüstung herumkrabbelte. Dann zeigte er auf den Himmel, an dem sich dunkle Wolkenberge bauschten. »Is 'n Gewitter im Anmarsch.«

Wortlos nickte ich.

»Mann, is 'n los?« fragte Hannes. »Schiebste Frust? Mir fällt auch die Decke auf 'n Kopp. Komm, laß uns einen saufen gehen. Hey, Alter – Zug durch die Gemeinde, wat sachste dazu?«

Bevor ich was dazu sagen konnte, stand er auf. Also gut. Gebongt. Zug durch die Gemeinde. Warum nicht? War halt das eine oder andere Bierchen mein Retter in der Not. Würde ich mich eben dem bösen Onkel Alkohol in die Arme werfen, wenn mein Mütterchen mich im Stich ließ und mein Väterchen auf und davon war.

Die erste Kneipe, die wir aufsuchten, war das Sidestep. Im provisorischen Biergarten waren alle Bänke besetzt, drin jedoch war es beinahe leer und angenehm kühl. Zum Glück lief diesmal nicht die Leonard-Cohen-CD, denn sonst wäre die Quecksilbersäule meines internen Stimmungsbarometers, die ohnehin schon um die Null-Grad-Markierung pendelte, endgültig in den Minusbereich abgesackt. Wir stellten uns nebeneinander an die Theke und bestellten zwei Pils. Stets stehen Männer in der Kneipe – breitbeinig, fluchtbereit, in den Startlöchern quasi –, wohingegen Frauen lieber sitzen, als wollten sie was ausbrüten. Die schmächtige Kellnerin durfte sich die Hacken ablaufen und ein volles Tablett nach dem anderen rausschleppen, während der kräftige, kahlköpfige Wirt den Zapfhahn bediente.

»Braut sich was zusammen!« sagte er zu uns.

»Jau!« sagte Hannes. »Dicke Luft draußen.«

Wir stießen an, tranken die Biere auf ex aus und orderten Nachschub. Während der Wirt unsere Gläser spülte und Hannes dumpf vor sich hin starrte, bemerkte ich zwei Frauen, die zufällig an dem Tisch in der Fensternische saßen, an dem Mascha und ich den Plan mit der Männer-WG und dem Ratgeber ausgeheckt hatten.

»Interessiert?« fragte Hannes.

»Interessiert?« wiederholte ich verwirrt.

An was? Ach – an den Mädels. Klar, ich war ja wieder als Kerl unterwegs. Und als solcher hatte ich gefälligst allen halbwegs tageslichttauglichen Frauen hinterherzusabbern und ihr Aussehen zu kommentieren. Es war ganz schön anstrengend, ständig mental von Mann auf Frau umzuschalten und umgekehrt.

»Die Rote is nich ungeil«, konstatierte Hannes.

Die Rotblonde war in der Tat nicht ungeil. Gestikulierend quasselte sie auf ihre Freundin – Typ Schneewittchen, roter Schmoll-

mund und schwarzer Bubikopf – ein, schüttelte die schulterlangen Locken und fuhrwerkte mit ihrer brennenden Zigarette herum. Dann steckten die Mädels die Köpfe zusammen und tuschelten angeregt. Sie waren richtig dicke Tunke. Neid grub sich in mein Herz wie ein Maulwurf durch den Mutterboden. Am liebsten wäre ich an ihren Tisch gegangen und ihnen um den Hals gefallen!
Schwestern! Drückt mich solidarisch an eure Brust!
Hannes guckte mich erwartungsvoll an; unzweifelhaft erwartete er einen markigen Männerspruch von mir.
Den sollte er haben. »Rote«, raunte ich, »sind ganz scharfe Nummern in der Kiste!«
Ob das stimmte, entzog sich meiner Kenntnis, ich hatte es im *Mega-Mops* gelesen. Hannes nickte bedächtig und riskierte einen zweiten Blick. Die Rote streckte ihm die Zunge raus. Ich wußte nicht, ob sie wirklich eine scharfe Nummer in der Kiste war, auf jeden Fall aber war sie ein freches Luder. Unwillkürlich mußte ich grinsen. Als sie an uns vorbei in Richtung Toiletten ging, zischte sie mir zu: »Vergiß es, du Wichser!«
Ich war dermaßen verdattert, daß ich mich an meinem Bier verschluckte. Hätte ich einen Penis gehabt, er wäre vor Schreck auf Raupengröße geschrumpft. Der Wirt schmunzelte, Hannes grölte los.
»Is dir auch noch nich oft passiert, he?« sagte er. »So 'ne Abfuhr, wat?«
Da lag er richtig. Abfuhren von Frauen war ich nicht gewohnt. Und in was für einem Ton! Man wird ja wohl mal grinsen dürfen! Ein Wichser – ich! Konnte ich das auf mir sitzen lassen?
Nee. Konnte ich nicht.
Auch meine Toleranz hatte Grenzen.
Energisch knallte ich mein Glas auf die Theke. Eh ich mich versah, stieß ich die Tür zum Damenklo auf. Rotkäppchen posierte vorm Spiegel und malte sich die Lippen an.
»Mann!« stöhnte sie, als sie mich sah. »Was ist das denn für 'ne Nummer? Hier ist für kleine Mädchen, hier bist du falsch, du Legastheniker. Zieh Leine!«

Aufs Maul gefallen war die wirklich nicht. Die war mit allen Wassern gewaschen.
Wäre ich nur eine Minute meines Lebens so schlagfertig gewesen! Wer weiß, was aus mir geworden wäre! Dann würde ich nicht als Mann verkleidet im Damenklo dieser Spelunke herumlungern und Tritte in meine nicht vorhandenen Weichteile riskieren.
»Haste was mit den Ohren?« fragte die Frau, schraubte den Lippenstift zu und warf ihn in einen winzigen weißen Lederrucksack. »Hau ab, du Loser!«
Gefahr war im Verzug. Bevor sie handgreiflich werden konnte, mußte ich sie davon überzeugen, daß es sich bei mir um eine Geschlechtsgenossin mit friedlichen Absichten handelte und nicht um einen zudringlichen Verehrer mit eindeutigen.
Aber wie?
Was hatte mir neulich aus der Patsche geholfen? Bei der Polente? Hose runter! Also auf ein neues.
Ich schickte mich an, meine Jeans aufzuknöpfen.
Rotkäppchen reagierte prompt. »Ich schrei den ganzen Laden zusammen. Du, ich warne dich – laß ihn drin!«
»Reg dich ab«, sagte ich. »Ich hab gar keinen.«
»Ha! Kastriert, was?« fragte sie schnippisch. »Geschieht dir recht. Dann kann ich mir ja die Arbeit sparen.«
Sie zog die Hand aus ihrem Rucksack. Ihre Finger krallten sich um eine Nagelschere. Im Zeitlupentempo streifte ich die Jeans auf Kniehöhe, so daß mein mädchenrosa Spitzenslip zum Vorschein kam. Sie lehnte sich ans Waschbecken und beäugte mich mit gesundem Mißtrauen. Die ganze Sache erinnerte mich an eine Pokerszene aus einem der unzähligen Western, die ich in den letzten Wochen konsumiert hatte. Sie wollte, daß ich meine Karten auf den Tisch legte. Um jeglichen Spekulationen vorzubeugen – nicht daß sie dachte, ich sei ein Damenwäschefetischist, und mich im Affekt mit der Nagelschere erstach –, zeigte ich ihr das As in meinem Slip.
»Ich fasses nicht!« sagte sie. »Was soll der Scheiß?«
Ich zog Slip und Hose hoch. Sie steckte die Schere in den Rucksack, kramte ein Päckchen Marlboro hervor und bot mir eine

Zigarette an. Eine Weile rauchten wir schweigend. Dann erzählte ich ihr, wie Mascha und ich die Idee mit dem Ratgeber gehabt hatten und wie ich mich in die Männer-WG geschmuggelt hatte undundund. Anfangs war sie skeptisch; aber dann – ich war bei der Episode mit den Bullen angelangt, wie ulkig, neuerdings ließen sich alle Probleme durch ein schlichtes Hose-runter! lösen – kicherte sie wie ein Backfisch.

»Irre!« rief sie begeistert.

Wir schmissen unsere Kippen in die Kloschüssel, wo sie zischend ersoffen. Die Frau durchwühlte ihren Rucksack und reichte mir eine zerknitterte Visitenkarte. Ihr Name war Caro Carrera. Alles, was recht war, aber wie eine Italienerin sah sie nicht aus.

»Ist ein Künstlername«, sagte sie, als hätte sie meine Gedanken gelesen. »Mein richtiger Name ist Caroline Buchholz, aber Caro ist mir lieber. Du – wie heißt du?«

»Alexandra, wenn's nach meiner Mutter geht. Aber Alex ist mir lieber!«

Verständnisinnig grinsten wir uns an, ein Herz und eine Seele.

»Du, ich schreib für *KUNO*, für das Schicki-Micki-Blatt!« sagte Caro und wartete auf meine Reaktion. Ja, das Blättchen war mir ein Begriff. Voll mit Szene-Infos und Filmkritiken und Reklame. Das und das *City Journal* lagen kostenlos in allen Kneipen und Restaurants der Stadt aus. »Aber hauptsächlich schreib ich Drehbücher. Wenn das mit eurem Ratgeber nix wird, wenn da kein Verlag anbeißt – die Story ist genau der Stoff, aus dem Drehbücher gestrickt sind, notfalls. Bleib auf jeden Fall dran!«

Mannomann! Das war ja der pure Wahnsinn!

Mascha würde Luftsprünge machen! Wenn kein Verlag anbiß, würden wir gleich einen Film drehen. Hurra!

»Ruf mich mal an!« sagte Caro. »Dann trinken wir ein Bier zusammen, nur wir Weiber. Pfeif auf die Kerle! Draußen, das ist übrigens Suse, meine beste Freundin. Total von der Rolle, aber Psychoklempnerin, das mußt du dir mal vorstellen ...«

Plaudernd und in schönster Eintracht verließen wir das Damenklo.

Das Damenklo?

Oh, no! Instinktiv war ich hinter Caro hergeflitzt. Dabei hatte ich als Mann doch auf dem Damenklo nichts verloren! Was würde Hannes denken? Mit welcher Ausrede konnte ich ihn abspeisen? Oder flog mein Bluff jetzt auf? Fieberhaft graste ich die Weide meines Hirns nach einer glaubwürdigen Lüge ab. Aber die Weide war nicht fett, sie war ein Magerrasen. Mir fiel nichts ein, rein gar nichts. Also Flucht nach vorn.

Pokerface. John-Wayne-Gang.

Aus den zehn Metern bis zur Theke wurden zehn Kilometer. Mir war, als wate ich durch nassen Zement.

Stumm gesellte ich mich zu Hannes, trank mein abgestandenes Bier aus und machte auf coolen Cowboy. Da ich längst nicht so cool war, wie ich tat, rutschte mir Caros Visitenkarte aus dem angstschweißfeuchten Händchen.

»Boh!« Hannes grapschte danach. »Caro. Da kann man ja richtig neidisch werden. Darauf mußte einen ausgeben!«

»Worauf?«

»Na, schnelle Nummer auf'm Klo. Mit 'ner wildfremden Trulla – hey! Martin haut's aus den Latschen, wenn er dat erfährt. So wat hat der noch nich geschafft. Versucht hat er's ma, aber die Frau hat ihm …«

»… in die Eier getreten?« fragte ich hoffnungsvoll, denn einen Tritt in die Eier gönnte ich Martin von Herzen.

»Jau. Wat is nu?«

Auch der Wirt starrte mich ehrfürchtig an. Gebieterisch spreizte ich zwei Finger. Und biß mir auf die Lippen, um nicht loszubrüllen. Dachten die im Ernst, ich hätte Caro im Klo flachgelegt? Abartig, diese Kerle! Ganz zu schweigen von ihren Phantasien.

Mit großer Geste stellte der Wirt ein perfekt gezapftes Pils vor mich, dann eins vor Hannes. »Wohl bekomm's!«

»Un ich sach noch!« sagte Hannes zu ihm und zeigte auf mich. »Der Kerl bringt's voll, ehrlich! Der läßt nix anbrennen! Gegen den is Casanova 'n Schlaffsack! Prost – auf dich, Alex!«

Kein Zweifel: Ich war der Held des Abends. Ich war der Neandertaler, der das Mammut erlegt hatte. Der tollste Hecht im

Karpfenteich. Der erste Mann auf dem Mars. Mein Ruhm würde mir vorauseilen, davon würde ich noch lange zehren. Als Hannes und ich zu neuen Ufern aufbrachen, stießen sich Caro und Suse gegenseitig in die Rippen und strahlten mich an wie Tausend-Watt-Lampen. Siegessicher reckte ich einen Daumen.
The show must go on!

Vier Stunden, drei Kneipen und weiß der Himmel wie viele Biere später hatte ich den Kanal voll. Ich überredete Hannes zum Nachhausegehen. Er fügte sich, wenn auch nur widerwillig. Draußen war es so schwül wie im irisch-römischen Dampfbad. Das Gewitter ließ auf sich warten. Mein Kopf war schwer, ich hatte das Gefühl, daß ich meinen Alkoholkonsum morgen bitter bereuen würde. Hoffentlich hatten Martins Barbies noch ein paar Aspirin übriggelassen.
Unser Weg führte durch den Stadtpark. Enten quakten, ein Teenager-Pärchen knutschte selbstvergessen auf einer Bank, ein Penner stocherte in einem Mülleimer. Späte Zecher stolperten unter Bäumen hervor, die Hand am Hosenlatz. Forschen Schrittes eilte ich voran, Hannes zockelte im Zickzack hinter mir her. Ich kam mir vor wie eine Hundehalterin, die mit ihrem störrischen Köter Gassi geht. Das nächste Mal würde ich Hannes der Einfachheit halber anleinen. Unter einer besonders großen Eiche machte er halt.
»Muß ma«, sagte er. »Wir können um die Wette pinkeln, wat hältste davon?«
Ich hatte mich um ein Tennismatch mit Martin drumrumgemogelt (Meniskus!) und um einen Besuch im Fitneß-Studio mit Hannes (Rückenschmerzen, sorry, alter Junge!). Es war mir gelungen, mich vor der gemischten Sauna zu drücken (Durchfall, tut mir leid, kann man keinem zumuten). Ich hatte tierisch Schwein gehabt und war um Skat drumrumgekommen, da auch Heri und Martin das Spiel nicht beherrschten.
Daß ich mit einem Ansinnen wie Wettpinkeln konfrontiert werden könnte, hatte ich nicht einkalkuliert.
»Ist nicht mein Ding!« entgegnete ich. Heb dein Bein, Rex! Aber dalli, sonst vergeß ich mich!

Wettpinkeln! Wie lautete das Motto des Abends? Nein-ich-will-nicht-erwachsen-werden? Wie alt waren wir denn heute? Acht? Neun? Worum ging's überhaupt beim Wettpinkeln? Um die Weite? Oder macht's die Masse? Massenmäßig hätte ich gute Chancen gehabt, als Sieger aus dem Wettpinkeln hervorzugehen. Die Biere drückten mir gewaltig auf die Blase.
Unbeirrbar wie ein Kater auf Mäusejagd stolzierte Hannes zum Stamm der Eiche, zurrte am Reißverschluß seiner Jeans, holte Hannes junior raus und schlug schwankend Wasser ab. Ein Liter Urin prasselte an des Baumes Rinde.
»Mußte nich?« fragte Hannes.
Ich verneinte, obwohl ich mußte wie verrückt. Obwohl's mir fast schon zu den Ohren rauslief. Aber ich konnte mich ja wohl schlecht unter die Eiche hocken, oder? Was Pinkeln in freier Wildbahn anging, hatten Kerls echt die besseren Karten. Umständlich verstaute Hannes seinen Pullermann wieder in der Hose.
»Nun mach schon!« sagte ich ungeduldig, denn auch der Himmel begann, Wasser abzuschlagen. Dicke Regentropfen pladderten aufs Pflaster. Zudem kam Wind auf. Gewaltig rauschte die Eiche mit ihrem Blätterdach, so gewaltig, als wolle sie sich über die stattgehabte Mißhandlung beschweren. Zärtlich tätschelte Hannes ihren Stamm und sagte: »Tschö!«
»Mensch«, sagte ich, als wir weitergingen. »Wer bezahlt für dich eigentlich Hundesteuer?«
»Hä?«
»Schon gut.«
Auf dem Ohr scheinen alle Männer taub zu sein. Stocktaub. Auch Tom hatte es sich nie nehmen lassen, den knorrigen Apfelbaum im Vorgarten des Hauses, in dem sich unsere (seine!) Wohnung befand, zu gießen, wenn wir nachts heimkehrten, während ich peinlich berührt Schmiere stand. Und das, obwohl ihn nur ein paar Treppenstufen vom rettenden Klo trennten. In der Beziehung sind Männer wirklich wie Hunde – dem Drang, ihr Revier zu markieren, können sie nicht widerstehen.
Unterdessen war das Gewitter direkt über uns. Blitze zuckten in den Baumkronen, der Donner rollte über sie hinweg wie eine

Dampfwalze. Wir waren klatschnaß, als wir es endlich geschafft hatten, den Stadtpark zu durchqueren. Insgeheim dankte ich dem lieben Gott, daß er mir die Geistesgegenwart verliehen hatte, mir vorm Weggehen Toms Lederjacke zu schnappen. Ohne die würde ich jetzt Miß Wet-T-Shirt mimen, mit eventuell unabsehbaren Folgen: Auch betrunkene Männer sind in der Lage, eine weibliche Brust zu identifizieren, wenn sie sich darbietet wie auf dem Silbertablett – selbst wenn sie nur im Ansatz vorhanden ist.

In der Ferne blinkte verlockend die Leuchtreklame vom Krokodil, einer Kneipe, in der hauptsächlich Ewiggestrige und Altfreaks verkehrten. In unserer Anfangszeit hatten Tom und ich uns mal da rein verirrt. An jenem Abend hatte der Wirt *Love Hurts* von Nazareth gespielt; aber ich war frisch verliebt gewesen und wäre nie im Leben auf die Idee gekommen, daß Liebe auch weh tun konnte.

Wie von einem unsichtbaren Magneten angezogen, steuerte Hannes auf den Eingang zu.

»Hey, nicht!« rief ich. »Laß uns heimgehen!«

»Och nee!«

»Los, komm!«

»Nee! Alex, sei kein Spielverderber! Auf 'nen Absacker!« Hannes schmollte wie ein Hündchen, dem's Frauli einen Wurstzipfel verweigert. »Ein Bier bloß, stell dich nich so an!«

Einen gewissen Welpencharme konnte man ihm nicht absprechen. Hach – dieser Hundebabyblick! Na gut. Ein Bier noch. Ein allerallerletztes. Ich gab nach und folgte ihm in die verrauchte Kaschemme. Bis auf ein paar verwahrloste Typen, die an der Theke standen und lautstark mit dem Wirt – einem Alt-68er mit einem Rauschebart, in dem sich eine ganze Kolonie Flöhe hätte ansiedeln können – palaverten, war die Kneipe leer. Hannes bestellte zwei Pils, ich ging mich erleichtern.

Diesmal war ich schweinchenschlau. Schnurstracks marschierte ich ins Herrenklo, wo es stank wie im Zoo. Ich sperrte mich in die einzige absperrbare Zelle ein und ließ meinen Bedürfnissen freien Lauf, heilfroh, daß kein Männeken pis reinkam und sich

vor eins der gelbfleckigen Pissoirs stellte. Mein Bedarf an pinkelnden Männern war ein für allemal gedeckt, auf ein weiteres Exemplar konnte ich gut verzichten. Während ich mir die Hände wusch und an meinen Jeans trockenrieb, weil es weder Seife noch Handtuch gab, inspizierte ich den Kondomautomaten, der an der Wand neben dem Waschbecken hing. Irgendein Idiot hatte mit Filzstift OHNE PARISER FICKEN IST GEILER draufgeschrieben. Schwanz hart, Verstand fort, kann man da nur sagen!
Auf dem Rückweg achtete ich darauf, daß alles vorschriftsmäßig vonstatten ging. Vor aller Augen zog ich den Reißverschluß zu und sortierte meine Genitalien.
In der Kneipe herrschte Stille. Die Typen klammerten sich an ihre Biergläser wie Schiffbrüchige an den Rettungsring, der Wirt schob eine neue Kassette in den verstaubten Recorder. Beim ersten Gitarrenakkord wußte ich Bescheid. Es war dieselbe Kassette wie vor sieben Jahren.
Und da kam's auch schon: *Love Hurts.*
Hannes brummte die Melodie mit: *Love is just a lie, made to make you blue!* Meine Augen brannten. Ich war so schlagkaputt, daß ich mich kaum noch auf den Beinen halten konnte. Und der dumme Song wollte und wollte kein Ende nehmen.
»Nu sach endlich, wat los is!« befahl Hannes. »Stimmt doch wat nich. Vorm Sidestep warste tierisch schräg drauf, un jetzt isses auch nich besser.«
Er war wesentlich sensibler, als ich gedacht hatte. Und ob ich schräg drauf war! Und ausgeweint hatte ich mich immer noch nicht! Bei Caro hatte ich mich nicht getraut, da hatte ich Schiß gehabt, mich zu blamieren, vor so 'ner Klassefrau.
»Spuck's aus, Alter!« drängte Hannes. »Von Mann zu Mann.«
Liebend gern, Herr Doktor Sommer! Doch wie sag ich's meinem Kinde? Paß mal auf, ich hab euch abgelinkt, eigentlich bin ich eine Frau? Eine sitzengelassene obendrein?
Nee, ein Outing war nicht drin.
Schließlich wollte ich mir nicht die Tour vermasseln. Noch war meine Mission in der Männerwelt nicht beendet. Aber vielleicht

konnte ich – ja, das müßte hinhauen! Ich würde die Wahrheit sagen, nichts als die Wahrheit. Ich würde lediglich die Rollen vertauschen.
Ich räusperte mich und trank einen Schluck Bier. »Meine, äh, Verlobte …«
»Hm?« Hannes nickte mir aufmunternd zu.
»Die dämliche Schlampe hat mich hängenlassen, kurz vor der Hochzeit. Ist auf und davon mit 'nem amerikanischen Ölmulti. Das läßt mir keine Ruhe, das nagt an mir …«
»Wie'n Rudel Sackratten, wat?« fragte Hannes. »Kenn ich alles. Exakt datselbe is mir auch passiert. Vor zwei Jahren. Ich hab meine Verlobte mit 'nem anderen Kerl erwischt, mit so 'nem Schlipsaffen. In flagranti, vier Wochen vorm Standesamttermin. Meine Jugendliebe. Mit der Elli war ich schon zusammen, als ich siebzehn war. Dann haben wir uns aus den Augen verloren und wiedergefunden und noch mal verknallt, ach, Mist. Die Weiber taugen alle nix. Bin ich halt bei den Jungs untergekrochen.«
Das war der längste Satz, den ich je von Hannes gehört hatte. Mitleid wallte in mir auf. Ich dachte an den Brief mit dem Vergißmeinnicht. Er hob sein Glas, um mit mir anzustoßen. Mit mir, seinem Leidensgenossen. Eigentlich könnten wir ganz prima eine Selbsthilfegruppe gründen. Erstaunlich sanft für seine Verhältnisse schlug er mir in die Rippen.
»Tja«, sagte er lakonisch. »Kein Schwanz is so hart wie dat Leben. Aber wat uns nich umbringt, macht uns nur härter, wat?«
»Jau!« sagte ich.
»Wat is? Noch 'ne Runde Billard?«
»Jau!« Scheiß der Hund drauf. Ich konnte genausowenig Billard spielen wie Skat. Aber beim Kugeln-in-Löcher-Ballern konnte man bestimmt klasse Dampf ablassen.
Und wie's der Teufel wollte – ich gewann! Ganz ohne mein Zutun! Pfundskerl, der ich war!
Während ich noch pseudo-fachmännisch die Spitze meines Stocks – meines Queues! – mit blauer Tafelkreide malträtierte und dem Moment entgegenfieberte, wo ich an der Reihe war,

lochte Hannes mit seinem ersten Stoß die schwarze Kugel mit der Acht drauf ein, schmiß sein Queue quer über den Tisch und sagte: »Kacke, verdammte. Verloren.«
Ich hatte keinen blassen Dunst von den Spielregeln, aber das ließ ich mir nicht anmerken. Ich spendierte Hannes ein Bier – ein allerallerletztes! – und bezahlte, weil er keine Mark mehr auf der Naht hatte.

Der Wirt schloß hinter uns ab. Es regnete immer noch, das Licht der Straßenlaternen spiegelte sich auf dem nassen Asphalt. Stumm wankten wir nach Hause. Nur einmal blieben wir stehen, um nonverbal zu kommunizieren. Wir umarmten uns und klopften uns auf die Schultern und hauten uns ins Kreuz und schimpften auf die Scheißweiber und auf die schnöde Welt. Wir waren Brüder. Wir waren Terence Hill und Bud Spencer nach einer tollen Klopperei, wir waren Henry Fonda und Robert Mitchum nach einem anstrengenden Viehtrieb. Wir waren Winnetou und Old Shatterhand am Fuß der Blauen Berge.
Brüder hin, Brüder her: Zugleich war mir unbeschreiblich weiblich zumute, als ich mich im strömenden Regen an Hannes' Brust preßte und seinen Herzschlag spürte …
Um vier Uhr morgens lag ich endlich im Bett.
Ich lauschte dem Regen und verfluchte jedes einzelne Bier, das ich getrunken hatte. Sobald ich die Augen schloß, drehte sich alles. Mein Mund fühlte sich an, als wüchse Moos in ihm. Wenn mich die Zeichen nicht trogen, stand mir ein schreckliches Erwachen bevor. Aber wenigstens wachte keiner neben mir auf und starrte mich an, als wäre ich so häßlich wie Rumpelstilzchen. Ich konnte ganz ich selbst sein.
Ach – wie gut, daß keiner weiß, daß ich Alexandra heiß!

Die Supernummer

Mein spektakulärer Quickie im Damenklo vom Sidestep blieb kein Geheimnis. Nicht, daß mein Saufkumpan getratscht hätte – Gott behüte! Tratschen tun doch nur Frauen. Tratschen ist doch Weiberkram. Männer tratschen nicht, die tauschen Informationen aus. Hannes hatte die Jungs lediglich über meine Heldentat informiert. Und dabei so maßlos übertrieben, daß Martin und Heri wähnten, ich wäre tatsächlich eine Reinkarnation von Casanova.
Unsere Beichtstunde im Krokodil hingegen hatte Hannes wohlweislich verschwiegen. Welcher Mann hängt schon freiwillig an die große Glocke, daß er sitzengelassen worden ist?
Eines lauschigen Abends ergab sich ein zitierwürdiges Männergespräch.
Zu viert saßen wir in der Küche, auf dem Tisch stapelten sich die leeren Pappkartons vom Pizza-Service. Eine Flasche Weißwein aus Heris Privatbeständen machte die Runde. Ich mußte an seinen Kontaktanzeigenentwurf denken: Weinkenner! Wer's glaubt! Der Fusel war süß wie Zucker und hatte die Temperatur von Morgenurin – das war der klassische Château Migraine. Die Balkontür stand offen, Kinderlachen drang an unsere Ohren. Im Nachbargarten vergnügten sich ein paar Knirpse im Planschbecken.
Seit Tagen war's granatenheiß; das Hoch Otto hatte das Tief Thusnelda verdrängt und brannte jedem, der sich tagsüber rauswagte, ein Loch in den Verstand.
Einen Arm lässig auf die fadenscheinige Lehne gestützt, thronte Martin auf dem Plüschsofa und rauchte eine Verdauungszigarette. Heri krümmte sich auf dem unbequemsten Stuhl und zählte die Zinken einer Gabel. Hannes kaute Nägel, ich blätterte in der aktuellen Ausgabe von *KUNO*.

Die Idylle wurde durch Martins unvermuteten Verbalschlag unter meine Gürtellinie jäh unterbrochen.
»Na, Alex!« sagte er gönnerhaft. »Willst du uns deine, äh, Kneipenbekanntschaft nicht mal vorstellen?«
»Au ja!« sagte Hannes. »Lad doch Caro ma ein!«
»Oder …«, genüßlich zog Martin an seiner Zigarette, »… die Trulla vom Balkon. Ich hab Udo getroffen. Mann! Als der seinen Krempel abgeholt hat, sonnte sich da 'ne kleine Blonde – oben ohne! Alex, Alex, bist 'n schlimmer Feger!«
Spaßeshalber drohte er mir mit dem Zeigefinger. Heri ließ von der Gabel ab und platzte mit seiner Information raus. »Als meine Mama saubergemacht hat, hatte Alex Damenbesuch. Da lag nämlich ein, äh, ein Höschen im Bad. Schwarz. Aus Spitze.«
Bei dem anstößigen Wort »Höschen« wand er sich wie ein Bandwurm. Na warte! Sollte jemals seine dilettantische Kontaktanzeige im *City Journal* auftauchen, war ich mit Petzen dran! *Diese* brisante Information würde ich nämlich dann auch nicht für mich behalten.
Mit einem Hüsteln meldete sich Hannes wieder zu Wort. »Ich will ja nix sagen …«
Ja, Junge, dann lasses doch! Zwingt dich doch keiner! Aus! Pfui, Hund!
»… aber neulich lag da auch 'ne Tamponhülse auf'm Boden!« vollendete er den Satz und warf mir einen treudoofen Blick zu. Klasse, Rex! Willste 'nen Hundekuchen?
Tamponhülse auf'm Boden! Blind wie ein Maulwurf, wenn's um Zahnpastaspritzer am Spiegel und Haarballen im Waschbecken und Urinpfützen neben dem Klo ging! Aber ausgerechnet das winzige, bis auf die lindgrüne Aufschrift *Verdita-mini* durchsichtige Plastikfitzelchen hatte er gefunden – die Nadel im Heuhaufen.
»Da waren wohl bei einer die Indianer im Dorf«, sagte Martin lakonisch. Der und Tom in einen Sack und immer feste draufhauen, da traf man nie den Falschen. »Also – wir haben: Caro, Balkon-Blondie, die Höschen- und die Tampon-Trulla. Laß doch die Ladys mal antanzen, am besten im Bikini. Wir könn-

ten eine Miß-Wahl veranstalten. Ich mach den Conférencier, ihr drei die Jury. Wir vergeben Noten von eins bis sechs für Beine, Po, Busen und ...«

Und für die Pflicht und die Kür, oder was? Einem, der mit gezücktem Notenheft den Geschlechtsverkehr ausübt, traute ich solche Schweinereien zu.

»... unsere Miß Rabauke kriegt 'ne Flasche Franzosenbrause!«

Mir wurde allmählich unbehaglich zumute. Was sollte das Geschwätz? Was bezweckte er damit?

Jetzt deklamierte er: »Der Friederich, der Friederich, der ist ein arger Wüterich ...«

»Arg! Gegen dich bin ich ein Waisenknabe«, pampte ich ihn an. »Plauder du doch mal aus der Schule!«

Hol dein Notenheft, du schmieriger Gigolo! Ich will endlich wissen, ob du die kleine Lehnhoff entjungfert hast oder nicht. Außerdem will ich, daß das Gespräch einen anderen Verlauf nimmt. Das Tier in mir wittert nämlich Unheil.

»Ich frag mich bloß ...« Martin hätte einen klasse Jagdhund abgegeben. Er war partout nicht von der Fährte abzulenken. Er roch Beute. Und er wollte sie zur Strecke bringen. Vielleicht war er doch kein reinrassiger Dalmatiner; vielleicht hatte ein Drahthaarterrier irgendwie mit reingemendelt. Ein kleiner Wadenbeißer. »... ob nicht alles Bluff ist.«

Herzlichen Glückwunsch, Dottore! Sie haben eine Traumreise nach World's End gewonnen! Sie fliegen sofort – mit Nevercomeback-Airlines! (Hach, das wär zu schön, um wahr zu sein!)

ALLES BLUFF! Genauso und nicht anders hieß der Western, der in unserem Heimkino lief.

Zu hoch gepokert, Alex, alter Ganove! Der selbsternannte Sheriff Marty macht kurzen Prozeß mit dir. Er nimmt dich hops und knallt dich ab. Sollte dir die Flucht gelingen, setzt er eine beträchtliche Summe Kopfgeld auf dich aus! Wanted! Dead or alive!

Martin lächelte wie eine Lichthupe. »Jägerlatein, verstehste? Du kannst uns doch viel erzählen, wenn der Tag lang ist.«

Hab ich auch, ätsch-bätsch! Und ihr habt alles geschluckt. Ich ließ mich zu einem spöttischen »Ha!« hinreißen, das ihn zu weiteren Spekulationen provozierte. »Vielleicht hast du mit dieser Caro nur eine geraucht? Wer weiß?«
Das kam der Wahrheit näher, als er ahnen konnte. Ein paar kostbare Minuten blieben mir noch, dann würde Sheriff Marty abdrücken.
»Pah!« sagte ich.
Dann stand ich auf. Lässig schlenderte ich auf den Balkon, obwohl meine Beine aus Grütze waren und sekündlich einzuknikken drohten. Lässig fischte ich eine Flasche Bier aus dem Kasten, lässig klickte ich sie mit einem Feuerzeug auf, lässig lehnte ich mich an die Wand. Ja – ich stand tatsächlich mit dem Rükken zur Wand. Was nun? Beine breit und Hände hoch? Nee, nicht schon wieder, Jungs!
Auch Martin stand auf. Er zielte mit seinem Glimmstengel auf mich, als wäre er eine geladene Winchester. »Soll ich mal sagen, was ich glaube?«
Es war eine Szene wie aus *High Noon*. Oder waren wir westlich von Santa Fé? Oder in Dodge City? Rauschte nicht draußen der Rio Bravo? Klapperte nicht irgendwo eine Saloontür?
Hannes und Heri waren nur noch Statisten. Mit angehaltenem Atem warteten sie auf den alles entscheidenden Schuß – darauf, daß einer von uns im Staub verblutete. Die Sache hatte sich zu einem Duell ausgeweitet, zu einem Duell zwischen Martin und mir. Das war allemal spannender als ein Western in der Glotze, als eine Platzpatronen-Schießerei vorm Saloon. Das war das richtige Leben.
Martin ballerte los. »Ich glaube, du bist ...«
Eine Frau! wollte ich schreien. Ein Schlitzpisser! Ich gestehe alles! Ich bekenne mich schuldig im Sinne der Anklage! Ich ergebe mich, Sheriff! Wirf mich in den Staub, tritt mich, jag mich aus der Stadt – aber erschieß mich nicht! Gnade!
Doch das Schicksal – launisch wie eine Bardame – gewährte mir eine Galgenfrist.
»... impotent. Wenn nicht gar ein verkappter Homo, mit dem dämlichen Mozartzopf, den du hattest. Von wegen Tier im

Mann und Weiber aufreißen und diesen Penis auf Rädern spazierenfahren – mir kannst du nichts vormachen!«
Pfff! Die Kugel zischte an meinem Kopf vorbei. Martin hatte danebengeschossen. Noch würde ich nicht ins Gras beißen. Ich schwang mich auf mein imaginäres Pferd und gab ihm die Sporen. Aus sicherer Entfernung schoß ich zurück.
»Nur kein Neid!« rief ich triumphierend. »Wirst schon sehen! Wart's nur ab!«
Ein dreckiges Grinsen verzerrte Martins Gesichtszüge. Dieser Flachwichser! Dieser Warmduscher! Mich impotent zu nennen! Mich – Rudi Rabauke! Ich war ein ganzer Mann. Und ich würde es beweisen. Lucky Luke würde die Dalton Brothers verarschen, daß sie nicht mehr wußten, wo vorn und wo hinten war, was Männchen und was Weibchen.
Mascha würde schon einfallen, wie.
In einem Zug trank ich mein Bier aus und schritt so breitbeinig aus der Küche, als hätte ich ein Jahr im Sattel gesessen. Charles Bronson hätte mir die Stiefel geleckt und mir ein Ständchen auf der Mundharmonika gebracht, wenn er das gesehen hätte.

Mascha saß am Schreibtisch und füllte Befundzettel aus, als ich in ihr Labor stürmte. Neben ihr stand – o Schreck! – Professor Lehnhoff persönlich und dozierte über das Blutbild bei Malaria. Ich identifizierte ihn nach einem Blick auf das blitzblanke Namensschild, das an seinem Kittel baumelte. Den Lehnhoff hatte ich mir ganz anders vorgestellt, groß und stattlich, mit einem akkurat gestutzten Schnauzer im wettergegerbten, markanten Gesicht. Wie man sich einen Jäger halt so vorstellt. Auf eine fleischgewordene weiße Billardkugel mit spiegelnder Glatze jedenfalls war ich nicht gefaßt gewesen.
»Tschuldigung!« murmelte ich.
Ich verkrümelte mich in die Sitzecke vorm Labor und vertrieb mir die Zeit damit, mir Lehnhoff auf der Pirsch auszumalen: mit Gamsbarthut, gewandet in zünftiges Waidmannsgrün, Schrotflinte unterm Arm, alles abknallend, was im Wald kreuchte und fleuchte. Dann löste ich das Preisrätsel in der *Frie-*

derike, die auf dem mit Kaffeetassen, Butterbrotpapier und Zigarettenschachteln bedeckten Tisch lag. Die MTA, der die Zeitschrift gehörte, würde mit meiner uneigennützigen Hilfe ein Designer-Bügeleisen im Wert von eintausendzweihundert Mark gewinnen können.
Endlich kullerte Lehnhoff aus dem Labor und rollte zum Fahrstuhl. Mascha setzte sich zu mir, steckte sich eine Zigarette an und seufzte.
»Stunk?« fragte ich. »Was wollte er denn bei dir?«
Normalerweise waren die Herren Professoren doch um diese Uhrzeit mitsamt ihrem Gefolge von untergebenen Weißkitteln auf Visite und begutachteten die mehr oder minder entblößten Patienten in ihren Betten, nervten die Krankenschwestern und klauten Kaffee und Zigaretten und Brötchen in den Stationsküchen.
Mascha streifte Asche in eine Untertasse ab. »So 'n hirnrissiger Assi hat Scheiße gebaut letzte Nacht. Ehrlich, die Docs sind so dumm wie brumm. Und ich darf's jetzt ausbaden. Wo brennt's denn? Mensch – wo hast du deine Haare gelassen?«
Detailliert erstattete ich Bericht über das Telefonat mit Tom, meine Amokfahrt und meinen Boxenstopp beim Friseur. Sofort wollte Mascha auch Kundin im Salon Scheffel werden und die Verantwortung für ihre Haargesundheit in Nicoles zarte Hände legen.
Außerdem belehrte sie mich darüber, daß Frauen in Krisensituationen dazu tendieren, sich die Haare abschneiden zu lassen, während Männer in Krisensituationen dazu tendieren, sich bis zur Besinnungslosigkeit zu besaufen. Hoch und heilig mußte ich ihr versprechen, diesen grundlegenden Geschlechterunterschied in *Mann verstehn im Handumdrehn* zu berücksichtigen.
Als ich von meinem Duell mit Martin erzählte, staunte Mascha nicht schlecht.
»Die Jungs denken echt, du wärst ein Weiberheld?« fragte sie. »Hast wohl mit deinen Aufrissen geprahlt!«
»Quatsch. Bin ich etwa ein Mann? Die haben sich das zusammengereimt, einfach so.« Was mir allerdings gut in den Kram paßte, denn das Toller-Hecht-Image war optimal für meine Tar-

nung. »Ich hab sie nicht mit der Nase drauf gestoßen. Aber jetzt ...«
»Mußt du ein Karnickel aus dem Hut zaubern!« Im Labor klingelte das Telefon. Mascha sprang auf, um dranzugehen. Als sie wieder zurückkam, sagte sie: »Tja, da müssen wir tricksen. Selbst ist die Frau!«
»Wie meinst du das?«
»Hast du schon mal *Harry und Sally* gesehen?«
»*Harry und Sally*?« Angestrengt dachte ich nach. Was Filme anging, hatte Mascha einen Riesenvorsprung, weil ihr kein Kerl die Streifen im Fernsehen weggezappt hatte, wenn im anderen Programm Fußball lief. »Mit Robert Redford und Meryl Streep?«
»Nein. Das war *Jenseits von Afrika*!« Die Frau war ein wandelndes Filmlexikon. »Mit Meg Ryan und – wie heißt der Typ? – Billy Crystal. Wo die zwei zusammen im Auto nach New York fahren und sich am Anfang nicht ausstehen können, sich am Ende aber doch kriegen ...«
Die knappe Inhaltsangabe half meinem Gedächtnis auf die Sprünge. »Ja, klar. Kenn ich.«
»Kannst du dich an die Szene im Restaurant erinnern?«
Allerdings. Mascha meinte die Szene, in der Meg behauptet, daß Frauen jederzeit in der Lage sind, glaubhaft einen Orgasmus vorzutäuschen, was Billy besserwisserisch bezweifelt. Und zack! macht Meg die Probe aufs Exempel. Mitten im Restaurant legt sie einen oscarverdächtigen Orgasmus hin. Mit allem Pipapo! Mit Stöhnen und Hecheln und Kreischen und Juchzen.
Mir schwante Schreckliches. »Das ist nicht dein Ernst.«
»Doch«, sagte Mascha, »mein blutiger Ernst. Was Meg Ryan kann, kann ich allemal. Das wäre ja gelacht!«
Und sie entwarf einen Schlachtplan, der Napoleon vor Neid hätte erblassen lassen.

Meine Exschwiegermutter in spe war bei mir noch nicht wegen der irdischen Güter meines Exehegatten in spe vorstellig geworden. Nach wie vor hatte ich den BMW zur Verfügung, und ich

beschloß, die Reifen noch ein bißchen abzufahren. Ich düste über die Autobahn nach Wuppertal, um Mutti mit einer Stippvisite zu überraschen.
Doch die Überraschung war auf meiner Seite.
Auf mein Klingeln wurde nicht geöffnet.
Komisch. Normalerweise war Mutti werktags immer zu Hause. Normalerweise hatte sie um diese Uhrzeit ihr Mittagsschläfchen beendet und lechzte nach einem Stückchen Kuchen und einem Täßchen Kaffee Hag. Vielleicht war sie noch nicht wach. Ich würde später noch mal klingeln.
Ob ich derweil den Kosmetikshop im Erdgeschoß aufsuchen sollte? Ach was. Von mir aus konnten sie in ihren Proben erstikken, die Grazien. Kosmetikshops hatten ihren Reiz für mich verloren.
Statt dessen setzte ich mich vorm Eiscafé gegenüber in die Sonne und gönnte mir einen Erdbeerbecher mit Sahne.
In der Fußgängerzone pulsierte das Leben. Junge Mütter bugsierten pastellfarbene Buggys mit Sonnenschirmen durchs Gewühl, in denen erschöpfte Säuglinge schliefen. Eine Gruppe übergewichtiger älterer Damen trottete schwerfällig von Schaufenster zu Schaufenster – die reinste Elefantenherde! Die Leitkuh trottete voran und trompetete, wenn sie in einem Schaufenster ein sackartiges Blümchenkleid ausfindig gemacht hatte, die restlichen Kühe trotteten hinterher. Die Herren gleichen Alters überboten sich gegenseitig an Geschmacklosigkeit: Über ihren Schmerbäuchen spannten sich karierte Hemden, ihre mehlweißen, stacheligen Beine ragten aus Streifen-Shorts, ihre Füße steckten in neonfarbenen Badelatschen aus Plastik. Ekelgeschüttelt wandte ich mich ab.
Auch ich würde nicht ewig jung bleiben!
In Riesenschritten nahte der Tag, an dem auch ich meinen Körper mit sackartigen Blümchenkleidern verhüllen würde, weil er einem zerlaufenen Camembert glich. Es war bitter, aber wahr: In Riesenschritten nahte der Tag, an dem ich einen Mord dafür begehen würde, einen rüstigen Rentner in kariertem Hemd und gestreiften Shorts und neonfarbenen Plastiklatschen zu ergattern.

Mir grauste schon jetzt davor.
Ich vertrieb den unliebsamen Gedanken mit einem köstlichen Cappuccino und einem Flirt mit dem italienischen Kellner vom Typ Latin Lover, der mich Bella Signorina nannte und nicht Signora.
Pah! Noch war ich keine Vierzig. Ich war kein zerlaufener Camembert, sondern eine würzige Schmelzkäseecke. Noch lag mir nichts ferner, als für einen rüstigen Rentner zu morden. Bestimmt hatte das Schicksal einen leckeren Kerl im besten Mannesalter für mich in petto!
Aber ich konnte mir die Augen ausgucken, wie ich wollte: Lekkere Kerle im besten Mannesalter waren nicht so dick gesät, zumindest nicht nachmittags um halb drei in Elberfeld.
Ein besonders auffallendes Exemplar von Rentner erregte mein Interesse. Der Mann schwitzte gewaltig; alle paar Meter blieb er stehen und wischte sich die Stirn, in die büschelweise graues Haar hing, mit einem Taschentuch von Zirkuszeltgröße ab. Ein Prusten ausstoßend – das dem eines Elefantenbullen, der nach langem Marsch endlich das ersehnte Wasserloch erreicht hat, nicht unähnlich war –, ließ er sich auf einen Stuhl am Nachbartisch fallen und bestellte einen Milchshake. Graues Haar sproß auch überreichlich aus dem Ausschnitt seines grün-blau-gelb karierten Hemdes und ringelte sich allerliebst um eine schwere Goldkette mit Amulett. Am linken Unterarm trug der Mann eine Uhr der Marke Protz-Blitz, am Ringfinger der rechten Hand einen Siegelring. Einen Ehering konnte ich nicht entdekken.
Vielleicht war er verwitwet.
Obwohl – nee.
Eigentlich sah er aus, als wäre er nie verheiratet gewesen – eher so, als hätte er eine Karriere als Geschäftsführer eines Call-Girl-Rings oder einer Nachtbar hinter sich. Ein bißchen wie Mario Adorf, wenn er einen in die Jahre gekommenen Zuhälter spielt.
Mein Typ war er nicht, aber seine Chancen auf dem Rentnerheiratsmarkt schätzte ich hervorragend ein. Selig die Elefantenkuh, die diesen Prachtbullen abkriegte!

So wunderte ich mich denn auch nicht, als eine Dame zielstrebig auf ihn zu trabte, ihn herzte und küßte und ein Trompeten ausstieß, das in der Fußgängerzone widerhallte und alle anderen Elefantenkühe dazu veranlaßte, die Köpfe zu drehen.
Wie peinlich! Und wie sie aussah!
In ihrem großgeblümten Kleid – rote und weiße Rosen auf schwarzem Grund –, mit dem knallroten, wagenradgroßen Hut und der Sonnenbrille stand sie einer alternden Hollywood-Diva in nichts nach.
Leute gab's! Man hielt's im Kopp nicht aus! Nichts wie weg hier!
Ich winkte dem Kellner, um zu bezahlen. Einmal noch würde ich bei Mutti klingeln. Wenn sie dann nicht da war, würde ich die Kurve kratzen. Dann hatte sie halt Pech gehabt. Meine Geduld war erschöpft.
Hastig stopfte ich das Wechselgeld ins Portemonnaie. Ein paar Münzen fielen runter und klimperten über das Pflaster. Ich bückte mich, um sie einzusammeln. Als ich mich wieder aufrichtete, ließ die Elefantenkuh am Nachbartisch von dem Prachtbullen ab und trabte geradewegs auf mich zu.
Hatte ich sie gereizt?
Hatte ich ihren Prachtbullen eine Sekunde zu lang angestarrt?
Vor meinem geistigen Auge erschien in Riesenlettern die *BILD*-Schlagzeile: Schlägerei in der Fußgängerzone – Eifersuchtsdrama? Doch bevor ich das Weite suchen konnte, wurde mein Name trompetet. Und zwar in voller Länge.
»A-lex-an-dra!«
Kein Mensch nannte mich Alexandra, kein Mensch außer …
Lots Weib hätte nicht schneller erstarren können als ich. Mit einem Ruck nahm die Elefantin ihre Sonnenbrille ab. Verdattert schaute ich in die weitsichtigen, blaßblauen Augen meiner – Mutter!
»Was machst du denn hier?« fragte sie.
»Was ich … ich …« Angesichts der Erkenntnis, daß meine leibhaftige Mutter erstens herumlief wie eine Ruhrpott-Garbo und zweitens in aller Öffentlichkeit fremde Kerle abschleckte (Was

sollen denn die Leute denken?), versagte mein Sprachzentrum.
Die Fragen, die mir auf der Zunge lagen, blieben ungestellt: Frau Mutter, warum tragt Ihr einen so roten Hut? Ein so gewagtes Kleid? Eine so große Sonnenbrille? Warum sitzt Ihr nicht daheim im stillen Kämmerlein am Spinnrad, wie es sich für Weibsbilder Eures biblischen Alters geziemt? Warum tändelt Ihr mit diesem bärtigen Raubritter?
Selbiger wurde mir voller Stolz vorgestellt. Mich streifte der gemeine Gedanke, Mutti könne ihn bei der Tombola einer Kaffeefahrt gewonnen haben, vielleicht anstelle einer Rheumadecke oder eines Tupperdosen-Sets. War er der Hauptgewinn gewesen oder bloß der Trostpreis?
»Das ist Waldemar Aufderheide – Doktor Aufderheide! Mein, hm, Verlobter«, sagte Mutti und gab mir einen solchen Schubs, daß ich dem Elefantenbullen fast in den Schoß geplumpst wäre. Erst jetzt bemerkte ich den wuchtigen Goldreif an ihrer linken Hand.
Ihr, hm, Verlobter!
Waldemar Aufderheide!
Schon allein der Name!
Waldemar Aufderhedwig hätte den Sachverhalt eher getroffen. Ojemine! Mit dem Ausdruck Elefantenhochzeit hatte ich bisher immer Fusionen großer Firmen assoziiert, Firmen wie Mercedes und Chrysler oder Rolls-Royce und VW. *Die* Elefantenhochzeit jedoch, die mir eventuell bevorstand, ging über mein Vorstellungsvermögen.
Ergriffen reichte mir der, hm, Verlobte die Hand.
»Soso, das Frollein Tochter!« rief er jovial und schüttelte mir die Extremität, als wolle er bis ans Ende seiner Tage damit fortfahren. Des weiteren schielte er auf meinen Busen. Mutti quasselte wie ein Wasserfall und merkte nichts davon. Der, hm, Verlobte wurde zum Bezahlen gedrängt, ich wurde wieder geschubst, als wäre ich keine drei. Als wäre ich Klein Doofi mit Plüschohren und Hängebacken.
So ähnlich fühlte ich mich auch.

Irgendwann an diesem Katastrophennachmittag saß ich auf dem Sofa in Muttis guter Stube, ohne daß ich wußte, wie ich dort hingekommen war. Alles war beim alten. Nur, daß ein gerahmtes Farbfoto von Waldi jetzt an der Wand hing und statt seiner der Prachtbulle im Fernsehsessel saß.
Mutti rödelte in der Küche herum, der, hm, Verlobte bemühte sich, Konversation mit mir zu treiben. Nach wenigen Minuten waren alle konversationsträchtigen Themen abgehakt, als da wären das Wetter (zu heiß, hoffentlich regnet's bald), das Befinden meiner Mutter (gestern Kopfweh, heute Ischias), die Lage der Wohnung (zentral, aber laut).
Am liebsten hätte ich den Prachtbullen gepackt und aus ihm rausgeprügelt, ob er Mutti aufgerissen hatte oder sie ihn und bei welchem Anlaß und wohin er sein Haupt bettete, wenn er über Nacht blieb, und ob die beiden rein platonisch oder etwa? Man weiß ja nicht.
Schon allein der Gedanke, daß Mutti ein Geschlechtsleben hatte! Und ich keins!
Da geht mir doch das Klappmesser in der Hose auf!
Die Welt ist so was von ungerecht.
Sichtlich erleichtert klatschte sich der, hm, Verlobte auf die mehlweißen, stacheligen Oberschenkel, als Mutti mit einem randvollen Schälchen Knabberzeugs und einer Flasche Fürst Schmettermich hereinstürmte. Ganz Herr der Lage, schnappte er sich die Flasche, schrie »Hauruck!«, und zack! flog auch schon der Korken raketenschnell an die Decke, verfehlte den Kronleuchter um Haaresbreite, segelte Richtung Fenster, köpfte ein Alpenveilchen, kullerte über die Fensterbank und landete auf dem Teppich.
Mutti schenkte mir ein entschuldigendes Männer-sind-wie-kleine-Kinder-aber-man-kann-ihnen-ja-unmöglich-böse-sein-Lächeln, füllte drei Kristallgläser mit Schampus und sank malerisch auf Waldemars Sessellehne.
Welch traute Zweisamkeit!
Wo blieb der Stehgeiger? Wo der Pakistani mit den roten Rosen?
»Prostata!« rief Waldemar und trank den Schampus, als wär's

Leitungswasser. Dann warf er sich eine Handvoll Erdnußflips in den Rachen, kaute und schluckte, warf eine Ladung Chips hinterher und schluckte und kaute und fuhr fort mit Werfen und Kauen und Schlucken und krümelte den Perserteppich voll, was Mutti im Normalfall gar nicht abkonnte und was in der Regel die sofortige Inbetriebnahme des Staubsaugers zur Folge hatte. Doch nicht diesmal. Diesmal lächelte sie milde und madonnenhaft und sonnte sich im Glanz des, hm, Verlobten.

»Trink endlich, Alexandra«, sagte sie mahnend.

Ich tat, wie mir geheißen. Ich führte mein Glas zum Munde und trank. Der Schampus schmeckte nach einem Cocktail aus Domestos und Abflußfrei.

»Ich hätte dir längst alles erzählt«, sagte Mutti. »Aber ...«

Aber was? War ihr der Arsch auf Grundeis gegangen? Den, hm, Verlobten tangierte der sich anbahnende Mutter-Tochter-Konflikt nur peripher. Wohlbehagen aus jeder Pore verströmend, fläzte er sich im Sessel, der unter seinem beträchtlichen Gewicht ächzte.

»Waldi und ich wollen ...« Der, hm, Verlobte plierte sie verliebt an. Verlegen knetete Mutti die Hände.

Waldi! Das war der Tropfen, der das Faß zum Überlaufen brachte! Dieses Vieh von Mann Waldi zu nennen! Des seligen Dackels Namen zu schänden! Einen Waldi hatte es nur einmal gegeben, jedenfalls für mich. Seine braunen Augen auf dem Farbfoto an der Wand guckten mich bittend an, fast meinte ich, sein klägliches Winseln zu hören. Der Dackel wollte, daß ich Vergeltung übte. Er sollte seinen Willen haben.

»Schläft Waldi zwo auch auf einer Decke am Fußende vom Bett?« fragte ich ironisch. »Ins Hundekörbchen paßt *der* nicht. Na, Hauptsache, er ist stubenrein. Und haart nicht. Und nicht das Anleinen vergessen beim Gassigehen, gell? Ein Halsband hat er ja schon. Nicht, daß er stiften geht und 'ne Lady bespringt ...«

Unbewußt grapschte der Prachtbulle nach seiner Goldkette und rang nach Luft. Mutti rang die Hände.

Und tschüs! Abgang, Alex!

Auf eine Nebenrolle in dieser drittklassigen Seifenoper war ich

wahrhaftig nicht scharf. Ich überließ das Feld den Hauptdarstellern. Mutti hatte ihre Rolle als, hm, Verlobte, dermaßen verinnerlicht, daß sie nicht mal meine neue Frisur registriert hatte.
Nein – im siebten Elefantenhimmel war ich fehl am Platz.

Mein Bruder, den ich umgehend anrief, um mich über die geschmackliche Verirrung unserer Mutter zu ereifern und geschwisterliche Solidarität zu erfahren, wußte schon Bescheid. Ich war stocksauer. Stets das Schlußlicht in der familiären Informationskette zu sein stank mir gewaltig. Warum zog Mutti nicht zuerst mich, ihre Tochter, ins Vertrauen? So von Frau zu Frau?
Mit der Männern angeborenen Gelassenheit empfahl mir Stefan, mich nicht künstlich aufzuregen.
»Krieg dich wieder ein, Alex!« sagte er. »Ist doch toll, daß Mutti 'n Lover hat – auf ihre alten Tage. Nur kein Neid.«
War der noch ganz dicht? Ich – neidisch auf Mutti? Da lachen ja die Hühner!
»Aber was für einen!« sagte ich angewidert. »Also ehrlich, wie der aussieht! Wenn das kein Heiratsschwindler ist, freß ich 'nen Besen. Von wegen *Doktor* Aufderheide! Hallo, Witz! Eher war der Zuhälter ...«
Stefan gluckste ins Telefon. »Tja, Waldemar hat schon viele Frauen strippen lassen.«
Strippen? Hatte er die Puppen auch tanzen lassen? Auf einer Drehbühne, mit Stöhn-Musik vom Band und Lasershow?
»Oder Nachtclubbesitzer!« rief ich siegesgewiß. »Stimmt's oder hab ich recht?«
»Weder noch. Waldemar ist oder, besser, war Gynäkologe. Mit sechzig hat er seine Praxis verkloppt. Dann ist seine Frau gestorben, an Krebs, und dann ...«
Der Prachtbulle ein Höhlenforscher? Kaum zu glauben! Welche Frau legt sich freiwillig – auf Krankenschein – vor so ein testosterontriefendes Monster von Mann und macht die Beine breit? Damit er mit seinen Pranken in ihren Innereien herumwühlen kann? Pfui Spinne. Nach meinem Dafürhalten hatte ein Gynäkologe gefälligst auszusehen wie eine Kreuzung zwischen einem

Studienrat und einem Stuhlbein, glatt und hölzern und so geschlechtsneutral wie irgend möglich.
Ich würgte Stefan ab. »Wo hat Mutti den aufgerissen?«
»Wenn du mich mal ausreden lassen würdest, wüßtest du's längst«, sagte Stefan klugscheißerisch. »Witwer Waldemar war das Witwerdasein leid und hat eine Heiratsannonce aufgegeben. Und Mutti hat drauf geantwortet. So einfach war das.«
Aha. So einfach. Heiratsannonce?
»Will die den etwa heiraten?« fragte ich.
»Klar«, sagte Stefan. »Du mußt's mal positiv sehen: Mutti kriegt ihre Traumhochzeit, und du bist aus dem Schneider.«
Die pragmatische Betrachtungsweise meines Bruders hatte was. Ich gab mir redlich Mühe, sie mir zu eigen zu machen. Aber irgendwie ...
Meine Mutter schrieb heimlich auf Heiratsannoncen! Daß sie keinen Schiß gehabt hatte, auf einen Heiratsschwindler reinzufallen! Ausgeraubt und geschändet und mit aufgeschlitzter Kehle – gespaltenem Schädel? – in einen Straßengraben geworfen zu werden! Das wäre doch das Naheliegende gewesen, nach der ganzen *Aktenzeichen-XY*-Glotzerei!
Und dann heiraten! In ihrem Alter! Meine Mutter – eine Sklavin postklimakterischer Leidenschaft!
Stefan lag gar nicht so falsch. Klar war ich neidisch. Ich glühte vor Neid wie eine heiße Herdplatte. Meine Mutter hatte was, das mir fehlte. Einen Mann.
Nachts suchte mich eine neue Variante von Standesamttraum heim, in der Mutti in *meinem* Brautkleid – das ihr viel zu eng war, siehe zerlaufener Camembert – Waldemar das Jawort gab. Stefan und ich wohnten der Zeremonie bei. Bevor es zum Vollzug der Trauung kam, erhob ich Einspruch.
Es erübrigte sich, Sigmund Freud zu bemühen. Um *den* Traum zu deuten, reichte der gesunde Menschenverstand vollends aus.

Die Ausführung von Maschas tollkühnem Schlachtplan stand auf dem Programm, brachte mich auf andere Gedanken und meine Phantasie auf Trab.

In der WG spulte sich das übliche Freitagabendritual ab. Gegen sieben fanden wir uns in der Küche ein und diskutierten knapp, aber effizient die Frage der Verköstigung. Die Entscheidung fiel zugunsten des von uns bevorzugten Pizza-Service.
Die vier Pizzen wurden prompt geliefert, und ebenso prompt erhielt ich mein Stichwort.
Während ich andächtig auf meiner Margerita herumkaute, erkundigte sich Hannes launig nach unseren Plänen für die Gestaltung des Abends. Wie üblich hatte Heri keine Pläne, Martin winkte ab – sein Ausgeh- und Aufrißtag war der Samstag –, ich verkündete, Besuch zu erwarten.
Vorhang auf – Bühne frei für den ersten Akt.
In diesem Theater wurde heute eine Neuinszenierung des beliebten Stückes – des Lustspiels, im wahrsten Sinne des Wortes – *Sex für Spanner* in drei Akten gegeben.
Das Publikum in der ersten Reihe reagierte vorerst verhalten.
»Ach?« sagte Hannes.
Heri tat, als würde er den Text – Pizzeria Luna und so weiter – auf dem Pizzakarton lesen.
Martin hob fragend eine Augenbraue. »Besuch?«
»Hm«, brummte ich. Und setzte noch einen drauf, indem ich drei Flaschen Schampus aus meinem Zimmer holte und sie demonstrativ im Kühlschrank deponierte.
Hannes konnte nicht mehr an sich halten. »Wer kommt denn?«
Die Doppeldeutigkeit seiner Wortwahl schien ihm nicht bewußt zu sein. Fast war ich versucht zu sagen: Das werdet ihr schon hören, wer kommt. Wenn's soweit ist. Wenn ihr über den Flur schleicht wie Spione und mit den Ohren an der schlecht tapezierten Wand klebt. Eins kann ich euch schon jetzt verraten – Meg Ryan isses nicht …
Statt dessen schwieg ich vielsagend, wie nur Männer vielsagend schweigen können. Ich spannte die Jungs so lange auf die Folter, bis ihre beinahe schon als weibisch zu bezeichnende Neugier über ihre Pseudo-Coolness siegte. Ein Durcheinander von Fragen prasselte auf mich hernieder, einem Froschkonzert nicht unähnlich.

»Caro?« quakte Hannes.
»Balkon-Blondie?« quakte Martin.
»Die mit dem, äh, Höschen?« quakte Heri.
Wie sie dahockten und die Backen blähten und die Breitmäuler auf- und zuklappten und mit ihren Glotzaugen rollten! Wie drei dicke, fette Ochsenfrösche, die am Teichufer darauf lauern, daß eine Maid vorbeischneit und sie zu schönen Prinzen küßt. Als ob's mit Küssen getan wäre! Bei denen mußte man andere Kaliber auffahren. Die mußte man sich als Maid schon schönsaufen. Besser, man packte sie am Schlafittchen und schmiß sie – klatsch! – an die Wand.
Als ich schon dachte, der Froschkanon sei beendet, quakte Hannes triumphierend: »Die Tampon-Trulla!«
Bedeutungsschwer wiegte ich mein Haupt. Martin schnallte als erster, was los war.
»Sag bloß nicht, 'ne Neue!« rief er.
»Siehste!« Hannes ruckelte auf dem Stuhl hin und her, als hätte er Hummeln im Hintern. »Ich hab's doch gesacht, Alex läßt nix anbrennen!«
Ich grinste. »Pfoten weg vom Schampus! Ich geh jetzt duschen!«
Ein unheimlich starker Satz. Könnte glatt von einem Mann stammen. Eilends begab ich mich ins Bad, duschte, feuchtete meinen Rasierpinsel an, klatschte mir eine Überdosis *Animal Brutal* ins Gesicht, verteilte Gel auf meinem Haar, entnahm dem Päckchen Lümmeltüten aus dem Supermarkt vier in knallrote Folie eingeschweißte Exemplare und plazierte es gut sichtbar auf der Ablage. Ich zog Toms beste Jeans an, ein grau-weißes Ringel-T-Shirt und darüber sein weißes Ausgehhemd. Fertig war der Lack.
Anschließend begutachtete ich mich im Spiegel.
Ich war ein fescher Kerl. Ein richtiges Lachsschnittchen, wie Mascha sich immer auszudrücken beliebte.
Hannes pfiff durch die Zähne, als er mich in meinem schnieken Outfit erblickte. Und unser Heri schaute stumm auf dem ganzen Tisch herum, bevor er sich bequemte, die leeren Pizzakartons wegzuschaffen. Martin rührte keinen Finger; er thronte

auf dem Sofa wie ein Buddha und rauchte. Pfeifend – *Sa-tis-faction, yeah, yeah, yeah!* – nahm ich zwei Gläser aus dem Schrank, spülte sie und polierte sie mit dem Geschirrtuch, bis sie glänzten wie in der Werbung.

»Dann klappt's auch mit den Nachbarn«, sagte Hannes schlagfertig.

»Vor allem klappt's dann mit den Weibern«, entgegnete ich nicht minder schlagfertig und legte schwungvoll ein Solo auf meiner Luftgitarre hin. Hannes applaudierte. Wir beide waren ein eingespieltes Team, ein richtiges Dream-Team – rein platonisch gesehen natürlich.

Martin drückte seine Zigarette aus. »Fragt sich noch, ob's klappt«, orakelte er düster, schnüffelte und rümpfte die Nase. »Du stinkst wie 'n Puff. Die Weiber stehen gar nicht mehr auf After-shave. Letztens hatte ich eine in der Mache, die hat mich nicht drübergelassen. Stinkst bestialisch, hat sie gesagt. »

Ach Gottchen! An das spezielle After-shave, das ich für Martin kreiert hatte, hatte ich keinen Gedanken mehr verschwendet. Aber offenbar hatte es seinen Zweck erfüllt.

»Ach!« tat ich verwundert. »Was war das für 'ne Marke?«

»*Erection* von Hotte Hormon. Riecht echt geil, find ich.« Martin zuckte die Schultern. »Versteh einer die Weiber!«

Ich verstand sie nur zu gut. Unter dem Vorwand, noch schnell eine Stange Wasser in die Ecke stellen zu müssen –»Volle Blase vögelt schlecht, Jungs!« –, huschte ich ins Bad, schraubte den Flakon *Erection* auf und schnupperte. Brrr! Mir wäre glatt ein Ei aus der Hose gefallen, wenn ich eins gehabt hätte. Bestialisch war stark untertrieben! Das Zeug stank wie die Pinkelecke im Primatenhaus des Zoos.

Und Martin hatte nichts gerochen! Mascha hatte recht: Männer sind das abgestumpfte Geschlecht.

Pünktlich um neun klingelte es zum zweiten Akt. Vorhang auf für die Hauptdarstellerin. Erwartungsvoll reckten die Jungs ihre Hälse; seit einer geschlagenen Stunde saßen sie in der Küche und wankten und wichen nicht. Ich flitzte zur Tür, um Mascha zu empfangen.

Sie hatte nicht zuviel versprochen.
Sie sah absolut hammerhart aus.
Wie aus dem *Mega-Mops* geschnitten, nur mit Klamotten.
Sie trug eine rattenscharfe flaschengrüne Satinbluse – mir blieb die Luft weg: ein Knopf war abgerissen! –, drunter einen sündigschwarzen Büstenhalter, den man mehr sah als ahnte. Ihr Unterbau steckte in einem waffenscheinpflichtigen schwarzen Ledermini. Gott sei Dank war sie so clever gewesen, auf Pumps zu verzichten. Das ging ja nun nicht, daß Rudi Rabaukes Damenbesuch ihn um Haupteslänge überragte.
»Hi!« hauchte sie und schmatzte mir ein Bussi auf die Wange.
Ein Kichern drohte mich zu übermannen. Mascha kniff mir in den Arm, daß es weh tat, und erzielte den gewünschten Effekt. Mein Lachreiz verflog. Wie lautete gleich mein Text?
»Hallo, Süße!« sagte ich mit meiner besten Verführerstimme. »Immer rein in die gute Stube!«
Haareschmeißend wie ein Model auf dem Laufsteg tänzelte Mascha durch den Flur. Karl Lagerfeld hätte sein letztes Designerhemd dafür gegeben, sie unter Vertrag zu kriegen. Wir nahmen Kurs auf die Küche, wo der Fernseher lief – momentan noch mit Ton. Ich fischte die erste Pulle Schampus aus dem Kühlschrank, klemmte sie unter den Arm, schnappte mir die Gläser und zwinkerte den Jungs – dem Publikum – vielsagend zu. »Das ist Mascha!«
Mascha hauchte ihr rauchiges »Hi!« und verzog die brombeerroten Lippen zu einer Kußschnute. Die diversen Kinobesuche waren nicht für die Katz gewesen. An ihr war wirklich eine Schauspielerin verlorengegangen. Zumindest die Vamp-Nummer hatte sie voll drauf, besser als so manche überbezahlte Hollywood-Aktrice. Gegen Mascha waren Satansweiber wie Sharon Stone und Demi Moore ganz arme Hascherl. Das fanden auch die Jungs, die sie anstaunten wie das siebte Weltwunder und insbesondere ihre Brüste begafften, als wären sie die hängenden Gärten von Babylon. Zu weiteren Reaktionen – einem gepflegten Small talk etwa – waren sie nicht in der Lage. Heris Breitmaulfroschmaul stand so weit offen, daß man bis zum Zäpfchen gucken konnte.

»Maul zu, Heri«, sagte ich, »es zieht.«
Mascha hakte sich bei mir ein und ließ sich willig in mein Zimmer führen, wo wir die Flasche Schampus entkorkten und uns in Fahrt tranken.
»Musik«, sagte Mascha. »Schmeiß die Stereoanlage an.«
Sie dachte aber auch an alles. Logo – Musik gehörte zum Vorspiel wie Ketchup auf Pommes. Ich kramte die paar CDs durch, die sich in meinem Besitz befanden. Mit den Stones konnte ich nicht aufwarten, aber immerhin – ich robbte zu Mascha rüber und zeigte ihr meine Eros-Ramazzotti-CD. Sie nickte und hob den Daumen. Erste Sahne. Genau das Richtige für ein Schäferstündchen.
Bei Lied Nummer neun – Eros im Duett mit Rockdiva Tina Turner, der Song hieß *Cose della vita*, was auch immer das heißen mochte – hatten wir den Alkoholspiegel erreicht, der uns hoffentlich zu den schauspielerischen Leistungen befähigte, die vonnöten waren, um den Höhepunkt des zweiten Aktes einzuläuten.
»Ich leg jetzt los«, flüsterte Mascha tatendurstig.
»Ich bin so was von nervös!« raunte ich. »Haust du mir eine runter, wenn ich keinen hochkriege?«
Wir knieten uns aufs Feldbett und grinsten uns an. Als der Song verklang, begann Mascha zu hecheln und zu schnauben und zu stöhnen wie ein Mammut in den Preßwehen. Synchron hopsten wir auf dem Feldbett auf und nieder, das quietschte wie ein schlecht geöltes Scharnier und sich als das perfekte Requisit entpuppte. Nachdem Maschas Repertoire an den Geschlechtsverkehr potentiell untermalenden Geräuschen erschöpft war, kam mein Einsatz. Ein letztes Mal brachte ich das Bett zum Quietschen, dann holte ich tief Luft und brüllte wie am Spieß und stieß einen Urschrei aus und rief den Namen des Herrn an, wie es bei den meisten Männern im entscheidenden Moment Sitte ist.
»Uaaah! O Gott!«
Röchelnd warf sich Mascha in die Horizontale und drückte ihr Gesicht ins Kissen, um das aufkeimende Lachen zu ersticken. Ich kniff mir selbst in den Arm. Derweil sang Eros ungerührt weiter. Im Flur knarrte laut und vernehmlich ein Dielenbrett.

»Horch!« flüsterte ich.
»Lauscher an der Wand!« flüsterte Mascha.
Als die CD zu Ende war, meinte sie, ich solle mich in der Küche zeigen und gucken, wie die Jungs guckten.
»Aber nicht so«, sagte sie. »Nicht in voller Montur.«
Ich entledigte mich der Socken und des Hemdes und fuhr mir durchs Haar, bis es strubbelig war.
»Bring 'ne neue Pulle mit!« rief Mascha mir nach.
In der Küche war es mucksmäuschenstill. Im Fernseher liefen Nachrichten – ohne Ton. Die Stummfilmära war wieder angebrochen. Ich tat, als ob ich es nicht bemerkte, und holte die zweite Flasche Schampus aus dem Kühlschrank. Die Jungs taten, als ob sie mich nicht bemerkten, und starrten konzentriert auf die Mattscheibe. Ein verwackeltes Bild zeigte einen Vulkan, dann schwenkte die Kamera über einen Lavastrom, der sich einen steilen Hang hinabwälzte. Über allem schwebte unheilvoll eine graue Qualmwolke.
»Macht mal laut«, sagte ich.
Hannes stellte den Ton an.
»... wurde das gesamte Gebiet um den Arenal in den frühen Morgenstunden vorsorglich evakuiert. Menschen kamen bislang nicht zu Schaden. In Indonesien ...«
»Vulkanausbruch!« bemerkte Heri. »Arenal – wo ist der?«
»In Costa Rica«, sagte ich mechanisch.
Für meine Bemerkung erntete ich bewundernde Blicke von Hannes und Martin. Tja, mochten sie jetzt denken, der Typ kennt sich aus in der Welt. Ein Globetrotter von echtem Schrot und Korn.
Mascha räkelte sich verführerisch auf dem Feldbett. Sie hatte die CD gewechselt, Michael Jackson hatte die Ehre, unsere nächste Nummer musikalisch zu untermalen.
»Und – wie schaut's?« fragte Mascha.
»Der Arenal ist ausgebrochen«, sagte ich.
»Schlimm?«
»Keine Toten, wenn du das meinst.«
»Na dann. Kann dir eh egal sein, ansonsten«, sagte Mascha. »Oder? Der Käs ist doch gegessen.«

Jawoll. Der Käs war gegessen. Tom war Schnee von gestern, ebenso Bullshit-Pam und Waldemar Aufderheide. Mascha mußten schon die Ohren klingeln bei meinem Gejammer. Unermüdlich hatte sie Telefonseelsorge geleistet in den letzten Wochen, allerdings eher energisch als salbungsvoll.

»Komm ins Bett, Mensch-Alex!« sagte sie jetzt neckisch und klopfte neben sich auf die Decke.

In scheinbarer Verzweiflung verdrehte ich die Augen. Wir wiederholten die Vorstellung sage und schreibe dreimal. Immer wieder war ich aufs neue erschüttert über die Laute, die Mascha zu produzieren in der Lage war. Um Mitternacht hatten wir den Schampus vernichtet und waren dermaßen fix und alle, als wären wir Julius Caesars Lieblingskonkubinen und hätten an einer römischen Orgie teilgenommen.

»Puh!« keuchte ich ermattet. »Daß Schauspielern sooo anstrengend ist!«

»Kannste mal sehen«, sagte Mascha trocken.

»Wie du das bringst«, sagte ich ehrfürchtig. »Total echt, deine, äh, Orgasmen ...«

»Ach, Alex! Jahrelanges Training unter den schwersten Bedingungen.«

»Training? Schwere Bedingungen?«

»Mal ehrlich ...« Mascha seufzte. »Hast du noch nie einem Mann einen Orgasmus vorgespielt? Also, ich hab das immer gemacht, damals bei Egon. Und schwer – der war kein Fliegengewicht, schwor aber auf die Missionarsstellung. Wer die Kohle ranschafft, liegt oben, hat er immer gesagt.«

Mir blieb die Spucke weg.

Okay – mein bescheidenes Geschlechtsleben war mit Orgasmen auch nicht gerade gespickt gewesen wie ein Spanferkel mit Speckstreifen. Schon gar nicht mit filmreifen. Die kannte ich nur vom Hörensehensagen. Aber welche vorspielen?

»Ja, und Wolfi?« fragte ich.

»Ach, Wolfi!« Mascha steckte sich eine Zigarette an. »Mit Wolfi isses toll. Ein Orgasmus jagt den anderen.«

So genau wollte ich es gar nicht wissen. »Un nu?« fragte ich meine Regie.

»Aus die Maus«, sagte Mascha. »The End. Ich geh mal für kleine Mädchen, du kommst nach.«
Und sie ging. Mit nichts am Leib als Toms weißem Hemd, das ihre Pobacken nur notdürftig bedeckte.

Ich schlenderte in die Küche, die wir als Bühne für den dritten Akt des Lustspiels auserkoren hatten. Auf der Mattscheibe löffelte Clint Eastwood Bohnen aus einem Blechnapf, während sein getreuer Gaul den Darm entleerte. Ohne eine Miene zu verziehen, hockten die Jungs vor dem Fernseher. Hätte ich nicht mehrmals das Knarren der Dielen gehört, wäre ich nie auf die Idee gekommen, sie könnten sich vom Fleck gerührt haben. Man sollte sie ins Wachsfigurenkabinett stellen, als besondere Attraktion, mit einem Schild drunter: *Typische Männer-WG, 20. Jahrhundert, Deutschland.*
Ich pflanzte mich neben Martin aufs Sofa und gähnte. Nebenan im Bad rauschte die Wasserspülung. Clint Eastwood rollte sich in seinem Schlafsack zusammen, der Gaul wieherte den Mond an, in der Prärie heulte ein Kojote ...
Hannes schaltete den Apparat aus, Heri nahm die Brille ab und rieb sich die Augen, Martin klopfte eine Zigarette aus dem Etui.
»Na?« fragte er und blies einen Schwall Rauch in meine Richtung.
»Was na?«
»Was war?«
Hannes kickte die Kronkorken auf dem Tisch mit dem Zeigefinger hin und her. »Frag doch nich so blöd! Wat war? Dat war die absolute Supernummer – vierma, wenn ich nich irre!«
Sie hatten also genau mitgezählt.
»Alex weiß halt, wat Frauen wünschen«, fuhr Hannes fort.
Und ob! Wenn jemand zuverlässig weiß, was Frauen wünschen, dann ich. Jahrelang Frau gewesen, Jungs!
»Genau«, sagte ich zufrieden. Ich, der größte Frauenfresser westlich des Urals. Dann fiel mir ein prima Gag ein. »Übrigens, Martin – was meinen Mozartzopf angeht: Da, wo ich herkomme, nannte man mich die Zauberflöte.«

»Ist ja abartig«, sagte Martin. »Hoffentlich hast du die Trulla nicht geschwängert.«
Keiner lachte. Sein dummer Spruch stürzte ab wie ein Jumbo ohne Sprit. Der Typ hatte vielleicht Nerven! Die dreiste Äußerung verschlug Hannes und mir die Sprache.
Heri witterte seine Chance und stürzte sich in die Gesprächslücke wie ein Bungee-Jumper in die Tiefe. »Hat er nicht. Im Bad liegt 'n Päckchen Pari...«
Die ganze Chose lief wirklich total drehbuchgemäß. Heri hatte den Köder gefunden, den ich ausgelegt hatte. Und er hatte ihn gefressen.
»Kluger Mann baut vor. Das Schwängern von Frauen fällt nicht in mein Ressort«, sagte ich kühl. »Das besorgen andere.«
»Geschwätz!« rief Martin.
»Ach wat?« konterte Hannes. »Un wat is mit der Kleinen vom Prof?«
»Was soll sein? Nix ist. Test war negativ. Da bleibt mal die Periode aus, dann drehen die gleich durch, die Weiber!« Martin zuckte die Schultern. »Und dann hat sie auch noch gepetzt. Der Alte macht mir das Leben zur Hölle in der Klinik. Ach – das wollte ich euch sowieso noch sagen: Ich hab gekündigt, ich mach die Mücke. Ihr könnt 'nen Nachmieter für mich suchen.«
Mascha flanierte fröhlich durch den Flur. Wir schwiegen, bis sie in meinem Zimmer verschwunden war.
»Hier bin ich sowieso überflüssig ...«, sagte Martin mit einem Gesicht wie drei Tage Regenwetter. Eine Sekunde lang dachte ich, er würde weinen. Tränen aus Testosteron. Aber nein – er stemmte sich vom Sofa hoch. »... jetzt, wo Alex dicke da ist.«
Auch ich stemmte mich vom Sofa hoch. Wir standen Auge in Auge und versuchten, uns gegenseitig niederzustarren. Hannes und Heri senkten die Köpfe. Wir befanden uns nicht mehr in der Küche, sondern auf einer Waldlichtung. Die beiden rivalisierenden Sechzehnender schickten sich an, ihre mächtigen Geweihe ineinander zu verkeilen, die unerfahrenen Böcke verfolgten das Geschehen aus sicherer Entfernung. Schließlich kniff der

alte Platzhirsch und zog sich ins Unterholz zurück. Er würde sich ein neues Revier suchen müssen.

»Martin haut ab«, sagte ich zu Mascha, die sich derweil angekleidet hatte. »Ab jetzt bin ich der Boß in der WG!«

Ich rief ein Taxi für sie, da sie die zulässige Promillegrenze überschritten hatte und nicht mehr riskieren wollte, Auto zu fahren. Wir alberten auf der Straße herum, bis das Taxi kam und Mascha eingestiegen war.

Die Lichtung – die Küche – war wie leergefegt, als ich zurückkam. Probeweise setzte ich mich mitten aufs Plüschsofa. Es fühlte sich gut an.

Saugut.

Und plötzlich wußte ich, was ich tun würde.

Ich würde mir Martins sonnendurchflutetes Zimmer unter den Nagel reißen. Ich würde hierbleiben. Wo sonst sollte ich auch hin? In einer Männer-WG zu leben war allemal besser, als unter einer Brücke zu kampieren. Da war eine Männer-WG eindeutig das kleinere Übel.

Von Frau zu Frau

Zwischen Martin und mir herrschte Funkstille. Tunlichst vermieden wir, daß sich unsere Wege im Revier kreuzten. Wir schmollten. Dann hißte Martin die weiße Flagge – was in dem Fall bedeutet, daß er mir ein locker-flockiges »Hey, Alter!« an den Kopf schmiß und mich boxte. Ich war richtig stolz, daß nicht ich es gewesen war, die klein beigegeben hatte, wie immer, wenn Tom wegen irgendeiner Nichtigkeit – CD im Player stekkengelassen, keine Marzipanschokolade gekauft – geschmollt hatte.

Endgültig stellten wir die Kampfhandlungen bei einer von Hannes in friedensstiftender Absicht organisierten Flasche Grappa im Rahmen eines zünftigen Umtrunkes ein.

Der Haussegen hing nicht länger schief.

Ich nutzte Martins alkoholbedingte Zugänglichkeit und machte Nägel mit Köpfen: Rasch war's beschlossene Sache – ich würde in sein Zimmer übersiedeln. Clever, wie er war, hatte sich Martin mit seinem Chef, Professor Lehnhoff, arrangiert und einen Auflösungsvertrag durchgesetzt, um die gesetzliche Kündigungsfrist nicht einhalten zu müssen. Daher würde er schon Ende des Monats nach Baden-Baden ziehen, um dort in einer noblen Privatklinik als Schönheitschirurg zu wirken. Von Wurmfortsätzen und ähnlich unästhetischen Organen habe er die Nase gestrichen voll, sagte er. Er fühle sich zu Höherem berufen.

Das Höhere bestand im Absaugen von überschüssigem Fett, im Wegschnippeln von überflüssigem Bindegewebe, im Zusammenzurren abgeschlaffter Hautpartien – kurz: im Gottspielen. Sechs Tage die Woche würde Martin Gesichter und Körper neu erschaffen; am siebenten Tag würde er ruhen und mit Wohlgefallen sein Werk betrachten …

... und sich in eindeutiger Absicht den sexuell vernachlässigten, nach Geld und Chanel stinkenden Privatpatientinnen nähern, die mit ihren Porsches und Jaguars anrauschten, um sich unters Messer zu legen und sich die Jahresringe wegschleifen zu lassen.

Hannes und Heri und ich hatten einen Mordsspaß dabei, uns auszumalen, wie Martin sein neues Revier abgraste. Unsere Phantasie trieb die buntesten Blüten. Am liebsten stellten wir uns vor, wie Martin im Operationssaal stand – im grünen Chirurgenkittel, mit Mundschutz und Häubchen und Handschuhen, von den OP-Schwestern angehimmelt bis kurz vorm Kollaps – und (ja, was wohl?) Barbiepuppen kreierte. Wie er die Hirne der Patientinnen mit präziser Schnittführung auf Haselnußgröße verkleinerte und ihre Brüste mittels gezielter Silikoninjektionen auf Kokosnußgröße aufblies.

Unser gottgleicher Heiler würde eine ganze Armada von Barbies auf die Menschheit loslassen!

Gar herrlich waren die Abende auf dem Balkon, wo wir biertrinkenderweise die Zeit totschlugen und jedesmal, wenn Martin sich blicken ließ, wie aus einem Munde riefen:

»Da naht er, der Großmeister der Hirnminimierung und Brustmaximierung!«

Martin wand sich dann stets in Verlegenheitskrämpfen, während wir ihm zuprosteten und zotige Reden schwangen. Fast tat er mir leid – aber nur fast. Denn Mitleid ist eine Gefühlsregung, die den wenigsten Männern in die Wiege gelegt wird.

Um meine Finanzen aufzubessern, fuhr ich zu Eddis Tiershop. Ich wollte die beiden Zwanzigkilosäcke Hundetrockenfutter, die ich damals gekauft hatte und die immer noch im Kofferraum des BMW lagen, zurückbringen und mir den Betrag dafür auszahlen lassen. Ich hatte nichts zu verschenken, die sieben fetten Jahre waren ein für allemal vorbei. Mir standen magere Zeiten bevor, wenn sich nicht zufällig ein siebenundneunzigjähriger Millionär – so 'ne Art Scheckbuch auf zwei Beinen, gern mit Herzklappenfehler, möglichst aber ohne Anhang – in mich verknallte und mich vom Fleck weg heiratete.

War alles schon dagewesen, gell?
Aber woher nehmen, wenn nicht stehlen?
Vielleicht würden ausgedehnte Spaziergänge in der Nähe luxuriöser Altenheime mein neues Hobby werden.
Vorm Tiershop parkten hauptsächlich Kombis, in denen kalbsgroße Köter vor sich hin dämmerten oder die Scheiben vollsabberten, während ihre Frauchen oder Herrchen Eddi einen Haufen Schotter für Futter und Leinen und Kauknochen und Bälle in den Rachen warfen. Ich wuchtete die Säcke auf eine Karre und drehte mit dem störrischen Ding eine Ehrenrunde durch den Laden, da die Metallschranke an der Kasse von vorn nicht passierbar war. Mein staunender Blick blieb an allerlei Absonderlichkeiten hängen: an Gemüseknochen (Gab's Hunde, die Vegetarier waren?), an Schutzhöschen für läufige Hündinnen (Wenn die Lady eins angehabt hätte, wäre Waldi dann noch am Leben?), an Sofas für Katzen (Miniaturausgaben von Sommerlad?) und dergleichen mehr. Hinter dem Regal mit Körperpflegeartikeln fürs Haustier (Bürsten, Kämme, Shampoo, Scheren, fehlte bloß noch Deo!) stapelten sich auf einem Bord Ratgeber in Hülle und Fülle. Am schärfsten fand ich den Bildband mit Pudelfrisuren, insbesondere den Farbteil zum Thema Schleifchenbinden.
Endlich erreichte ich die Kasse, an der der spindeldürre Eddi auf zahlungswillige Kundschaft lauerte wie ein Weberknecht im Netz.
»Kein Umtausch!« schnauzte er mich an, bevor ich überhaupt den Mund aufmachen und mein Anliegen vorbringen konnte. Er zeigte auf ein handgeschriebenes Schild über der Kasse: KEIN UMTUASCH!
»Kein Umtuasch!« bestätigte ich.
»Ja, und?« fistelstimmte er. Ironie prallte an dem ab wie Wasser an einer Ölhaut.
»Meine Hunde, die Riesenviecher – Sie erinnern sich?« Eddi gähnte gelangweilt.
Ich legte los und log, daß sich die Balken bogen. Ich ließ eine Geschichte vom Stapel, die an Rührseligkeit schlichtweg nicht zu überbieten war. Eine an den Haaren herbeigezogene Ge-

schichte, in der meine drei treuen Viecher – die besten Hunde der Welt, versteht sich, Lassie und Rex waren Nullnummern dagegen – von einem hundsgemeinen Virus befallen und dahingerafft wurden, während sich der Tierarzt händeringend, aber ansonsten untätig über ihre schlappen Körper beugte und seine Machtlosigkeit zur Schau stellte. Jedem Normalsterblichen hätte die Geschichte Tränen der Rührung in die Augen getrieben. Nicht so Eddi.

Eddis Herz war aus Kruppstahl und kalt wie ein Safe, das war kein Ort für übertriebene Tierliebe. Geschäft ist Geschäft.

»Kann schon mal vorkommen«, sagte er abweisend und widmete sich einer Kundin, die mit einer vollgeladenen Karre nahte.

»Wie geht's unserem Wauwauchen?« fragte er mit süßlicher Stimme. »Isses wohlauf?«

Ich hätte nicht gestaunt, wenn ihm ein Liter Langnese-Honig aus dem Mund getropft wäre. Es war eine Szene wie aus einem Tierdokumentarfilm: Im glibberigen Netz des Weberknechts zappelt eine fette Fliege, die es auszusaugen gilt.

Die Kundin nickte und zückte eine goldene Kreditkarte, deren Anblick Eddi zu verbalen Höchstleistungen beflügelte.

»Und unserem Muschili?« schleimte er. »Frißt's wieder?«

Abermals nickte die Kundin. Dienstbeflissen tippte Eddi die Beträge in die Kasse ein. Da kam ein hübsches Sümmchen zusammen! Ich schielte in die Karre: Katzenfutter und Hundefutter in rauhen Mengen und – das durfte doch nicht wahr sein! – eine Tube Zahnpasta. Zahnpasta für den Hund! Die Kundin – wie ich im Oil-of-Olaz-Alter, gute Figur, mittelblonder Pagenkopf – reichte dem Weberknecht die Kreditkarte. Mit schlecht verhohlener Gier grapschte er danach und führte sie in den an der Kasse dafür vorgesehenen Schlitz ein.

»Aber was soll ich mit dem Futter?« quengelte ich. »Soll ich's selber fressen?«

Eddi warf mir einen Blick zu, der besagte, genau das sollte ich tun. Und gefälligst dran ersticken. Ein Dialog mit dem Mann war in etwa so sinnlos wie ein Dialog mit einer Dose Chappi.

Die Frau steckte ihre Kreditkarte wieder ein und guckte unschlüssig von ihm zu mir.
»Was stellen Sie sich so an?« sagte sie dann zu Eddi. »Das Zeug ist doch noch original verpackt!«
Eddi würdigte sie keiner Antwort. Sie hatte ihre Kohle abgedrückt, sein Interesse an ihr war damit erloschen. Die Fliege hatte ihre Schuldigkeit getan und basta.
»Fick dich doch ins Knie!« rief ich erbost und vollzog das für solche Fälle übliche Männerritual: Ich präsentierte Eddi meinen erigierten Mittelfinger, wie ich es von Jürgen, dem king of the road, gelernt hatte. Das war die Sprache, die Männer verstehen. Auch Eddi verstand sofort und machte den Max, indem er mir mit der geballten Faust drohte, mir Flüche entgegenschleuderte und mir Ladenverbot erteilte.
Wutentbrannt rangierte ich die Karre auf den Parkplatz. Als ich den Kofferraum aufklappte, rollte sie weiter und prallte gegen einen blauen Kombi, woraufhin der zottelige Köter, der im Laderaum döste, hochschreckte und losbellte. Ich rannte der Karre hinterher, der Köter warf sich von innen gegen die Scheibe.
»Der tut nix«, sagte die Frau, die Eddi angeschissen hatte, augenscheinlich die Kombifahrerin.
»Ja, klar«, sagte ich. »Standardspruch aller Hundebesitzer. Aber wenn die Biester einem dann doch an die Gurgel springen, heißt es immer, komisch, das hat er noch nie gemacht ...«
Ich schob die Karre von dem Kombi weg, an dessen Fahrertür ein zentimeterlanger Kratzer prangte. Kacke, verdammte! Die Kiste war so gut wie neu.
Nichts als Scherereien heute! Es gibt Tage, die sollte man im Bett verbringen. Das war so einer.
»So 'n Mist!« murmelte ich verlegen.
»Hat die sonst noch nie gemacht, Ihre Karre, was?« feixte die Frau. »Ist noch nie 'nem Kombi an die Gurgel gesprungen!«
Immerhin hatte sie Humor.
»Nee«, sagte ich und grinste. »Sonst isse immer ganz brav. Und jetzt?«
»Krieg ich wieder 'nen Anschiß von meinem Göttergatten«,

sagte sie achselzuckend. »Der behauptet sowieso immer, ich hätte den Führerschein bei Quelle bestellt.«

Ach du Schande! Auch das noch! Ich hatte einen Ehekrach heraufbeschworen! Von Schuldgefühlen übermannt, stammelte ich: »Keine Angst, wir regeln das. Ich geb Ihnen meine Adresse …«

»Quatsch«, erwiderte sie. »Sie schenken mir das Trockenfutter und laden mich auf 'ne Currywurst ein, und dann hat sich's. Wie klingt das?«

»Musik in meinen Ohren!« rief ich.

Mit vereinten Kräften verfrachteten wir die beiden Säcke in den Kombi. Anschließend befreite die Frau den Hund, der vor lauter Streß schon fast hysterisch war.

»Gib Pfote!« befahl sie ihm. »Los, Luigi, gib Pfote!«

Luigi dachte nicht im Traum daran, dem Befehl zu gehorchen. Statt dessen legte er sich auf den Rücken und streckte alle viere in die Luft. Die Frau hockte sich hin und kraulte ihm den Bauch. Der Hund drehte fast durch vor Entzücken; er wirkte nicht im geringsten beißfreudig oder gar mordlüstern. Ich hockte mich zu den beiden aufs Pflaster.

»Sie können ihn ruhig am Bauch anfassen«, sagte die Frau. »Der tut echt nix.«

Diesmal war ich gewillt, ihr zu glauben. Ich kraulte und kraulte und kraulte und konnte gar nicht mehr aufhören mit Bauchkraulen. Toll war's! Weich und warm und wollig! Viel schöner als beim Dackel. Waldis Bauch hatte sich angefühlt wie eine Fleischwurst mit Schamhaaren. Luigis Bauch aber – ein Lambswool-Pulli war ein Akopad dagegen.

»Klasse, nicht?« fragte die Frau.

»Hm! Was ist das für 'ne Rasse?«

»Leonberger, altdeutscher Hütehund. Ich hab ihn geschenkt bekommen, als er zehn Wochen alt war, damals, als …« Sie hielt in ihrer Rede inne und richtete sich auf. Ich tat es ihr nach. Luigi stutzte, dann rappelte er sich hoch und folgte uns schwanzwedelnd zu der Imbißbude.

Die Imbißbude hieß *Heiße Kiste*, und sie sah aus und roch wie alle Imbißbuden, die sich im Einzugsbereich deutscher Einkaufsparks befinden. Der schwitzende Besitzer nahm meine Bestellung – zwei Currywurst/Pommes, zwei Cola – entgegen. Wir stellten uns an einen der drei runden Stehtische. Die Tischplatte war mit Ketchup bekleckert. Ein grün-weißer Sonnenschirm spendete Schatten. Am Tisch neben uns schütteten ein paar grüne Jungs Kümmerling in sich rein und laberten über ein Fußballspiel.

»Immer dasselbe Gewäsch«, sagte die Frau.

»Männer halt!« sagte ich.

Wir aßen und tranken und fütterten Luigi, der uns mit Blicken anbettelte, die einen Stein zum Rotz-und-Wasser-Heulen gebracht hätten, mit Wursthäppchen.

»Wieso heißt der Luigi?« fragte ich. »Ich meine, wenn's ein altdeutscher Hütehund ist – da könnte er doch prima Otto heißen oder Fritz oder Heinrich!«

»Ach je!« Die Frau knüllte ihre Serviette zusammen. »Das ist 'ne lange Geschichte ...«

»Ich steh auf lange Geschichten«, sagte ich.

Was stimmte. Nur, daß mir keiner mehr welche erzählt hatte, seit ich erwachsen war. Mein Vater war berühmt gewesen für seine selbsterfundenen Gutenachtgeschichten; das Talent zum Geschichtenerfinden hatte ich sicher von ihm geerbt. Leider war er auch berühmt für ganz andere Geschichten gewesen.

Die Frau schien mit sich zu ringen. Sie lächelte so gequält, als wäre sie in eine von Luigis Tretminen getreten. Ich beschloß, ihr Zeit zu lassen, latschte zur Bude und holte zwei Fläschchen Kümmerling. Die Jüngelchen am Nebentisch prosteten uns johlend zu, wir kippten die Schnäpse ab und stellten Spekulationen darüber an, was bei den Jüngelchen – mal abgesehen vom Schnaps – noch alles die Bezeichnung Kümmerling verdienen mochte.

Nichts eint Frauen schneller als das gemeinsame Ablästern über Männer: Auf einmal duzten wir uns.

Meine Tiershop-Bekanntschaft hieß Elisabeth, nannte sich aber Liz. Wieder mal fiel mir auf, daß kaum eine Frau mit ihrem

Namen zufrieden war, sondern ihn irgendwie ummodelte. Aus Alexandra wurde Alex, aus Margot Mascha, aus Caroline Caro, aus Elisabeth Liz.
Liz' Geschichte war in der Tat lang, aber sie war auch interessant. Liz nannte einen Mann ihr eigen, der Robert hieß und Zahnklempner war, und zwar mit Leib und Seele. Auch Luigi wollte er ein ausgeklügeltes Zahnpflegeprogramm angedeihen lassen, seit er Mundgeruch bei ihm diagnostiziert hatte.
»Daher also die Hundezahnpasta!« rief ich. »Putzt du Luigi echt die Zähne?«
»Mit 'ner Kinderzahnbürste. Geht ganz gut, der ist friedlich. Aber mir graut's vor dem Tag, an dem sie Zahnpasta für Katzen erfinden«, sagte Liz. »Unser Kater Johann hat Krallen wie Türkendolche. Der macht die Sperenzchen nicht mit, und wenn sich Robert auf den Kopp stellt.«
Robert und Liz besaßen ein Einfamilienhaus im Grünen, mit englischem Rasen und Doppelgarage und Terrasse und allen Schikanen. Ein Yuppie-Paar wie aus einem Werbespot! Ob sie Kinder hatten? Bestimmt. Wohlgeratene, saubere Kinder, die eine Eliteschule besuchten, Klavierstunden kriegten und Reitunterricht.
»Mensch«, sagte ich anerkennend, »da hast du ja das Klassenziel erreicht.«
»Wie man's nimmt«, sagte sie.
»Arbeitest du was?« fragte ich. Insgeheim rechnete ich damit, daß sie verneinte. Arbeiten hatte die nicht nötig, mit dem Zahnklempner als Geldbeschaffer in der Hinterhand.
Zu meinem Erstaunen gab sie jedoch an, Werbetexterin zu sein. Aus Jux und Tollerei hatte sie sich vor zwei Jahren gemeinsam mit ihrer Freundin Bea (Beatrice, un ich sach noch!) TV-Spots für *Verdita*-Tampons ausgedacht. Die Herstellerfirma hatte wahrhaftig angebissen und die Spots realisiert. Und jede Menge Kohle abgedrückt!
»Wahnsinn!« rief ich. »Und dann?«
Zufälle gab's! Jahrelang lief mir keine einzige gescheite Frau über den Weg, und dann traf ich innerhalb eines Monats gleich zwei, die Bilderbuchkarrieren hingelegt hatten, wie sie sonst

nur in Frauenromanen vorkamen! Vielleicht hatten Mascha und ich ja wirklich eine Chance mit *Mann verstehn im Handumdrehn*! Man hat bekanntlich schon Pferde vor der Apotheke kotzen sehen – oder?

»Nix und dann!« sagte Liz. »Bea hat 'n Hormonkoller gekriegt und ist nach Frankfurt gezogen, der Liebe wegen. Einen einzigen größeren Auftrag hab ich noch ergattert, für ein Eau de Toilette, das war's. Seitdem schreib ich Kleinscheiß für Kleckerfirmen hier in der Gegend und mach halt den Haushalt.«

Meine ursprüngliche Frage war damit noch nicht beantwortet. »Und wieso heißt Luigi jetzt Luigi?«

Das war der Punkt, an dem die Geschichte traurig wurde. Noch viel trauriger als die, die ich Eddi vorgeflunkert hatte. Luigi, so erfuhr ich, hieß Luigi, weil Robert und Liz sich nach einer Ehekrise beim Nobel-Italiener Luigi in der City versöhnt und daraufhin das Haus im Grünen gekauft hatten. Alles war Friede, Freude, Eierkuchen gewesen. Liz war im dritten Monat schwanger. Voller Vorfreude richtete sie das Kinderzimmer ein; sie wählte eine mit Häschen bedruckte Tapete aus, pinselte eine blaue Bordüre an die Wand, nähte rosa Gardinen, strickte Strampelchen und bestickte Lätzchen. Sie kaufte eine komplette Erstausstattung. Sie ließ Roberts alte Wiege restaurieren. Mitte des fünften Monats erlitt sie eine ominöse Blutung.

Liz verlor das Kind, das ein Junge geworden wäre.

Ein paar Wochen später kam ihr Mann mit dem Leonberger-Welpen heim.

Mit Luigi.

Fast hätte ich losgeflennt – das war ja viel schlimmer als in *Vom Winde verweht*, wo Klein Bonnie vom Pony fällt und sich das Genick bricht. Guter Gott! Und ich dachte immer, ich hätte Probleme! Peanuts, alles Peanuts!

»Den hab ich jetzt am Bein«, sagte Liz und warf Luigi, der zu ihren Füßen lag und sie anhimmelte, einen zärtlichen Blick zu. »Ach, was soll's. Mittlerweile geht's!«

Damit erstickte sie die Mitleidsbekundungen, die mir auf der Zunge lagen, im Keim. Sie kramte ihr Portemonnaie hervor und holte eine neue Runde Kümmerling.

»Und du?« fragte sie, als sie an den Tisch zurückkehrte. »Was treibst du? Warum läufst du in den Altkleidersack-Klamotten rum? Sei nicht sauer, aber im ersten Moment hab ich dich fast für 'nen Typ gehalten, für so 'n Loser ...«

Ich trug ausgeblichene Jeans, ausgelatschte Turnschuhe und ein T-Shirt, das auch schon bessere Tage gesehen hatte. Das bißchen Make-up – Lip Gloss, Eyeliner und Wimperntusche –, das ich wie immer unterwegs aufgetragen hatte, riß es auch nicht raus. Gegen Liz, die aussah wie aus der *Friederike* geschnitten, konnte ich nicht anstinken.

Mit Todesverachtung kippte ich den Kümmerling runter. Dann gab ich mir einen Ruck und packte aus. Diesmal hielt ich mit nichts hinterm Deich. Liz war so offen gewesen, da wollte ich mich nicht lumpen lassen. Ich berichtete von meiner geplatzten Hochzeit und von meiner ruinierten Zukunft und von meinem Frust.

»Mittlerweile geht's«, sagte ich, als ich fertig war.

Wir lächelten uns an. Liz fragte, wieso ich eigentlich Hundefutter gekauft hätte – und gleich in rauhen Mengen. Wo ich mir doch fast in die Hose geschissen hatte, als Luigi aus dem Kombi gesprungen war!

»Du hast doch nie im Leben drei Köter, oder?«

»Wie man's nimmt«, sagte ich. »Das ist 'ne andere lange Geschichte ...«

Und ich erzählte sie in epischer Breite. Zwei Kümmerlinge später schieden wir in bestem Einvernehmen. Liz kritzelte ihre Telefonnummer auf eine ketchupbeschmierte Serviette, ich kritzelte meine auf ihre Zigarettenschachtel. Zum Abschied kraulte ich Luigis altdeutschen Hütehundschädel, zum Abschied hob er ein Hinterbein am Ständer des Sonnenschirms.

Liz hupte, als sie davonfuhr. Es sah ganz danach aus, als hätte ich bald wieder ein paar Freundinnen mehr.

Doch der nächste Dämpfer ließ nicht lange auf sich warten. Als ich kurz drauf heimfuhr, blockierte ein gigantischer LKW die Straße vorm Haus. In der Einfahrt zur Garage, die zum Erdgeschoß gehörte und in der Nachbar Schnüffels stasigrauer altersschwacher Opel Kadett – klassisch mit kopfnickendem Stoffhund und umhäkelter Klopapierrolle auf der Ablage – vor sich hinrostete, parkte ein dicker schneeweißer Mercedes mit Hamburger Kennzeichen, an dem ein Chauffeur mit einem Lappen herumwienerte.

Hamburger Kennzeichen?

Alles, nur das nicht!

Man reiche mir eine Zyankalikapsel!

Im Treppenhaus versperrten mir zwei vierschrötige Möbelpakker den Weg. Sie sahen aus wie leibhaftige Michelin-Männer und schleppten sich mit unserem – Pardon, mit Toms – Alcantara-Sofa ab. Ein dritter Michelin-Mann nahte mit einem Stuhl. Auf alles gefaßt, betrat ich die Wohnung.

Im Schlafzimmer traf ich Toms Mutter. Wie immer trug Frau Hochwohlgeboren Jansen ein elfenbeinfarbenes, schweineteures Designerkostüm und erlesenen Schmuck. Wie immer war ihr kurzgeschnittenes, schwarz gefärbtes Haar auf Fülle toupiert und mit so viel penetrant riechendem Spray fixiert, daß ich Angst hatte, die Fliegen könnten tot von der Wand fallen. Ihr Star-Coiffeur hätte sich vielleicht besser als Kammerjäger verwirklichen sollen. Die Frau war die wandelnde Geldvernichtungsmaschine!

Und nicht nur das! Herrje – warum war mir das noch nie aufgefallen? Sie sah aus wie ein Abziehbild von Alexis, Blake Carringtons Exfrau. Da würden dem Denver-Clan die Augen aus den Höhlen treten, wenn die zum white wedding in die Staaten anrauschte!

Sie registrierte mich nicht auf Anhieb, da sie über Frau Hagensack, die Haushälterin, wachte – eine resolute Person von etwa fünfzig –, die Toms Hemden faltete und in einen Lederkoffer legte.

Vor der Konfrontation mit Frau Hochwohlgeboren Jansen fürchtete ich mich, seit Tom angekündigt hatte, sie würde alles managen. Noch nie hatte ich mehr als nur das Nötigste mit ihr gesprochen. Die Frau war ein eiskaltes Luder; die transpirierte nicht, die rauhreifte. Und falsch wie eine Kobra. Die sollte nicht in einem Bett schlafen, sondern unter einem Stein.

Und eine Arroganz hatte sie am Leib! Sie bildete sich Gott weiß was drauf ein, daß sie mit einem goldenen Löffel im Mund geboren war. Von Anfang an hatte sie mich behandelt wie den letzten Dreck, ihrer Ansicht nach hatte ihr einziger Sohn was Besseres verdient als mich Mittelschichtschlampe. Wer weiß – vielleicht wäre alles ganz anders gekommen, wenn ich nicht bei meinem ersten Besuch in der Jansen-Villa den Kaviar für Brombeermarmelade gehalten hätte …

Ach, drauf geschissen!

Haß auf den ersten Blick war's gewesen. Ich haßte sie aus tiefstem Herzen, und sie haßte mich aus tiefstem Herzen zurück.

Wie sie mit ihren manikürten Fingern im Kleiderschrank herumwühlte! Ich raffte meine Lieblingsbluse an mich, die jemand achtlos über einen Stuhl geworfen hatte.

»Was wird denn hier gespielt?« rief ich erbost.

Die Kobra drehte ihren Kopf in meine Richtung. »Ach, *Fräulein* Arnold …« Fräulein! Mit welcher Leichtigkeit ihr diese demütigende Anrede über die verkniffenen Lippen ging! Und wie sie es genoß! »… ich war der Annahme, mein Sohn hätte Ihnen mitgeteilt, daß …« ICH. MEIN. Tom konnte seine Abstammung nicht verleugnen.

»Daß Sie sich um seine Angelegenheiten kümmern – ja. Aber nicht, daß Sie hier mit einer Horde Vandalen einfallen!«

Ohne eine Miene zu verziehen, setzte sie mich darüber in Kenntnis, daß die Wohnung verkauft und in Kürze zu räumen war.

»Zu renovieren brauchen Sie nicht«, fügte sie hinzu, »das hat mein Sohn ja besorgt.«

Ihr starrer Blick aus stechenden schwarzen Augen hätte vielleicht Rambo in die Knie gezwungen, aber nicht mich. Der würde ich Saures geben!

»Ach was?« sagte ich spitz. »Ihr Sohn?«

Wenn ich mich recht erinnerte – wenn ich nicht einer Alzheimer-Attacke anheimgefallen war –, war ich es gewesen, die vor zwei Jahren Tag und Nacht mit Pinsel und Farbrolle zugange gewesen war und Toms Junggesellenbude auf Vordermann gebracht hatte, denn der Goldjunge hatte es vorgezogen, während

meines Einzugs ins gelobte Land an einer Exkursion in die Bretagne teilzunehmen.
»Ts, ts«, machte die Jansen und befahl Frau Hagensack, die Küchenutensilien ihres Sohnes in einem Karton zu verstauen.
»Meines Wissens besitzt Tom keine Küchenutensilien«, sagte ich mit der gebotenen Schärfe. »Abgesehen von der Espressomaschine.«
»Ach?« Die Jansen setzte einen schmerzgepeinigten Gesichtsausdruck auf. »Keine Gläser? Kein Geschirr?«
»Nee«, entgegnete ich. »Alles meins. Alles meine Aussteuer.«
Alles Konfirmations- und Geburtstagsgeschenke von meiner Verwandtschaft. Auch in dieser Beziehung schneiden Jungs besser ab: Jungs kriegen immer tolle Sachen geschenkt, tolle Sachen wie Bargeld und elektrische Eisenbahnen und Mountainbikes und Mofas. Mädels kriegen immer bloß olle doofe Aussteuer, die zwanzig Jahre später unmodern ist, aber das darf man nicht sagen, sonst ist man wieder undankbar. Wenn ich nur an die schreckliche Biberbettwäsche aus den siebziger Jahren dachte, die sich im Schrank stapelte! Die würde ich großherzig der Jansen überlassen, die konnte Frau Hagensack zu Putzlappen recyceln.
»Aussteuer?« Frau Jansen zog die nachgemalten Augenbrauen hoch. »Ach, Aussteuer. In unseren Kreisen nennt man das Mitgift.«
Mitgift! Daß ich nicht lache! Mit Gift sollte man dich abmurksen, du Weibsbestie! Nimm dich bloß in acht – in *meinen* Kreisen neigt man nämlich zu Verbrechen im Affekt. In meinen Kreisen ist man nicht drauf gedrillt, die Contenance zu wahren.
»Was denn nun, gnädige Frau?« Frau Hagensack warf ihrer Arbeitgeberin einen scheelen Blick zu. Was die sich alles gefallen lassen mußte! Ich an ihrer Stelle hätte der Gnädigen längst Strychnin in den Morgentee gekippt.
»Stehen Sie nicht dumm rum!« keifte selbige. »Machen Sie im Wohnzimmer weiter, Bücher, Kassetten, Bilder! Ach, übrigens, *Fräulein* Arnold – ich könnte schwören, daß mein Sohn eine alte Lederjacke hatte, an der er sehr hing …«

Die hing jetzt woanders, aber das würde ich der Jansen nicht auf die gepuderte Nase binden. Das würde ich schön für mich behalten. Überhaupt würde ich einiges für mich behalten.
War's eigentlich Diebstahl, wenn ich sang- und klanglos die Stereoanlage und den Computer samt Drucker einsackte?
Oder war's Notwehr?
Schmerzensgeld war's – genau.
So was wie Schmerzensgeld stand mir doch zu, nach allem, was Tom mir angetan hatte, oder?
Die Jansen setzte ihre Inspektionstour fort. Und dann kam's auch schon. Sie mochte zwar blöd sein wie ein Backstein, aber blind war sie nicht. Mit Nachdruck erkundigte sie sich nach dem Verbleib der Gerätschaften. Ich führte einen Einbruchdiebstahl ins Feld und schilderte das immense Polizeiaufgebot, mit dem nach den Einbrechern gefahndet wurde. Gott sei Dank hielt sie sich nicht weiter mit dem unerquicklichen Thema auf und fing auch nicht an, wegen der Versicherung zu lamentieren. Der Jansen-Clan hatte Geld wie Heu, für den waren Anlagen und Computer kleine Fische. So was bezahlte der aus der Portokasse.
Nach zwei nervenzermürbenden Stunden hatte die Tortur ein Ende. Toms Habe war im LKW untergebracht.
Frau Hagensack band sich die Schürze ab und tätschelte mir mitfühlend das Ärmchen, als ihre Chefin gerade nicht hinguckte, weil sie sich eine Pille einpfiff und ihre Migräne bejammerte.
»So«, sagte sie dann. »Das war's. *Fräulein* Arnold …«
Mit voller Absicht übersah ich die beringte Hand, die sie mir hinhielt. Ihro Gnaden würde ich nicht mal mit der Kneifzange anfassen.
»Tja!« sagte ich. »Tschüs denn.«
Die Jansen hielt mir immer noch die Hand hin. »Die Schlüssel – wenn ich bitten darf!«
Sie wollte die Autoschlüssel einkassieren! Das war ihr einziges Sinnen und Trachten! Von wegen das feine Händchen geben!
Aufreizend langsam zog ich die BMW-Schlüssel aus der Hosentasche. Sie schnappte sich die Dinger und verlangte nach dem

Fahrzeugschein. Ich kramte das zerknitterte Dokument aus meinem Portemonnaie und reichte es ihr. Viel Freude am Fahren würde sie mit dem BMW nicht haben – das war nicht nur ein Gebrauchtwagen, das war ein Versautwagen.
»Kopp hoch, Kind«, sagte Frau Hagensack zu mir. »Seien Sie froh, daß der Kelch an Ihnen vorübergegangen ist. Andere Mütter haben auch schöne Söhne.«
»Frau Hagensack!« gellte die schrille Stimme der Jansen aus dem Treppenhaus.
»Und ob ich froh bin!« sagte ich. »Fährt die den BMW jetzt nach Hamburg zurück?«
Für den Fall, daß sie das tat, wünschte ich ihr einen sturzbetrunkenen, kurzsichtigen, reaktionsverlangsamten Geisterfahrer mit suizidalen Absichten auf den Hals.
Abwehrend hob Frau Hagensack die Hände. »Nein – wo denken Sie hin? Den fährt der Sohn vom Chauffeur. Die Gnädige hat's doch nicht nötig …«
»Frau Hagensack!«
»… 'nen Finger krumm zu machen! Wo kommen wir denn da hin?« Mit einem Seufzer eilte sie hinter ihrer Chefin her.
Ich stellte mich ans Fenster und schaute runter auf die Straße. Geschmeidig wie eine Natter glitt die Jansen in den Fond des Mercedes und zündete sich – Migräne hin, Migräne her – eine ihrer überlangen Filterzigaretten an. Frau Hagensack setzte sich zum Chauffeurssohn auf den Beifahrersitz des BMW, packte ihre Stullen aus und schraubte ihre Thermoskanne auf.
Dann fuhr der Konvoi los.

Mir blieb nichts anderes übrig, als mich dem Chaos zu stellen, das die Jansen mit ihrem Rollkommando hinterlassen hatte. Die Wohnung befand sich in dem Zustand, in dem sich Wohnungen nach dem Wüten eines Tornados befinden mochten, bloß daß die Fensterscheiben nicht rausgeflogen waren.
Alle naslang stolperte ich über leere Kartons. Ich entschied mich, kurzen Prozeß zu machen. Ich würde meinen Kram zusammenpacken, auf der Stelle; dann hatte ich's hinter mir. Augen zu und durch. In der absoluten Rekordzeit von einer

Stunde war das Werk vollbracht: Meine Küchen- und Badutensilien, meine Bücher, meine Aussteuer – unter anderem das sechzehnteilige Service von meiner Patentante – ruhten in mit Klebeband versiegelten Kartons. Mir blutete das Herz, als ich mein Brautkleid aus dem Einbaukleiderschrank nahm, zusammenlegte und zuoberst in den Klamottenkarton legte, den ich zuletzt packte.
Auf meine Annonce hatte sich niemand gemeldet; der federleichte Fetzen war ein Mühlstein um meinen Hals und drohte mich runterzuziehen …
Aber ich kriegte alles gebacken, ohne in Selbstmitleid zu ersaufen.
Und dann war Schicht im Schacht. Hals über Kopf verließ ich mein Waterloo.
Im Vorgarten drückte sich Nachbar Schnüffel herum und verging schier vor Neugierde. Um seine Spionagetätigkeit zu tarnen, hantierte er mit Besen und Schaufel. Geflissentlich übersah ich ihn, geflissentlich überhörte ich seinen Gruß. Wie angewurzelt blieb er stehen und starrte mir nach, erst verblüfft, dann naserümpfend und zuletzt deutlich entsetzt.
Hinkte ich? Hatte ich einen Pferdefuß? Stank ich nach Schwefel?
Er guckte, als ob er mich am liebsten exorziert hätte. Ich stellte mir vor, wie er unverständliche Beschwörungsformeln murmelte, ein Kruzifix schwenkte und Weihwasser über meinen sich aufbäumenden Körper sprenkelte.
Denn was konnte in die umgängliche junge Frau gefahren sein, die sonst immer die Tageszeit entboten und sich an die Hausordnung gehalten und die Umgangsformen gewahrt und zu allem ja und amen gesagt hatte … wenn nicht der Teufel?
Jawollja – aus der umgänglichen jungen Frau war ein Satansweib geworden.

Mein neues Zuhause war wie ausgestorben. Hannes hatte ein paar Tage Urlaub und unternahm mit einem Kumpel, den er schon seit der Grundschulzeit kannte, eine Kanutour in Frankreich. Der Name des Flusses, der von den beiden mit Kanus bezwungen wurde, war unaussprechlich und mir daher entfallen, aber ich war überzeugt, daß es sich um einen eisigen, reißenden Strom handelte, in den ich noch nicht mal meine Zehen tauchen würde.

Abends würden sie am Lagerfeuer sitzen und halbrohe Fleischfetzen verschlingen und Bohnen aus einem Blechnapf löffeln, wie es die Art gestandener Abenteurer ist.

Hinterher würden sie rülpsen und sich mit Rotwein die Kante geben (und sich ins Gebüsch schlagen – zum Kotzen, aber auf jeden Fall zum Pinkeln) und irgendwann in ihre klammen Schlafsäcke kriechen und ratzen, bis die Sonne in ihre bartstoppeligen Gesichter schien und sie aus ihrem alkoholbedingten Koma weckte.

Sie würden exakt die Sorte Urlaub machen, nach der Tom sich stets verzehrt hatte.

Martin weilte in Baden-Baden, um das Terrain zu sondieren und die Handwerker in seiner dort angemieteten Penthouse-Wohnung herumzukommandieren. Ich war also mit Heri allein.

Ich hatte gehofft, daß er mir abends Gesellschaft leisten würde, aber dem war nicht so. Stets war er unterwegs – bei seiner Mama wahrscheinlich, die ihn mit Bratkartoffeln mästete, damit er was auf die Rippen kriegte.

Mangels Ablenkung rackerte ich mich an Toms Computer ab, der jetzt der meine war. Inzwischen war ich bei Kapitel sieben des Ratgebers angelangt – *Männer und ihre Marotten* –, das mir flott von der Hand ging. Im Plauderton schilderte ich die ewige Thekensteherei der Kerle sowie ihren konsequenten Verzicht auf den Flaschenöffner. In aller Ausführlichkeit widmete ich mich ihrer Marotte, in freier Wildbahn Wasser zu lassen, wo immer sich ein Baum oder ein Zaun oder sonstiges Gehölz dazu anbot.

Doch jedesmal, wenn ich las, was ich bisher zusammengeschustert hatte, schossen meine Zweifel ins Kraut. Seit Wochen schrieb ich blind drauflos; ich schrieb, wie ich sprach, wie mir der Schnabel gewachsen war. Ich schrieb so schnodderig, wie ich mit Mascha redete – von Frau zu Frau.

Ob daraus je ein richtiges Buch wurde? Das in Buchhandlungen im Regal stand – oder gar im Schaufenster? Das von Frauen aus Fleisch und Blut gekauft und gelesen wurde?
Eines Morgens beim Aufwachen durchfuhr mich ein irrwitziger Gedanke so heftig wie ein Stromstoß: Was, wenn es *Mann verstehn im Handumdrehn* schon gab? Was, wenn irgendeine findige Frau schon vor uns auf die geniale Idee gekommen war, *das* ultimative Standardwerk zum Thema Mann zu verfassen?
Am Ende war die ganze Arbeit für die Katz!
Mit einem Satz war ich aus dem Bett. Wenn ich der Sache nicht sofort auf den Grund ging, würde ich keine ruhige Minute mehr haben.

Keinesfalls konnte ich den Bücherwurm aufsuchen, um mir mit Hilfe eines willigen Buchhändlers Klarheit über Titel und Themen bereits existierender Ratgeber für Frauen zu verschaffen. Was sollte ich Heri sagen, wenn er mich dabei erwischte?
Du, Heri, ich hab 'ne Schreibblockade, ich guck mal eben bei den Weibern ab?
In meiner Eigenschaft als Heris Held konnte ich das nicht bringen. Der arme Kerl würde vom Glauben abfallen!
Also flanierte ich die Kaufrauschmeile rauf und runter, bis ich eine Buchhandlung mit dem vielversprechenden Namen Leselust entdeckte. Auf dem Ramschtisch vorm Eingang lagen Krimis zu zweifünfundneunzig, im Laden stapelten sich Frauenromane auf dem Bestsellertisch. Ich schlenderte an den Regalen vorbei, bis ich fand, wonach ich suchte: Psycho-Ratgeber noch und nöcher! Eine Riesenauswahl!
Vor Schreck setzte mein Herz einen Schlag aus.
Falls ein Verlag an *Mann verstehn im Handumdrehn* Gefallen finden und das Ding wirklich und wahrhaftig auf den Markt werfen sollte, mußte er schon verdammt risikofreudig sein. Nach meinem Dafürhalten war es undenkbar, daß auch nur die geringste Chance bestand, gegen dieses Überangebot anzustinken. Am besten, ich schmiß die Diskette in den Mülleimer und löschte den Text auf der Festplatte.

Einmal Aschenputtel, immer Aschenputtel.
Umsonst hatte ich mir die Füße wund getanzt – mein Prinz hatte eine andere aus dem Dornröschenschlaf geküßt.
Ach – Aschenputtel war noch geprahlt! Das Pech klebte mir an den Hacken – ich war die geborene Pechmarie! Die Sache mit dem Bestseller konnte ich mir aus dem Kopf schlagen. Aus *dem* Stroh würde kein Gold werden. Mir fielen ebensowenig Sterntaler in den Schoß wie Prinzen. Ich konnte froh sein, wenn sich ein armer Müllersbursch meiner erbarmte und mir das Arbeitsamt nicht die Stütze strich ...
Hätte ich irgendwo einen Mülleimer gesehen, ich wäre reingesprungen!
Am besten, ich überließ das Schreiben anderen und beschränkte mich weiterhin aufs Lesen. Ich schnappte mir ein halbes Dutzend Krimis vom Ramschtisch und legte sie neben die Kasse. Eine hornbebrillte, hagere Buchhändlerin nahte so gemächlich, als hätte sie zum Frühstück Toast mit Valiumgelee gegessen.
»Ist das alles?« fragte sie unlustig und strafte den Namen ihrer Arbeitsstätte damit Lügen.
Als ob das nicht genug war! Sechs Krimis! Kleinvieh macht auch Mist, junge Frau! Schreiben Sie sich das mal hinter die Ohren!
»Ja«, sagte ich. »Das heißt ...«
Sollte ich es doch wagen, sie zu fragen? Mascha würde mich runterputzen, bis ich in keinen Schlappschuh mehr paßte, wenn ich unverrichteterdinge hier rausging. Die Buchhändlerin blickte verstohlen auf ihre Armbanduhr. Sicher hatte sie Schiß, ich könnte sie über Mittag hier festnageln. Hilfesuchend sah ich mich um. Aber weit und breit war keine andere Verkaufskraft in Sicht, die ich mit meinem Problem belemmern konnte. Ich gab mir einen Ruck und trug der störrischen Person mein Anliegen vor. »Könnten Sie wohl nachgucken, ob es ein Buch mit dem Titel *Mann verstehn im Handumdrehn* gibt?«
»*Mann verstehn im Handumdrehn*?« wiederholte sie. »Wenn's das gäbe, dann ...«
Urplötzlich huschte ein Lächeln über ihr blasses Gesicht. Da hatte ich wohl an der richtigen Schraube gedreht.

»Was dann?« fragte ich neugierig.
»Dann«, sagte die Buchhändlerin, »hätten wir Frauen eine Sorge weniger!«
Wieder eine potentielle Leserin! Wieder eine Frau, die ihren Mann nicht verstand!
Sie tippte den Titel in den Computer und wartete, ob er im Sortimentsverzeichnis auftauchte. Ungeduldig spähte ich ihr über die Schulter. Nett mochte sie ja sein, nett und hilfsbereit, wenn sie erst mal motiviert war, aber sie roch nach Mottenpulver. Sie roch wie – wie was denn nur? Wie Heris Schrank, genau. Nach einer Mischung aus Mottenpulver und Lavendel. Und nicht genug damit: Sie sah auch danach aus mit der beigen Bluse, der kaffeebraunen Strickweste und dem grün-braun karierten Trevirarock, der ihr bis zu den spitzen Knien ging und schon seit Anno Kruck aus der Mode war.
»Nee, gibt's nicht!« sagte sie nach einer Weile. »Wäre mir auch bekannt vorgekommen. Vielleicht kaufen Sie Ihrer Freundin statt dessen einen Frauenroman?«
Meiner Freundin? Welcher Freundin? Ach so, klar. Alex, denk dran: Du bist ein Mann.
Ich bluffte. »Lassen Sie mal. Ich geh noch nebenan in die Drogerie ...«
»Ja, Parfüm ist auch was Feines«, sagte die Buchhändlerin. »Aber es geht doch nix über ein gutes Buch.«
Diese Einstellung erklärte ihre Mottenpulveraura. Na, mich sollte es nicht kümmern. Ich bezahlte, verstaute meine Krimis in einer Leselust-Tüte und verließ den Laden mit einem Liedchen auf den Lippen: »We are the champions!«

Es war erst kurz vor halb eins. Am Abend war ich bei Mascha zum Essen eingeladen, aber bis dahin floß noch viel Wasser die Ruhr runter. Der Tag würde sich ziehen wie Kaugummi, wenn mir nicht schleunigst etwas einfiel, womit ich ihn verkürzen konnte. Schreiben würde ich heute nicht mehr, dazu war ich viel zu aufgedreht nach der guten Nachricht.
Was stand noch an? Recherche!
Ich würde die Stätte von Heris Wirken aufsuchen und ihn be-

obachten, wenn er Mittagspause hatte. Das würde zwar langweilig hoch drei werden – vermutlich würde er einsam und verlassen auf einer Bank sitzen und Käsebrote aus der Tupperdose essen und Kamillentee aus der Thermoskanne trinken und Selbstgespräche führen –, aber wenigstens hätte ich mein Soll erfüllt.
Auch vorm Bücherwurm stand ein Ramschtisch. Dahinter bezog ich Stellung und wartete, daß sich was tat. Zehn Minuten verstrichen, ohne daß Heri auftauchte. Vielleicht war seine Pause schon vorbei. Aber nein – da war er! Er guckte weder nach links noch nach rechts, sondern legte ein Tempo vor, das ich ihm nie zugetraut hätte. Daheim bewegte er sich so langsam, als ob seine Batterie bald leer wäre. Ich folgte ihm kreuz und quer durch die City. Heri lief geradewegs auf ein Bistro zu, vor dem er sich niederließ. Das war's dann wohl. Er würde das billigste Getränk auf der Karte bestellen und dazu heimlich seine Käsebrote verzehren. Wie unsensationell!
Doch unverhofft kommt oft.
Selten hatte ich mit einer Vermutung so falsch gelegen.
Linkisch, aber selbstsicher winkte Heri dem Kellner.
Ebenso linkisch, aber selbstsicher küßte er das weibliche Wesen, das auf ihn zugeschossen kam und sich an seine kackbraune Strickweste schmiegte.
Heri hatte ein Rendezvous! Am hellichten Tag! Mitten in der Fußgängerzone!
Ich schlich mich näher ans Zentrum des Geschehens.
Das weibliche Wesen, das unterdessen mit Heri über der Speisekarte brütete, trug eine beige Bluse, eine kaffeebraune Strickweste und einen grün-braun karierten Trevirarock. Potz Blitz! Die Buchhändlerin aus der Leselust! Sie könnte glatt Heris Zwillingsschwester sein! Das gleiche Outfit, die gleiche Haarfarbe, die gleiche Hornbrille, die gleichen linkischen Bewegungsabläufe. Gut möglich, daß Heris Mama vor etwa vierzig Jahren so ausgesehen hatte. Konrad Lorenz wäre völlig aus dem Häuschen gewesen über das gelungene Prägungsexperiment.
Jedes Töpfchen findet sein Deckelchen! War doch was dran an den guten alten Sprichwörtern.

Heri und sein Töpfchen saßen dicht an dicht. Fast stießen ihre spitzen Nasen und ihre spitzen Knie aneinander. Einträchtig blätterten sie in einem ledergebundenen Wälzer. Ob sie miteinander schliefen? Und wenn – wie ging das vonstatten? Erotik war für die beiden bestimmt ein Fremdwort. Die erotischsten Handlungen, die hier im Bereich des Vorstellbaren lagen, waren gegenseitiges Vorlesen oder Pickelausdrücken. Ob ich Heri mal das *Kamasutra* unterjubeln sollte?
Grinsend gab ich Fersengeld. Wenn ich das Mascha erzählte, würde sie in einen Zustand geraten, der sich vor einem ihrer vorgetäuschten Orgasmen nicht zu verstecken brauchte.

Beflügelt vom Erfolg meiner Spontanrecherchen, machte ich einen Abstecher zu Adventure Sports & Tours, um zu gucken, wo Hannes seine Tage verbrachte.
Ein Klon von Reinhold Messner – sicher Hannes' Kompagnon – tigerte nervös durch den Laden, ein Handy am Ohr.
»Kalahari-Trekking ausgebucht?« rief er. »Was ist mit der Sahara? Gibt's da noch was?«
Während er den Ausführungen seines Gesprächspartners lauschte, deutete er mit einem Lineal auf mich.
»Ich hab Zeit«, sagte ich. Nur die Ruhe, du Wichtigtuer! Wenn ich was partout nicht abkonnte, dann diese Handy-Junkies. Ob der Entzugserscheinungen kriegte, wenn man ihm das Ding klaute?
Ich wandte mich ab und blätterte in einem Wildwassertouren-Prospekt. Die Ardèche! Das war der reißende Fluß, den Hannes per Kanu bezwang! Ich überflog den Text, der dem Abenteurer von Rang den ultimativen Kick versprach. Mein Respekt vor Hannes stieg wie der Pegel der Ardèche bei Hochwasser. War ja doch ein ganzer Kerl, mein Mitbewohner! Um mich in so ein Kanu zu kriegen, müßte man mich vorher schon bewußtlos schlagen.
»Nix mehr?« Der Typ schob das Lineal in sein Baumfällerkarohemd und kratzte sich den Rücken. »Hey, ich hab Kundschaft. Ich ruf noch mal an. Bis dann!«
Ich sackte den Prospekt ein, um mitreden zu können, wenn

Hannes wieder im Lande war. Der Typ steckte sein Handy weg.

»Fluch der Technik!« sagte er. »Computer abgekackt.«

»Tja«, sagte ich lässig. »Shit happens.«

»Was kann ich für dich tun? Biste Kanute? Da hab ich was für dich. Ich sag dir, das isser: der Thrill schlechthin. Dagegen ist die Ardèche ein Bächelchen!«

»Äh – nee. Ich bin ein Kumpel von Hannes.«

»Ach je. Na dann. Haha …« Der Typ wollte sich schier ausschütten vor Lachen. »Vielleicht versuchst du's mal mit 'ner Woche Tretboot auf'm Halterner See!«

»Hä?« Der Mann sprach in Rätseln. »Was soll ich da?«

»Hannes besuchen, der macht doch da Aktivurlaub, momentan, mutterseelenallein!«

»Am Halterner See? Allein?« Ich war so verdutzt, daß ich alles nachplapperte. Der See war keine Stunde von hier! Und ich wähnte Hannes in Frankreich, in Begleitung eines kernigen Kerls!

»Jau. Über Nordrhein-Westfalen isser noch nicht rausgekommen. Als Globetrotter isser ein Versager, aber als Computerfachmann«, der Typ klatschte sich mit dem Lineal auf den Oberschenkel, »isser 'ne Wucht. Bin froh, wenn der wieder da ist. Wie war noch mal dein Name?«

Das Handy tutete und enthob mich einer Antwort. Ich war nicht der einzige Lügenbold in der WG! Auch Hannes hatte geblufft! Das Blaue vom Himmel heruntergelogen! Von wegen Kanutour auf der Ardèche! Zelten in der Wildnis! Am Arsch der Zivilisation! Lagerfeuer!

Pennen bis in die Puppen und eine Runde auf dem See herumpaddeln und dann warm duschen in den gepflegten Sanitäranlagen des Campingplatzes und hinterher Trekking in die nächste Kneipe! So sah Hannes' gefährliche Rafting-Tour aus! Und wo hing er rum, wenn er angeblich auf Freeclimbing-Tour in den Anden war? Daheim bei Mama auf der Leiter beim Tapezieren? Oder im Freibad auf dem Drei-Meter-Brett?

Das nächste Kapitel meines Ratgebers würde *Wenn Männer mogeln* heißen, das war so sicher wie das Amen in der Kirche.

Ein Bild von einem Mann

Durch die Gärtnerschen Gemächer waberte der penetrante Geruch von angebranntem Hackfleisch. Sah aus, als hätte ich mich zu früh auf die vollmundig angekündigten Spaghetti Bolognese gefreut! Feli, die mir geöffnet hatte, schnitt eine Grimasse und hielt sich die Nase zu. Ich lugte in die Küche. Der Verzweiflung nahe, kratzte Mascha in einem Tiegel herum, dessen Boden schwarze Konkremente bedeckten, deren Ähnlichkeit mit Preßkohle nicht von der Hand zu weisen war.

»Kocherei, elende!« schimpfte sie. »Eine einzige Sekunde am Telefon – und schon isses passiert!«

Eine Sekunde! Da springt mir doch der Sack vom Schlitten! Wenn Mascha am Telefon war, trat eine andere Zeitrechnung in Kraft; da wurden aus Sekunden leicht Stunden.

»Lügnerin!« rief ich. »Un nu?«

»Tomatensauce«, sagte Mascha düster. In einem Topf auf dem Herd schäumte das Nudelwasser, die Nudeln kochten und kochten. Al dente waren die schon lang nicht mehr, eher al matsche. »Dauert aber noch, Hauptsache, ihr laßt mich in Ruhe …«

Auf dem Küchentisch lag die aktuelle *BRAVO*. Ich schnappte mir das Blättchen, denn *BRAVO*-mäßig hatte ich einen immensen Nachholbedarf. Mutti hatte mir das Heft früher nur zur Belohnung gekauft, bei 'ner Eins in Mathe oder wenn ich den Zahnarzt nicht in den Finger gebissen hatte – also eher selten. Und das Taschengeld war damals noch nicht so reichlich geflossen wie heutzutage, wo man meinen konnte, die Kids hätten Unsummen zur Verfügung.

»Da ist 'n nackiger Vierzehnjähriger drin«, sagte Mascha. »Ziemlich am Ende.«

Während sie Tomaten wusch und schnippelte, blätterte ich wei-

ter und wurde fündig. Gute Güte, was für ein Milchreisbubi! Ich bestaunte des Knaben Wundergaben.
»Aber schon alles dran am Mann, was?« sagte ich. Wenn man dem, was da geschrieben stand, Glauben schenken wollte, war der Bubi nicht nur versiert in Zungenküssen – trotz Zahnspange! – und Petting, sondern hatte bereits seinen ersten Geschlechtsverkehr hinter sich. Im Clearasil-Alter! Also echt – zu meiner Zeit hätte es so was nicht gegeben!
»Ungeheuerlich!« murmelte ich. »Hör mal: Mein Penis ist okay, wenn auch ein bißchen zu dick. Kondome krieg ich kaum drüber.«
Mascha hackte eine Knoblauchzehe klein, und zwar mit einer Inbrunst, als hätte sie den oben zitierten zu dicken Milchreisbubi-Penis in der Mache.
»Maulheld!« rief sie.
»Wie alle Männer«, sagte ich. »Ja – ist das denn zu fassen? Horch: Eine Woche nach dem ersten Kuß schliefen wir miteinander ...«
»Mit wem hast du gepennt?« fragte Feli, die unverhofft in die Küche platzte.
Ich klappte die *BRAVO* zu. »Mit gar keinem.«
»Genau wie Mutti, die pennt auch mit keinem. Deshalb ist die auch gefrustet. Die ist auf'm Männerhasser-Trip ...«
Von wegen die pennt mit keinem! Wenn du wüßtest, du Rotznase! Schon mal was von Wolfi gehört? Bei dem jagt ein Orgasmus den anderen!
»Die kommt gleich auf den Kinderhasser-Trip, wenn du nicht ...« Mascha schwenkte den Holzlöffel, mit dem sie in der roten Pampe rührte, die bei ihr unter Tomatensauce lief.
»Mannomann, seid ihr uncool!« maulte Feli. »Keine Panik auf der Titanic! Ich deck ja schon den Tisch.«
Das Essen ging reibungslos über die Bühne. Ich erfuhr, daß Feli den Backstreet Boys abgeschworen hatte, ihr Favorit war neuerdings Leo da Capricciosa – oder so ähnlich. Fünfmal hatte sie ihn im Kino gesehen und angeschmachtet, in *Titanic*. War Filmbesessenheit erblich? Telefonitis sicherlich, denn Feli und Mascha kloppten sich manchmal regelrecht ums Telefon.

»Mensch, Alex, der ist sooo süß!« rief die Kleine. »Guck, in der *BRAVO* ist 'n Poster!«
Vorsichtig entfernte sie den Mittelteil des Blattes und entfaltete das Poster auf die Größe von gut einem Quadratmeter. Ein langhaariger, finster blickender Jüngling in einem Musketier-Kostüm kam zum Vorschein.
»Isser nicht süß?« wiederholte Feli verzückt.
Süß? Na ja. Mein Fall war der Typ nicht. Diese Katzenaugen! Diese rüschenbestückte Halskrause, aus der sein Kopf wuchs! Er sah aus wie ein beleidigter Angorakater. Egal – über Geschmack läßt sich bekanntlich nicht streiten.
»Den würde ich nicht von der Bettkante stoßen!« seufzte Feli, ignorierte Maschas Zwischenruf –»Hey, bist du noch bei Trost, du Göre?« – und drehte das Poster um. Auf der Rückseite waren die verschmähten Backstreet Boys im Lederlook abgebildet.
»Das sind die?« Ich gab mir alle Mühe, den enthemmten weiblichen Teenager zu mimen. »Zeig mal! Mann, Feli, die sind viel schöner als Leo da Capricciosa.«
»Leonardo DiCaprio!« empörte sich die Kleine. »Capricciosa ist 'ne Pizza! Ihr rafft nix, einfach gar nix!«
»Find ich auch – viel schöner«, sagte Mascha, den Einwand ihrer frühreifen Leibesfrucht überhörend und den Ball, den ich ihr hingepfeffert hatte, zurückschmetternd. »Der Blonde ist 'ne Wucht!«
»Also, ich würde mir eher den mit der Sonnenbrille abgreifen!« sagte ich. Los, Mascha! Du wieder!
»Obwohl – der mit dem Ziegenbart, der hat so tolle braune Augen!« Mascha zwinkerte mir zu. Auch sie fand Gefallen an dem Spielchen.
»Aber ganz links der hat so schöne weiße Zähne!« rief ich mit Schmachteblick. Allmählich steigerten wir uns richtig in unser Verbal-Pingpong hinein. Munter flog das Bällchen hin und her.
»Nee, nee. Doch der mit der Sonnenbrille!«
»Der hat das größte Silberkettchen!«
»Oder ist das 'n Hundehalsband?«

»Und die scharfe Lederkluft!«
»Hach, was 'n Eierzieher!«
»Aber ultramegageil!«
Nach einer Viertelstunde hatte Feli die Faxen dicke. Unumwunden teilte sie uns mit, wir seien dämliche Schnallen und hätten null Ahnung von Männern, stieß ihren Stuhl weg, preßte das Poster an ihr in Liebe zu Leo entbranntes Herz und verschwand mitsamt dem Telefon in ihrem Zimmer. Wir blieben vor den abgegessenen Tellern sitzen.
»Tja – die Liebe ist eine Himmelsmacht«, dozierte ich weise.
»Quatsch. Liebe macht blind und dumm!« sagte Mascha.
Gemeinsam räumten wir den Tisch ab und spülten das Geschirr, wobei mir ein Teller aus der Hand rutschte und auf dem Fußboden zerschellte. Mascha bemängelte meine zunehmende Unfähigkeit, die Verrichtung hausfraulicher Tätigkeiten betreffend. Dann hackte sie auf meiner allgemeinen Tendenz zur Vermännlichung herum, während ich vor ihr auf Knien kroch und die Scherben zusammenfegte.
»Du hast dich total verändert, seit du in dieser Männer-WG abhängst!« warf sie mir an den Kopf.
Ich kippte die Scherben in den Mülleimer. »Ach was – wer hat mir denn den Floh mit der Männer-WG ins Ohr gesetzt? Ist doch alles auf deinem Mist gewachsen!«
»Und dir wächst noch ein Schwanz, wenn das so weitergeht!«
»Ha! Das hat Caro auch gesagt. Übrigens – wann treffen wir uns endlich mal mit den Mädels in der Kneipe?«
Voller Begeisterung hatte ich ihr von meinem Plan erzählt, einen richtig zünftigen Weiberstammtisch ins Leben zu rufen. Eigentlich hatte ich gedacht, sie sei Feuer und Flamme. Doch sie schüttete Scheuerpulver in den verhunzten Tiegel, schrubbte mit einem Haushaltsschwamm drauflos und schwieg.
»Hey, sach schon!« sagte ich, Hannes' Standardspruch imitierend.
»Pah!« rief sie und knallte den Tiegel mit einer solchen Wucht auf die Abtropffläche der Spüle, daß die ganze Küchenzeile vibrierte.

»Was soll ’n das heißen – pah? Wir könnten prima klönen und …«
»Pah!«
»Du wiederholst dich!«
»Na und?« Mascha zog den Stöpsel aus dem Spülbecken. Gurgelnd lief das Wasser ab. »Kann dir doch egal sein. Geh halt in die Kneipe, mit deinen *neuen, interessanten* Mitbewohnern oder mit deinen *neuen, interessanten* Freundinnen!«
Daher also wehte der Wind. Mascha war eifersüchtig!
Eifersüchtig auf mein neues Leben. Ein Leben, das nicht mehr in Routine erstarrt war, sondern in dem endlich was passierte. Was los war, heißa!
Ein Wort gab das andere, und ruck, zuck stritten wir uns wie die Kesselflicker – zum erstenmal, seit wir uns kannten. Mascha warf mir vor, sie als seelischen Mülleimer mißbraucht zu haben, woraufhin ich ihr vorwarf, das beruhe nun weiß Gott auf Gegenseitigkeit.
»Du hast mir doch auch ’n Ohr abgekaut, damals mit deiner Scheidungsstory! Und dann hast du dich in der Bude verkrochen wie eine Bärin im Winterschlaf! Mensch, Mädel – wach auf!« rief ich. »Draußen tobt das wahre Leben, nicht in Romanen und Filmen!«
»Das mußt du gerade sagen!« entgegnete Mascha. »Ausgerechnet du! Jahrelang bist du um deinen Tom herumscharwenzelt wie ums goldene Kalb und hast sonst nichts auf die Reihe gekriegt!«
»Aber dein Undercover-Lover, der isses, oder was? Reine Matratzenwälzerei, nix weiter!«
Das war kein Pingpong mehr. Wir lieferten uns ein verbissenes, erbarmungsloses Tennismatch wie Chris Evert und Martina Navratilova in ihren besten Zeiten. Der Ball zischte übers Netz wie eine Rakete.
»Mascha – versteh doch: Ich hab kapiert, was ich falsch gemacht hab …«
»Geh mir weg mit dem Psychogeschwafel!«
»… ich hab aus meinen Fehlern gelernt. Ich will endlich ich selbst sein, ich will einen Job, der mir Spaß macht und …«

»Haha! Und was träumst du nachts?«

»... ein paar Freundinnen, mit denen ich durch dick und dünn gehen kann. Vielleicht auch ein paar Kumpels – warum nicht?«

»Ach ja? Lange war ich immer gut, und jetzt?«

Ich verklickerte Mascha, daß ich nicht die geringste Absicht hatte, unsere Freundschaft in den Sand zu setzen. Sondern daß ich bloß mehr Kontakte zur Außenwelt aufbauen wolle, um meinen Horizont und meinen Aktionsradius zu erweitern, und daß ihr das auch nicht schaden könne, weil das noch niemand geschadet habe. Zuerst hörte sie mir nur widerwillig zu, dann stellte sie eine Flasche Rotwein auf den Tisch und holte zwei Gläser – ein Friedensangebot. Unser Match endete unentschieden.

Gibt es eine Frauenfreundschaft nach dem großen Krach?

Gibt es.

Wir süffelten und giggelten und schwelgten in Erinnerungen und schmiedeten Pläne und köpften eine zweite Flasche und lagen uns irgendwann halb schluchzend, halb lachend in den Armen und schworen uns ewige Treue. Es war wie in einem dieser oberkitschigen Frauenfilme, in denen die Weiber zusammen in gemütlichen Wohnküchen sitzen, Patchworkdecken nähen und grüne Tomaten essen.

Aber es war wunderwunderschön.

Feli, die spät nachts barfuß in ihrem dünnen Nachthemd durch den Flur geisterte, weil sie aufs Klo mußte, rieb sich schlaftrunken die Augen und murmelte so was wie Erst-lästern-aber-schlimmer-als-Teenies. Was man ihr – um der Wahrheit Genüge zu tun – nicht verübeln konnte.

Zum Abschied spendierte Martin eine Runde Pizza aus dem Karton. Nach deren Vertilgen setzte ein leberlädierendes Alkoholrestebeständevernichtungstrinken ein, das sich bis in die frühen Morgenstunden erstreckte und mich in meiner Meinung bestärkte, daß das Geschwätz, das von Männern in volltrunkenem Zustand nach ein Uhr nachts abgesondert wird, nicht zitierwürdig ist.

Zumindest nicht in anständigen Frauenromanen.
Ich erbte Martins Wasserbett. Mit einem Wasserbett umzuziehen erwies sich nämlich als komplizierte Angelegenheit, die sowohl einer ausgeklügelten Organisation bedurfte als auch der Kooperation eines Wasserbettsachverständigen, der mittels einer eigens für diesen Zweck konstruierten Pumpe das Wasserbettwasser aus der Wasserbettmatratze pumpen mußte undundund.
Auf all das hatte Martin keinen Bock. Er hatte seine Penthouse-Wohnung in Baden-Baden ganz trendy eingerichtet, mit handgeschweißten Stahlregalen und mundgeblasenen Glastischen, da war ein Wasserbett fehl am Platze. Insgeheim vermuteten Hannes und ich, daß das Ding nach den stattgehabten erotischen Exzessen ein gerüttelt Maß an Elastizität und Stabilität eingebüßt hatte und daß Martin es daher billig abstieß.
Bei mir standen keine erotischen Exzesse ins Haus. Das Wasserbett würde nicht über seine Belastbarkeitsgrenzen hinaus strapaziert werden. Außerdem brauchte ich dringend eine andere Schlafstatt, wenn ich nicht in Kürze einen Bandscheibenvorfall haben wollte. Laut Mietvertrag hätte Martin sein Zimmer renovieren müssen. Wir wurden uns handelseinig und besiegelten den Handel mit einem mannhaften Handschlag: Ich würde das Streichen übernehmen, dafür kriegte ich das Wasserbett geschenkt.

Zum erstenmal in meinem Leben wagte ich mich ohne männliche Begleitperson in eine der letzten klassischen Männerzonen: in einen Bau- und Heimwerkermarkt der Hauruck-Kette.
Auf dem Parkplatz standen jede Menge männertypischer Autos. Ich bugsierte Maschas Golf, den ich mir ausgeliehen hatte – ein typisches Frauenauto mit massenweise Herz-für-Kinder- und Herz-für-Tiere-Aufklebern –, zwischen einen dschungelgrünen, schlammbespritzten Jeep und einen VW-Bus mit der Aufschrift »Holz ist wunderbar«.
Der Hauruck-Markt entpuppte sich nicht nur als Paradies für Männer, die auf der Suche nach Werkzeug waren, sondern auch als Paradies für Frauen, die auf der Suche nach Männern waren.

Selten hatte ich so viele freilaufende, unbeaufsichtigte Männer auf einem Haufen gesehen.
Die Profis und Vollbluthandwerker waren unschwer an ihren malocherblauen oder spermabeigen Latzhosen oder Overalls zu erkennen. Die Amateure und Hobbyhandwerker trugen mit Farbklecksen dekorierte Freizeitkleidung.
Fast alle Männer schwenkten einen Zollstock.
Ich machte eine Notiz auf meinem geistigen Spickzettel, eine Notiz mit drei dicken roten Ausrufezeichen. Männer scheinen eine ausgemachte Schwäche für phallische Gegenstände zu haben – für Handys, Kugelschreiber, Korkenzieher, Schaltknüppel, Schraubenschlüssel, Silikonspritzen, Bierflaschen, zusammengerollte Zeitungen. Dieses erstaunliche Phänomen konnte ich in *Mann verstehn im Handumdrehn* nicht unter den Tisch fallen lassen. Ein weibliches Pendant dazu war mir nicht bekannt.
Oder hat man je gehört, daß Frauen mit Brezeln in der Hand durch die Gegend rennen? Mit Tesafilmrollen? Mit Einmachgummiringen? Na bitte.
Als erstes schnappte ich mir einen Zollstock – was muß, das muß –, dann eine gigantische Einkaufskarre, deren Griff mir bis ans Kinn reichte. Pseudofachkundig schob ich das sperrige Teil von Abteilung zu Abteilung und inspizierte das Sortiment.
In Regalen, die bis an die Decke reichten, stapelte sich alles, was das Männerherz begehrte, vom popeligen Nagel bis hin zum Selbstbausatz für die rustikale Holzhütte. Die Holzhütten hatten alle Namen, die klangen wie die von Ikea-Möbeln. Am besten gefiel mir die Hütte Lars. Auf dem Foto, das sie in fix und fertigem Zustand in einem lichten Birkenwald zeigte, sah sie aus wie ein Blockhaus aus einem Lederstrumpf-Film. Unschwer konnte ich mir vorstellen, wie ein paar Kerle in Wildwestmanier vor der Hütte halbe Schweine grillten, ihre leeren Bierflaschen ins Wäldchen schmissen und durch selbiges torkelten, um sich an den Birkenstämmen zu erleichtern. Die Geschlechtsgenossin, deren Mann sich die Hütte Lars in den Garten stellte und seine Kumpels zu einem feuchtfröhlichen Beisammensein einlud, tat mir jetzt schon leid. Im Umkreis von zehn Metern würde kein Gras mehr wachsen.

Am Ende jeder Regalreihe waren Fernsehgeräte installiert, über deren Bildschirme Videofilme flimmerten. Solcherart wurden der Aufbau von Holzhütten und der Einbau von Kloschüsseln und der Umbau von Dachkammern demonstriert. Ich zog mir einen Streifen rein, der sich über die korrekte Handhabung eines hitzegehärteten Antirost-Schutzlackes erging. Der Handwerker-Darsteller – ein Kerl in einer Latzhose mit nichts drunter, den scheint's unvermeidlichen Zollstock in der Tasche – glich Arnold Schwarzenegger aufs Haar, bloß daß er keine Knarre in der Hand hielt, sondern einen Pinsel.

Der Pinsel gemahnte mich an den eigentlichen Grund meines Hierseins.

Ich ließ Rasenmäher und Häcksler und Fliesen links liegen, ebenso die Tapeten. Ein Glück, daß das Zimmer nicht tapeziert werden mußte! Tapezieren rangierte auf meiner internen Horrorskala direkt hinter Reifenwechseln.

In ihrer ersten Woche als verlassene Frau hatte Mutti die fixe Idee gehabt, daß die Küche einer neuen Wandverkleidung bedurfte – womit sie nicht unrecht hatte, denn der Fleck unter dem Lichtschalter neben der Tür, der daraus resultierte, daß sie meinem Vater bei seinem unrühmlichen Abgang ein Glas Rote Bete hinterhergeschmissen hatte, sah aus wie geronnenes Blut. Ausgerechnet ich – nicht etwa mein Bruder – wurde dazu verdonnert, die Idee in die Tat umzusetzen.

Tagelang watete ich in Kleister und kämpfte mit Tapetenbahnen, die ums Verrecken nicht an der Wand kleben bleiben wollten. Es war das reinste Fiasko. Schließlich gab ich entnervt auf und engagierte einen Burschen vom Fach, einen Malerlehrling, der sich schwarz was dazuverdienen wollte, weil er auf ein Moped sparte. Er tapezierte die Küche in sage und schreibe drei Stunden. Und das, obwohl er alle Bütterchen aufaß, die Mutti ihm schmierte, und alle Bierpülleken leertrank, die sie ihm anbot, und eine Zigarette nach der anderen rauchte. Wie's der Bursche anstellte, während des Tapezierens eine Hand frei zu haben, um Bütterchen *und* Bierpülleken *und* Zigaretten zu halten, war mir ein Rätsel. Ich hätte acht Arme gebraucht – und selbst das hätte mich nicht weitergebracht.

Resolut parkte ich die Karre in der Farben- und Lackabteilung. Entgegen meiner Befürchtung war das Farbekaufen kinderleicht, denn auf allen Farbeimern stand drauf, wofür sich ihr Inhalt eignete. Wohlgemut wuchtete ich einen Zehn-Liter-Eimer mit der Aufschrift »Wand- und Deckenfarbe, innen, weiß« in die Karre. Nach diesem Kraftakt steuerte ich zollstockschwenkend das Regal mit den Abtönfarben an.
Rein weiß wollte ich das Zimmer nämlich nicht streichen. Weiß war oberspießig und ultralangweilig. Creme auch, das war eine Alte-Jungfern-Farbe. Da konnte ich mir genausogut eine Streifentapete an die Wand klatschen.
Alle Grüntöne schieden von vornherein aus. Die letzten zwei Jahre meines Lebens war ich mir wie im Urwald vorgekommen, bloß weil ich Tom vor seiner Abreise in die Bretagne die Auswahl und den Einkauf unserer Wandfarbe überlassen hatte.
Rot in Kombination mit dem Wasserbett würde das Zimmer in einen Puff verwandeln.
Blau vielleicht? Haute auch nicht hin. Blau und Wasserbett – dann konnte ich ja gleich ins Hallenbad ziehen.
Ein Angestellter in einem Hauruck-Kittel nahte mit ausgreifenden Schritten, nickte mir zu – Wir Kerle verstehen was von Farbe, gell? – und grüßte, indem er seinen Zollstock auf Brustkorbhöhe anhob. Der Mann verströmte Kompetenz aus allen Poren. Jede Wette, daß der alle Schrauben- und Nagelsorten, die es auf der Welt gab, auswendig herbeten konnte. Es sollte mich nicht wundern, wenn der eines Tages in *Wetten, daß?* seinen großen Auftritt hatte. Ich grüßte mit meinem Zollstock zurück.
Mannomann! Als Frau hätte ich hier schlechte Karten gehabt. Mit Haut und Haaren wäre ich dem Kittelträger ausgeliefert gewesen, seinem gönnerhaften Getue und seinem besserwisserischen Männergewäsch.
Na, Frolleinchen?
Was suchen wir denn? Farbe?
Sie wollen streichen?
Ja – haben Sie denn keinen Mann?
Ich wartete, bis der Angestellte in der Abteilung für Sanitär-

bedarf verschwunden war. Als ich mich wieder umdrehte, fiel mein Blick auf eine Flasche mit Abtönfarbe in Violett. Jawollja! Ich würde die Bude lila streichen. Emanzenlila. Die Flasche wanderte in meine Karre, ebenso zwei unterschiedlich dicke Pinsel und eine puschelige Rolle, die aussah wie ein Tampon für ein Dinosaurierweibchen.

»Entschuldigung ...«, flötete mir jemand ins Ohr.

Neben meiner Karre stand eine junge Frau, die unschlüssig an ihrer Unterlippe nagte. Nicht nur ihr Haar – ein Heiligenschein aus Wasserstoffsuperoxyd – flatterte in dem Luftstrom, den ein überdimensionaler, im Gang aufgebauter Ventilator erzeugte. Auch der Rock ihres weißen Sommerfähnchens bauschte sich aufs lieblichste. Marilyn Monroe ließ grüßen!

»Haben Sie zufällig Ahnung von dem Kram?« fragte sie und bedachte mich mit einem Augenaufschlag, der das Herz des hartgesottensten Handwerkers zum Schmelzen gebracht hätte.

»Hm!« brummte ich. »Was suchen wir denn, Frolleinchen?«

»Es ist nämlich ... ich will mein Appartement streichen ...«

Ihr Satz wurde von einer Durchsage unterbrochen, in der eine markige Männerstimme die Vorzüge von Montageschaum runterrasselte. Ich legte den Kopf schief und tat, als ob ich interessiert lauschte. Das Wort mußte man sich mal auf der Zunge zergehen lassen: Montascheschaum – also ehrlich. Nie gehört.

»Montascheschaum?« fragte Marilyn. »Is 'n das?«

»Montascheschaum«, sagte ich und schwenkte den Zollstock, »ist das A und O. Um Montascheschaum kommt man nicht drumrum. Hat übrigens mit Schaumfestiger nix zu tun.«

»Ach?« Betreten starrte Marilyn auf ihre rosa Pumps. Die Trulla hatte keine Ahnung von der Materie. Sie war mir auf Gedeih und Verderb ausgeliefert.

»*Sie* wollen also streichen?« fragte ich gönnerhaft und schnalzte mit der Zunge. »Ja – haben Sie denn keinen Mann?«

Trotzig schüttelte Marilyn den Kopf. »Rosa will ich. Aber das gibt's hier nicht, nur Eimer mit weißer Farbe und so komische Flaschen ...«

»Tja, das ist 'ne Wissenschaft für sich«, sagte ich.

Rosa! Rosa war genau das Richtige für unser Prinzeßchen. Ihr Appartement konnte ich mir bildlich vorstellen. Rosa paßte klasse zu den Rüschen und Spitzen und Blümchenbildern und zum Himmelbett mit Tagesdecke, auf der Teddybären und andere Plüschviecher hockten und aus ihren toten Glasaugen glotzten. Der reinste Friedhof der Kuscheltiere! Und unter der Matratze eine Erbse!
Ein Alptraum von Appartement!
Den Mann wollte ich sehen, der in dieser Plüschgruft einen hochkriegte!
»Na, wollen mal gucken ...«, brummte ich. Die Rolle des Obermacho machte mir immer mehr Spaß. War's biologisch möglich, daß ich Testosteron produzierte? Daß in meinem Genpool männliche Gene herumschwammen? »Kindchen, Kindchen! Wir haben doch alles, was wir brauchen. Weiße Wandfarbe plus Abtönfarbe, Vollton Rot!«
Ich hielt ihr die entsprechende Flasche hin. Sie zuckte zurück wie ein Füllen vorm Elektrozaun.
»Abtörnfarbe?« fragte sie mißtrauisch.
Mensch, war die Quarktasche blöde! Abtörnfarbe! Ich schluckte. Das mußte ich erst mal sacken lassen.
»Abtönfarbe. A-B-T-Ö-N-Farbe!« sagte ich dann. Weiber! Ihr handwerkliches Geschick reichte gerade mal fürs Nägellackieren.
Ich verstaute den Krimskrams in Marilyns Karre, aber sie machte keinerlei Anstalten zu verduften. Statt dessen druckste sie ein Weilchen herum und rückte dann mit dem absoluten Knaller heraus. »Sie haben nicht zufällig Zeit oder, äh, Lust, mein Appartement zu streichen? Ich meine, Sie als Profi?«
Ich als Profi! Das ging runter wie ein frischgezapftes Pils. Kein Zweifel – in diese Venusfalle waren schon haufenweise Männer getappt. Waren an ihrem freien Samstagnachmittag angetrabt und hatten tapeziert und gestrichen und lackiert und Teppichboden verlegt im Schweiße ihres Angesichts. Und wofür? Für einen Augenaufschlag und ein paar Bütterchen und ein paar Pülleken Bier.
Für lau!

Nicht mit mir, junge Frau!
»Sie meinen, ich soll bei Ihnen streichen?« fragte ich. Marilyn nickte eifrig. »Und was springt für mich dabei raus?«
Das war das Ende vom Lied. Sie stierte mich an, als hätte ich ihr einen unsittlichen Antrag gemacht.
»Wichser!« piepste sie und verdünnisierte sich, nachdem sie mir mit voller Absicht ihre Karre in die Waden gerammt hatte. Sie sagte nicht mal danke schön, und das, obwohl ich ihr eine halbe Stunde meiner kostbaren Zeit geopfert hatte. Undank ist des Mannes Lohn.
Auf dem Parkplatz beobachtete ich, wie sie ihre Utensilien in ein rosa VW-Käfer-Cabrio warf und davonbrauste.
Kaum daheim angekommen, würde sie zum Telefon greifen und ihre Busenfreundin kontaktieren. Rat mal, was mir eben passiert ist! Baggert mich doch so 'n Volltrottel im Baumarkt an! So 'n doofer Malocher! So 'n Lustmolch! Nimmt sich Frechheiten raus, nur weil ich ihn was gefragt hab! Männer! Sind doch alle Schweine! Perverse! Und ihre Freundin würde ah-en und oh-en und ihr beipflichten.
Woher ich das wohl weiß?

Obgleich ich ewig und drei Tage mit einem Kleiderbügel in dem Eimer mit Wandfarbe herumfuhrwerkte, in den ich die halbe Flasche Abtönfarbe Violett gekippt hatte, kamen immer wieder lila Schlieren an die Oberfläche. Es wollte mir einfach nicht gelingen, die zähe Masse zu homogenisieren. Meine Augen tränten, mein Arm drohte aus dem Schultergelenk zu springen.
Total abtörnend! Vielleicht sollte man die Farbe doch umtaufen.
Frustbebend gab ich mich geschlagen. Ich würde mogeln müssen. Erfinderisch, wie ich bin, klopfte ich bei Hannes und gab vor, vom vielen Schreiben eine Sehnenscheidenentzündung davongetragen zu haben. Scheiße, Alter, auch noch rechts, wie's das Unglück will. Und das ausgerechnet jetzt, wo Streichen und Umzug angesagt ist!
Du hast nicht zufällig Bock?
Zufällig hatte Hannes Bock. Sofort brach er seine schweißtrei-

benden Hantelübungen ab und eilte mir zu Hilfe. Seine erste Amtshandlung war, den empfindlichen hellgrauen Teppichboden mit Zeitungspapier abzudecken; die zweite, eine Leiter aus dem Keller zu holen; die dritte, mit einem Golfschläger, den Martin in einer Zimmerecke vergessen hatte, in dem Eimer zu rühren und zu rühren und zu rühren, bis eine fliederfarbene Masse entstanden war, die genau meinen Vorstellungen entsprach und mir einen Juchzer entlockt hätte – wäre ich eine Frau gewesen.

So sagte ich bloß: »Geil, Alter!«

»Lila? Ehrlich?« fragte Hannes. »Is dat nich wat für Schwule?«

»Quatsch nicht!« rief ich entrüstet. »Lila ist die Trendfarbe für echte Kerle, dicht gefolgt von Türkis! Khaki und Schlamm sind total out!«

Hannes schickte sich drein. Was blieb ihm anderes übrig? Schließlich war ich, Rudi Rabauke, *die* Autorität in Sachen echte Kerle. Er tunkte die Rolle in den Eimer und strich drauflos, tropfenfrei und nasenfrei. Ich holte zwei Flaschen Bier, klickte sie auf und reichte ihm eine.

»Kannst ma Musik machen!« schlug Hannes vor. »In meiner Bude liegt 'ne Grönemeyer-Kassette.«

Ich schaffte unseren Küchen-Ghettoblaster herbei und spurtete in Hannes' Zimmer, wo ich mir einen Riegel Kinderschokolade klaute und einen kurzen Routinecheck durchführte – alles beim alten, wie bei Hempels unterm Sofa. Dreckwäscheberge, müffelnde Joggingklamotten, leere Flaschen, Papiermüll. Nach längerem Suchen fand ich die Kassette unter dem Aschenbecher.

Ich schob sie in den Recorder und drückte auf PLAY. Als Herbert Grönemeyer sein Männer-Lied brüllte, brüllte Hannes in voller Lautstärke mit: »Männer haben's schwe-her, nehmen's lei-heicht – außen ha-hart und innen ganz wei-heich …«

Ich hockte mich im Schneidersitz auf den Boden und beobachtete Hannes, der tollkühn – freeclimbermäßig! – auf der obersten Sprosse der Leiter balancierte, in der rechten Hand die Rolle, in der linken die Bierflasche.

Wie seine Muskeln unter dem Feinripp-Unterhemd spielten!

Was für einen Knackarsch er in den knappen stone-washed Jeans hatte!
Und diese Mokkasahnehaut!
Und dieser goldige lila Klecks im Haar!
Ein Bild von einem Mann!
Hatte ich Tomaten auf den Augen gehabt? War ich mit Blindheit geschlagen gewesen?
Während Hannes nichtsahnend sang und strich und strich und sang, riß sich meine schmutzige Phantasie von der Kette, stürmte aus ihrer Hütte, sprang ungestüm über den Zaun und suhlte sich in der nächsten erreichbaren Pfütze.
Wie es wohl wäre, Hannes dieses Nichts von einem Hemdchen vom Leib zu reißen? Mein Gesicht in das Dickicht seiner Brusthaare zu vergraben?
Mit meinen Händen seinen knackigen Po zu begrapschen?
Seine Lippen auf meinen zu spüren?
Huch! Wie wurde mir denn? Ganz blümerant! Herbert lieferte die passende Musik. Auch ich hatte auf einmal Flugzeuge im Bauch, die reinsten Jumbos, nee, nicht nur im Bauch, eigentlich überall.
»Hey, Alter – sach schon!« Reglos wie eine Statue – ein griechischer Gott in Levis – stand Hannes auf der Leiter. Von der Rolle tropfte lila Farbe und pladderte auf das Zeitungspapier.
Was sollte ich sagen? Was hatte er gefragt? Ich hatte nichts mitgekriegt. Ich war kurz vor meinem ersten multiplen Orgasmus gewesen …
Vielleicht war Polen doch nicht verloren. Wenn ich in bezug auf Hannes' sexuelle Anwandlungen verspürte, mußte ich nach wie vor über eine gesunde Portion weiblicher Hormone verfügen. Es sei denn, ich wäre schwul geworden.
»Hä?« sagte ich wenig geistreich. Ob er in der Löffelchenstellung schlief? Ob sein Pullermann einen Namen hatte? Little Joe? Oder etwa Karl der Große?
»Langsam hab ich Hunger!« rief Hannes, stieg von der Leiter und rückte sie ein Stück weiter. »Du nich?«
Doch. Und wie! Einen Riesenhunger! Na ja, eher Gelüste.
Ich gebot meiner Phantasie Einhalt. Der Mann war ganz und gar

indiskutabel, der war überhaupt nicht mein Typ. Und außerdem: Was wußte ich schon von ihm? Vielleicht hatte er Fußpilz oder eingewachsene Zehennägel oder Flusen im Bauchnabel, behielt die Socken an im Bett und schnarchte wie ein Walroß. Allmächtiger! Wie demoralisierend sich drei Monate sexuelle Abstinenz auswirken können!

Schwerfällig rappelte ich mich hoch und ging in die Küche, wo ich ein paar Scheiben Brot von dem Vierpfünder absäbelte. Ich bestrich sie mit Butter und mit Kalbsleberwurst und arrangierte sie auf einem Teller. Im Kühlschrank entdeckte ich ein angebrochenes Glas Gewürzgurken – direkt neben Heris Hämorrhoidensalbe. In dem Sud schwammen Dill und Senfkörner und undefinierbare, aufgequollene Objekte, die einst Brotkrümel gewesen sein mochten oder Käsebrocken. Ich fischte ein paar Gurken aus dem Glas, halbierte sie und dekorierte die Butterbrote mit den Hälften. Das Glas wanderte zurück in den Kühlschrank. Man durfte gespannt sein, was für Lebensformen sich in der trüben Brühe entwickelten. In einigen Wochen würde ich noch mal nachschauen.

Fix kletterte Hannes von der Leiter, als ich ihm die Bütterchen präsentierte. Männer – die reinsten Pawlowschen Hunde!

»Mannomann!« rief er begeistert. »Mit Gürkchen! Wie bei Muttern! Wat du alles drauf hast, Alex, alte Keule!«

Erst jetzt wurde mir bewußt, daß ich automatisch hausfraulich korrekt gehandelt hatte. Ein paar weibliche Gene tummelten sich noch in mir – kein Zweifel. Nebeneinander saßen wir auf dem Boden und aßen und tranken. Hannes rülpste, ich zierte mich nicht lang und rülpste ebenfalls. Hier war ich Mensch und Mann, hier durfte ich's sein.

»Un?« fragte Hannes und deutete auf die Wände.

»Was und?«

»Klasse, wat?«

»Spitzenmäßig!«

Die Wand, die er zuerst in Angriff genommen hatte, war bereits trocken. Nachher würde ich die Fenster putzen und den Heizkörper abwaschen, morgen würde ich einziehen. Als ob er Gedankenleser wäre, fragte Hannes: »Wat liegt sonst noch an?«

»Haste morgen Zeit, wegen Umzug?« fragte ich.
Hannes nickte und kraulte sich selbstvergessen die Brusthaare.
»Wat springt dabei für mich raus?«
Schlag zu, Alex! Tu Butter bei die Fische!
Was dabei für dich rausspringt, Hannes? Eine Nacht auf meinem Wasserbett! Vorher Pizza, hinterher die Zigarette danach. Und vielleicht das eine oder andere Pülleken Bier – auf die Franzosenbrause ist eh gepfiffen. Lieber Sinnes- als Champagnerrausch!
Doch ich kniff und stellte Hannes lediglich ein Essen in einem Restaurant seiner Wahl in Aussicht. Er war's zufrieden.
»Hey, prima!« rief er. »Un dann 'n Zug durch die Gemeinde. Is gebongt, Alter!«
Wie der Blitz stand er wieder auf der Leiter. Die Kassette leierte im Recorder. Herbert Grönemeyers Reibeisenstimme scholl durch den fast leeren Raum: »Ich bin für dich da, ich lieb dich ...!«
Ich saß da und würgte an einem Weinerchen und starrte auf den Teller, auf dem sich eine einsame Gurkenhälfte an eine einsame Brotkruste schmiegte. Die beiden hatten sich gefunden. Und ich? Ich hatte alles vermasselt. Ich würde allein bleiben. Das Objekt meiner Begierde war zum Greifen nah gewesen – aber ich hatte nicht zugegriffen.
Der Mann, den ich begehrte – Scheiße, nein, ich war verknallt bis über beide Ohren, verknallt wie ein Backfisch, warum hatte ich das nicht eher geschnallt? –, legte zirkusreife akrobatische Kunststücke auf der Leiter hin und grinste verschmitzt auf mich runter.
Nie hatte ich mir sehnlicher gewünscht, daß eine Leiter schwanken und umkippen möge! Wenn Hannes bewußtlos auf dem Boden läge, hätte ich wenigstens einen guten Grund, mich auf ihn zu stürzen und mich in Mund-zu-Mund-Beatmung zu versuchen.
Aber alles Wünschen half nichts.
Die Leiter stand so fest wie der Felsen von Gibraltar.

Am nächsten Morgen machte ich mich in aller Herrgottsfrühe auf die Socken, um den Bus abzuholen, mit dem ich umziehen wollte. Es handelte sich um einen Ford Transit, dessen Besitzer im *City Journal* inseriert hatte. Telefonisch hatte ich mit dem Typ vereinbart, daß ich um neun bei seiner Frau – Tine – vorstellig werden sollte. Die würde mir dann die Schlüssel aushändigen, da er selbst übers Wochenende verreist war. Der Glückliche! Da würde er wenigstens nicht mitkriegen, in welcher Gefahr sein Gefährt schwebte.
Denn noch nie hatte ich einen Bus gefahren.
Mascha, die ich durchaus für fähig hielt, so ein Teil durch die engsten Gassen zu lavieren und in die winzigsten Parklücken zu manövrieren, lag mit einer Sommergrippe im Bett und konnte mir nicht beistehen. Hannes' Führerschein befand sich nach wie vor in Polizeigewahrsam, Heri hatte überhaupt keinen. Und diese Tine konnte ich auch nicht anhauen. Die ging bestimmt davon aus, daß jeder Mann alles fahren konnte, was Räder hatte, vom Dreirad bis zum Achtunddreißigtonner.
Ich hatte keine Wahl – ich mußte in den sauren Apfel beißen.
Der Fordbesitzer und seine Frau wohnten in einer Reihenhaussiedlung am Stadtrand. Mitten auf der Straße hüpften Kinder Gummitwist; ich hoffte inständig, daß sie genug Geistesgegenwart und Lebenswillen hatten, zur Seite zu springen, wenn ich gleich meine ersten Fahrversuche unternahm. Ich klingelte bei Nummer acht – bei Hoppe –, wie der Typ mir geheißen. Flugs flog die Tür auf, ein etwa Fünfjähriger mit Cowboyhut zielte mit einer Wasserpistole auf mich. Ich hob die Hände, um zu signalisieren, daß ich unbewaffnet war. Nichtsdestotrotz spritzte er mir eine Ladung Wasser ins Gesicht. Kröte, blöde! Na warte!
Bevor ich das Balg am Schlafittchen packen und seiner gerechten Strafe zuführen konnte, erschien eine gestreßte junge Frau auf der Bildfläche, im Arm einen Säugling, der sich in das fleckige Baumwolltuch erbrach, das ihr über die Schulter hing.
»Hallo!« grüßte sie. »Tine. Und du bist Alex, oder?«
»Jau!« sagte ich. Gern hätte ich das Baby begutachtet und eine Runde Du-du-du und Kille-kille gemacht, aber das konnte ich als Mann nicht bringen.

»Der Bus steht 'ne Straße weiter. Nicht zu übersehen, ist rot-weiß lackiert, war mal 'n Feuerwehrauto!« sagte Tine und klopfte dem Baby sachte auf den Rücken, woraufhin ihm ein achtunggebietender Rülpser entfuhr, gefolgt von einem Schwall wäßriger Muttermilch. »Och je, mein Schätzelchen ...«
»Is 'n Junge, was?« fragte ich.
»Ja, tatsächlich!« rief Tine. »Woher weißt 'n das?«
»Na, bei dem Mega-Rülpser!« Da wäre sogar Hannes vor Neid erblaßt.
»Jaja!« jubelte die Kindsmutter. »Unser Philipp kann tolle Bäuerchen, das muß man ihm lassen!«
Euer Philipp wird mal 'n Kerl wie 'n Baum! Und er wird an keinem vorbeigehen, ohne ihn vollzupinkeln! Ein waschechter Chauvi wird der! Du wirst dich noch wundern, Tine, du Trine! Wehret den Anfängen, kann ich da nur sagen! Ich weiß, wovon ich spreche! Der Frau würde ich ein Exemplar meines Ratgebers zukommen lassen, sobald das Ding auf dem Markt war.
Klein Philipp fing an zu greinen. Der Cowboy kam um die Ecke geschossen und hängte sich an Tines Rockzipfel, die Wasserpistole im Anschlag, Heimtücke im Blick. Sicher hatte er die Pistole aufgefüllt. Auf noch 'ne Ladung war ich nicht scharf.
»Na, dann ...«, sagte ich.
»Ach, klar!« rief Tine. »Hier – die Schlüssel. Fahrzeugschein liegt im Handschuhfach. Kann gar nichts schiefgehen.«
Von wegen! Wenn ich alles hätte aufzählen wollen, was schiefgehen konnte, hätten wir bis in alle Ewigkeit hier rumgestanden.
»Wie ist das mit der Kohle?«
Sie winkte ab. »Gibst mir 'nen Hunni, wenn du die Kiste zurückbringst. Tank ist voll.«
»Bloß 'nen Hunni?«
»Na ja, mein Mann trinkt gern ab und zu 'nen Whisky.«
»Aha. Wo ist der eigentlich, dein Mann?«
»Keine Ahnung!« Sie zuckte mit den Schultern. Der Säugling strampelte. »Ein paar Tage zum Tauchen. Da isser ganz wild drauf. Paß auf, sag ich immer zu ihm, 'n toter Taucher taugt nix ...«

Mensch, was Zustände! Da tauchte der Typ einfach unter – im wahrsten Sinn des Wortes –, und die arme Frau konnte sehen, wie sie mit den Blagen und dem ganzen Geschiß fertig wurde. Das Gras war gut einen halben Meter hoch; das Kinderfahrrad, das am Haus lehnte, hatte einen Platten. Im Sandkasten fehlte der Sand. Der Herr Gemahl frönte wohl lieber seinen Leidenschaften, als sich in Haus und Hof nützlich zu machen. Fast hätte ich zu bedenken gegeben, daß Tine mit einem toten Taucher – wie hoch war die Lebensversicherung ihres Angetrauten? – eventuell doch besser bedient gewesen wäre als mit einem quicklebendigen. Gerade noch rechtzeitig schluckte ich eine entsprechende Bemerkung runter.
Ich nahm die Autoschlüssel entgegen und drehte ab. Keine Sekunde später hatte ich einen klatschnassen Rücken. Im Weggehen hörte ich, wie Tine den Cowboy anpfiff, ihm die Wasserpistole entrang und mit Fernsehverbot drohte. Der Knabe heulte los wie eine Sirene, was den Säugling dazu inspirierte, von Greinen auf Kreischen umzuschalten ...
Puh!
Mein Kinderwunsch pendelte sich auf der Stelle bei Null ein. Die Blagen anderer Leute sind – ein paar Minuten in Bestform erlebt – das sicherste Verhütungsmittel.

Ich erspähte den Bus bereits von weitem. Sagte ich Bus? Ein Ungetüm war's – ein vorsintflutliches Ungetüm von ungeheuren Ausmaßen. Keine hundert Meter weit würde ich damit kommen. Die Visionen, die mich schon die ganze letzte Nacht gequält hatten, wurden immer schrecklicher. Ich sah mich mit qualmendem Auspuff liegenbleiben, mit geplatzten Reifen, mit kochendem Kühler ...
Hatte das Teil ein Warndreieck? Einen Wagenheber? Einen Verbandskasten? Ein Reserverad? Und wenn ja, wo?
Meine Hand zitterte, als ich den Schlüssel ins Schloß steckte. Die Tür sprang auf, ich setzte den linken Fuß aufs Trittbrett und schwang mich auf den zerfledderten braunen Kunststoffsitz, aus dem die Polsterung mir entgegenquoll. Huch! Ein Lenkrad wie ein Wagenrad! Und überall Kippen, Blättchen, Tabak-

krümel, leere Bierdosen, fettige Pommes- und Chipstüten, geschmolzene Marsriegel. Das war kein Auto, das war ein fahrbarer Müllcontainer!

Wieviel PS das Teil wohl hatte?

Ich riß das Handschuhfach auf, um im Fahrzeugschein nachzusehen. Ich wollte gewappnet sein, falls Hannes, den ich um elf abholen wollte, die Gretchenfrage stellte. Aha – sechzig. Das hielt sich in Grenzen. Über sechzig Pferdestärken würde ich ja wohl noch Herr werden! Da mich meine angeborene Neugier übermannte, betrachtete ich auch gleich den Führerschein, der im Handschuhfach herumflog. Hoppe, Wolfgang. Komisch – irgendwie kam mir der Typ bekannt vor. Dann dämmerte mir was: Wolfgang – Wolfi! Der Ford gehörte Maschas Undercover-Lover!

Das Schwein! Trieb sich in der Weltgeschichte rum, und Tine konnte sehen, wie sie klarkam. Die Frau war jetzt schon reif für eine Mutter-Kind-Kur.

Ich biß die Zähne zusammen, bis sie knirschten.

Als ich den Sicherheitsgurt umlegen wollte, stellte ich fest, daß er kaputt war. Fehlanzeige also. Fahren ohne Netz und doppelten Boden. Schlüssel ins Zündschloß, starten. Wider Erwarten sprang der Bus an. Das wäre geschafft. Soweit, so gut. Jetzt blieb mir noch genügend Zeit, um mich einzufahren. Um mich auf Villeneuve-Niveau hochzupushen. Nicht, daß ich vor Hannes dastand wie der letzte Depp! Zwecks Einstimmung absolvierte ich mit durchgetretenem Kupplungspedal und angezogener Handbremse ein paar Trockenübungen mit dem Schaltknüppel. Erster, zweiter, dritter, vierter Gang. Kein fünfter. Den Rückwärtsgang konnte ich nicht finden. Scheiß drauf! Mit ein bißchen Massel würde ich den gar nicht brauchen.

Als ich Gas gab und die Handbremse löste, machte der Bus einen Satz und schoß auf die belebte Straße. Versehentlich geriet ich auf die Hupe; der gellende Ton ließ Auto waschende Männer und Treppen putzende Frauen innehalten. Kinder und Hunde und Katzen stoben in alle Himmelsrichtungen davon und brachten sich hinter Gartenzäunen in Sicherheit. Ich legte den zweiten Gang ein …

… und tschüs!
Der Bus klapperte wie ein Blecheimer mit Wackersteinen. Seinem Auspuff entwichen Geräusche, die mich an die erinnerten, die den Jungs nach dem Verzehr von Bohnen aus ihren rückwärtigen Körperöffnungen entfleuchten. An einem Nylonseil aufgefädelte Muscheln schepperten gegen die Windschutzscheibe. Aus dem Radio erscholl eine orientalisch anmutende Melodei, die mir den letzten Nerv raubte. Ich fummelte an den Knöpfen herum – vergebens. Das Radio ließ sich weder leiser drehen noch abstellen; auch andere Sender kriegte man nicht rein. Das konnte ja heiter werden!
Doch nach einigen Kilometern ging alles wie geschmiert. Nur mit dem Lenken haperte es noch, was daran lag, daß man das Lenkrad fast komplett rumreißen konnte, bis der Bus reagierte. Ich ertappte mich dabei, daß ich auf dem Sitz auf und ab wippte und laut lachte.
Es war aber auch so was von toll!
Busfahren könnte glatt meine Leidenschaft werden!
Man thronte über den Dingen, die Golfs und Opels ringsherum waren klitzeklein wie Spielzeug. Ich fühlte mich wie der König der Landstraße.

Schweißgebadet, aber überglücklich wie ein chancenloser Außenseiter, der beim 24-Stunden-Rennen von Le Mans den Cup errungen hatte, hupte ich vorm Haus und wartete auf Hannes.
»Ach du dickes Ei!« rief er, als er einstieg. »Wat 'n dat?«
»War mal 'n Feuerwehrauto!« brüllte ich gegen die orientalische Melodei an. »Scharf, was?«
»Allerdings!« brüllte Hannes zurück und drehte sich um. »Wieso liegen denn da hinten Flossen? Un Handtücher?«
»Die Karre gehört 'nem Kumpel von mir, Tiefseetaucher, verstehste?«
Tja, Alter, da biste platt, wat? Tolle Kerls wie ich haben halt tolle Kumpels! Souverän chauffierte ich den Bus zur alten Wohnung. Nachbar Schnüffel lag zwar auf der Lauer, aber er würde den Teufel tun und mir dazwischenfunken; der war kuriert.

Mit vereinten Kräften verfrachteten Hannes und ich meine Blumen und meine paar Möbel in den Bus: die beiden Sessel (Harald und Sven), das dazugehörige Tischchen (Nils), den Regiestuhl (Ole), die Kommode vom Flohmarkt und den Kleiderschrank von meiner Oma, der bislang in der Abstellkammer sein Dasein gefristet hatte, weil er Tom nicht gut genug gewesen war. Hannes beschwor mich, die Finger von den Kartons zu lassen – man wußte ja nie bei so 'ner Sehnenscheidenentzündung, nicht, daß sie chronisch wurde. Nur zu gern pflichtete ich ihm bei. Während er einen Karton nach dem anderen in den Bus trug, leerte ich den Briefkasten. Ungelesen stopfte ich die Post – einen Brief, der an Frau Alexandra Arnold adressiert war, was Hannes nicht unbedingt mitkriegen mußte – in eine Plastiktüte. Am liebsten hätte ich eine Runde geheult.
»Hey, Mann!« sagte Hannes, der plötzlich hinter mir stand. »Wie heißt 'n die, die Muschi?«
Er hielt mir meinen Tigi unter die Nase. Den hätte ich glatt vergessen!
»Ach, der Tiger!« sagte ich abfällig. »Den gab's mal bei Esso. Hat mir meine Ex geschenkt. Weißt ja, Weiber haben immer so romantische Anwandlungen ...«
Mein Tiger gehört mir! Der ist für Männerhände viel zu schick! Her damit! Ich riß ihm mein allerliebstes, tränengetränktes Kuscheltier aus der Hand und stopfte es zu dem Brief in die Plastiktüte.
Nachbar Schnüffel hing im Küchenfenster, die Ellbogen auf ein Kissen gestützt. Ein Wunder, daß er sich für diesen Anlaß kein Opernglas gekauft hatte! Mein Auszug war garantiert die Krönung seines Spannerdaseins, das absolute Highlight. Davon würde er lange zehren; seine Kinder und Kindeskinder würden sich die Story noch anhören müssen.
Die Rückfahrt verlief zunächst schweigsam. Ich hing meinen trübseligen Gedanken nach, bis Hannes sich Wolfis Handtuch – auf dem sich Schimmelpilzkulturen gebildet hatten, die jeden Biologen in einen Freudentaumel versetzt hätten – provisorisch um den Kopf wickelte und anfing, mich auf pseudotürkisch anzulabern.

»Kemal, du fahren wie gesengte Sau, Izmir übel!«
Wider Willen mußte ich grinsen.
»Kemal, Kemal, du slimme Mann! Halten an, Ayse muß kotzen!« Hannes kurbelte die Scheibe runter und übergab sich fiktiv aus dem Fenster.
»Ayse, Weib!« rief ich. »Was biste auch schon wieder schwanger!«
Die original-türkischen Mitbürger in dem – abgesehen von der Lackierung – nahezu identischen Vehikel, neben dem wir an der nächsten Ampel halten mußten, zeigten uns den Vogel. In dickstem Kohlenpott-Slang schrie der Fahrer: »Hey, Mann, ihr habt doch die Kappe kaputt, oder wat?«
Woraufhin ich vor lauter Lachen die Gewalt über den Bus verlor und ihn abwürgte und Hannes schenkelklopfend und hustend zu verenden drohte, während der andere Ford hupend davonbrauste.
Eins stand fest: Mein Einzug – mit Tom am Steuer eines geliehenen VW-Busses – war nicht annähernd so lustig gewesen. Mich beschlich das dumpfe Gefühl, daß ich schon größere Dummheiten gemacht hatte, als in eine Männer-WG zu ziehen.

Männer sind auch nur Menschen

Ich lehne am moosüberwucherten Stamm einer Eiche. Eine Libelle schwirrt vorbei, ein Schmetterling läßt sich auf meiner Hand nieder. Ich bohre meine Zehen in den weichen Sand, ich lasse ihn durch meine Finger rieseln. Ich bin splitterfasernackt, nackt in einem Paradies.
Bin ich Eva?
Wenn ja, wo ist mein Adam?
Die Luft ist feucht und schwer, es riecht nach Wasser. Irgendwo in der Ferne schlagen Wellen an den Strand ...

Verwirrt schlug ich die Augen auf und guckte in den knallblauen Himmel. Wellen? Strand? Das Wasserbett gluckerte! Aber ich hatte geschlafen wie in Abrahams Schoß. Und dieser wundervolle Traum!
Am liebsten hätte ich mich in ihn zurückgebeamt.
Sagt nicht der Volksmund, was man in der ersten Nacht in einer neuen Wohnung träumt, wird wahr? Gilt das auch für neue Zimmer?
Schön wär's.
Ich schaute mich um. Was ich sah, erfüllte mich mit Zufriedenheit. Bodenlange hellgraue Gardinen blähten sich vor den gekippten Fenstern. Der Kleiderschrank bildete einen klasse Kontrast zur fliederfarbenen Wand; die Sesselchen mit ihrem neuen grau-lila Bezug paßten prima zum Teppichboden. Meinen Blumen hatte der Umzug nicht geschadet, meine Malve blühte, daß es eine Pracht war. Was noch fehlte, waren Kissen und Bücher und Trödel und Tand, aber ich wollte nichts überstürzen. Ich hatte alle Zeit der Welt. Denn diesmal stand kein diktatorisch veranlagter Lebensgefährte hinter mir und machte mir die Hölle heiß und schwang eine imaginäre Peitsche und schrie: Es muß

alles fertig werden, weil meine Mama bald zu Besuch kommt!
Außerdem wollte ich dem Zimmer – zumindest vorerst – keine übertrieben weibliche Note verleihen, denn nach wie vor war ich Alex alias Rudi Rabauke. Und von dem ging die Kunde, der letzte echte Kerl zu sein, der auf Gottes Erdboden wandelte, der letzte echte Kerl unter der Sonne. Ich hatte ein Image zu wahren – koste es, was es wolle.
Und so geschah es, daß meine Kartons immer noch genauso im Keller standen, wie Hannes sie hingestellt hatte.
Bis mir einfiel, wie ich die Kurve von Alexand*er* zu Alexand*ra* kriegen konnte, ohne mit qualmendem Auspuff im Kiesbett zu landen wie Schumi und ohne die Jungs total vor den Kopf zu stoßen, mußte ich nach dem Scarlett-O'Hara-Prinzip weitermachen.
Verschieben wir's auf morgen.
Die meisten Probleme lösen sich eh von allein.

»Dein Wort in Gottes Gehörgang«, seufzte Mascha, als ich ihr einen Besuch abstattete und über meine Erkenntnisse, die Eigendynamik Problemlösungen betreffend, dozierte. Wie hingegossen lag sie auf dem Küchensofa; auf dem Tisch stapelten sich Bücher und Frauenzeitschriften neben Nasensprays und Tempotaschentüchern. Sie war noch immer krank. »Der Krug geht so lange zum Brunnen, bis er bricht …«
»Hannes und Heri sind ahnungslos«, sagte ich und packte die Lebensmittel, die ich für Mascha eingekauft hatte – Milch, Butter, Camembert, Schokopuddings, Obst – in den Kühlschrank. »Unschuldslämmer. Der einzige, der Lunte gerochen hatte, war Martin – und der kann mir nicht mehr gefährlich werden.«
Mascha schniefte, zog die Stirn kraus und nieste dreimal hintereinander.
»Ist das jetzt eigentlich 'ne Erkältung oder 'ne Allergie?« fragte ich.
Oder isses psychisch? Ich tippte ja auf letzteres – aber ich traute mich nicht, das auch nur anzudeuten. Ich wollte keinen Ausraster provozieren. Seit unserem großen Krach behandelte ich

Mascha wie ein rohes Ei mit Sprung in der Schale. Schonend hatte ich ihr die horrenden Zustände in Wolfis trautem Heim beigebogen, gleich, nachdem ich den Ford zurückgebracht hatte. Schonend? Nicht ganz. Leider hatte ich mich dazu hinreißen lassen, ihn als gewissenlosen Rammel-Macho zu bezeichnen. Mascha hatte mir vorgeworfen, alles unnötig zu dramatisieren.

So schlimm kann doch kein Mann sein! Oder doch?

Aber ich schätzte, sie hatte ganz schön dran zu knabbern.

Um vom Thema abzulenken, schaute ich mir die Bücher an – seltsam, *Vom Winde verweht* war gar nicht dabei – und blätterte die aktuelle *Friederike* durch. Das Special erging sich über Frauen in Lebenskrisen, nach der Devise: In jeder Krise steckt auch eine Chance. Die immer mit ihren hausbackenen Psycho-Theorien! Obwohl – da war schon was dran. Wenn ich so an meine Lebenskrise dachte ...

Wie zufällig ließ ich die Zeitschrift aufgeschlagen neben Maschas Teehumpen liegen. Den Artikel sollte sie sich mal in aller Seelenruhe zu Gemüte führen!

»Brauchst du noch was zu lesen?« fragte ich scheinheilig.

»Nee, laß mal. In ein paar Tagen bin ich wieder fit. Ein Glück nur, daß Feli nicht hier rumtobt. Die würde mich garantiert in den Wahnsinn treiben!«

Ich lachte. »Die treibt Oma und Opa in den Wahnsinn, was?«

Letzte Woche hatte Mascha die Kleine der Obhut der Deutschen Bundesbahn anvertraut und sie über die Sommerferien zu ihren Eltern aufs Land verschickt. Maschas Eltern besaßen einen Bauernhof im Rheinland, da tobte Feli jetzt rum und machte die paar Viecher rebellisch, die dort ihr Gnadenbrot kriegten. Ich konnte mir plastisch vorstellen, wie sie mit ihren U-Boot-großen Turnschuhen in den Stall stapfte – bewaffnet mit einem tragbaren Kassettenrecorder – und die Kühe mit Musik von den Spice Girls beschallte, bis ihnen die Milch im Euter gerann.

»Deine Oldies können einem leid tun!« japste ich. »Die kriegen doch Zustände!«

»Geschieht ihnen recht«, sagte Mascha. »Sie haben sich schließlich drum gerissen. Da sollen sie sehen, wie sie klarkommen.«
Ihre alten Herrschaften kannte ich bloß vom Hörensagen. Das Verhältnis zu ihnen war gespannt; Maschas Eltern konnten – oder wollten? – einfach nicht kapieren, daß ihre jüngste Tochter so aus der Art geschlagen war. Daß sie aufs Landleben schiß. Daß sie den ehrbaren Egon in den Wind geschossen hatte. Daß sie nicht im Traum daran dachte, ihren drei älteren Schwestern nachzueifern und einen Dachdeckermeister oder einen Nebenerwerbslandwirt oder einen Metzger zu heiraten und ein Kind nach dem anderen in die Welt zu setzen. Daß sie nicht auf ein ländlich-sittliches Hausfrauendasein zwischen Einbauküche mit Eichefurnier und Polstergarnitur nach dem Schema 3-2-1 erpicht war. Daß sie weder einem Gesangverein angehörte noch einem Kirchenchor. Daß sie lieber Jeans und T-Shirts trug als Faltenröcke und Polyesterblusen. Daß sie Haare hatte bis zum Hintern und keine Betondauerwelle.
Seit ich Mascha kannte, hatte sie Zoff mit ihren Alten.
Ach je – Zoff mit den Alten …
»Am Dienstag heiratet Mutti ihren Waldemar«, sagte ich. »An *meinem* Hochzeitstag! Die pure Gehässigkeit, was?«
»Wirst es überleben«, sagte Mascha.
»Wenn ich nur wüßte, was ich ihnen schenken soll!« Was schenkt man Elefanten zur Hochzeit? Eine Rundreise im Serengeti-Nationalpark?
»Kommt Zeit, kommt Rat!« sagte Mascha.
Das war alles. Im Normalfall hätte sie sich in mein aktuelles Problem reingesteigert, die Stirn in Denkerfalten gelegt und irgendwann die rettende Idee gehabt.
Aber nein! Wirst es überleben! Kommt Zeit, kommt Rat!
Mit solchen Allgemeinplätzen speiste sie mich ab!
Überhaupt konnte ich mich des Eindrucks nicht erwehren, daß ihr meine Gesellschaft heute so lieb wie Leibschmerzen war, so lieb wie eine Raupe im Salat. Resigniert stand ich auf und stellte meine Teetasse in die Spüle. »Tschüs. Ich schieb dann mal los.«

»Danke fürs Einkaufen.«
»Keine Ursache. Eine Hand wäscht die andere!«
Mascha stöhnte. Daß mir aber auch ständig Männersprüche rausrutschen mußten! Bestimmt mußte ich mir jetzt wieder eine Predigt über meine Vermännlichung anhören. Über Unregelmäßigkeiten in meinem Hormonhaushalt.
»Ach – Alex?«
Na also. Da kam's auch schon. Ich hatte es geahnt.
»Wenn ich wieder gesund bin – dann gehen wir endlich mal mit den Mädels in die Kneipe, oder?«
Ich war völlig perplex. Mit allem hatte ich gerechnet, aber nicht damit, daß Mascha in dieser heiklen Angelegenheit eine Kehrtwendung um hundertachtzig Grad machte. Daß sie das Thema von selbst aufs Tapet brachte. Ich hätte mich nicht mehr getraut, das rote Tuch »Weiberstammtisch« zu schwenken.
»In echt?« fragte ich verdattert.
»Ja, klar!« rief sie. »Was dachtest du denn?«
Denn das Denken von Gedanken ist gedankenloses Denken, dachte ich. Von wem stammte dieser blöde Spruch? Von Vati? Auch egal. Gottergeben murmelte ich ein Okay. Mascha brummte in ihr Kissen und drehte sich auf die Seite. Ich war entlassen.
Auf dem Heimweg dachte ich über ihr Verhalten nach.
Irgendwas rumorte in ihr.
Ich mochte kein Vulkanologe sein, aber mein innerer Seismograph spielte verrückt: Hier stand ein Vulkan kurz vorm Ausbruch.

Am siebten Juli wachte ich früh um sieben auf, noch vor dem Rasseln des Weckers. Punkt elf mußte ich in Wuppertal auf der Matte stehen, um der standesamtlichen Trauung meiner Mutter beizuwohnen. Ich wälzte mich auf den Rücken.
Heute wäre eigentlich *ich* dran gewesen mit Heiraten.
Heute wäre eigentlich *mein* großer Tag gewesen.
Wenn alles nach Plan gelaufen wäre, würde ich jetzt nicht hier rumliegen und Risse in die Decke starren.
Ich würde aufspringen. Kaffee in mich reinschütten bis zum

Herzstillstand. Ich würde mit einer Plastikhaube auf dem Kopf duschen, denn selbstverständlich hätte ich mit Papilloten geschlafen. Aber trotzdem würden sich meine Haare nicht frisieren lassen, auch mit tonnenweise Haarspray nicht. Und am Kinn hätte ich den dicksten Eiterpickel der Menschheitsgeschichte! Weinkrampfgeschüttelt würde ich mich aufs Bett werfen. Die Trauung absagen wollen. In allerletzter Minute würde ich mich mit Maschas Hilfe doch noch in Schale schmeißen.
Und Tom? Tom würde in aller Seelenruhe frühstücken. Als wär's ein Tag wie jeder andere und nicht der schönste Tag in seinem Leben. Kurz vor knapp würden wir vorm Standesamt im absoluten Halteverbot parken. Außer Atem in die Amtsstube platzen ...
Es wäre ein heilloses Chaos geworden!
Und bei dem sprichwörtlichen Pech, das ich hatte, hätte ich wahrscheinlich vor lauter Streß meine Periode gekriegt, und dann wäre meine Hochzeitsnacht auch noch im Arsch gewesen.
Im nachhinein war ich richtig froh, drumrumgekommen zu sein.

Um neun klingelte Stefan. Ich flitzte die Treppe runter und fiel ihm um den Hals. Ein halbes Jahr hatten wir uns nicht gesehen! Zur Feier des Tages war er frisch rasiert, sein Kinn war glatt wie ein Babypopo, er duftete nach After-shave. Boh – nach *Erection!*
»Schwesterherz!« rief er überschwenglich und schickte sich an, mich durch die Luft zu wirbeln. »Hallöchen!«
Ich entwand mich seiner brüderlichen Umarmung und legte den Finger an die Lippen. »Pst!«
»Wieso pst?« fragte Stefan. »Hast du Verfolgungswahn?«
Noch nicht, aber gleich! Denn oben in der Wohnung lungerte Heri herum, der hatte Ohren wie Satellitenschüsseln. Und die standen auf Empfang. Ausgerechnet heute hatte er überstundenfrei – ein Umstand, der eine generalstabsmäßige Planung nach sich zog. Eigentlich hatte ich ausnahmsweise fix und fertig

gestylt das Haus verlassen wollen, aber so war ich gezwungen, mich unterwegs in eine repräsentable Tochter zu verwandeln. Die entsprechenden Klamotten – ein weinrotes Kostüm, eine weiße Bluse und Pumps – führte ich in Toms Sporttasche mit mir.

Ich knallte die Beifahrertür zu, Stefan fuhr los. Mit Wohlgefallen begutachtete ich sein Outfit. Sonst lief er immer rum wie für eine schwarze Messe gekleidet – wie es sich in seiner Branche geziemte –, doch heute trug er einen blauen Anzug, ein jadegrünes Seidenhemd und einen kreischbunten Schlips.

»Grün und Blau steht jeder Sau!« krittelte ich. »Hat Mutti uns eingetrichtert, weißte noch?«

»Du mußt lästern!« Stefan blinkte und bog auf den Autobahnzubringer ab. »Du siehst aus wie der letzte Penner. Ich hätte dich fast nicht erkannt. Willst du etwa so bei der Trauung antanzen?«

»Nee, behüte!« Mutti würde in Ohnmacht fallen! Und womöglich würde Waldemar einen Rückzieher machen, wenn er sah, was er sich da an Stiefkindern aufgehalst hatte. Ob Mutti ihm schon gebeichtet hatte, daß mein Bruder schwul war? Und ich ein spätes Mädchen? Ein sitzengelassenes obendrein? Bestimmt nicht. Bestimmt hatte sie das alles schön für sich behalten, um den Bräutigam nicht zu verprellen.

»Nun sag doch mal«, bohrte Stefan. »Was soll der Aufzug?«

Schwul oder nicht schwul – Penetranz ist die hervorstechende Charaktereigenschaft des Mannes. In groben Zügen brachte ich Stefan auf den aktuellen Stand. Bislang wußte er ja nur, daß Tom auf und davon war. Er konzentrierte sich auf die Fahrbahn und hörte zu, ohne mich zu unterbrechen.

»Mensch!« rief er, als ich fertig war. »Die Jungs sind doch nicht von gestern. Daß die nichts gemerkt haben sollen …«

»Ehrlich nicht. Für die bin ich Rudi Rabauke, wie er leibt und lebt!«

»Ha! Du? Du wirst dich noch umgucken – ach, egal. Und wozu die ganze Undercover-Nummer?«

»Ich schreibe einen Ratgeber, *Mann verstehn im Handumdrehn*, zwei Drittel hab ich schon fertig!« verkündete ich stolz.

»So 'ne Art Bedienungsanleitung für Männer, verstehste? So in der Art, wie's auch Handbücher für Computer gibt.«
Wenn ich geglaubt hatte, mein Bruder würde in Begeisterungsstürme ausbrechen, hatte ich mich geschnitten. Er sagte kein einziges Wort. Nach ein paar Kilometern steuerte er den Parkplatz einer Raststätte an, stellte den Motor ab und kramte nach seinen Zigaretten. Ein paar Meter weiter parkte ein vollklimatisierter Reisebus mit KE-Kennzeichen. Der Fahrer – ein junger Mann mit Baseball-Käppi auf dem Kopf – trank Mineralwasser aus der Flasche und las die *BILD*-Zeitung.
Mit der Sporttasche unterm Arm marschierte ich in die Toilette – und landete in einer anderen Welt. Gut zwanzig ältere Damen, die verdächtig nach Kaffeefahrt aussahen, hatten sich im Waschraum zusammengerottet, besprühten sich mit Kölnisch Wasser, wedelten mit Erfrischungstüchlein und schnatterten in einem mir fremden Dialekt durcheinander. Alle Damen waren dirndldrall und favorisierten den Trachtenlook. Um ihre strammen Waden wallten farbenfrohe Röcke, über ihren strammen Brüsten bauschten sich frischgestärkte Rüschenblusen. Als sie meiner ansichtig wurden, drängten sie sich ängstlich aneinander und stießen gellende Schreie aus.
Jessas – man hätte meinen können, ich wäre der erste weiße Mann in Bayrisch-Kongo! Wenn sie einen Kochtopf dabeigehabt hätten, hätten sie mich reingesteckt.
Nur eine dralle Dame – sicher die Stammesälteste, die Bürgermeistersgattin – bewahrte Ruhe. In mütterlichem Tonfall und bemühtem Hochdeutsch teilte sie mir mit, ich sei falsch, hier sei für Damen, für Herren sei eine Tür weiter. Ich ignorierte ihren gutgemeinten Hinweis und verbarrikadierte mich in einer Klozelle, wo ich mich umzog und meine Männerkluft samt Turnschuhen in die Sporttasche stopfte. Dann machte ich mich vor einem Waschbecken breit.
Ich trug Make-up auf und Wimperntusche und Puder. Ich malte mir die Lippen weinrot an, passend zum Kostüm. Jeder Handgriff saß, obwohl ich aus der Übung war. Mit dem Schminken war's wie mit dem Fahrradfahren und Schwimmen: Man verlernt es einfach nicht.

Unterdessen plapperten die Damen wieder, wie ihnen der Schnabel gewachsen war:
»Joa mei, woas gibt doas denn?«
»Himmisakra, Traudel, schau!«
»Des is a Transvestitt, i hoab's mir glei denkt!«
»Sowoas Damisches, joa mei!«
»Des is joa pervers!«
Joa mei – da hatte man was Tolles zu erzählen beim nächsten Kaffeekränzchen in Hintertupfingen oder weiß der Kuckuck wo! Einem leibhaftigen Transvestitten war man begegnet! Was sich da für 'n Gesocks rumtreibt, auf der Autobahn! Da tut's die Sau grausen! So woas gibt's bei uns nicht. Bei uns ist die Welt noch in Ordnung. Auf der Alm, da gibt's koa Sünd. Da läuten die Kirchenglocken, daß einem das Trommelfell platzt, da fließt die Milch in Strömen. Und die lila Kuh macht muh! – und blau, blau, blau blüht der Enzian!
Tja – andre Länder, andre Sitten, meine Damen! Reisen bildet!
Unbeholfen stöckelte ich über den Parkplatz, knickte ein und verstauchte mir fast den Knöchel. Das In-Pumps-Laufen verlernte man offenbar doch, wenn man sich erst mal an flache Treter gewöhnt hatte.
»Alles senkrecht. Wir können!« sagte ich zu Stefan, der zu meinem Erstaunen noch keinerlei Anzeichen von Ungeduld zeigte, wie es sonst die Eigenart von Männern ist, wenn man sie ein paar Minuten warten läßt.
Die Damen folgten ihrer Stammesältesten quer über den Parkplatz. Wie von mir vermutet, stieg die ganze Clique in den KE-Bus ein. Der Fahrer guckte aus der Wäsche, als ob er gefoltert werden sollte. Der hätte mal besser einen Enzian statt Mineralwasser getrunken.
»Hey, Alter!« Ich stupste meinen Bruder in die Rippen. »Mach hin!«
Wenn ich auch Muttis Heiratsfimmel nicht billigen konnte, verpassen wollte ich das Spektakel auf keinen Fall.
Stefan warf mir einen scheelen Blick zu. »Du bist abartig, echt.«

»Wie bitte?« fragte ich. Das fragte sich noch, wer hier abartig war. Stand ich etwa auf Gigolos, die sich Pomade in die Haare schmieren? Die im Bett die Sonnenbrille aufbehalten?
»Nicht zu glauben!« sagte Stefan und trommelte mit den Fingern aufs Lenkrad. »Erst Verfolgungswahn, dann Größenwahn. *Mann verstehn im Handumdrehn* – wer hat dir denn den Floh ins Ohr gesetzt?«
»Na und? Ist doch nix dabei!« Klugscheißer! Der hatte gut reden. Der saß ganz oben auf der Karriereleiter und schlenkerte mit den Beinen, während ich mich auf der untersten Sprosse abstrampelte. Der hatte seine Schäfchen im trockenen – als angesagter Werbe- und Pressefotograf! Bei dem gab sich die Prominenz die Klinke in die Hand und ließ fette Schecks da. »Du hast dein Studio – und ich, was hab ich?«
»Einen Schatten!« rief er. »Bedienungsanleitung für Männer! So 'n Quatsch! Wir sind doch keine Maschinen! Oder Roboter! Wir haben doch keine Schalter, mit denen man uns an- und ausknipsen kann, wie's beliebt!«
Leider nicht. Aber klasse wär's, wenn Männer Schalter hätten! Schalter für ON, für OFF, für STAND BY, für POWER und PLAY. Optimal wär's, sie hätten ein Laufwerk, wo man Disketten reinschieben könnte – Programmdisketten, Staubsaug- und Einkauf- und Abwasch- und Bügeldisketten. Ich pfriemelte ein Kaugummi aus der Sporttasche, wickelte es aus, stopfte das Aluminiumpapierchen in den Aschenbecher und spann den Gedanken weiter. Unterschiedliche Männer-Modelle müßte man auf den Markt bringen, mit Namen. Wie bei Ikea-Möbeln. Vor meinem geistigen Auge erschien ein Schaufenster mit den Modellen Keanu und Harrison und Tom …
Nee, nicht Tom. Tom war ein Auslaufmodell.
»Hier!« Unvermittelt griff Stefan nach meiner Hand und führte sie an seine Brust. Das feine Seidenhemd war patschnaß. »Spürst du's?«
»Hä?« Brüderchens Deo hatte versagt, das war alles, was ich spürte.
»Da schlägt ein Herz, Alex! Männer sind Menschen. Wesen aus Fleisch und Blut – nur für den Fall, daß du's vergessen hast.«

Wie könnte ich das vergessen? In meiner WG? Allein unter Männern? Inmitten ihrer Ausdünstungen und ihrer, äh, Ausscheidungen? Inmitten von Urinpfützchen um die Kloschüssel rum?
Ich zog meine Hand zurück. »Reg dich nicht künstlich auf!«
»Ich reg mich auf, wann ich will!« Typisch Mann! So selbstgerecht wie eine Hardcore-Feministin bei der BH-Verbrennung!
Er tastete nach dem Zündschlüssel. »Und ich Idiot helfe dir auch noch, den Computer zu installieren. Wenn ich geahnt hätte, was du vorhast ... Weiber!«
Arschgesicht! hätte ich fast gerufen. Mußte ich mir das bieten lassen? Von einem, den ich aufs Töpfchen gesetzt und dem ich den Hintern abgewischt hatte?
»Aber wie gesagt ...«, orakelte Stefan, »du wirst dich noch wundern!«
»Krieg dich ein«, sagte ich.
Wundern! Was das sollte! Wenn sich hier einer wundern würde, dann er. Nämlich dann, wenn mein Ratgeber die Bestsellerlisten stürmte. Hätte ich das Projekt doch gar nicht erwähnt. Männer! Die reinsten Mimosen! Aber uns Frauen vorhalten, wir wären empfindlich!
Trotzig starrte ich aus dem Beifahrerfenster. Stefan gab Vollgas und schoß auf die Autobahn, auf die linke Spur. Er fuhr wie ein Bekloppter. Irgendwas hatte er noch in petto, aber er rückte nicht raus damit. War wahrscheinlich besser so. Muttis Hochzeit an sich war schon peinlich genug, da mußten wir uns nicht noch aufführen wie Hund und Katze.

Um es gleich vorwegzunehmen: Alles war genau wie in meinem Standesamtalptraum, nur mit anderer Besetzung. Das Ganze fing an wie eine Heile-Welt-Seifenoper für die reiferen Jahrgänge – und endete wie ein Fellini-Film.
Neben Mutti saß Waldemar Aufderheide in einem funkelnagelneuen Anzug und zupfte nervös an seiner Krawatte. Mutti starrte andächtig auf das geschmacklose Monstergebinde aus blaßrosa Nelken und Schleierkraut, das ihr Zukünftiger hatte springen lassen. Lautlos huschten Stefan und ich in die Amts-

stube und nahmen hinter den beiden auf den bereitstehenden knüppelharten Stühlen Platz. Mir entfuhr ein Hüsteln, Stefan drehte verlegen die Flasche Schampus hin und her, die er mitgebracht hatte.
Und endlich, endlich kam der Beamte zu Potte.
Salbungsvoll erging er sich über Sinn und Zweck der Institution Ehe. Wie ein Fels in der Brandung thronte er hinter seinem Schreibtisch. Vor ihm lagen die Formulare, die Mutti und Waldemar gleich unterschreiben würden, um ihren Bund fürs Leben – na ja, für den Rest ihres Lebens – zu besiegeln.
Schließlich stellte der Beamte die folgenschwere Frage.
»Frau Hedwig Arnold, geborene Scholz, wollen Sie den hier anwesenden Waldemar Aufderheide zu Ihrem rechtmäßig angetrauten Ehemann nehmen?«
Tu's nicht, Mutti! betete ich inbrünstig und baute auf meine telepathischen Fähigkeiten. Sag einfach nein! Was willst du mit dem alten Bock? Der ist fett und raucht Kette, der pfeift auf dem letzten Loch. In spätestens drei Jahren fällt der tot um – und dann stehst du wieder allein da!
Mutti räusperte sich.
Ungeduldig konsultierte der Standesbeamte seine Uhr. Leute, die Zeit drängt! Vor der Tür warten schon die nächsten! Ein bißchen mehr Entschlußfreudigkeit, wenn ich bitten darf!
Dann kam der Hammer! Mutti räusperte sich abermals und sagte laut und vernehmlich: »Nein!«
Hurra! Es gibt doch Gedankenübertragung!
Draußen brandete der Verkehr. Drinnen war es mucksmäuschenstill. Stefan trat mir auf den rechten Fuß.
»Aua!« brüllte ich.
Mein Schrei löste eine Kettenreaktion aus. Waldemar sprang auf. Sein Stuhl kippte nach hinten. Stefan glitt die Flasche Schampus aus der Hand. Sie kullerte über das spiegelglatte Linoleum. Als ich mich danach bückte, verhedderte ich mich irgendwo mit dem Absatz meines Pumps, stolperte und legte eine Bauchlandung hin. Der Standesbeamte packte Waldemar am Arm. Der schüttelte ihn ab, riß die Tür auf und ward nicht mehr gesehen.

Bloß Mutti rührte sich nicht. In Gedanken versunken saß sie auf ihrem Stuhl und zupfte einer Nelke die Blütenblätter aus. Er liebt mich – er liebt mich nicht?

Das Hochzeitsmahl – das nun keins mehr war – nahmen wir zu dritt in dem piekfeinen Restaurant ein, wo ein Tisch auf Waldemars Namen reserviert war. Mutti befahl dem Kellner, das vierte Gedeck zu entfernen; dann ließ sie Champagner auffahren. Sie war strahlender Laune, sie scheute keine Kosten. Scherzend und plänkelnd aßen wir uns durch mehrere Gänge. Als der Nachtisch serviert wurde – zweifarbige Mousse au chocolat mit Kiwischeiben –, faßte ich mir ein Herz. Ich nahm Anlauf – es war ein Gefühl, als ob ich durch ein Minenfeld rennen wollte, ein falscher Schritt und wumm! – und stellte die Frage nach dem Warum.
»Warum?« wiederholte Mutti, lächelte fein und löffelte ihre Mousse, erst die schwarze, dann die weiße.
Stefan blies Rauchkringel in die Luft und machte null Anstalten, mich in meinen Bemühungen zu unterstützen, obwohl ich ihn mit Blicken bombardierte. Na gut, Alter. Hast es nicht anders verdient. Ich rammte ihm meinen Absatz in die Wade. Keine Reaktion. Für meinen Geschmack legte er erstaunlich wenig Interesse an dem Lebensglück unserer Mutter an den Tag. Warum – in drei Teufels Namen – blieb immer alles an mir hängen?
»Mutti, sach doch mal«, quengelte ich.
Und Mutti sachte: »Ich hab mich in einen anderen verliebt.«
Die Antwort gab mir zu denken. Jahrzehnte lag das Liebesleben meiner Mutter brach wie ein unbestellter Acker, und auf einmal fielen ihr die Männer wie reife Früchte vor die Füße? Die Frau erntete, ohne je gesät zu haben. Wo gab's denn so was?
»Wo gibt's denn so was!« entfuhr es mir.
Stefan kicherte tuntig, ich zeigte ihm den schlimmen Finger.
»Kinder! Zankt euch nicht!« rief Mutti. »Wirklich, Alexandra. Gerade du als Mädchen! Und überhaupt: Es ist nicht so, wie du denkst.«
Wie dachte ich denn? Um ehrlich zu sein – ich dachte, sie hätte

sich einem anderen Rentner an den Hals geworfen, auf einer Kaffeefahrt. Denn wehe, wenn sie losgelassen!
Doch es sollte noch dicker kommen.
Endlich ließ Mutti die Bombe platzen. Gestern war ihr Vati über den Weg gelaufen, rein zufällig – bei Karstadt in der Kosmetikabteilung, wohin sie sich in Begleitung von Frau Engelkes begeben hatte, um vor der Hochzeitsnacht noch rasch ein schwüles Parfüm zu kaufen (ein erotisches Stimulans?). Frau Engelkes' Adleraugen erspähten Vati vor dem Rasierwasserregal. Prompt erhöhte Muttis Herz die Schlagzahl, ihr weibliches Mitgefühl schaltete in den Overdrive. Ihr Exmann bot ein Bild des Jammers! Wie er dastand! Grau und zottelig und gramgebeugt wie ein alter Esel! Frau Engelkes besaß den Takt, sich zu schleichen, nachdem sie die Weichen für eine Begegnung gestellt hatte, indem sie Mutti einen Schubs in Richtung des Rasierwasserregals gab.
Zunächst fremdelte man. Dann lud Vati seine Exgattin in die Kaufhaus-Cafeteria ein. Bei zwei Kännchen Kaffee Hag kam man sich wieder näher – nahe genug schließlich, um die anderen Gäste in basses Erstaunen zu versetzen, die sich die Hälse verrenkten, um ein Paar in den Sechzigern erst beim Händchenhalten, dann beim Knutschen zu begaffen. Das Ende vom Lied war, daß man gemeinsam erneut die Kosmetikabteilung aufsuchte und sich dort gegenseitig beschenkte, und zwar mit dem Unisex-Duft *Forever* …
Hat man da noch Worte?
»Da konnte ich doch heute nicht Waldemar heiraten, oder?« fragte Mutti naiv wie eine Vierjährige. »Das wär ja so ähnlich wie Biologie.«
»Bigamie!« sagte ich.
»Schon korrekt. Konntest du nicht, auf gar keinen Fall«, mischte sich Stefan ein. »Macht ihr mal, du und Vati!«
Und ob sie machten! Vati machte Mutti ganz konfus, und sie machte, was er wollte. Vergeben und vergessen waren seine Missetaten und seine, hm, Lady. Vati würde sich in Muttis Wohnung einquartieren – es geht doch nichts über einen warmen Stall und gutes Futter, notfalls nahm man dafür auch Zuk-

kerbrot und Peitsche in Kauf. In Kürze würden sie die Hochzeitsreise nachholen, die sie einst versäumt hatten, weil damals das Geld hinten und vorne nicht reichte.
»Alte Liebe rostet nicht, was?« fragte ich ironisch.
Ich war mit meinem Latein am Ende. Da hatte ich mich letztlich damit abgefunden, daß mein Erzeuger sich aufgeführt hatte wie ein brünftiger Hengst und im Galopp über alle Berge war – und jetzt? Jetzt tauchte er aus der Versenkung auf und war wieder im Rennen.
Und bei mir war noch nicht mal einer am Start.
Vielleicht sollte ich einfach abwarten, bis Tom irgendwann bei mir vorstellig wurde und um sein Gnadenbrot bettelte.

Stefan hatte mich vorm Haus abgesetzt und war davongebraust, ohne zu hupen. Mutti war sauer auf mich, weil ich mich geweigert hatte, mit ihr und Vati am Wochenende in den Zirkus zu gehen. Zirkus! Als ob wir nicht Zirkus genug hätten!
Klar, daß ich hundsmiserabel drauf war, als ich die Wohnung betrat. Das Gedudel aus Heris Zimmer – klassische Musik, bei der sich mir die Fußnägel aufrollten, vermutlich Vivaldi, das war sein Lieblingskomponist – trug auch nicht dazu bei, meine Stimmung zu heben.
Wäre ich ein Hund gewesen, hätte ich mich in meiner Hütte verkrochen und meine Wunden geleckt.
Wäre ich ein Mann gewesen, hätte ich mich sinnlos betrunken. Schade, daß unser Doc nicht mehr unter uns weilte, der hätte mir prima eine Gin-Dauerinfusion legen können.
Aber ich war weder Hund noch Mann. Ich war ein schwaches Weib.
Und in meiner Eigenschaft als solches wäre ich jetzt am liebsten an die stahlharte Brust eines starken Mannes gesunken und hätte meinen Tränen freien Lauf gelassen, während er »Armes Kleines« und »Liebling, wein ruhig, wenn dir danach ist« gemurmelt und meinen Scheitel mit zärtlichen Küssen bedeckt hätte!
Ich fühlte mich so einsam wie Robinson Crusoe auf seiner Insel. Ich sehnte mich nach einem Freund, auch wenn er meine Spra-

che nicht sprach. Wenn Hannes dagewesen wäre, hätte ich mich in seine Arme geworfen und ihm alles gebeichtet.
Aber mein Freitag hatte das Eiland verlassen.
Laut Heri, der mir auf mein Klopfen hin in einem erdferkelfarbenen Opaschlafrock auf spindeldürren bleichen Beinen entgegenstakste und mich anstierte, als wäre ich der Yeti, war Hannes unterwegs.
»Wohin unterwegs?« fragte ich.
Krampfhaft versuchte Heri, den Schlafrock vor seiner mageren, haarlosen Hühnerbrust zusammenzuraffen. Im Hintergrund schluchzten die Geigen zum Steinerweichen. »Weiß nicht. Unterwegs halt. Was willst 'n mit dem?«
Zu ihm ins Zelt kriechen. Schmusen und kuscheln und vögeln. Das ist's, was ich will. Ich will endlich wieder Frau sein. Oder ist das zuviel verlangt?
»Einen saufen, was sonst?« fuhr ich Heri an.
Die Geigen verstummten. Fein wie eine Flöte erhob sich ein Stimmchen: »Heribert! Wo bleibst du denn?«
Hoppla! Hier wurde nicht nur Vivaldi gespielt! Heri hatte die vermeintlich sturmfreie Bude schamlos ausgenutzt und die Buchhändlerin in sein Bett gelockt. Wahrscheinlich hatte er ihr vorgegaukelt, ihr seine Erstausgabensammlung zeigen oder ihr aus den Buddenbrooks vorlesen zu wollen. Und sie hatte nichts Eiligeres zu tun gehabt, als sich aus ihren mottenpulververseuchten Klamotten zu schälen und auf seine durchgelegene Matratze zu hopsen!
»Wenn die Kater aus dem Haus sind, tanzt die Maus auf dem Tisch, was?« sagte ich schnippisch.
Wenigstens hatte Heri den Anstand, rot zu werden. Es geht doch nichts über eine gute Kinderstube! Hektisch fuhr er sich durchs kühn zerwühlte Haar. »Ich, äh, Marlies kam zufällig vorbei, und, äh …«
Nie kommen Frauen bei Männern zufällig vorbei, aber das wußte Heri nicht. In Sachen Frauen war er Amateur. Und wenn er an Marlies hängenblieb, würde er auch Amateur bleiben. In die Profiliga würde der nimmermehr aufsteigen.
»Heri, Heri!« sagte ich. »Stille Wasser sind tief, was?«

»Heribert!« gellte Marlies' Stimmchen. »Komm jetzt, mir ist kalt!«
Herrgott! Entweder konnte Heri wirklich gut vorlesen oder er war eine Granate im Bett. Die Frau lechzte ja nach ihm wie ein Alkoholiker nach einer Weinbrandbohne! Ich überließ die beiden ihrem Geschlechtstrieb und verdrückte mich in mein Zimmer, wo ich lustlos die Sporttasche auspackte. Die Pumps warf ich unter den Schrank; das Kostüm und die Bluse waren arg zerknittert, die gehörten in die Reinigung. Ich stopfte sie wieder in die Tasche, zog den Reißverschluß zu und schlüpfte in den Jogginganzug.
Dann war mir langweilig.
Sterbenslangweilig.
Was sollte ich mit dem angebrochenen Abend anfangen? Es war gerade mal zehn Uhr durch. Mit dem Mut der Verzweiflung attackierte ich den Computer. Doch bis auf die Kapitelüberschrift, zu der mich Stefans Reaktion auf meinen Ratgeber inspiriert hatte – *Alle Männer sind Mimosen* –, wollte mir nichts einfallen.
Da hatte ich den Salat! Eine Schreibblockade hatte mir gerade noch gefehlt. Stefan war schuld, der hatte mich total verunsichert. Mittlerweile fing ich schon selbst an, an der Richtigkeit meiner Theorien zu zweifeln. Waren Männer nun Mimosen oder nicht?
Halb elf.
Zum Schlafen war ich zu aufgewühlt. Meine Gedanken drehten sich im Kreis. Ich war überhaupt nicht müde.
Mein Blick fiel auf meine Turnschuhe. Mir war, als ob sie winkten.
Das war's – ich würde mich müde joggen!
Danach würde ich duschen, einen frischen Schlafanzug anziehen, eine heiße Milch mit Honig trinken und mich in mein Bett kuscheln. Kurz horchte ich an Heris Zimmertür – Juchzer, deren Urheber unter Garantie keine Geige war –, dann schlich ich auf leisen Sohlen aus der Wohnung.

Es war eine Nacht wie aus einem Lore-Roman, mild und dermaßen klar, daß man in den Schlund der Galaxis gucken konnte, bis zum Zäpfchen. Der Mond hing am Himmel wie ein leuchtender Lampion.
Instinktiv schlug ich den Weg zum Stadtpark ein. Seit ich hier wohnte, war ich nicht ein einziges Mal dort spazierengegangen. Als Mann konnte ich mir das nicht erlauben – denn welcher Mann geht schon spazieren? Spazierengehen, das weiß jeder Steppke, ist eine durch und durch unmännliche Beschäftigung, Spazierengehen kommt gleich hinter Blumenpflücken und Kastaniensammeln – alles Weiberkram.
Leichtfüßig lief ich an Büschen und Bäumen vorbei, die ihre Schatten auf den Pfad warfen. Niemand begegnete mir, der Park war wie ausgestorben. Nach ein paar hundert Metern schaffte ich es, mich auf meinen Rhythmus zu konzentrieren. Mein Kopf wurde leicht wie ein Luftballon, Schweiß strömte mir übers Gesicht, Adrenalin jagte mit zweihundert Sachen durch meine Adern.
Warum hatte ich Tom nie beim Joggen begleitet?
Warum hatte ich mir dieses herrliche Gefühl entgehen lassen?
Die Antwort lag auf der Hand: Weil er mich nie dabeihaben wollte. Mensch, Alex, du lahme Ente! Du kannst eh nicht mithalten!
Geschmeidig wie eine Raubkatze lief ich durch die Nacht. Kam's mir nur so vor, oder waren meine Sinne plötzlich schärfer? Ich konnte die Grillen so laut zirpen hören, als hockten sie in meinen Ohren. Ich konnte das Wasser des Tümpels zu meiner Linken nicht nur riechen, ich konnte es schmecken. Da – zappelte nicht gar ein Fisch in meinem Mund? Ich lief und lief und lief …
Von wegen lahme Ente!
Es lebe die Tigerin!
Nach etwa zwei Kilometern hing mir die Zunge aus dem Hals. Tigerin war wohl doch geprahlt. Ich schwitzte wie ein Schwein und hechelte wie ein Bernhardiner. Fast erlag ich der Versuchung, mich ins taufeuchte Gras fallen zu lassen und mich auszuruhen. Aber ich befand mich an der dunkelsten Stelle des

Parks. Wenn irgendwo in diesen Gefilden Sittenstrolche ihr Unwesen trieben, dann hier. Zu allem Unglück verschwand auch noch der Mond hinter einer Wolke. Zielstrebig setzte ich einen Fuß vor den anderen; ich lief, als ging's um mein Leben. Mein Atem rasselte, meine Lunge drohte zu bersten. Ich japste nach Luft wie ein Ertrinkender.

Vor mir bewegte sich etwas neben einem Baum. Meiner Brust entfleuchte ein Keuchen. Hätte ich einen Herzschrittmacher gehabt, er hätte vor Schreck den Geist aufgegeben.

Angsthase! schalt ich mich. Los, weiter! Mach dir nicht ins Hemd! Biste ein Mann, oder biste ein Waschlappen?

Aber meine Beine wollten mich nicht mehr tragen. Der Mond kroch hinter der Wolke hervor und tauchte die Szenerie in ein gespenstisches Licht. Das Etwas entpuppte sich als Wesen aus Fleisch und Blut – nämlich als pinkelnder Mann. Schade, daß Stefan nicht dabei war! Wesen aus Fleisch und Blut? Haha, selten so gelacht! Wesen aus Fleisch und Blut *und Urin* traf die Sache schon eher wie den Nagel auf den Kopf.

Verflixt und zugenäht!

Der ganze verdammte Park war eine einzige riesengroße Freiluftbedürfnisanstalt für Männer! Wie angewurzelt blieb ich stehen.

»Hey!« schrie ich. »Bezahlste eigentlich Hundesteuer, du Sack?«

Ein Ruck ging durch den Mann. Er fummelte an seinem Hosenlatz herum, ich vernahm einen Fluch – »Oh, wat 'n Scheiß!« –, dann brach er durchs Unterholz. Es war Hannes.

»Mensch, Alex!« rief er. »Haste keinen anderen Spruch drauf? Wat brüllst 'n hier rum, mitten in der Nacht? Fast hätte ich mir den Dödel eingeklemmt!«

Bloß nicht! Für den hab ich noch Verwendung!

»Hannes, alte Rübe!« rief ich und schaltete geistesgegenwärtig von hysterischem Weib auf harten Macker um. »Schon mal was von Urschrei gehört? Kommt echt gut, nach zehn Kilometer Jogging!«

»Zehn Kilometer?« fragte er ehrfürchtig. »Die schaff ich nich. Tja, die Liebe un der Suff reibt die Männer uff.«

Suff war klar. Aber Liebe? Welche Liebe?

»Hat sich was getan an der Frauenfront?« fragte ich so beiläufig wie möglich, obwohl ich den Drang in mir verspürte, ihm an die Gurgel zu springen und ihn zu würgen, bis er mit der Sprache rausrückte.

»Is noch im Werden«, druckste Hannes.

»Biste verknallt, Mann?« fragte ich und spuckte seitwärts ins Gras, um der Frage die Brisanz zu nehmen.

»Un wie. Wie verrückt. Flugzeuge im Bauch un so – verstehste!«

Allerdings. »Und – wo hakt's?«

»Die Trulla weiß noch nix davon. Keine Ahnung, ob ich bei der 'ne Chance hab. Ein Megaweib, sag ich dir! Clever – un 'n richtiger Kumpel!«

Seite an Seite marschierten wir heimwärts. Überlebensgroß tauchte das Megaweib vor meinem geistigen Auge auf: eine gelungene Mischung aus Pamela Anderson und John Wayne, gesegnet mit dem IQ von Albert Einstein. Da hatte ich nicht den Hauch einer Chance, da konnte ich mich ganz hinten anstellen.

Wo hatte Hannes die Schlampe aufgerissen?

Am Halterner See? Hatte sie dort die Nixennummer abgezogen? Sich oben ohne am Strand gesonnt?

Oder hatte er sie in einem Kinderschokolade-Überraschungsei gefunden?

Wie auch immer! Den Mann konnte ich mir abschminken. Jeglicher Illusion beraubt, zockelte ich im Zickzack hinter ihm her und regte mich noch nicht mal auf, als er den Stamm seiner Stammeiche schändete.

In der Wohnung war es dunkel und still. Marlies hatte wohl das Weite gesucht, und Heri schnarchte wie ein alter Hund, woraus ich auf eine gewisse Verausgabung schloß. Jede Wette – der hatte keinen Saft mehr in der Röhre. Ich knipste das Licht in der Küche an, goß Milch in einen Tiegel und stellte ihn auf den Herd. Nach längerem Suchen fand ich ein Glas Honig im Küchenschrank.

»Wat gibt 'n dat, wenn's fertig is?« fragte Hannes.
»Milch macht müde Männer munter!« versetzte ich. »Willst du auch 'nen Schluck?«
»Nee – ich hau mich in die Falle.« Er gähnte. »Nacht, Alter!«
»Nacht!« sagte ich.
Er tapste erst ins Bad, dann in sein Zimmer. Wie angeschweißt stand ich vorm Herd und lauschte. Wann schlief er eigentlich im Zelt und wann im Hochbett? Abwechselnd? Oder eine Nacht da und eine Nacht dort? Alex, vergiß es. Der Mann ist off limits, sein Zimmer und erst recht seine Schlafstätten sind militärisches Sperrgebiet für dich.
»Ach, übrigens ...« Schelmisch lugte Hannes um die Ecke. »Heiße Milch gibt Häutchen. Nicht, daß du wieder zur Jungfrau wirst!«
So ein Heimlichtuer! Wie lange hatte er mich schon beobachtet? In dieser WG ging's schlimmer zu als in einem James-Bond-Film. Hier wimmelte es nur so von Spionen! Unter jedem Teppich lag einer!
Heiße Milch gibt Häutchen?
Kapier ich nicht. Heiße Milch kocht vor allem über! Ich zerrte den Tiegel von der Herdplatte, schaltete alle Systeme auf Null und riß die Balkontür auf. Der Appetit auf heiße Milch mit Honig war mir gründlich vergangen, zumal der Honig bei näherer Betrachtung aussah wie eine Grabbeigabe von vor zweitausend Jahren. Ich schmiß das Glas in den Müll und kippte die Milch in die Spüle.
Insgesamt gesehen fand ich, daß der siebte Juli ein Scheißtag gewesen war – ein Tag, der eigentlich aus dem Kalender gestrichen gehörte. Ich verzichtete aufs Duschen und aufs Zähneputzen. Dreckig und speckig, wie ich war, kroch ich ins Bett. Nimmermehr würde es mir gelingen, einen Mann in selbiges zu lokken. Da konnte ich genausogut verlottern.

Am Samstag – während des Frühstücks – ließ Heri die Katze aus dem Sack. Hannes blätterte im *Tageblatt*-Sportteil, ich schmierte mir fingerdick Nutella auf eine Scheibe Bauernbrot, als er mit dem Messer an seine Tasse schlug und uns stammelnd kundtat, er und Marlies hätten ein Haus auf dem Land gekauft.

»Wat soll 'n dat heißen?« fragte Hannes verblüfft.

»Na ja«, sagte Heri. »Ich bin zweiundvierzig. Nichts gegen euch, aber ich hab keine Lust, meinen Lebensabend in der WG zu verbringen.«

»Deinen Lebensabend?« echote ich entgeistert. »Hast du 'ne Midlife-crisis?«

Hannes legte die Zeitung weg und drehte sich eine Zigarette. »Jetzt ma Klartext, Alter«, sagte er. »Du willst also …«

»… ausziehen.« Heri nickte ernst. Dann schwärmte er von dem Haus: beste Lage, zwei Etagen, oben Balkon, unten Terrasse, Gärtchen, grüne Fensterläden. Spottbillig. Ein Schnäppchen, das man sich nicht entgehen lassen konnte. Er hörte sich an wie ein Immobilienmakler. Wie sich herausstellte, waren die Renovierungsarbeiten schon seit geraumer Zeit im Gange. Ich starrte auf Heris Hände. Es waren zwei linke – bildlich gesprochen.

»*Du* streichst? *Du* tapezierst?« fragte ich ungläubig.

»Nee, ich nicht. Marlies macht das. Zusammen mit Mama.«

Da wär ich gern Mäuschen gewesen!

»Aus welchem Zylinder haste die denn auf einmal gezaubert, deine Marlies?« fragte Hannes.

Ich beugte mich vor, um Heris Antwort nicht zu verpassen. Aus welchem Zylinder er die gezaubert hatte, interessierte auch mich brennend.

»Na ja!« sagte Heri unsicher. »Bis jetzt haben wir immer erzählt, daß wir uns bei einer Lesung kennengelernt haben. Aber ich will euch nicht verarschen, ihr seid meine Kumpels. Vor 'nem guten Jahr hab ich im *City Journal* inseriert, da waren Annoncen mal eine Woche im Sonderangebot, und Marlies …«

Und Marlies – die nur hochwertige Literatur von nobelpreisverdächtigen Schriftstellern konsumierte, die selbst unter Androhung der Todesstrafe nicht zugeben würde, ein profanes Stadtmagazin zu lesen, geschweige denn Kontaktanzeigen – hatte sich an ihren zierlichen Biedermeierschreibtisch gesetzt, die Feder in die Tinte getunkt und auf eierschalenfarbenem Bütten-

papier einen mit Rilke-Zitaten gespickten Brief verfaßt, der Heri zutiefst beeindruckt hatte. Zwei verwandte Seelen hatten sich gefunden. Umsonst hatte ich die Kontaktanzeigen des *City Journals* durchforstet. Alles längst gelaufen.
»Warum haste uns die Trulla nich ma vorgestellt?« fragte Hannes.
»Bist du bescheuert?« Heris Adamsapfel hüpfte auf und ab. Es sah aus, als hätte er einen Tennisball verschluckt. »Ihr hättet mir die vergrault mit euren Chauvi-Sprüchen.«
Meines Erachtens war diese Befürchtung völlig aus der Luft gegriffen. Um Marlies zu vergraulen, mußte man schon andere Geschütze auffahren. Die hätte sich nicht vergraulen lassen – nicht von ein paar Erz-Chauvinisten. Wo sie sogar Mama in Kauf nahm! Die war heilfroh, einen Mann ergattert zu haben – auf den letzten Drücker. Die hatte sich in Heri verbissen wie eine hungrige Löwin in ihr Opfer, die würde nicht mehr lockerlassen, jetzt, wo ein geordnetes Familienleben winkte und ein Haus im Grünen.
»Und Mama?« fragte ich.
»Mama zieht mit ein, in die untere Etage.«
Wenn das nicht das war, was man ein Schnäppchen nannte! Ein richtiger Billigheimer! Mann – kaum gebraucht – inklusive Mama im preiswerten Doppelpack! Hoffentlich war die sparsame Marlies da auf keine Mogelpackung reingefallen! Der Blick, den ich Hannes zuwarf, sprach Bände. Er zuckte die Schultern und griff wieder zum *Tageblatt*. Für ihn war das Thema abgehakt. Heri rührte in seinem Müsli. Ich biß in mein Nutellabrot.
Erst nach und nach wurde mir die Tragweite der Information bewußt. Die Ratten verließen das sinkende Schiff, Hannes und ich würden bald allein hier wohnen, als Pärchen quasi. Arche-Noah-mäßige Verhältnisse standen uns bevor …
»Mensch, Alex!« brüllte Hannes unvermittelt und haute mit der flachen Hand auf den Tisch. »Warum haste denn nix gesacht? Hier kocht aber auch jeder sein eigenes Süppchen!«
Widerwillig befreite ich mich aus den Klauen meiner Phantasie, die mir in den schillerndsten Farben vorgaukelte, welch para-

diesische Zustände auf unserer Arche herrschen würden, Sektfrühstück im Wasserbett et cetera.

»Hä?«

Er raschelte mit dem *Tageblatt*, das beim Kulturteil aufgeschlagen war. »Achtung – hier isses! Der Bestsellerautor Rudi Rabauke liest am Freitag, dem siebzehnten Juli, um zwanzig Uhr im Audimax der Universität. Rabauke, der mit seinem Ratgeber *Das Tier im Mann* seit über einem Jahr auf Platz eins der Sachbuch-Bestsellerliste steht, wird auch Passagen seines noch in Arbeit befindlichen Werkes mit dem Titel *Das dressierte Weib* vortragen. Bislang scheute der Autor das Licht der Öffentlichkeit ... blabla ...«

Immer wieder war ich in Romanen über Sprüche wie »Da bleibt mir doch die Spucke weg!« gestolpert, wenn die Protagonisten mit unliebsamen Überraschungen konfrontiert wurden. So was Albernes, hatte ich gedacht. Wie kann einem die Spucke wegbleiben? Das geht gar nicht, das ist biologisch unmöglich. Die menschlichen Speicheldrüsen arbeiten von allein und zeichnen sich durch ihre Zuverlässigkeit aus. Aber als Hannes das *Tageblatt* zusammenfaltete und durch die Zähne pfiff, erfuhr ich das Phänomen am eigenen Leibe. Meine Speicheldrüsen streikten. Der Nutellabrotklumpen in meinem Mund schwoll auf die Größe eines Vierpfünders an.

Alles, was ich herausbrachte, war ein Krächzen.

»Irre!« sagte Hannes und knuffte mich in den Arm, ungeachtet der Tatsache, daß ich gegen den Erstickungstod kämpfte. »Da gehen wir hin, Heri, wat? Wir feuern Alex an und klatschen uns die Hände wund. *Das dressierte Weib* – so wat Geiles!«

»Klar«, sagte Heri nach einem kaum merklichen Zögern. »Warum nicht?«

Warum wohl nicht?

Das wollen wir erst mal sehen! flötete Marlies in meinem Hinterkopf. Als ob du nichts Wichtigeres zu tun hättest, Heribert! Hier – wisch mal den Pinsel ab! Rudi Rabauke – ich glaub, du spinnst! Das ist kein Umgang für dich!

Dabei wäre es für Heri wirklich nicht von Nachteil, sich über die Dressur des Weibes zu informieren. Der würde bald in seiner

Privatmanege stehen, umkreist von den beiden Löwinnen, die um ihn kämpften. Ob Hannes und ich ihm zum Abschied eine Peitsche schenken sollten?

»Argl!« stieß ich unter Qualen hervor. Den Menschen wollte ich sehen, der sich mit einem Brotlaib im Mund verständlich machen konnte!

»Hey! Haste dich verschluckt?« Hannes schlug mir ins Kreuz. »Wat is nu?«

Tja – wat war nu? Mein feingesponnenes Lügengespinst hatte ein Loch. Und wenn es mir nicht gelang, das Loch zu stopfen, konnte ich meine Koffer packen. Beichten zog ich gar nicht erst in Erwägung. Ich nahm nicht an, daß die Jungs über soviel Humor verfügten, sich über meine Maskerade zu amüsieren.

Die lachten über Blondinenwitze und über Geschlechtsgenossen, die sich blamierten. Die Blamierten wären in dem Fall sie selbst, und der Mann, der über sich selbst lachen kann, muß noch geklont werden. Männer sind doch Mimosen, basta.

Mein Hirn arbeitete auf Hochtouren. Wenn ich den ganzen Schlamassel überstanden hatte, würde ich einen Monat lang nicht denken. Ich würde meinem Hirn überstundenfrei geben.

»Tja ...«, murmelte ich. Und dann hörte ich mich sagen: »Ihr kriegt natürlich Freikarten.«

Was hatte ich denn jetzt wieder für ein Eigentor geschossen? Obwohl – gar nicht verkehrt. Erst mal Zeit schinden.

»Dat will ich auch hoffen!« rief Hannes.

Heri nickte bedächtig. Der Brotlaib in meinem Mund schrumpfte. Ich schluckte und spülte mit kaltem Kaffee nach. Dann sprang ich auf, täuschte arglistig ein dringendes Bedürfnis vor und verrammelte mich im Bad, wo ich mich aufs Klo setzte und gar bitterlich – wenn auch geräuschlos – weinte.

Selbst wenn es mir gelang, mein Outing hinauszuzögern, waren meine Tage in der WG gezählt. Und bei Hannes – gesetzt den Fall, das Megaweib entpuppte sich als falscher Fuffziger oder als Fata Morgana – brauchte ich mein Glück erst gar nicht zu versuchen, nach allem, was gewesen war. So 'n Mann hat schließlich auch seinen Stolz.

Die Nacht der Tigerin

Nachmittags rief Caro an, um mir zu stecken, daß Rudi Rabauke höchstselbst in der Stadt weilen würde. Eine Pressemitteilung seines Verlags war in der *KUNO*-Redaktion eingetroffen – eine Pressemitteilung mit Foto!

»O Gott!« stöhnte ich. »Laß mich raten: Er sieht mir kein bißchen ähnlich.«

Caro lachte. »Nee, im Gegenteil. Du, der Typ ist häßlich wie die Nacht, ein Bilderbuch-Macho mit Narbenface und Orgasmusbeschleuniger und ...«

»Was für 'n Ding?«

»Na, so 'nem Schnauzer, und Netzshirt und Lederhose. Viel Muskeln, wenig Hirn. Im Bizeps tausend Watt, und oben brennt kein Birnchen ...«

»Och nee!«

»Tja, schätze, du stehst knietief in der Scheiße. Es sei denn, du bringst den Typ vorher umme Ecke. Du hast nicht zufällig 'ne Briefbombe im Haus?«

»Nee, zufällig sind mir die Briefbomben gerade heute ausgegangen«, flachste ich zurück. Mensch, tat das gut, mit Caro zu schwätzen! Mir wurde schon viel leichter ums Herz. »Du bist doch nicht aufs Maul gefallen – kannst du unseren Kumpel Rudi nicht kontakten und ihm mal richtig einheizen? Telefonsex-mäßig? Und dann vereinbarst du ein Blind date mit dem, am Freitag. Wenn's geht, im Ausland.«

»Im Ansatz gut, die Idee – aber ohne mich. Wie wär's, wenn wir 'ne Professionelle dafür anheuern?«

Die Frau war erfinderisch. Vielleicht würden wir gemeinsam so erfinderisch sein, daß uns tatsächlich ein Ausweg aus der sich anbahnenden Katastrophe einfiel. Die Phantasie ist ja bekanntlich weiblich.

»Du, Caro?«
»Hm?«
»Hast du heute abend schon was vor? Wenn nicht, könnten wir uns im Sidestep treffen – Krisensitzung, verstehst du?« Der Weiberstammtisch war eh längst überfällig.
»Also eigentlich, ach was – vergiß es. Ich gebe meinem Standby-Lover einen neuen Termin. Um neun im Sidestep, abgemacht?«
»Abgemacht.«
Ich suchte und fand den Serviettenschnipsel mit Liz' Telefonnummer. Ihr Mann hob ab und nuschelte einen unverständlichen Doppelnamen in den Hörer. Im Hintergrund kreischte eine Katze, dann kläffte Luigi. Schwer was los bei denen! Liz erklärte sich sofort zu allen Schandtaten bereit, obwohl der Kompagnon ihres Mannes sich für den Abend angekündigt hatte. Aber auf Bier- und Schnittchenservieren und Storys über abgebrochene Weisheitszahnwurzeln und rausgefallene Plomben war sie ohnehin nicht scharf. Zudem würde Bea aus Frankfurt anrauschen, die würde allemal lieber auf die Piste gehen wollen.
»Wir kommen!« rief sie begeistert. »Dein Anruf ist die Antwort auf all meine Gebete!«
Die Einwände ihres Gatten, der ständig dazwischenfunkte, ignorierte sie. Erleichtert legte ich auf. Fehlte noch Mascha.
»Kneipe – heute abend?« fragte sie zögerlich. Man hätte meinen können, ich wollte sie zu einer Atlantiküberquerung im Einbaum überreden.
»Jau. Spricht was dagegen?«
»Hm ...«
Wahrscheinlich schaffte sie es nicht, in der Kürze der Zeit ein Drehbuch zu schreiben. Eine Skizze vom Set anzufertigen.
»Los, raff dich auf! Ich hol dich auch ab!«
Mascha zierte sich noch ein Weilchen, aber letzten Endes erklärte sie sich bereit, um Viertel vor neun vor ihrer Haustür zu stehen. Na also. Man soll ja den Tag nicht vor dem Abend loben, aber ich hatte ein gutes Feeling. Irgendwas würde uns einfallen. Irgendwas, das Rudi Rabauke nicht gleich den Kopf kostete, aber meinen Hals aus der Schlinge zog.

Das Sidestep war brechend voll, als ich mit Mascha im Schlepptau dort eintraf. Wir mußten unsere Ellbogen gebrauchen, um uns einen Weg durch die Massen zu bahnen. An der Theke standen sich die Kerle von der Bier-formte-diesen-schönen-Körper-Fraktion die Beine in den Bauch. Verzweifelt hielt ich Ausschau nach Caros Rotschopf. Ganz hinten – vorm Klavier, das lediglich als Dekoration fungierte – reckte sich ein Arm in die Höhe.

»Hier, Alex!«

Caros Schrei hatte zur Folge, daß alle Thekensteher sich synchron umdrehten und uns anstarrten. Ihr Jagdtrieb und ihr niederer Trieb waren erwacht. Doch als sie feststellten, daß Frauenabend angesagt war, schossen ihre Köpfe ruckartig in die Ausgangsposition zurück. Fast konnte ich Denkblasen aus ihnen rauswachsen sehen: Boh, wie langweilig! Labern die halbe Nacht über Schmacke und Beziehungskacke, die blöden Weiber! Wo sie doch mit uns sooovieI Spaß haben könnten!

Caro saß mit dem Rücken zum Klavier, Mascha und ich nahmen gegenüber Platz. Ich machte die beiden miteinander bekannt. Schwer zu sagen, ob ein Funke übersprang – vorerst gaben sich die Damen reserviert. Liz und Bea – letztere ganz tough, ganz Großstadtschick – trudelten gegen halb zehn ein. Ein paar Minuten später stieß noch Caros Freundin Suse zu uns.

»Ich hab ihr Bescheid gesagt«, erklärte Caro. »So 'ne Psychoklempnerin hat manchmal lichte Momente ...«

Lichte Momente hatte nicht bloß die Frau vom Fach. Zwar brauchten wir zwei Runden Pils, um miteinander warm zu werden, aber dann ging die Post ab. Wir übertrafen uns gegenseitig an lichten Momenten und genialen Ideen.

Seit unserem Telefonat hatte Caro sich schon fast pathologisch in den Plan hineingesteigert, Rudi Rabauke unter Vorspiegelung falscher Tatsachen – gemeint war unter Vorspiegelung falscher Geilheit – vom Ort des Geschehens wegzulotsen. Sie behauptete, kein Mann könne einer solchen Versuchung widerstehen. Ich neigte dazu, ihr recht zu geben. Die Frau strotzte vor Erfahrung, die kannte die Männer aus dem Effeff. Wenn die

Stein und Bein schwor, daß Rudi auf einen fingierten Anruf reinfallen würde, würde er drauf reinfallen. Das Problem war bloß, daß sich keine von uns dazu hergeben wollte, dem ekligen Macho Honig um den Bart zu schmieren – und sei's nur am Telefon. Damit war Plan A vom Tisch.

»Sag mal, Caro ...« sinnierte ich. »Hast du die Adresse von Rabaukes Verlag? Was ist das überhaupt für ein Verlag?«

»Steht alles auf dem Briefkopf der Pressemitteilung. Mannomann-Verlag – schlimmer geht's nimmer!« Sie knallte ein DIN-A4-Blatt auf den Tisch. Wir rissen uns den Wisch gegenseitig aus den Fingern und bestaunten Rudis Konterfei.

»Ächt ätzend, der Typ!« sagte Bea, die Fotografin war. »Mir wär glatt die Linse geplatzt, wenn ich den hätte ablichten müssen. Welcher Kollege hat sich denn da erbarmt und das Bild geschossen?«

»Steht hinten drauf«, sagte Caro. »Hier – Stefan Arnold.«

Stefan Arnold? Du wirst dich noch wundern! gellte es in meinen Ohren. Mein eigener Bruder hatte mich ins offene Messer laufen lassen. Auch sein *Erection* würde eines Tages nach faulen Eiern stinken!

Ich bestellte eine dritte Runde. Der Wirt bedachte uns mit abfälligen Blicken. Weibern, die saufen, und Weibern, die krähn, soll man beizeiten die Hälse umdrehn! Nach dem obligatorischen Zuprosten verklickerte ich den Mädels Plan B: Man könnte einen Schrieb an den Verlag loslassen – einen Drohbrief –, in dem ein Bombenanschlag im Audimax angekündigt wurde.

»Ach je!« sagte Liz. »Willst du einen Molotow-Cocktail werfen?«

»Na, hör mal!« sagte ich entrüstet. »Der Schrieb reicht. Dann blasen die die ganze Chose ab.«

Für was hielt die mich, um Himmels willen? Für ein Mitglied der RAF? Ich konnte noch nicht mal eine Sicherung wechseln, geschweige denn eine Bombe bauen. Da fehlte mir das nötige technische Know-how.

»Nicht schlecht, Frau Specht!« rief Caro. »Und wir unterschreiben mit FAF.«

»FAF?« riefen wir unisono.
»Ja, FAF – Feministische Antichauvinistische Front!« Zufrieden mit ihrer Wortschöpfung lehnte sich Caro ans Klavier. »Wir schieben die Aktion den Hardcore-Emanzen in die Schuhe – äh, in die Birkenstock-Latschen.«
»Aber wenn's schiefgeht?« fragte Suse skeptisch. »Wenn die Kripo Wind davon kriegt?«
Betretenes Schweigen machte sich breit. Suse hatte zweifelsohne recht; heutzutage hatten die Kriminologen Untersuchungsmethoden auf Lager, da blickte Ottonormalverbraucher gar nicht mehr durch. Am Ende konnten die wirklich die Spur zu uns zurückverfolgen, per genetischem Fingerabdruck oder wie sich das schimpfte. Da reichte ein Tropfen Blut vollauf – ach was, schon eine gespaltene Haarspitze oder eine abgestorbene Hautzelle konnte uns das Genick brechen. Und zack! wären wir geliefert. Im Geiste sah ich mein Fahndungsfoto schon bei *Aktenzeichen XY* über den Bildschirm flimmern. Wer kennt diese Frau? Zuletzt wurde sie in einer Szene-Kneipe gesehen. Vorsicht: Sie verkleidet sich gekonnt als Mann und schreckt vor nichts zurück. Kurzum – Plan B war gehakt.
Liz starrte nachdenklich in ihr Glas. »Ich leg manchmal Tarotkarten und so ...«
Aha – jetzt kam die Esoterikschiene!
»... und ich hab ein Buch über Voodoo.« Gebannt hingen wir an ihren Lippen. »Ich weiß ja nicht, ob der Hokuspokus wirkt – aber wir können eine Rudi-Rabauke-Puppe basteln und Nadeln reinstechen, in seinen Bauch, vielleicht kriegt er 'nen Blinddarmdurchbruch.«
Unsicher guckte sie uns an. Mascha reagierte als erste: »Wie in *Angel Heart*? Mit Mickey Rourke und ...«
»... Robert de Niro!« trumpfte Caro auf.
Filmfreaks! Warum taten die sich nicht zusammen und verfaßten einen Filmalmanach? Ein vierzigbändiges Standardwerk? Zuzutrauen war's ihnen. Obwohl – die große Liebe war das bis jetzt nicht zwischen den beiden, eher ein kalter Krieg. Inständig hoffte ich auf eine Tauwetterperiode.
Die nächste halbe Stunde malten wir uns aus, wie toll das wäre,

wenn Voodoo wirklich funktionieren würde. Von wem wir Puppen anfertigen würden und wohin wir stechen würden. Aber so sehr wir uns auch für den Vorschlag begeisterten – Fakt war, daß wir in Deutschland waren und nicht in Louisiana. Im richtigen Leben halt, nicht im Film. Zudem war uns die Sache suspekt. Was, wenn wir die Geister, die wir riefen, nicht mehr loswurden? Also wurde auch Plan C verworfen.

»Ein Unfall wär nicht schlecht«, überlegte Suse laut. »Ich hab's! Wir bringen in Erfahrung, was für ein Auto Rudi fährt, und ich semmel ihm voll rein, kamikazemäßig, vorm Audimax. Dann mach ich ein Mords-Gedöns, Polizei, Abschleppwagen, die ganze Latte, das dauert. Lesung gestrichen!«

»Womit der rumgondelt?« fragte ich. »Kann ich dir sagen: Mit einem aufreißerroten Ferrari Testarossa oder – Zweitwagen – einem dschungelgrünen Jeep mit Allradantrieb oder – Drittfahrzeug – einem Motorrad, einer Geländemaschine schätzungsweise.«

Da bedurfte es weiß Gott keiner großangelegten Recherche. Womit der rumgondelte, lag auf der Hand: Mit einem Gefährt, das statt Benzin pures Testosteron soff und statt Öl schottischen Whisky.

Fasziniert spannen wir den Unfallfaden weiter. Suse würde ihr Auto opfern, aber das war sowieso ein Schrotthaufen, der nur noch von ein paar Aufklebern zusammengehalten wurde. Man müßte die Sache so deichseln, daß für keinen der Unfallteilnehmer akute Verletzungsgefahr bestand. Und daß für Suse noch was raussprang dabei, denn sie war stets knapp bei Kasse, weil sie einen nichtsnutzigen Hausmann und ein Kleinkind auf der Tasche liegen hatte.

»Versicherungsbetrug?« fragte Liz mit weit aufgerissenen Augen.

Die Frau verfügte über keinerlei kriminelle Energie. Dagegen waren Caro und ich das reinste Terrorkommando! Es war kaum zu glauben: In der richtigen Gesellschaft war ich in Null Komma nix vom Biedermann zum Brandstifter geworden. Das Potential dazu hatte schon immer in mir geschlummert, aber es war irgendwie verschüttgegangen in den Jahren mit Tom.

»Zu riskant«, sagte Mascha. »Mit so ’nem Unfall, das kann nach hinten losgehen, und dann ist der Bock fett.«

Das war das Aus für Plan D.

Bea, die die ganze Zeit still vor sich hin gebrütet hatte, führte Kidnapping ins Feld. »Sobald er vorm Audimax aussteigt, kaschen wir ihn und verschleppen ihn in einen Kohlenkeller.«

Caro war wie elektrisiert. »Meine Vermieter haben einen!«

»Und dann?« fragte ich. »Lösegeldforderung?«

Liz schnappte schon wieder nach Luft. Nerven wie Drahtseile hatte die nicht, eher welche wie Zahnseide – kein Wunder, wo sie doch mit einem Zahnarzt verheiratet war.

»Dann«, sagte Bea, »geht Alex als Rudi Rabauke ins Audimax und liest.«

Gut und schön, die Idee. Aber wie kidnappte man jemand? Einschlägige Filmszenen fielen uns ein. Bestens bewährt hatten sich der äthergetränkte Wattebausch, der Schlag auf den Schädel oder der Kartoffelsack, über selbigen gestülpt. Das Problem war dasselbe wie mit dem Drohbrief: Das Restrisiko war einfach zu groß. Plan E wurde nicht weiter diskutiert.

Erschöpft verstummten wir. Der Wirt servierte eine neue Runde kleiner Pils – die sechste? Akribisch kritzelte er Striche auf unsere Bierdeckel, steckte den Kuli wieder hinters Ohr und blieb bei einem alkoholbedingt schwankenden Stammgast stehen, der auf dem Weg zum Klo war.

»Echt krank, die Weiber da!« sagte er zu ihm und zeigte auf uns. »Wat ’n Gegacker! Wenn Weiber sich die Kante geben, dat is nich mehr schön!«

Der Gast pflichtete ihm bei, die rechte Hand am Hosenlatz. Wer im Glashaus sitzt, dachte ich so bei mir. Männer, die sich die Kante geben, an der Theke rumkrakeelen bis zum Stimmbandverschleiß, Frauen zotige Sprüche hinterherbrüllen und vor lauter Harndrang beinahe mitten in die Gaststube urinieren – dat is auch nich mehr schön!

Mascha beugte sich vor. »Krank – das isses!«

Neue Hoffnung keimte in mir. »Sach schon!«

»Ganz easy im Prinzip.« Sie grinste wie ein Honigkuchenpferd. »Du mußt krank werden, Alex, das ist alles.«

Ich mußte krank werden? Ich war schon krank. Der Streß setzte mir gewaltig zu, ich konnte mein erstes Magengeschwür regelrecht wachsen spüren. »Versteh ich nicht«, sagte ich.
Mascha seufzte ob meiner Begriffsstutzigkeit. »Wir reden uns hier die Köppe heiß, wie wir den Typ von der Lesung abhalten können. Falsch gedacht. Dabei geht's doch einzig und allein darum, Hannes und Heri davon abzuhalten, dort aufzukreuzen. Alles andere ist Larifari. Capito?«
Caro klatschte sich mit der flachen Hand an die Stirn. »Ja – logo!«
»Eben. Und wenn Alex alias Rudi Rabauke krank wird, fällt die Lesung flach und …«
»… die Jungs bleiben schön daheim mit ihrem Arsch!« vollendete ich ihren Satz mit Genugtuung.
Ich war zwar nicht so hypochondrisch veranlagt wie ein Mann, aber die Leidensnummer würde ich hinkriegen. Schließlich hatte ich Tom oft genug eine Migräneattacke vorgegaukelt, wenn er Lust auf Sex hatte und ich nicht. Warum sollten die Jungs mir dann keine simple Grippe abkaufen? Am besten, die ersten Krankheitssymptome stellten sich schon am Vortag ein …
In euphorischer Stimmung orderten wir eine letzte Runde. Wir tranken Brüderschaft – beziehungsweise Schwesternschaft – und tauschten Küßchen; alles war Friede, Freude, Eierkuchen. Sogar Mascha und Caro lagen sich etwa dreieinhalb Sekunden lang in den Armen. Als der Wirt zum Abkassieren kam, lallte ich großspurig: »Geht alles auf mich!«
Obwohl ich ihm keinen Pfennig Trinkgeld gab, war ich um fast hundert Märker ärmer, als wir aus dem Sidestep auf die Straße torkelten – aber um vier Freundinnen reicher. Und das zählte mehr als der schnöde Mammon.

Mitte der Woche sank die Temperatur auf kühle fünfzehn Grad, und es schüttete wie aus Eimern – optimales Grippewetter.
Mir paßte das prima in den Kram.
Den Donnerstagnachmittag vertrödelte ich rauchend und fröstelnd auf dem Balkon, um mich seelisch-moralisch auf Grippe

einzustellen. Als die Jungs von ihrem Tagwerk und mit Einkäufen bepackt heimkehrten, sorgte ich dafür, daß sie mich in siechem Zustand antrafen. Und sie fanden das Kind in einer Grippe, in eine Windel gewickelt – na, ganz so biblisch war's nicht, sie fanden mich auf dem Plüschsofa liegend, in eine Decke eingemummelt.

»Oh!« sagte Heri mitfühlend. »Bist du krank?«

»Ach was!« röchelte ich. »Nur ein bißchen Schnupfen und Kopfweh – und im Hals kratzt's.«

Hannes erhitzte Fett in der ufogroßen Bratpfanne und schmiß drei blutige Steaks hinein. »Mußt richtig essen, Alex – dat wird schon wieder. Bist doch 'n Kerl wie 'n Baum!«

Klar – ein Kerl wie ein Bonsai-Bäumchen.

Obwohl ich Hunger hatte wie ein Wolf, verweigerte ich die Nahrungsaufnahme. Nur zu einem Glas Orangensaft ließ ich mich überreden. Denn was braucht der Grippekranke? Richtig – Vitamin C.

»Mensch, Mensch«, sagte Hannes und stach seine Gabel in mein Steak. »Dabei is morgen der große Tag. Mach uns bloß nich schlapp!«

»Quatsch!« sagte ich und schniefte, so gut man ohne Schnupfen schniefen kann. »Wo werd ich denn?«

Ein Weilchen harrte ich mit den Jungs vor der Glotze aus, dann schleppte ich mich demonstrativ leidend ins Bett. Ich war zufrieden mit meiner Darbietung. Die Saat war in der Erde, über Nacht würde sie aufgehen. Mein Grippepflänzchen würde wachsen und gedeihen.

Ich hatte die Rechnung ohne den Wirt gemacht – sprich: ohne Heris Mama. Am Freitag morgen zog ich eine Riesenshow ab, mit fieberhafter Suche nach dem Gott sei Dank nicht auffindbaren Fieberthermometer, mit Husten und Schnupfen und Heiserkeit und allem Pipapo. Hannes sonderte den für solche Fälle üblichen Spruch ab –»Wat uns nich umbringt, macht uns nur härter!« –, aber Heri war völlig aus dem Häuschen und hetzte mir seine Mama auf den Hals, indem er sie telefonisch über meinen besorgniserregenden Zustand informierte.

Ich schaffte es gerade mal, mir ein ordentliches Frühstück einzuverleiben, bevor sie die Wohnung stürmte und sich in Mutter-Teresa-Manier auf mich stürzte.
»Ts, ts!« sagte sie und legte ihre Hand auf meine Stirn, die ich mit Wasser aus der Blumenspritze benetzt hatte. »Sie schwitzen, mein Junge, aber Fieber?«
»Halb so wild!« röchelte ich. »Muß heut abend wieder auf dem Damm sein!«
Mama runzelte die Stirn. »Na, das werden wir noch sehen!«
Sie jubelte mir ein Wärmfläschchen unter, für das ich aus zweierlei Gründen dankbar war. Erstens hatte ich wirklich Füße wie Eiszapfen, und zweitens mußte ich meine Körpertemperatur irgendwie in die Höhe treiben. Denn in weiser Voraussicht hatte Mama nicht nur ein Kilo Zitronen mitgebracht, sondern auch ein Fieberthermometer, das sie mir bis zum Anschlag in den Rachen schob. Aber ich will mich nicht beklagen. Ich konnte froh sein, daß ich so glimpflich davonkam – am liebsten hätte sie nämlich rektal gemessen.
Kaum war die barmherzige Samariterin in die Küche entschwunden, um mir ein Glas heiße Zitrone zuzubereiten, griff ich auf den uralten Trick zurück, der mich und meinen Bruder in unserer Kindheit vor diversen Klassenarbeiten und anderen Widrigkeiten bewahrt hatte. Ich angelte mir die Wärmflasche und hielt das Thermometer dran.
In der Küche klapperte Mama mit der Zitronenpresse. Zitronenpresse? Ach je! Wie erbarmungslos doch das Schicksal zuschlagen kann, wenn man's nur kühn genug herausfordert!
Das Thermometer zeigte zweiundvierzig Grad, als ich draufguckte. Das war zuviel des Guten. Wenn Mama das sah, würde sie den Notarzt alarmieren. Hastig schlug ich das Thermometer runter.
Mama nahte mit Riesenschritten. Als sie mein Zimmer betrat, steckte das Ding wieder ordnungsgemäß unter meiner Zunge. Allerdings hatte ich keinen Schimmer, wieviel Grad es jetzt anzeigte. Ich betete, daß es nicht weniger als sechsunddreißig waren. Dann wäre die Konsequenz dieselbe wie mit zweiundvierzig.

»So!« sagte Mama resolut und zog mir den Fremdkörper aus dem Mund. »Hm. Achtunddreißig acht. Komisch – hätte ich gar nicht gedacht.«
Ich auch nicht. Sauber hingeferkelt, Alex, alte Keule! Scheinbar erschöpft sank ich ins Kissen. Mama hielt mir das Glas heiße Zitrone an die Lippen. Unter Aufbietung all meiner Reserven an Selbstbeherrschung schlürfte ich die Brühe in mich rein.
Den Nachmittag verdöste ich. Als Mama sich gegen fünf verabschiedete, wälzte ich mich auf den Rücken, lauschte dem Regen, der gegen die Fensterscheiben prasselte, und trainierte das Heisersein, bis ich's perfekt drauf hatte.
Heri stattete mir umgehend einen Krankenbesuch ab, als er heimkam. Er schwenkte eine Papiertüte in der Hand, die er auf meine Bettdecke entleerte. Zum Vorschein kamen eine Tube Erkältungsbalsam und eine Schachtel Lutschtabletten.
»Haste 'ne Apotheke geplündert?« keuchte ich.
»Da«, sagte Heri, popelte eine rote Tablette aus der Schachtel und schob sie mir in den Rachen. »Einreiben mußt du dich aber selbst.«
Ich wartete, bis er abdrehte. Dann schmierte ich einen Klecks der nach Menthol stinkenden Creme auf meine Brust, damit ich nach Krankheit roch. Kaum hatte ich mich wieder unter der Decke verkrochen, fand sich Hannes in voller Montur an meinem Krankenlager ein. Wasser tropfte von seiner Lederjacke auf mein bis dato makelloses Laken.
»Na!« rief er. »Wie schaut's?«
Ich krächzte: »Wird schon. Was mich nicht umbringt ...«
Den Rest des Satzes ließ ich in einem oscarverdächtigen Hustenanfall untergehen. Hannes erlag einer fast mütterlich zu nennenden Anwandlung und stopfte mir eine Tafel Kinderschokolade unters Kissen. »Da!«
Ich hustete ihm eins. »Hurg-hurg!«
»Au weia! Hört sich echt Scheiße an, wenn du mich fragst«, sagte er. »Meinste im Ernst, du kannst heut abend lesen?«
»Ist doch 'n Mikro da – hurg-hurg!«
»Hoffentlich steckste uns nich an. Ich koch dir jetzt Haferschleim nach dem Rezept von Heris Mama.«

Gottergeben schloß ich die Augen. Hannes betrachtete sich als entlassen und stiefelte tatendurstig in die Küche.
Nachdem ich ein paar würgreizfördernde Löffel Haferscheim zu mir genommen und mir fast die Lunge aus dem Leib gehustet und dermaßen gekrächzt hatte, daß ich wirklich schon ganz heiser war, rief ich die Jungs zu mir und teilte ihnen stockend mit, die Lesung absagen zu müssen.
»Leute, ich bin am Arsch«, flüsterte ich mit blumenwassernasser Stirn und rang nach Luft. »Das ist keine Grippe mehr. Das ist mal mindestens 'ne Mischung zwischen Malaria und Tuberkulose. Mist! Diese verfluchten Outdoor-Trips! Man reiche mir das Telefon …«

Um kurz vor acht war alles paletti. Ich hatte die Jungs vor einem Actionfilm-Video geparkt, das ich eigens für diesen Zweck gekauft hatte – *Die hard*, zu deutsch *Stirb langsam*, mit Bruce Willis. Ich hatte ihnen glaubhaft versichert, daß ich nicht die Absicht hatte zu sterben, weder schnell noch langsam, vor ihren Augen zwei Aspirin geschluckt und mich unter dem Vorwand, meiner ungestörten Nachtruhe zu bedürfen, in mein Zimmer verkrümelt.
In dem noch immer das Telefon stand, das man mir gereicht hatte …
Ich wählte die Nummer einer Taxizentrale und bestellte einen Wagen.
Dann zog ich meine Männerkluft über den Pyjama, steckte mein Portemonnaie ein, stellte den Telefonapparat zurück in den Flur, schloß vorsichtshalber mein Zimmer ab, lauschte – Bruce war in eine Ballerei verwickelt –, huschte aus der Wohnung und sprang in die bereits wartende Taxe.
»Audimax«, sagte ich. »Aber zügig, wenn ich bitten darf.«
Wenn mein Alter ego schon in der Stadt weilte, wollte ich mir das nicht entgehen lassen.

Obwohl Semesterferien waren, war das Audimax gerammelt voll, gerammelt voll mit Männern aller Alters- und Attraktivitätsklassen. Weit und breit keine Frau. Ich war allein unter

Männern – aber das war ich ja gewohnt. Behende schlängelte ich mich auf einen freien Platz in der vorletzten Reihe. Links von mir saß ein Mickerling mit Nickelbrille; rechts von mir kein Geringerer als Wolfi Hoppe, Rammel-Macho von Gottes und Maschas Gnaden.

Als Rudi Rabauke das Podium betrat, erscholl tosender Applaus.

Ich reckte meinen Hals, um ihn besser sehen zu können.

Was ich sah, erfüllte mich mit Grauen.

Rabauke war nicht nur ein Tier von einem Mann – o nein. Er war *das* Tier von einem Mann, ein richtiges Urviech. Obwohl er die Fünfzig bestimmt schon weit überschritten hatte, war er total auf Macho gestylt: Dreitagebart, weißes Netz-Shirt, schwarze Lederjeans, die an den Seiten geschnürt waren, und Cowboystiefel von exakt der Sorte, die Mascha und ich immer Schnellfickerstiefel nannten. Aus jedem Loch des Netz-Shirts sprossen Haare. An allen Ecken und Enden seines Bodys schwollen Muskeln. Um seinen feisten Hals baumelte eine Goldkette. An seinem Unterarm blitzte eine Prolex, die garantiert fünfhundert Meter unter Wasser noch den Luftdruck anzeigte.

Er trank einen Schluck aus der Whisky-Pulle, die auf seinem Pult stand, rülpste ungeniert ins Mikrofon und legte los.

Während er aus seinem Ratgeber *Das Tier im Mann* vorlas, schaltete ich meine Ohren auf Durchzug und beobachtete die Männer um mich rum. Sie hingen an Rudis Lippen, als predige er das Evangelium. Jede Wette – wenn er ihnen erzählt hätte, er könne Wasser in Whisky verwandeln, sie hätten es geglaubt. Ich hätte es auch geglaubt. Einem, der Scheiße in Gold verwandeln konnte, traute ich auch das zu.

Denn es war die pure Scheiße, die er anschließend aus dem Werk *Das dressierte Weib* zum besten gab.

»Wie schon unser Altvorderer Nietzsche sagte: Mann, gehst du zum Weib, vergiß die Peitsche nicht! Dem kann ich nur beipflichten. Das Weib ist von schwacher Natur, und es bedarf einer starken Hand!« schwallte er.

In diesem Tenor ging es weiter bis zum bitteren Ende. Rudi

hatte sich eine an den Haaren herbeigezogene Klassifizierung ausgedacht und die Frauen in Gruppen eingeteilt: die Manta-Mieze, die Theken-Trulla, die Ibiza-Ische, die Schampus-Schlampe. Schublade auf, Weib rein, Schublade zu. Und er sparte nicht mit billigen Tips, wie widerspenstigen Weibern beizukommen sei. Von »einfach auflaufen lassen« bis »ein ordentlicher Fick bringt jede Frau zur Besinnung« war jedes Klischee vertreten.

Es war gottserbärmlich.

Es war billig.

Es war absolut frauenverachtend.

Nach einer Stunde hatte ich die Schnauze gestrichen voll. Rudis hirnrissiges Geseire und seine Selbstbeweihräucherung hatten meinen Blutdruck auf zweihundert zu hundertvierzig hochgepusht. Ich hätte Gott weiß was für eine Peitsche gegeben, für eine siebenschwänzige Katze, mit der ich dieses versoffene Subjekt aus dem Saal hätte jagen können.

Das fragte sich noch, wer hier einer starken Hand bedurfte!

Abenteuer liebte der?

Sollte er haben, von mir aus. Der gehörte zu Zwangsarbeit in einer südafrikanischen Mine verdonnert, zu Schneeschippen in einem sibirischen Gulag, zu Rudern auf einer Galeere – nicht bei Wasser und Brot, sondern bei rohem Fleisch und Whisky.

Mal gucken, wie lang er Spaß dran hatte!

Draußen schnappte ich nach Luft und steckte mir eine Zigarette an. Um meinen Blutdruck zu senken, entschloß ich mich zu einem Rundgang auf dem Campus.

Auf dem nahe gelegenen Parkplatz war die Hölle los. Um einen aufreißerroten Ferrari Testarossa mit dem Kennzeichen B-RR 69 hatte sich eine Horde Frauen geschart; sie waren mit Sprühdosen und Taschenmessern bewaffnet und ließen ihrer Kreativität und ihrer Aggression freien Lauf. Die Reifen waren bereits plattgestochen, auf der Motorhaube des Ferrari prangte dick und fett in Violett das Frauenzeichen. Rudi Rabauke würde sein Macho-Mobil nicht wiedererkennen.

Fast berstend vor Schadenfreude, warf ich die Zigarette ins

Gras und sah zu, wie sie langsam verglühte. Dann suchte ich mir eine Telefonzelle.

Da mein Magen so laut knurrte, daß der Droschkenkutscher schon dachte, ich hätte einen Hund in seine Taxe geschmuggelt, ließ ich ihn bei einem Schnellimbiß halten, wo ich mich mit Pommes rot-weiß, einem Hamburger und einer Dose Cola eindeckte.

»Hier drin wird nicht gegessen«, sagte der Fahrer mürrisch.

»Schon gut, Alter«, sagte ich und machte mir's im Fond bequem. Dann würde ich halt auf meinem Wasserbett picknikken.

Aus der Tüte auf meinem Schoß stieg mir der köstliche Duft des Fast food in die Nase. Ich schaute aus dem Fenster. Die nächtliche Stadt glitt vorbei, ich kam mir vor wie in einem Roadmovie. Vor einer hell erleuchteten Trinkhalle lungerten ein paar Kerle herum; einsame Passanten gingen mit ihren Hunden Gassi.

Gleich würde die Lesung zu Ende sein. Die Männer würden Rudi Standing ovations zollen, zum Podium drängeln und sich ihre Exemplare von *Das Tier im Mann* signieren lassen.

Ob mir auch solche Lesungen bevorstanden, wenn *Mann verstehn im Handumdrehn* ein Bestseller wurde?

Dann würde ich hinter dem Pult auf dem Podium sitzen. Ich würde gegen das Mikro klopfen und einen Schluck Wasser trinken oder Cola – jedenfalls keinen Whisky. Ich würde meine Ergüsse über das Thema Mann herunterleiern. Die Frauen – ich war mir ziemlich sicher, daß Männer meine Lesungen meiden würden wie Vampire den Knoblauch – würden johlen und kreischen und sich schier nicht mehr einkriegen vor Spaß …

Auf einmal wurde mir ganz heiß.

Ich kurbelte das Fenster runter und hielt mein glühendes Gesicht in den Fahrtwind.

Mein Bruder hatte recht.

Ich war echt abartig.

Ich war keinen Pfifferling mehr wert als Rudi Rabauke.

Ich hatte den Spieß nur rumgedreht: Schublade auf – Mann rein

– Schublade zu. Na ja – nicht ganz. Aber zumindest so ähnlich.
»Hey! Heut noch?« fragte der Fahrer. Ich schrak hoch. Wir hielten vorm Haus, und das, seinem mißmutigen Blick nach zu urteilen, schon lange genug, um Wurzeln zu schlagen.
»Sorry«, sagte ich, entlohnte ihn und schnappte mir mein Freßpaket.
Die Wohnung lag da, als hätte ich sie nie verlassen. Aus der Küche drang erst die deutsche Synchronstimme von Bruce Willis, dann ein Murmeln von Hannes und ein Lachen von Heri, dann spannungsgeladene Musik. Der Showdown stand wohl unmittelbar bevor. Top-Timing.
Ich setzte mich im Pyjama vor den Computer, rief den Datei-Manager auf und klickte die Datei PMS. doc an. Dann drückte ich todesmutig auf LÖSCHEN.
»Wollen Sie die Datei PMS. doc wirklich löschen?« fragte das störrische Gerät.
Tja – wollte ich das wirklich? Wollte ich den Traum vom Bestseller begraben? Wollte ich das Ding einfach so in den Äther schicken?
Auf jeden Fall wollte ich kein weiblicher Rudi Rabauke werden.
»Weiche, Satan!« beschwor ich den Computer. »Führe mich nicht in Versuchung, sondern erlöse mich von dem Übel.«
Ich bestätigte den Löschbefehl. Diesmal gehorchte der Computer. Im Handumdrehn war *Mann verstehn im Handumdrehn* verschwunden. Als ich die versalzenen Pommes runterwürgte, fiel mir die Diskette ein, die zwischen Toms Unterhemden schlummerte und auf der das Manuskript abgespeichert war. Ich sprang vom Bett, holte sie aus ihrem Versteck und zerbrach sie in zwei gleiche Teile, die ich in das fettige Hamburgerpapier einwickelte.
Der Ratgeber war Geschichte.

Als ich erwachte, stank es in meinem Zimmer wie in der *Heißen Kiste*. Ich warf Toms Bademantel über, wickelte mir einen Schal um den Hals und huschte in die Küche, wo ich die Überreste

meines Mitternachtspicknicks samt denen der Diskette in den Mülleimer stopfte. Die Jungs saßen beim Frühstück.
»Moin!« grunzte ich.
»Moin!« grunzten sie im Chor.
»Na, Alter?« sagte Hannes. »Alles senkrecht?«
»Siehste doch«, gab ich zurück.
»Jaja, so 'n geruhsames Schläfchen wirkt manchma Wunder«, sagte er. »Dein Film war klasse, übrigens. Haste auch den zweiten Teil?«
Nee – den hatte ich nicht, der erste hatte für meine Zwecke genügt. Ich schüttete mir Kaffee in einen Pott und schmierte mir ein Brot. Es schellte an der Tür. Heri öffnete und verkündete süffisant: »Besuch für dich, Alex. Eins von deinen Mädels. Scheint vor Sehnsucht nach dir zu vergehen.«
Mascha polterte in die Küche. »Hallo! Wie geht's unserem Süßen?« fragte sie und küßte mich inbrünstig auf die Wange.
»Hm.«
»Armer kranker Kerl«, säuselte sie. »Du – ich kenn dein Wasserbett noch gar nicht. Oder bist du zu schwach auf den Beinen, um's mir vorzuführen?«
Die Botschaft kam klar rüber: Ich muß mit dir unter vier Augen reden. Aber auch die Blicke der Jungs sprachen Bände: Zwei Tage war der Alex krank, jetzt fickt er wieder, Gott sei Dank.
»Glotzt nicht so!« sagte ich zu ihnen. »Besser 'ne scharfe Mieze im Bett als 'ne stumpfe Wärmflasche!«
Nach diesem selten dummen Spruch packte ich Mascha am Arm und zerrte sie in mein Zimmer. Mit Schmackes warf sie das *Tageblatt* auf die Bettdecke.
»Hab ich heut morgen um sieben aus eurem Briefkasten geklaut!« sagte sie triumphierend.
Ich verstand bloß Bahnhof. Aus unserem Briefkasten geklaut? Morgens um sieben? Litt Mascha neuerdings unter präseniler Bettflucht? »Wieso?«
»Na, streng dein Gehirn mal an. Da ist ein Riesenartikel drin über Rudis Auftritt, gleich auf Seite zwei, mit Foto.« Sie schlug die Zeitung auf. »Paß auf: Gegen Ende der Veranstaltung kam

es zu Ausschreitungen, als zwei Dutzend Aktivistinnen aus der linken Szene ins Audimax eindrangen und ...«
»Allmächtiger!« keuchte ich. Die Eventualität einer Berichterstattung in der Presse hatte ich überhaupt nicht bedacht. Wenn ich Mascha nicht hätte!
»... Rabauke mit Tomaten und Eiern bewarfen. Sie entkamen, bevor die Polizei eintraf. Auch der Wagen des Bestsellerautors – ein Ferrari Testarossa – wurde beschädigt. Die Kripo ermittelt. Das ist 'n Hammer, was?«
»Ein Megahammer. Gib her!« Ich grapschte nach dem *Tageblatt.* Wahrhaftig – da stand es schwarz auf weiß: »Die Kripo ermittelt und bittet um sachdienliche Hinweise aus der Bevölkerung. Rabauke erstattete Anzeige gegen Unbekannt.«
Japsend brach ich über der Zeitung zusammen. Ich brauchte eine ganze Weile, bis ich wieder Luft bekam.
»Was war jetzt so komisch?« fragte Mascha.
»Ich war am Tatort«, sagte ich. »Ich könnte der Kripo sachdienliche Hinweise noch und nöcher geben.«
»*Du* warst im Audimax?«
»Inkognito natürlich. Ich kann dir flüstern, dieser Rabauke ist das allerdämlichste Chauvi-Schwein, das frei rumläuft.«
»Erzähl!« Erwartungsvoll wippte Mascha auf meinem Wasserbett auf und ab.
Wortwörtlich zitierte ich Rabaukes geballten Schwachsinn. »Ich will nicht so enden wie der, nicht für Geld und gute Worte. In überfüllten Hallen sitzen und männerfeindliche Sprüche klopfen, während mir draußen irgendwelche Typen die Reifen platt stechen und mein Auto verschandeln ...«
»Du hast gar keins«, sagte Mascha. »Aber egal. Und die Moral von der Geschicht?«
»Ich hab den Text gelöscht und die Diskette vernichtet«, sagte ich unsicher.
Wie würde sie reagieren? Immerhin war der Ratgeber unser gemeinsames Projekt gewesen. Im Prinzip hätte ich sie um ihre Zustimmung bitten müssen, bevor ich reinen Tisch gemacht hatte.
Doch Mascha trug's mit Fassung. »Das war offenbar die Nacht

der Entscheidungen. Vollmond, vielleicht deswegen. Ich hab auch was vernichtet. Sämtliche Briefe von Egon. Und Wolfi hab ich abserviert! Der rief doch wahrhaftig mitten in der Nacht bei mir an – besoffen auch noch! – und wollte, na, was schon. Männer wie Wolfi wollen immer nur das Eine. Schluß, aus, Ende. Ich bin geheilt, ich tauge nicht zum Männer-Sharing. Und auch nicht zur Stand-by-Frau. Ich hab doch keinen Schalter, an dem man mich an- und ausknipsen kann, wie's dem Herrn beliebt. Und heut abend geh ich mit Bea auf die Rolle!«
Na endlich wird der Mensch verständlich!

Ende Juli zog Heri aus. Marlies' große starke Brüder – drei an der Zahl – schafften sein Gelümps in den Transporter, der vorm Haus parkte. Mama und Marlies führten das Oberkommando.
»Da waren's nur noch zwei!« sagte Hannes, als der LKW davonbrauste. »Dat sollten wir feiern. Hey, Alex – du schuldest mir noch 'n Essen!«
»Klar«, sagte ich. »Wo soll's denn hingehen? Such dir was aus.«
Durchtrieben grinste er mich an. Ich machte mich aufs Schlimmste gefaßt. Auf einen Nobel-Freßtempel der gehobenen Klasse – Luigi? –, wo die Portionen so winzig waren, daß man mit Lupe und Pinzette essen mußte. Dafür waren die Teller dann riesig und die Preise astronomisch. Je länger Hannes überlegte, desto lauter ratterte der Taschenrechner in meinem Kopf. Zweihundert Märker wären weg wie nix, und das bei meiner finanziellen Misere. Der Umzug hatte ganz schön reingehauen. Sollte ich einen Rückzieher machen? Nee, das wäre unfair.
Ein Mann, ein Wort.
»Wie isses denn mit McDonald's?« fragte Hannes.
»Was?«
»Ja, ich hätte echt Bock auf 'n Cheeseburger!«
Alles, was du willst, Kumpel! Es dürfen auch 'n paar Cheeseburger mehr sein – heut hab ich die Spendierhosen an. Von mir aus darfst du auch in der Kinderecke sitzen, und wenn du brav

bist, kauf ich dir ein bonbonbuntes Fähnchen und eins der kleinen Plastikspielzeuge, die feilgeboten werden.
»Un hinterher ...«
Hinterher nehm ich dich am Patschehändchen, und wir gehen brav heim, wo ich dich ins Bettchen bringe!
»... könnten wir bei Udo vorbeischauen, der wohnt nämlich jetzt in der Nähe vom Bahnhof.«
Udo? Das war doch der Typ, der mich oben ohne beim Sonnenbad auf dem Balkon erwischt hatte! Meine innere Ampel sprang auf Rot.
»Och nee!« maulte ich. »Muß das sein?«
»Mensch, Alex!« rief Hannes. »Nur ein Stündchen, nur 'n bißchen labern. Laß uns einfach ma kurz vorbeischneien, is auch 'n Länderspiel heut abend, Udo guckt bestimmt Fußball.«
Was soll der Geiz – mit ein bißchen Glück würde mich Udo gar nicht erkennen. Auf dem Balkon hatte ich die entstellende Brille nicht getragen, und außerdem hatte ich noch lange Haare gehabt. Herrje – der hatte eh nur auf meinen Busen gestiert! An mein Gesicht würde der sich gar nicht erinnern.
Martin hatte Mascha ja auch nicht erkannt, obwohl er ihr tagaus, tagein das Labor eingerannt hatte mit seinen EDTA-Röhrchen.
Ich ließ mich breitschlagen. Wir schmissen uns in unsere Ausgehmontur – weiße Hemden, Jeans, Lederjacken – und zogen los.

Aus Hannes' Jackentasche lugte ein schnittiger Plastikporsche von McDonald's, aus meiner ein Wimpel aus derselben Quelle, als wir frisch gestärkt durch Udos Vorgarten trabten.
»Mein lieber Scholli!« sagte ich. »Beschäftigen die einen Landschaftsgärtner?«
Der Rasen links und rechts des akkurat gepflasterten Wegs sah aus wie manikürt, wie mit der Nagelschere geschnitten. Die Ligusterhecke war ordnungsgemäß gestutzt. Die Rosensträucher standen stramm in Reih und Glied wie die Bobbys vorm Buckingham-Palast. Neben der Treppe hielten zwei einsame Gartenzwerge stumme Wacht.

Auf unser Klingeln hin öffnete Udo in Jeans mit weißen Farbflecken. »Hannes!« rief er verdattert. »Alter, was treibt dich denn hierher?«

»War grad in der Gegend«, sagte Hannes. »Hab deinen Nachmieter mitgebracht. Alex, dat is Udo!«

Wir schüttelten uns die Hand.

»Tja!« sagte Udo. »Dann rein in die gute Stube, ich zeig euch mal das Haus. Aber Füße abtreten vorher, am besten Schuhe ausziehen. Helga ist da 'n bißchen eigen.«

Helga war nicht nur eigen, die hatte einen ausgewachsenen Sauberkeitswahn – oder Personal vom Schlag eines Meister Proper oder einer Klementine. Die Küche war wie geleckt. Die Kacheln blitzten, daß mir die Augen weh taten. Hundert Pro – hier konnte man vom Fußboden essen. Alle Stores waren ultraweiß und stocksteif vor Stärke. Das eheliche Schlafgemach – in Kernseifengrün gehalten – würde jederzeit als Kulisse für die Intensivstation einer Krankenhausserie durchgehen; es wirkte so steril, daß ich mich fragte, ob hier überhaupt schon mal jemand genächtigt hatte. Denkbar auch, daß die Eheleute im Keller auf Matratzen schliefen, um das Doppelbett zu schonen.

Die Hütte war das reinste Museum!

Theoretisch hätte Udo Eintritt kassieren und uns diese speziellen Puschen geben müssen, in denen man durch manche Museen rutschen muß.

»Helga ruht«, sagte er, als wir mit der Führung soweit durch waren. »Aber ihr bleibt ja nicht lang, oder?«

Nicht, wenn ich es verhindern kann! war ich versucht zu rufen.

Das Wohnzimmer war in etwa so gemütlich wie ein Schaufenster von Sommerlad. Auf einem mächtigen karamelfarbenen Lederdreisitzer lag die Gattin, ein Brokatkissen im Rücken. Der Teppichboden war nicht nur gesaugt, der war shampooniert, gekämmt, toupiert und mit Haarlack fixiert. Kaum getraute ich mich, einen Fuß darauf zu setzen.

»Helga!« stammelte Udo. »Wir haben Besuch. Hannes und Alex sind da ...«

»Was?« keifte Helga unwirsch.

»Hannes und Alex …«
»Hab schon verstanden. Ich bin ja nicht taub.« Seufzend brachte sie ihren Körper in die Vertikale. Die Frau sah aus wie eine Schaufensterpuppe, wie ein Ausstellungsstück – perfektes Make-up, helles Strickkleid, Strümpfe ohne Laufmasche –, obwohl sie am Relaxen war. Die paßte in dieses Museum wie die Faust aufs Auge.
»Setzt euch doch«, sagte Udo.
Wir kamen der Aufforderung nach und quetschten uns auf die vordere kalte Kante des Zweisitzers. In der Monsterglotze lief eine amerikanische Seifenoper.
»Steh nicht rum, Udo«, sagte Helga. »Hol was zu trinken. Was zu knabbern. Du hast Gäste. Und zieh dir was anderes an!«
Hals über Kopf stürzte Udo davon, um den Befehlen seiner besseren Hälfte Folge zu leisten. Nach einer halben Ewigkeit, die Hannes und ich damit zubrachten, mit der Gattin Konversation über das Wetter zu treiben, kehrte er mit einer Flasche Zitronensprudel und einer Tüte Kartoffelchips zurück. Jetzt trug er eine graue Cordhose und ein weißes Hemd. Pfeifend verteilte er fünf Zinnuntersetzer auf dem gefliesten Couchtisch, klappte das illuminierbare Barfach der Schrankwand auf und …
»Nein, Udo!« Unwillig runzelte Helga die Stirn. »Nicht die Bleikristallgläser. Hol welche aus der Küche, die sind gut!«
Gut genug für deine Saufkumpane, meinte sie. Die Bleikristallgläser gelangten wohl nur zu besonderen Gelegenheiten zum Einsatz, wenn Eltern oder Schwiegereltern oder die Avon-Beraterin oder der Versicherungsvertreter zu Besuch weilten. Möglich auch, daß sie noch nie das Tageslicht erblickt hatten. Udo deponierte vier ehemalige Senfgläser auf dem Tisch und füllte sie mit prickelndem Zitronensprudel. Die Chips schüttete er in eine Porzellanschale.
»Prost!« rief er.
»Prost!« riefen auch wir.
Dann sagte Hannes: »Haste ’ne Ahnung, wie’s steht?«
»Wie’s steht?« echote Udo.
»Na, Fußball, Alter. Deutschland Holland. Freundschaftsspiel. Auf RTL!«

»Äh, nee ...«
»Wir sind dabei, den Keller zu streichen«, sagte Helga und griff sich einen – echt: einen einzigen! – Kartoffelchip. Bloß nicht krümeln! »Für so 'n Mist hat Udo keine Zeit.«
Ihr Mann, der die Fernbedienung schon angepeilt hatte, disponierte um. Schlapp wie ein gefällter Baum hing er im Sessel. Hannes versuchte krampfhaft, ein Gespräch in Gang zu bringen, aber das war ein schweres Brot, zumal Helga nicht im Traum daran dachte, den Fernseher leiser zu stellen.
Ich sah mich unauffällig um. Waren die Pfirsiche, Birnen und Äpfel in der Obstschale, die auf dem polierten Sideboard stand, echt oder aus Kunststoff? Und die Bücher im Regalteil der Schrankwand? Die Lexika aus dem Buchclub? Alles Attrappen?
Helgas spitzer Schrei riß mich aus meinen tiefsinnigen Betrachtungen. Was war denn nun passiert? Hatte ein Seifenoperheld eine Seifenoperheldin vergewaltigt?
Nee, viel schlimmer.
Hannes hatte seinen Tabak rausgeholt und sich angeschickt, eine Zigarette zu drehen.
»Hier herrscht striktes Rauchverbot!« sagte Helga gebieterisch. »Nicht, daß die Gardinen den Gilb kriegen.«
»Bloß nicht!« stieß ich aus.
»Schon okay«, lenkte Hannes ein. »Rauchen wir in deiner Bude eine, Udo, wat?«
»Udo hat keine Bude«, sagte Helga. »Der braucht keine Bude mehr, der hat jetzt ein Zuhause. Geht raus, wenn ihr unbedingt rauchen müßt.«
Ein Zuhause? Pah! Hier war man nicht zu Hause, hier wohnte man schöner.
In eine Qualmwolke gehüllt, standen wir zu dritt auf der Terrasse. Udo scharrte mit den Füßen ein paar Blätter zusammen, die der Wind bösartigerweise auf die blankgefegten Platten geweht hatte.
Der arme Kerl! Seiner wilden Männerfreiheit beraubt, hockte er im goldenen Käfig – ein Adler mit gestutzten Flügeln und Fußkette. Noch nicht mal eine eigene Sitzstange hatte er! Helga

brauchte keinen Mann, die brauchte einen Papagei, der ihr nach dem Mund plapperte, einen Handwerker, der spurte – und, wenn's hochkam, alle Schaltjahr mal 'ne Spermaprobe.
»Mensch«, sagte Hannes und trat seine Zigarette aus. »Alter!«
»Sach nix!« Udo bückte sich und hob die Kippe auf. »Bin ja selbst schuld. Hätte ich mal auf dich gehört!«
»Bleibt immer noch die Scheidung!« sagte ich.
»Vergiß es«, sagte Udo. »Sie ist im dritten Monat.«
Hannes und ich trotteten hinter ihm her ins Haus. Helga hatte sich wieder langgelegt und befand es nicht für nötig, unseren Abschiedsgruß zu erwidern. Warum auch? Wir waren schließlich nur Kumpel ihres Mannes und somit nicht salonfähig. Ja – wenn ihre Kaffeekränzchentanten antanzten, das war was anderes! Dann sprang die im Achteck! Dann wurde das feinste Porzellan aufgefahren und alles an Speisen und Getränken, was Kühlschrank und Speisekammer hergaben! Und Udo mußte gute Miene zum bösen Spiel machen und Kunststückchen vorführen.
Guckt nur, Mädels, wie ich den im Griff hab!
Was sag ich – Männer brauchen eine starke Hand!
Selten hatte ich mich in Gesellschaft einer Frau so unwohl gefühlt.
»Laß uns abhauen«, sagte ich zu Hannes, der mit seinem Exmitbewohner das nicht enden wollende Männerritual des gegenseitigen Schulterklopfens zelebrierte.
Traurig lehnte Udo an der Gartenpforte, bis Hannes und ich außer Sichtweite waren.

Auf dem Heimweg lästerten wir auf Teufel komm raus über Helga die Schreckliche.
»Mannomann!« rief ich aufgebracht. »Warum läßt die keine Flutlichtanlage installieren und einen Elektrozaun um den Garten bauen und einen Wassergraben drumrum buddeln? Noch ein Rudel Schäferhunde – und fertig ist das Männerumerziehungslager! Zutritt nur über eine Zugbrücke!«
»Dann wären wir nie reingekommen«, mutmaßte Hannes.

Da war was Wahres dran. Wahrscheinlich hätte Helga die Selbstschußanlage aktiviert, sobald wir uns dem Anwesen genähert hätten. Eine verbeulte Coladose lag mir im Weg. Ich versetzte ihr einen Tritt, Hannes kickte sie zurück. Wir kickten sie zwischen uns hin und her, bis wir vorm Haus angelangt waren.
»Un nu?« fragte ich.
Sosehr ich den Moment herbeigesehnt hatte, mit Hannes allein zu sein – jetzt, wo er unmittelbar bevorstand, wurde mir ganz flau im Bauch. Die Flugzeuge flogen tief, und ich war nicht die Art Frau, die die Initiative ergriff. Na ja – nicht mehr ...
Auf neutralem Terrain hätte ich mich wohler gefühlt. Mir wär's lieber gewesen, in eine Kneipe zu gehen. Ich wagte einen entsprechenden Vorstoß. »Auf den Schreck muß ich was trinken!«
»Nullo Problemo«, sagte Hannes. »Ich hab 'nen klasse Rotwein da, den tun wir uns jetzt rein!«
Kaum in der Wohnung angekommen, ging er schnurstracks in sein Zimmer – sicher Wein holen –, ich ging schnurstracks in die Küche und stellte zwei Gläser auf den Tisch. Wer nicht auftauchte, war Hannes. Brauchte der 'ne schriftliche Einladung?
»Alex!« rief er prompt. »Wo bleibste denn? Bring Gläser mit!«
So rum hatte er sich das gedacht! Ojemine! Mein Herz klopfte bis zum Backenzahn, als ich seine Bude betrat. Schummrig war's! Lediglich ein Halogenstrahler brannte. Suchend blickte ich mich um.
»Hier unten!« sagte Hannes.
Er saß im Schneidersitz im Zelt und machte sich mit einem Survivalmesser am Korken der Weinflasche zu schaffen. »Tut mir leid, aber 'n Ledersofa kann ich dir nich anbieten.«
»Pah!« sagte ich abfällig. »Heiß ich Helga?«
Mit einem satten Plopp! schoß der Korken aus der Flasche. Hannes goß unsere Gläser voll. »Prost. Lieber Rotwein als tot sein!«
Wenn ich es recht bedachte, wäre ich doch lieber tot.

Vielleicht sollte ich mich tot*stellen*? Im Tierreich ist der Totstellreflex weit verbreitet – das wußte ich noch von meiner Zeit beim NaturPur-Verlag. Viele Beutetiere haben die Masche prima drauf. Weltranglistenerster im Veräppeln von Jägern ist das Opossum. Es kippt einfach um und muckst sich nicht. Und das funktioniert! Sein Verfolger fällt drauf rein und läßt von ihm ab.
Aber das Problem war nicht, sich totzustellen. Das würde ich geregelt kriegen, nach den schauspielerischen Leistungen der letzten Monate war das ein Klacks.
Das Problem war vielmehr, daß ich nicht wußte, wer von uns beiden Jäger war und wer Beute.
»Musik wär nicht schlecht«, sagte Hannes. »Holste deine Ramazzotti-CD?«
»Klar, Alter!«
Erst mal raus aus der Gefahrenzone! Ob ich mal eben bei Mascha anrufen sollte? Was würde die mir raten? Na – was wohl? Verschieben wir's auf morgen?
Zunächst ging ich ins Bad. Spieglein, Spieglein an der Wand, wer ist die Schönste im ganzen Land? Ich war's nicht. Meine Haare waren so angeklatscht wie die von Jacques Villeneuve, wenn er nach einem Grand-Prix-Rennen seinen Sturzhelm absetzte; meine Wangen waren fleckig, meine Lippen rissig. Ramponiert sah ich aus. Wie gegen den Fünf-Uhr-Zug gelaufen oder rückwärts durchs Gebüsch gezogen.
Nee – das war nicht der Tag, einen Mann zu verführen.
Schon recht – verschieben wir's auf morgen!
Bloß – wenn nicht jetzt, wann dann?
So manches Weib war schon in Einsamkeit ergraut. Wenn ich nicht bald meine gute Erziehung über Bord schmiß, würde ich so enden wie Mutti. Ich würde allein auf dem Sofa sitzen, im Kreuz die Wärmflasche, zu Füßen den Dackel, vor mir auf dem Tisch die Flasche Biovital. Ich würde *Aktenzeichen XY* gucken bis zum Abwinken und an Kaffeefahrten teilnehmen, bis ich eine Tupperdosen- und Rheumadeckensammlung hatte.
Mußte denn das Schicksal erst mit dem ganzen Zaun winken?

Scheiß auf Scarlett O'Hara, Alex! Kneifen gildet nicht! Das hier ist *dein* Film!
Scheiß auf das brave Mädchen!
Draußen wartet ein Überraschungsei auf dich – laß das Kind in dir raus. Das Tier in dir! Spring! Faß! Überrumpel und friß deine ahnungslose Beute, die in ihrem Bau döst!
Wild entschlossen schnappte ich mir die Schachtel Kondome (kluge Frau baut vor), ließ CD CD sein – bei Eros Ramazzotti würde ich eh einen Lachkrampf riskieren! – und pirschte mich ans Zelt heran.
Meine Beute döste nicht, sie war putzmunter.
»Warm, nich?« fragte Hannes und ballte sein weißes Hemd zu einem Klumpen, den er unter das Kopfteil des Schlafsackes stopfte. »Noch 'n Schluck Wein?«
Wein? Danke, nein. *Den* Kerl mußte ich mir nicht schön saufen.
Und auf einmal war alles ganz einfach. Auf einmal war die Rollenverteilung klar. Meine Libido erwachte, knurrte und wurde zur reißenden Bestie. Hannes war die geborene Beute, er war einfach lecker, zum Fressen lecker ...
Und ich fraß ihn.
Ich verschlang ihn bei lebendigem Leib.
Mit Haut und Haaren.

Im Morgengrauen – der Himmel färbte sich bereits rosig – rauchten wir die Zigarette danach. Um der Wahrheit Genüge zu tun – wir hatten auch einige Zigaretten dazwischen geraucht. Das Verschlingen meiner Beute hatte sich ziemlich in die Länge gezogen. Nicht, daß sie sich gewehrt hätte; sie hatte sich freudig – um nicht zu sagen schwanzwedelnd – ergeben.
»Woher hast du gewußt, daß ich kein Mann bin?« fragte ich, wohlig in Hannes' Arm gekuschelt.
»Schusseligkeiten«, sagte er. »Staubtrockener Rasierpinsel. Keine Barthaare an der Klinge. Der Teufel steckt halt im Detail. Definitiv gewußt hab ich's seit deinem Umzug.«
»Wieso?«
»Na – der Plüschtiger. Wie du den angeguckt hast!« Hannes

gab mir einen zärtlichen Nasenstüber – keinen Karateschlag. Er konnte auch anders. »Unbeschreiblich weiblich. Wo is der überhaupt? Mein Hoppel hätte gern Gesellschaft!«
Hoppel – der abgeliebte, schokoladenfleckige Plüschhase aus Hannes' Kleinkinderzeit – lehnte einsam und verlassen an der Zeltinnenwand.
»In einer Plastiktüte unter meinem Schrank«, sagte ich. »Jetzt mal Klartext, Alter: Was war das für 'ne verquere Story mit dem Megaweib?«
»Na ja, ich wollte ma gucken, wie du guckst. Aber du warst ja megacool.«
»Hab ich von euch Männern gelernt!«
»Na, für irgendwat müssen wir ja gut sein.«
»Ich wüßte da noch was«, sagte ich grinsend. »Lauf mir nicht weg. Ich komm gleich wieder. Ich muß nur mal eben für kleine Königstigerinnen!«
Ohne einen Blick in den Spiegel zu werfen, setzte ich mich aufs Klo. Morgen würde ich wirklich einen Gang drauf haben wie John Wayne. Was für ein Mann! Sensibel obendrein! Und clever! Und 'n guter Kumpel! Wie hatte Liz gleich wieder gesagt? Jawollja – die Antwort auf all meine Gebete!
Nackt, wie Gott mich schuf, spurtete ich in mein Zimmer, wo ich die Plastiktüte unter dem Schrank hervorkramte und meinen Tigi aus seinem stickigen Gefängnis befreite. Dabei fiel mir der Brief in die Hände, den ich beim Umzug nicht gelesen hatte. Ich riß das Kuvert auf – und fiel fast vom Glauben ab.
Ich hatte ein Vorstellungsgespräch! Nächste Woche! Bei einem Schulbuchverlag, an den ich in grauer Vorzeit meine Bewerbungsunterlagen geschickt hatte!
Auf einen Schlag waren all meine Träume wahr geworden.
Na ja – fast alle.
Jedenfalls hatte ich erst mal tierisch Oberwasser. Ich kroch zurück ins Zelt und zeigte Hannes den Tiger.
»Da isser ja!« rief er. »Jetzt können wir endlich Butter bei die Fische tun!«
Ich verstand nur Bahnhof. Bis er mit Hoppel eine Augsburger-Puppenkiste-reife Show abzog.

»Hey, Alex!« brummte Hoppel.
Ich ließ das Kind im Mann gewähren. Ich spielte mit, ich übernahm das Sprechen für den Tiger. »Wat is los, Alter?«
»Willste mich heiraten?« brummte Hoppel.
Schluck! Ein Heiratsantrag? Ein *freiwilliger* Heiratsantrag? Obwohl – das traf sich gut. Ein Brautkleid hatte ich schon – wenn's nicht verschimmelt war im Keller. Aber wollte ich wirklich meine Freiheit zu Grabe tragen – wie gewonnen, so zerronnen? Wollte ich einen Mann fürs Leben, wo ich ein Parfüm bereits nach drei Wochen leid war? Und dann: Männer sind 'ne andere Sorte Menschen! Niemand wußte das besser als ich. Frau und Mann – da krachen doch Kontinente aufeinander! War's überhaupt ernst gemeint? Oder war's nur Ulk?
»In echt?« fragte der Tiger.
»In echt«, beteuerte Hoppel. »Wat is nu – willste?«
»Jau!« jubelte der Tiger. »Und die Hochzeitsreise geht an den Halterner See, gell?«
Dort würde ich am moosüberwucherten Stamm einer Eiche lehnen. Eine Libelle würde vorbeischwirren, ein Schmetterling sich auf meiner Hand niederlassen. Ich würde meine Zehen in den weichen Sand bohren, ihn durch meine Finger rieseln lassen. Die Luft wäre feucht und schwer, es würde nach Wasser riechen, in der Ferne würden Wellen an einen Strand schlagen – wie im Paradies.
»Oder ins Münsterland«, sagte Hannes. »Da stammen meine Vorfahren her. Mein Urgroßvater hatte da 'ne Mühle.«
Doch – *all* meine Träume waren wahr geworden.

Irgendwann am späten Vormittag stand Hannes auf. Mit nichts am Leib als seinem weißen Hemd, das seine Pobacken nur notdürftig bedeckte, schlurfte er in Richtung Küche.
»Hey!« rief ich ihm nach und unterdrückte ein Giggeln. »Koch mal Kaffee – oder kannste das auch nicht?«

Tja – ist das jetzt das Ende vom Anfang oder der Anfang vom

ENDE?